Anna   Schieber

Ludwig Fugeler

Roman

Anna   Schieber

Ludwig Fugeler
Roman

ISBN/EAN: 9783337354152

Hergestellt in Europa, USA, Kanada, Australien, Japan

Cover: Foto ©Andreas Hilbeck / pixelio.de

Weitere Bücher finden Sie auf **www.hansebooks.com**

Ludwig Fugeler

Roman

von

Anna Schieber

Erste bis vierzehnte Auflage

Verlegt bei Eugen Salzer in Heilbronn

1918

Ich muß dir etwas erzählen, liebste Frau, was mir gestern begegnet ist, und was ich dir gerne mündlich sagte, wenn du nicht in weiter Ferne am Meeresstrande säßest, du Ausreißerin.

Deine braunen Fensterläden sind geschlossen; der alte Nußbaum klopft mit schwanken Zweigen daran und fragt, ob du bald kommest.

Und auch ich frage so. Du weißt, warum. Ich darf heute nichts davon sagen, ich habe es dir versprochen. Du sollst Ruhe haben zu allem. Ruhe? Wenn ich dir diese Blätter schicke?

Doch ich wollte dir ja etwas erzählen.

Ich ging mit meinem Freund Haller, den du den Tolpatsch nennst, gegen die Wilhelmsburg hinauf. Er hatte das kaffeebraune Sommerröckchen an, das du ihm längst wegsprechen wolltest, und ging, die eine Hand in der Tasche, mit der andern lebhaft seine Rede begleitend, neben mir her. Er ist ein Kind und ein Weiser zugleich. Du hättest ihn sehen und hören sollen. Er fand einen aus dem Nest gefallenen jungen Finken und trug ihn im Taschentuch mit sich, solang er mir seine Lieblingsidee, die er von Fichte aufgenommen hat, auseinandersetzte: es gibt nur eine Tugend, sich selber vergessen, und nur eine Sünde, sich selber zu wichtig nehmen. Dabei erdrückte er im Eifer des Gesprächs den Finken und sah, als er es merkte, bestürzt

3

das Vogelleichlein an. Ich wollte es nicht, versicherte er, ich wollte es gewiß nicht tun. Plötzlich sah ich einen in der Sonne schimmernden Faden, der an seiner Schulter aufglänzte, und dessen anderes Ende in der himmlischen Bläue verfestigt zu sein schien. Er mochte sich drehen oder wenden wie er wollte, der Faden ging mit ihm, so zart er war, denn die unsichtbaren Spinnfrauen hatten ihn fest und zäh gesponnen. Und mich ergriff eine heitere Rührung, als ich das große Kind so lieblich an das All gekettet sah. Geh' du nur hin, dachte ich, und stolpere deinen Gang. Es fliegt doch ein zartes Seelchen hinter dir drein und leitet dich an einem Silberfaden.

Aber als ich nach Hause kam, fiel es mir ein: Kann nicht im Grunde auch ich von einem solch festen und zarten Gespinst sagen, das mich, mir selbst zum Trotz manchmal, auf Holper- und Stolperwegen begleitet hat, ohne zu zerreißen? Ich achtete nicht darauf, denn ich war in mir selbst befangen und haschte täppisch nach Scheindingen, die mir in der Hand zergingen, indes ich das Beste am Wege stehen ließ. Ich machte weite Umwege und verlor dabei Kostbares, das ich nicht mehr fand, und beinahe auch mich.

Und doch zerriß der Faden nicht, der mich mit dem lebendigen Leben verband. Als ich erwachte und mich einsam sah, wurde ich seiner gewahr. Da merkte ich, daß er von guten Händen fest gesponnen sein mußte, denen man nicht so leicht hinauskommt, um ins Abgründige und Wesenlose zu fallen. Mit dir werden sie leichtere Mühe haben, als mit mir.

Ich habe mich nun entschlossen, dir die Blätter zu schicken, die ich eigentlich für mich selbst beschrieben habe. Es war vor deiner Zeit. Ich wußte nicht, ob ich sie noch einmal in vertraute Hände legen würde, als ich an vielen einsamen Abenden mein Leben vor mir ausbreitete, das zu stocken

4

schien. Bei manchem, das in der Erinnerung freudig und freundlich zu mir trat, verweilte ich gern und ausführlich, manches aber aufzuschreiben fiel mir schwer, wie es einem schwer wird, im Spiegel mit Aufmerksamkeit sein Gesicht zu betrachten, wenn man inne wird, daß es von vorzeitigen Runzeln durchfurcht oder von Flecken entstellt ist, und vor manchem auch graute mir, daß es einmal gewesen sei. Da hieß ich meine Feder eilen. Doch glaube ich, kann ich sagen, daß ich mich davor gehütet habe, etwas an mir zu beschönigen, oder mich besser zu machen, als ich war, wenngleich es mich manchesmal verlangte, daß ein lieber Mensch mir in die Blätter sähe und zu mir sagte: Du seiest, wie du wollest, so bin ich dennoch dein und liebe dich.

Ein solcher, der es sagen würde, war einmal.

Wird auch jetzt ein solcher zu mir kommen, wenn du sie gelesen hast?

Ich soll ja nicht fragen. Aber warten, das darf ich doch?

Es war einmal ein Tag, da machte ich die Augen auf in einem hohen, weiten Raum. Das ist das erste von allem, dessen ich mich entsinnen kann, es ist mir, als sei ich damals in die Welt herein geboren worden. Ich lag auf einer Bank, die eine hohe, geschnitzte Lehne hatte, und sah mit blinzelnden Augen um mich und über mich. Es ging hoch hinauf, fast schwindelnd hoch, und ich spürte auf einmal, daß ich ein klein – kleinwinziges Büblein und nicht daheim in meiner Stube sei. Da waren viele steinerne Säulen, die alle so unmenschlich hoch und groß waren und oben irgendwie zusammenstrebten. Und da waren Fenster, durch deren buntfarbiges Glas Ströme von farbigem Licht in die hohe, dämmerige Halle flossen. Das Licht floß an den Steinsäulen hin und auf dem Fußboden weiter und traf auch mich, und auf einmal fing es an, zu klingen, zuerst hoch und hell, und dann leise und zart, und dann so mächtig, immer stärker und mächtiger, daß ich nicht wußte, wo ich hinfliehen sollte, so mächtig dröhnte und tönte das Licht, das ich noch nie gesehen hatte. Es tat mir etwas wohl, aber noch viel weher tat es daneben, und ich tat, was alle Kinder in der Not ihres erschrockenen Herzleins tun mögen, ich rief der Mutter.

Sie hörte es nicht, weil das Getöse so stark war, da rief ich lauter und lauter und rutschte von der Bank herunter auf meine Füße und schrie: Mutter, Mutter!

Da hörte ich unter das starke Tönen hinein eine Weiberstimme, die gehörte einer breiten, dicken Gestalt, die einen Besen führte, und sie rief nach einer Ecke hin: „Fugelerin, Ihr Bub ist aufgewacht, er schreit."

Gleich darauf tauchte meine Mutter zwischen den Steinsäulen auf und kam schnell auf mich zu. „Still, still, Ludwig," sagte sie und wischte mir mit einem trockenen Zipfel ihrer nassen Schürze die Tränen weg, die mir im ersten Schreck über die Backen gesprungen waren. Und dann nahm sie mich an der Hand und führte mich den langen Weg zwischen den Säulen hindurch bis an einen großen steinernen Tisch, auf dem eine grüne Decke lag mit silbernen Fransen, und hieß mich auf die Stufen niedersitzen, die zu dem Tisch hinaufführten.

Ein Teppich lag darauf, den streichelte ich mit der Hand. Er war so weich und dick, wie das graue Fell unserer Katze daheim, und ich bekam einen halben Wecken, den die Mutter aus der Tasche zog. Ich solle jetzt ruhig hinsitzen und auf das schöne Orgelspiel horchen, sagte die Mutter, und als ich fragte, was das sei, Orgelspiel, hob sie den Finger in die Höhe und sagte: „Horch, Büble, da droben kommt's herunter, dort wo es so silberig glitzert an der Wand. Dort sitzt ein Mann und spielt, und morgen ist Sonntag, da sitzt alles voller Leut' in der Kirche, und da muß er wieder spielen"; dann ging sie, und ich sah sie dort drüben mit Eimer und Schrubber hantieren, da konnte mich das Große, Fremde nicht mehr anfechten, weil ich ihre lebendige Nähe spürte.

Aber das konnte ich noch nicht verstehen, daß das Tönen dort oben herunter komme und das Scheinen zum Fenster herein. Es war beides da, der Raum war voll davon, und mein Kinderherz war voll davon, und als ich mit der Mutter heimkam, da rief ich den beiden Schwestern, die in dem schmalen Vorgärtlein neben der Haustür saßen und strickten, entgegen: „Ihr müßt einmal mitgehen, in dem großen Haus drin ist etwas ganz rot und blau und goldenes, das schreit so arg."

Da lachten sie und staunten, daß ich solche Sprüche tue, und erzählten es am Abend unserem Mietsmann, dem Heinrich Kilian, der mit seinen sechzig Jahren noch Ausläufer in einer Buchhandlung war, und der immer alles wissen mußte, was ich den Tag über gesagt und getan hatte. Er hatte mich stark in sein altes Herz geschlossen, die Freundschaft war aber gegenseitig.

Ich meine, mich zu entsinnen, daß ich an jenem Abend, als die Schwestern um ihn herumstanden und ihm von meinem Ausflug in die Kirche, in der meine Mutter zum Reinigen angestellt war, und von meinem Ausspruch erzählten, – daß ich auf seinen Knien saß und die rote Nelke hinter seinem Ohr hervorholte und sie hinter mein eigenes steckte. Er aber ließ mich reiten, „nach Sachsen, wo die schönen Mädchen auf Bäumen wachsen," und sagte wohlgefällig: „Ja, ja, du kriegst sie, Herzkäfer, gescheiter," und lachte in seinen

Stoppelbart hinein.

Wenn es nicht an diesem Abend war, so war es sicher an vielen andern so.

Denn alles, was schön, erfreulich und begehrenswert war in dem kleinen Bereich, in dem ich lebte, das war mein. Ich streckte die Hand darnach aus und es neigte sich zu mir. Das war eine lange Zeit hindurch so.

Die graue Katze gehörte mir, und die Mutter und die Schwestern und der alte Heinrich Kilian samt allem, was er in seiner Kammer hatte, und Häuslein und Garten und darüber hinaus. Das war die Zeit, da ich im Paradiese lebte, und aß von allen Bäumen im Garten und wußte noch nichts vom verbotenen Baum der Erkenntnis des Guten und Bösen. Es war nichts verboten, und so konnte ich nicht sündigen.

Mein Vater starb, als ich noch kein Jahr alt war. Er hatte mich in seiner Krankheit bei sich im Bett, wenn er genug Atem hatte, um mich auf seiner Decke sitzen zu lassen, und ich zupfte mit meinen kleinen Händen an seinem dichten Bart herum. Damals soll ich, geht die Sage, ein sehr schönes Kind gewesen sein mit einem braunen Lockenbusch und dunkelblauen Augen, und er, der sich immer einen Sohn gewünscht hatte und ihn nun, da er in so erwünschter Weise vorhanden war, verlassen mußte, sagte mit seinem letzten Atemzug: „Lasset mir meinem Büble nichts geschehen."

Das war nun ein heiliges Vermächtnis für die Mutter und die beiden Schwestern, die vier und sechs Jahre älter waren als ich, und denen die Lust an einem hübschen, lebendigen Spielzeug noch ein stärkerer Antrieb war, mich zu verwöhnen und zu hätscheln, als das letzte Wort des verstorbenen Mannes, der an ihnen nie die große Besitzerfreude gehabt hatte, wie an mir.

Wir wohnten damals in einem der kleinen Häuslein „am Graben", die der Stadt gehörten und von dieser samt den winzigen Vorgärtchen um ein Billiges an Taglöhner, Waschfrauen, Flickschuster, Näherinnen und dergleichen kleine Leute vermietet wurden.

Es ist mir, als habe dort immer die Sonne geschienen, und tatsächlich blinkten auch die nach Südosten gelegenen kleinen Fenster der einstöckigen Häuslein, die kein Gegenüber hatten, in jedem Morgenstrahl, der vom Himmel kam; und in den schmalen Rabatten der Gärtchen hoben, vom ersten Schneeglöckchen bis zur letzten Aster des Herbstes, den ganzen Sommer die Blumen der armen Leute ihre Gesichter dem freundlichen Licht entgegen.

Salat und Suppenkräuter baute meine Mutter in ihrem Gärtchen; sie hatte keine Zeit und auch nicht so recht die Gemütsart, die man braucht, um Blumen zu ziehen; die Blumen pflegte dafür Heinrich Kilian; der hatte ein Stücklein des Gartens in Pacht, nicht viel größer, als meines Vaters schmales Bett auf dem Kirchhof drüben, und doch groß genug für eine Fülle der rötesten Nelken. Rote Nelken, das waren seine Lieblingsblumen, von denen hatte er immer, so lang sie blühten, eine zwischen den Zähnen oder hinter dem Ohr, mit ihnen trieb er einen Luxus und eine Verschwendung, wie sonst mit gar nichts.

„Kilian," sagte meine Mutter manchmal, wenn sie ihm seine gewaschene und geflickte Wäsche zurückgab, „Kilian, die Hemden halten nimmer. Ich setze einen Fleck an den andern, aber was genug ist, ist genug."

„Ja, ja," sagte der Kilian, „sie tun's schon noch. Gut geflickt gibt auch warm. Ich kauf' dann schon einmal neue, jetzt grad langt das Geld nicht dazu."

„Aber zu den teuren Nelkenstöcken, da langt's," eiferte die praktische Frau. Denn er hatte sich wieder einmal etwas ganz Wunderbares kommen lassen, etwas ganz Märchenhaftes, nie Dagewesenes von roten Nelken, das in der Zeitung ausgeschrieben gewesen war. Er fiel immer damit herein, es war nie so etwas ganz Besonderes, es wurden eben immer gewöhnliche rote Nelken, wie von jeher. Aber er hatte seine große Vorfreude daran, wenn sie Knospen trieben und die Knospen sich rundeten. „Diesmal gibt's ganz dicke, ganz große," sagte er dann geheimnisvoll.

Das sagte er auch jetzt, als ihn die Mutter wegen der Hemden plagte.

„Ja, ja, und dann sind's wieder dünne, und das Geld ist draußen, und der Winter kommt, und kein gutes Hemd ist im Kasten, und das Alter kommt auch."

Aber er lächelte bloß und ließ mich auf den Knien reiten. Und ich schlug mich auf seine Seite und sagte: „Jawohl gibt es dicke, gelt, Heinrich, es ist in der Zeitung gestanden?"

Da seufzte die Mutter nur noch ein wenig und brummte: „Vier Kinder hab' ich, nicht bloß drei." Aber es hätte ihr eins gefehlt, wenn sie den Heinrich Kilian nicht mehr zu bemuttern gehabt hätte. Sie war eine gute, gute Frau. Sie gab alle ihre Kraft her für die, die sie liebte, sie wollte nichts für sich. Sie schaffte im Taglohn in guten Bürgerhäusern, sie wusch und putzte, sie hatte das Kirchenreinigen und das Schulhausfegen. Sie gehörte einem Heer von Frauen an, die da mit Kübeln und Besen hantierten. Sie brachte verschrumpelte Hände mit heim und in der Tasche das Geld, das unser tägliches Brot kostete. Und sie saß bis in den späten Abend hinein bei der Lampe, die einen grünen Blechschild hatte, und flickte alles, was wir den Tag über zerrissen, und einmal brachte sie einen Samtrest mit heim, der aus fünf bis sechs Stücken bestand, und machte mir ein Anzüglein daraus. Das alles tat sie mit wenig Worten und mit einem ruhigen, ebenen Gesicht. Ich glaube, wer nach ihren Augen gesehen hätte, der hätte viel gefunden. Aber ich weiß jetzt nur noch von einem einzigenmal, daß ich ganz weit hinein gesehen habe in diese Augen. Das war spät, das kommt jetzt noch nicht.

Als sie das Samtanzüglein genäht hatte, nahm sie mich den Sonntag drauf an der Hand und ging mit mir in ein schönes, vornehmes Haus, das war mitten drin in der Altstadt. Es hatte eine breite, schwere Tür, daran war ein großer eiserner Kopf von irgend einem Ungetüm, der hatte einen dicken Ring im Maul.

Daneben hing ein Glockenzug, der hatte einen Griff von einer Schlange, die eine lange Zunge herausstreckte. Und die Mutter hob mich auf und ließ mich daran ziehen. Da ging die Tür von innen auf und wir traten in eine Halle, darin war ein grünes Licht, das kam vom Garten herein, zu dem hin eine Pforte offen stand, und wir stiegen eine breite, dunkle Treppe hinauf, die ein geschnitztes Geländer hatte, und kamen in einen weiten Raum, an dem viele Türen lagen, und von dessen Wänden gemalte Männer und Frauen auf uns niedersahen. Ich hielt mich fest an der Hand der Mutter, denn unsere Schritte hallten in dem hohen Raum, der mit einem buntfarbigen Steinmuster gepflastert war, und es war kühl und groß und dämmerig da. Da ging eine Tür auf, es fiel helles Sonnenlicht auf die Steine des Pflasters, und in dem Sonnenlicht stand ein schöner alter Herr. Er hatte einen Sammetkittel an, darauf fiel ein langer, silberiger Bart hinunter, und seine vollen Locken schimmerten auch silberig, und er rief: „Aha, da haben wir ja das Zaunköniglein! Grüß Sie Gott, Frau Fugeler. So, so, das ist recht, wollen Sie nur gefälligst hereinspazieren!" Er hatte ein so lachendes, helles, heiteres Gesicht, daß ich ihn immer ansehen mußte, auch als wir in dem Saal waren, in den er uns führte, er war das Hellste von allem. Zwar die Sonne fiel durch hohe Fenster herein, und auf dem Boden lag ein Teppich voll glühender Blumen, und an den Wänden hingen Bilder: Äpfel und Birnen und Trauben, die aussahen, als ob sie zum Essen wären, eine Wiese mit lauter durchsonnten, roten und blauen Blumen, ein Blütenbaum mit weißschimmernden Ästen. Aber der alte Herr war doch noch heller als das alles.

Ich starrte ihn unverwandt an. Da sagte er lachend: „Was ist, kleiner Zaunkönig, was guckst du so?" Und ich wurde dunkelrot und sagte aus der Mutter Schürze heraus, in die ich meinen Kopf gesteckt hatte, vor plötzlicher Verlegenheit: „Das da ist so glänzig." Ich deutete auf seinen Kopf. Da brach er in ein helles Lachen aus und ließ mich kleinen Buben in seinen Armen durch die Luft fliegen, ganz hoch hinauf gegen die Decke hin, auf der in hoher Arbeit ein Walfisch war, der den Propheten Jonas ans Land warf.

Und meine Mutter saß da und hatte noch nichts gesagt.

„Ja also, Frau Fugeler," sagte der alte Herr, „ich brauche so ein paar kleine Buben für mein großes Altarbild. Der da gibt schon so einen Engelsbuben mit seinen Locken und seinem Gesichtlein. Ziehen Sie ihn nur einmal aus, ich möchte ihn einmal in seiner ganzen Herrlichkeit durch die Stube springen lassen."

„Wieso denn ausziehen?" fragte meine Mutter. „Ich hab' ihm extra ein besseres Gewändlein gemacht, daß er sich sehen lassen kann. Das Hemdlein, das ist nicht mehr neu, ich muß ihm die alten anziehen, von den Mädchen her."

„Ja, daß wir einander recht verstehen, Frau Fugeler, der Bub soll ja gar nichts anhaben. Das muß sein wie im Paradies, wie in seligen Welten, wo niemand sich verhüllen und vor dem andern verstecken muß. Das muß sein, wie wir alle wären, wenn wir geblieben wären, wie in der Kindheit: schön, wahrhaftig, lachend, fromm und gesund."

Die Mutter schüttelte den Kopf. „Ich bin ein einfaches Weib, Herr Professor, es mag schon recht sein, wie Sie's meinen, aber ich versteh' das nicht so. Mein Mann tät's nicht leiden, wenn er's wüßte, daß Sie den Buben so nackend vor aller Welt hinstellen wollen, und ich leid's auch nicht."

Der alte Herr trommelte mit den Fingern auf die Fensterscheiben und sah eine Weile in den Garten hinaus. Dann rief er hinunter: „Maidi, komm einmal herauf." Und gleich darauf wurde ein leichter Tritt draußen hörbar, und ein kleines Mädchen kam herein. Es hatte ein weiß und rotes Gesichtlein und hatte ein blaues Kleid an, auf das zwei hellglänzende Zöpfe niederhingen, und alles an ihm wippte und lachte. „Maidi, nimm einmal das Büblein eine Weile mit dir in den Garten," sagte der alte Herr, „du kannst ihm Kirschen geben und mit ihm spielen."

„Ja, Großpapa," sagte Maidi, „er kann mein Bräutigam sein, wir spielen Hochzeiterles."

„Wer ist das: wir?"

„Ach," sagte Maidi, „die andern, die hab' ich mir bloß so dazu gedacht, die Brautfräulein und alle. Sie haben weiße Kleider mit Schleppen und tragen Kränze und Lichter."

„So, so, ja, dann tut das nur," sagte der Großvater und schob uns zwei zur Türe hinaus.

13

„So," sagte Maidi, „jetzt mußt du der Bräutigam sein." Wir waren in eine grüne, blühende Welt eingetreten. Große, schattige Bäume wölbten sich über unsern Häuptern, üppiges Buschwerk neigte sich über die Steige hin und machte sie eng und schmal, Beete waren da voll dunkelblauer Iris und flammender Feuerlilien, ein Rondell aus lauter Rosen; es schlug eine große, schwere Welle von Duft und Farben und Schönheit über dem kleinen Buben zusammen, der willenlos und wie im Traum tat, was das Mädchen ihn hieß.

„Du mußt mich jetzt am Arm führen," sagte Maidi, „und mußt sehr aufpassen, daß du mir meinen Schleier nicht zerdrückst. Und da vornen, an der Laube, das Bänkchen, das muß die Kirche sein, da brennen Lichter, viele," sie sprang voraus und pflückte von dem Schutthaufen hinten in der Ecke einige von den Samenkugeln des Löwenzahns, die dort standen, und steckte sie in die Bretterspalten des Bänkchens. „So, jetzt – nein, jetzt mußt du der Pfarrer sein, ich kann schon eine Weile denken, daß der Bräutigam da steht."

Aber ich konnte nicht so spielen, ich war ein wenig steif und dumm und stellte mich ungeschickt an, da schlug sie vor, daß wir nun essen müßten, und dazu war ich vielleicht eher zu gebrauchen. Wir traten in die Laube ein, da stand ein weißglänzendes, geflochtenes Körbchen voll großer brauner Kirschen, und wir fingen an, zu schmausen. Aber Maidi hängte mir zuerst noch Zwillingskirschen an die Ohren und steckte mir ein kleines Zweiglein mit Laub und Kirschen dran in die schöne, steife Schleife, die mir meine Mutter am Hals zugebunden hatte zum Schmuck des Samtanzügleins. Dann durfte ich essen. Mir war so seltsam wohl, wie noch nie. Und in diesem Wohlsein, in der grünen, farbigen Welt, die über uns beiden Kindern zusammenschlug, kam mich das Reden an. Ich erzählte Maidi, daß wir auch einen Garten haben, der gehöre mir, und er sei ganz voll roter Nelken, und daß ich eine Katze habe, wenn man die vom Schwanz an aufwärts streichle, so schlage sie Funken. Sie habe ganz grüne Augen, damit könne sie bei Nacht sehen, und im Dunkeln seien sie wie glühende Kohlen. Da staunte Maidi und wollte brennend gern das alles auch sehen. Und ich sagte, daß ich auch noch den Heinrich Kilian habe, der gehöre mir ganz allein, und er könne wunderschön auf der Mundharfe blasen, da kommen abends alle Leute vor ihre Türen und horchen, und der Heinrich Kilian habe in der Stadt drinnen ein großes Haus ganz voll mit Büchern.

So tat ich dem kleinen Mädchen, in dessen wundersamer Welt ich einen kurzen Augenblick zu Gaste war, meine eigene Welt auf, die ihr vom Hörensagen vorkam, wie ein Königreich und sie mit einem Verlangen füllte, das nicht gestillt werden konnte, weil es alles im Tageslicht draußen anders aussah, als hier in der grüngoldenen Dämmerung des Gartens und des Kinderherzens. Aber das wußte ich jetzt selber nicht.

„Mama, Mama!" rief Maidi und flog auf eine Frau zu, die den gelben Sandweg des Gartens herunterkam. Sie trug ein langes, dünnes, weißes Kleid und hatte einen sonnigen Schein um den Kopf aus lauter krausen, blonden Haaren, und trug auf den Armen ein kleines Kindlein.

„Mama, es ist noch viel schöner bei ihm. Sie haben rings herum alles ganz voll roter Blumen, und eine Katze geht herum und gibt Funken und hat Augen wie glühende Kohlen, und ein Mann ist dabei, der macht immerfort Musik. Und alle Leute stehen außen am Garten herum und horchen."

Die junge Frau lächelte gut und fein. Sie hatte den Auftrag, mich zu meiner Mutter zu holen, die außen auf der Straße auf mich wartete. Sie kannte unser armes Häuslein und Gärtchen und unsere kleine Welt wohl, aber sie wollte nicht an unser beider Seligsein rühren. Sie sagte nur: „Das wirst du alles einmal sehen, Maidi. Aber jetzt müssen wir bei dem kleinen Bruder bleiben, das weißt du ja. Und der Ludwig muß jetzt zu seiner Mutter gehen, komm, zeig' ihm den Weg durch das grüne Pförtchen. Er ist ihr Bub, und du bist mein Maidi." Da tat sich hinter mir die Pforte wieder zu. Auf der Schwelle sah ich noch einmal den Weg hinunter und sah die schöne Frau mit dem Kindlein im Grünen stehen, und sah Maidi wie einen Schmetterling auf sie zufliegen und hörte ihren lachenden Ruf: „Mama, ich habe gesagt, wir kommen dann einmal alle. Wenn der Bubi laufen kann, dann."

Da stand ich auf der Straße und sah nur noch die grünen Baumkronen oben über die hohen Gartenmauern herausgrüßen, und sah meine Mutter, die ein Stück weiter unten vor der Haustür auf mich wartete. Sie nahm mich fest und ein wenig hart bei der Hand und machte fast zu große Schritte für mich kleinen Buben, als wir wieder unsrem Hause zugingen.

„Mutter, wer ist der schöne, alte Herr? Mutter, was hat er gesagt?" fing ich an. Aber sie war nicht zum Reden aufgelegt. Der alte Herr war ärgerlich geworden, als sie ihm ihren steifen, ungelenkigen Widerstand entgegenhielt. Es waren Funken aus seinen gütevollen blauen Augen gefahren, und die junge Frau war aus dem Nebenzimmer herein gekommen und hatte vermitteln müssen. Er hatte geschimpft und gewettert, daß nirgends mehr Natur sei, Einfachheit, Selbstverständlichkeit. So gottverlassen seien die Menschen, daß sie sich der Glieder schämen, die ihre Kinder in ihrer unschuldigen Pracht mit sich herumtragen.

Dabei war die Mutter immer stummer geworden. Sie konnte nicht dafür, es war ihre Art so. Sie konnte nicht mehr umlenken, wenn sie sich irgendwo festgefahren hatte, auch wenn sie wollte nicht. Sie blieb dabei: „Nackend lass' ich den Buben auf kein Bild, und gar in einer Kirche. Ich versteh's nicht besser, so kommt mir's recht vor."

Damit ging sie, es half alles nichts.

Sie tat mir das Samtkittelchen aus, als wir daheim waren und ließ mich in Hemdsärmeln auf die Gasse springen. Und ich hörte noch, wie sie zum Heinrich Kilian sagte: „Die Vornehmen sollen mir vom Leib bleiben. Alles drehen sie um und um in einem. Ich versteh's nicht; er ist sonst ein guter Herr, der Herr Professor, und nicht unrecht. Aber im Himmel die seligen Leut' haben doch auch Kleider an, steht in der Bibel. Brav soll er werden und recht, der Bub, sonst nichts. Ich kann nicht draus hinaus, wir haben's bei uns immer so gehabt."

So ungefähr sagte die Mutter damals. Ich aber stand mitten auf der Gasse und sah das Gärtchen an, das winzige, schmale, und das niedrige Häuslein, dem das steile Dach so tief über den einzigen Wohnstock herunterhing, daß es aussah, wie ein Mensch, dem der Hut in die Stirne gerutscht ist. Und mich überkam ein kleines, dummes Leiden und ein Zorn, daß es alles nicht so schön sei, wie ich es vorhin der Maidi beschrieben hatte, und wie es auch in meinem kleinen Bubenherzen gewesen war. Da ging ich ins Haus zurück und setzte mich auf die Schwelle, die von der Wohnstube in den Alkoven führte, in dem ich mit der Mutter schlief, und fing an, laut hinauszubrüllen, denn ich wußte mir nicht anders zu helfen. Und sie kamen alle zusammen, die Schwestern, der Heinrich Kilian und die Mutter, und fragten, was mir sei. Aber die Mutter sagte: „Lasset ihn nur, er hat's wie ich, er ist aus dem Gleis gekommen." Da fing sie sachte an, mich auszuziehen und wickelte mich in den alten, grauen, wollenen Schal, der für alle Schäden gut war, und legte mich in ihr großes Bett, und ich spürte ihre guten, hartgeschafften Hände und roch den Duft von dem Strohblumenkranz, der um des Vaters Bild gelegt war, gerade über meinem Kopf. Da hüllte mich das Heimatliche wieder warm und gewohnt ein, und ich schlief in den andern Tag hinüber. Denn es war noch ein Leiden, das man verschlafen konnte.

*

Aber nach dem alten Herrn hatte ich hie und da ein Verlangen. Nicht nach Maidi und nicht nach ihrer feinen, weißen Mutter. Ja, ich hatte manchmal eine plötzliche Angst, sie könnten kommen und sehen wollen, was ich Maidi beschrieben hatte und was doch nicht so war, und ich müßte mich dann verkriechen in hilfloser Scham. Dann vergaß ich sie nach und nach, und eines Tages stand ich plötzlich vor dem alten Herrn. Es war in einer engen Gasse zwischen hohen Häusern, die sich oben fast zusammenneigten.

Da schritt er fest und rasch daher und war wieder das Hellste von allem.

Ich trug ein neues Ränzlein auf dem Rücken, darin klapperte und rasselte es von Tafel und Griffelrohr, die es bis jetzt noch allein bewohnten, und kam in einem blauen Anzüglein, das mir die Mutter aus einer Arbeitsbluse vom Vater gemacht hatte, gerade aus der Schule, in die ich erst seit Tagen ging. Woher er gekommen war, wußte ich nicht. Vermutlich aus einem der alten Häuser. Er trug den Hut in der Hand und sah beim Gehen links und rechts an den Häusern hinauf, es war aber nichts zu sehen, als alte Giebel und einige Blumenbretter und Taubenschläge und so altes

Zeug; aber mich sah er nicht und wollte grad an mir vorbeischreiten. Da griff ich, weil das nicht sein durfte, schnell nach seinem Samtkittel und hielt ihn daran fest und erschrak erst, als ich es getan hatte, über meine eigene Keckheit, denn zuvor hatte ich nichts gedacht, nur gespürt, daß er mir nicht so entschwinden durfte.

„Oho, du Stumper," sagte der alte Herr, der solchergestalt mit seinen Gedanken auf die Straße heruntergezogen worden war, und sah mir in das Gesicht, das in großer Verlegenheit erglühte, „was gibt's?" Und ich freches Mücklein hätte mich gern verkrochen, aber ich konnte nicht.

Da fiel ihm auf einmal ein, wo er mich schon gesehen hatte, und er sagte: „Ja, ja, ja, das ist ja der Maidi ihr Bräutigam, den man nicht abmalen durfte." Und wie es ihm so gerade durch den Kopf ging, sagte er: „Weißt du was? Willst du was sehen? Komm einmal mit mir. Sag einen schönen Gruß an deine Mutter und ich hätte dir etwas gezeigt."

Damit nahm er mich an der Hand und machte lange Schritte, und ich kleiner Schulbub rasselte mit meinem Ränzlein neben ihm her und konnte es fast nicht erschreiten, bis wir an ein großes, kahles Haus kamen und etliche Treppen erstiegen. Da traten wir in einen hellen Raum ein und waren beide ganz still. Denn was da drinnen war, das redete mit uns. Da saß die blonde junge Frau, Maidis Mutter, auf einem kleinen Grashügelchen, ganz im Grünen, aber sie hatte andere Kleider an, als man bei uns hatte, etwas wie einen großen Mantel, der sie und das Kindlein, das sie auf dem Schoß hatte, ganz einhüllte. Und irgendwo kam Sonne her, die war im Haar und im Mantel und in den Gesichtern, da wurden sie ganz glänzend und ganz fremd und froh.

Aber von beiden Seiten her kamen kleine Buben mit lustigen kurzen Flügeln, die ihnen am Rücken herauswuchsen, die trugen Blumensträuße und Kirschen, und einer schleppte ein Vöglein herbei, das ihm davonfliegen wollte, und einer ein schneeweißes Häschen. Das brachten sie alles der schönen, schönen Frau und ihrem Kindlein. Sie hatten keine Kleider an, aber sie kamen mir auch nicht vor, wie rechte Buben, solche, mit denen ich auf der Gasse spielte, sie waren anders. Es war alles eine ganze Welt für sich auf einem großen Bilde, das lebte und blühte und rührte sich doch nicht.

Da streifte mich eine große, fremde Schönheit und strich mir über die Augen, daß sie wie in ein Wunder hineinsahen. Und ich stand ganz still und rührte mich nicht und atmete kaum. Das weiß ich alles noch, als ob es erst geschehen wäre. Auf einmal mußte ich aufsehen, es zwang mich etwas dazu. Da sah ich, wie der alte Herr seine Augen auf mir liegen hatte, voller Güte und wie in einer großen Bewegung, die mochte ihm mein stummes Andächtigsein geschaffen haben. Und er hob mich ganz sachte mit seinen Händen empor und küßte mich auf den Mund. Dann stellte er mich wieder auf den Boden und sagte: „So, jetzt gehst du heim zu deiner Mutter. Grüß' sie. Findest du den Weg? Behüt dich Gott."

Ja, den Weg fand ich schon, meine Füße fanden ihn von selber, denn ich ging wie in Träumen.

Da sah die Schönheit in mein Kinderleben herein und sagte: „Ich bin. Suche mich, kenne mich, liebe mich. Ich bin Wahrheit und Güte, Farbe, Licht und Glanz. Ich bin in allem und auch in dir."

Aber ich konnte es nicht recht erzählen, als ich nach Hause kam.

Doch war es der Mutter recht, daß der Herr Professor scheint's nicht mehr böse sei. „Denn sonst hätt' er dich nicht mitgenommen, denk ich," sagte sie.

Aber daß er mich geküßt hatte, das behielt ich für mich.

Bei uns daheim küßte man einander nicht. Auch mich nicht, so gut ich es sonst hatte.

*

Eines Tags wurde Lotte Wolf unsere Nachbarin; ich konnte froh sein, daß sie es wurde.

Sie war groß und dunkelhaarig; es dauerte nicht lange, bis sie auch zu meinen Besitztümern gehörte. Als sie am ersten Abend nach ihrem Einzug eine Weile unter der niedrigen Haustür stand und auf die grünen Bäume der Au hinübersah, da wunderte ich mich, daß sie da drinnen in dem Häuschen Platz haben sollte. Es schien mir niedriger zu sein als alle andern, weil sie so groß und hoch war. Sie trug eine blaue Bluse und eine weiße Schürze und hatte den Hals frei, daran hing ein dünnes Silberkettlein mit einem Herzchen. Es zog mich mächtig zu ihr hin, aber ich wußte nicht, was ich sagen sollte; ich beschrieb aber immer engere Kreise um sie her. Da sah sie mich und lachte mich an und sagte: „Komm her, Kleiner, wie heißt du?" Ich sagte, daß ich Ludwig Fugeler heiße, und daß das Haus da drüben mir gehöre, und daß ich viele rote Nelken habe. Da sagte sie, ich solle ihr eine davon holen, die wolle sie an ihre Bluse stecken und dafür wolle sie mir etwas Schönes zeigen. Ich rannte hinüber und pflückte einen ganzen Strauß von den Blumen, die mir seither nur zum Ansehen gehört hatten, und brachte sie ihr, die mich zum Dank mit ihrer großen, festen Hand an meinem Lockenwald packte und ein wenig zauste. Da wurde ich heiß und rot vor Glück und Stolz, und sie nahm mich mit in ihr Häuslein hinein, daß, wie die andern alle, eine Stube mit einem Alkoven und zwei Kammern hatte.

Das Schöne, das sie mir zeigen wollte, stand auf der glänzend polierten Kommode und war ein ausgestopftes Eichhorn, das blanke Äuglein und spitze weiße Zähne hatte. Es saß auf einem bemoosten Baumast und hatte eine Nuß zwischen den Vorderpfötchen, und Lotte sagte, sie wolle mir einmal die ganze Geschichte des Eichhorns erzählen, das Mux geheißen habe und fast gescheiter als ein Mensch gewesen sei. Sie sei aber sehr traurig und ob ich gerne traurige Geschichten höre? Das wußte ich aber nicht, denn bis jetzt hatte mir niemand Geschichten erzählt, und ich entdeckte auch in diesem Augenblick noch etwas anderes, das mich stark interessierte. Das war eine alte Frau, die neben dem Ofen in einem mächtig hohen Lehnstuhl saß und immerfort mit dem Kopf zitterte. Sie hatte eine breite weiße Binde um die Stirn gelegt, und unter der Binde sahen ein paar dunkle Augen hervor und zu mir herüber, und ich bekam auf einmal Angst vor diesem Menschenwesen und wollte mich aus der Stube machen. Da nahm mich Lotte bei der Hand und führte mich zu ihrer Mutter hin. Denn das sei ihre Mutter, sagte sie, und sie müsse immer im Lehnstuhl sitzen, sie könne gar nicht von selber aufstehen. Ja, nun sah ich es, sie zitterte mit den Händen und den Füßen ganz ebenso, wie mit dem Kopf, sie zitterte am ganzen Körper, das sah unheimlich aus. Aber als sie anfing zu sprechen, da war es gleich anders. Da hatte sie einen so freundlichen Mund und so freundliche Augen, daß meine ganze Angst verging. Sie sagte, wenn wir nun Nachbarsleute seien, so müsse ich fleißig zu ihr kommen, und sie habe auch ein Buch mit Bildern, das wolle sie mir zeigen, und ob ich keine Geschwister habe? Da sagte ich zuerst nein, denn die Schwestern waren immer wie etwas anderes, wie

Kindermädchen oder Pflegemütter, und sie hatten auch eine jede ein Haus, für das sie Ausgänge zu machen hatten und spielten fast nie auf der Straße oder ums Haus herum. Aber dann besann ich mich und sagte, daß ich doch Geschwister habe, zwei, es seien aber bloß große Schwestern. Und Frau Wolf sagte, das müsse ich nie vergessen, daß ich große Schwestern habe. Auch später nicht, wenn ich ein Mann sei, denn es gebe sonst fast niemand, die Mütter ausgenommen, der so getreulich für die Brüder sei, wie ältere Schwestern, die gehen durch dick und dünn mit ihnen.

„Mutter, das versteht er ja noch nicht," sagte Lotte, und die alte Frau wackelte mit dem Kopf und sah mich freundlich an, und schwieg. Und ich erfuhr es erst später, daß sie einen einzigen Bruder habe, der ein großer Herr geworden sei und nichts mehr von ihr wissen wolle. „Aber," sagte Lotte, als sie das meiner Mutter erzählte, „das mag er halten, wie er will. Ich kann meine Mutter gut erhalten, und das tue ich auch." Dabei streckte sie den einen bloßen Arm mit dem heißen Bügelstahl, den sie in der Hand hatte, wagrecht hinaus und ich dachte, sie sehe der Germania gleich, die oben auf dem Kriegerdenkmal auf dem Friedhof stand, nur daß die Germania einen Kranz ausstreckte und Lotte einen Bügelstahl. Aber für Lotte paßte ein Bügelstahl besser, denn eben damit erhielt sie ihre Mutter.

Sie stand den ganzen Tag am Bügelbrett, und um sie herum häufte sich die weißeste Wäsche; sie hatte immer eine schneeweiße Schürze an und eine Bluse mit kurzen Ärmeln und regierte das heiße Eisen, daß es blitzend hin und her fuhr und alles sich glättete, was sie unter die Hand bekam.

An schönen Sommertagen, wenn drinnen in der Küche der kleine Bügelofen glühte und seine Hitze mit der zitternd warmen Sommerluft vermischte, stand sie wohl draußen unter dem Vordach aus Sackleinwand, das sie sich selber aufgespannt hatte. Dann hingen an den Latten des Zaunes gebügelte weiße Unterröcke und rosenfarbige und blaue Kleider und führten, wenn ein Lüftchen zwischen ihnen hinstrich, für sich selbst ein Tänzchen auf, als wollten sie sich auf den Sonntag einüben, wo sie sich um junge, warme Glieder schmiegen würden, drunten in der Au und wo ihre Falten und Spitzen noch ganz anders hin und her geschwenkt werden würden als jetzt, nach den Klängen einer guten Blechmusik und in den Armen der stattlichen Grenadiere und Pioniere. Denn die schöne Lotte hatte zu ihrer Kundschaft nicht die großen, feinen Häuser in der Stadt, die, wenn sie tanzgelüstig wurden, sich selber aufspielen lassen konnten, sondern das hart verdienende, arbeitsame Völkchen der Fabrikmädchen, der Verkäuferinnen in den Warenhäusern und was so junges, lebenslustiges Geziefer mehr war. Es kamen auch ledige Herren zu ihr, die ihre Wäschepäckchen selber unter dem Arm trugen und am Samstagabend selber wieder abholten. Darunter waren solche, die ich leiden konnte, und solche, die mir unausstehlich waren. Einige stellten sich zu Lotte ans Bügelbrett und sahen zu, als ob sie demnächst ihre Hemden selber bügeln wollten und ihnen nur noch die letzte Feile zu der Kunst fehlte, und dann begannen sie allerlei Gespräche mit ihr. Aber manche machten dumme Späße und versuchten Lotte in die bloßen Arme zu kneifen, da fuhr ich wütend dazwischen, denn das durften sie nicht, da Lotte mir gehörte und ich sie, wenn ich groß war, heiraten wollte. Lotte aber zupfte mich leise am Haar, daß ich still sein sollte und sagte: „Laß nur, Ludwig, ich wehre mich schon selber," und holte sich einen frischen Bügelstahl, den schwenkte sie ein paarmal hin und her, da sah sie wieder aus, wie die Germania, und ihr Gesicht war ernst und schön, aber zu dem Kecken sagte sie gar nichts. Da sah der meist ein bißchen dumm aus und machte, daß er fort kam. Das war mir recht, denn es war mir am wohlsten, wenn wir drei allein waren. Bei mir zuhause war oft den ganzen Nachmittag niemand daheim, da wurde das Häuschen der beiden Frauen meine zweite Heimat, und ich dünkte mich König darin zu sein. Aber eines Abends kam ich so gegen Dunkelwerden hinüber. Man hatte mir heut bei Tag meine Locken abgeschnitten, weil ich nun doch zu groß dafür wurde, und weil mich die Buben soviel damit neckten, und ich fühlte mich erwachsener als je dadurch, aber es fror mich auch irgendwie, und ich wollte mich bei meinen Freunden wärmen. Da sah ich, als ich in die Stube trat, einen jungen Mann, den ich immer gern hatte leiden mögen, weil er so still und bescheiden kam und ging und nie viel sagte. Der hatte seinen Arm um die schöne Lotte geschlungen und sah sie leuchtend an, und sie wehrte sich gar nicht, sondern stand ganz still und sah ihn auch so an, und das Bügeleisen stand mitten auf einer Bluse, es roch auch schon verdächtig. Ich blieb an der Türe stehen und wußte gar nicht, was beginnen, es ging ein Schmerz und Zorn und ein Schrecken durch mich durch. Da sahen sie mich und lächelten und winkten mir mit den Augen, daß ich näher treten solle, und Lotte nahm das Bügeleisen und stellte es an seinen Platz. Aber ich rührte mich nicht von der Stelle und wäre nur gern wieder draußen gewesen, weil ich das nicht sehen konnte, daß sie der fremde Mensch umschlungen hielt.

Da sahen sie meine Not und Lotte machte sich los und kam zu mir her und sagte: „Siehst du, Ludwig, das ist mein Bräutigam. Jetzt gerade vorhin habe ich mich ihm versprochen. Gib ihm eine Hand, er heißt Friedrich Meister, ihr müsset nun auch Freunde sein." Aber ich gab ihm keine Hand. Wie konnte ich ihm die Hand geben, wenn er nur so da herein kam und alles störte, was bisher war und wenn er Lotte um den Hals faßte? Da sagte die alte Mutter aus ihrem

Lehnstuhl heraus: „Gehet ihr beiden nur ein bißchen spazieren, das wird euch gut tun. Der Ludwig bleibt bei mir, gelt, Ludwig?"

Und ich setzte mich auf den niedrigen Schemel zu ihren Füßen und legte meinen geschorenen Kopf an ihre Knie und spürte, wie sie fortwährend zitterten. Das Brautpaar ging hinaus, und wir blieben allein, und die alte Frau sagte, als ob sie mich durch und durch sehen könnte: „Ja, lieber Bub, das kommt uns beiden sonderbar vor, daß uns der Friedrich unsere Lotte nimmt, gelt? Aber weißt du, er nimmt sie nicht fort, er läßt sie da und bleibt auch dabei, und so haben wir sie alle beide."

Aber ich schüttelte meinen Kopf in ihre Zudecke hinein und sagte da heraus: „Er soll sie nicht in den Arm nehmen, sie gehört mir. Sie hat es gesagt, daß sie mir gehört." Und dann sah ich auf, ob sie keinen Rat wisse.

Da lagen ihre alten Augen gut und warm auf mir, und sie sagte: „O Büblein, wo will das hinaus mit deinem heißen Herzen? Sieh, wir können nicht alles für uns allein haben, was gut ist und schön und was wir lieb haben. Du verstehst es noch nicht, aber du mußt es noch lernen. Das kommt noch oft. Komm, komm," und sie streichelte mich mit ihren zittrigen Händen und sagte: „Es wird schöner, als du denkst. Was meinst du, mir hat die Lotte auch gehört, schon lang vor dir, schon als sie noch ganz klein war." Da mußte ich sie ansehen, wie sie so gut und so gelassen in ihrem Stuhl saß und ich dachte, ich müsse sie lieb haben, weil sie so arm sei und packte sie plötzlich mit beiden Händen an den Armen. Das tat weh, das durfte man nicht. Sie zuckte zusammen und preßte die Lippen aufeinander, und ich schämte mich, daß ich so ungestüm war. Aber sie lächelte mich an und sagte: „Ich versteh's schon, Ludwig, du meinst es gut. Sei nur ruhig, sei nur still. Komm, ich erzähl' dir was, weil wir grad so schön beisammen sind." Da erzählte sie mir die Geschichte von dem ausgestopften Eichhörnchen. Die hieß etwa so:

„Es ist einmal gewesen, schon lang, als die Lotte noch nicht viel größer war als du, da haben wir, mein Mann und das Kind und ich, droben an der steilen Steige gewohnt in dem Bahnwärterhaus, denn mein Mann ist ein Bahnwärter gewesen. Da haben wir eine gute Zeit gehabt, sag' ich dir. Da bin ich noch grad gewesen und aufrecht und stark. Ja ja, guck nur, ich bin erst seit der bösen Krankheit so, so elend. Der Mann, so gut und immer vergnügt, es sei ein Wetter gewesen, was es für eins wolle. Eine Stimme wie eine Amsel hat er gehabt und immer die Mundharfe in der Tasche. Wenn er die Strecke abgeschritten ist, hat er immer geharft dabei, und am Abend daheim gesungen auf dem Bänklein vor der Tür, und unsern Garten geschafft, es hat kein fürwitziges Gräslein drin sein dürfen. Solche rosa Pfingstnelken, dünkt mich, habe es sonst nirgends gegeben. Einen Nußbaum haben wir gehabt, der hat ein ganzes Dach über unser Häuslein gebreitet, und gleich dahinter hat der Wald angefangen.

Ja, lieber Bub.

Da sitzen wir einmal an einem Sonntagabend um den Tisch. Alle drei. Das Fenster steht offen und die Lotte sagt: ‚Vater, blas' eins. Blas': Brüder, Brüder, wir ziehen in den Krieg'. Denn er ist ein alter Soldat gewesen und hätt' gern einen Buben gehabt, der auch einmal Soldat würde, und hat der Lotte immer vom Militär erzählt. Das ist ihr Leben gewesen. Da zieht er die Mundharfe heraus und bläst eins ums andere, und auf einmal legt Lotte ihre Hand auf meinen Arm und sagt leise: ‚Da sieh' hin'. Da sitzt auf dem Fenstersims ein Eichhörnchen und guckt mit seinen schwarzen Äuglein zu uns her und horcht auf die Musik.

27

Denn darauf sind sie aus, das lieben sie.

Wir sind ganz still gewesen, um es nicht zu verscheuchen, und es ist erst wieder fortgesprungen, als mein Mann das Blasen einstellte und die Mundharfe auf den Tisch legte. Von da an ist es oft gekommen, immer öfter. Es ist noch ein ganz junges gewesen, und es ist nach und nach ganz zahm geworden. Die Lotte hat ihm Haselnüsse auf den Sims gelegt und dann auf die Bank am Fenster und auf den Tisch, und es ist bald aus- und eingegangen, wie ein Eigenes. Dann, im Winter, ist es ganz dageblieben. Die Lotte hatte ihm ein Bettchen gemacht in einem Korb, darin ist es gelegen, wie ein Kind. Sie hat es immer selber hineingetan, es hat ihm sonst niemand etwas tun dürfen. Wenn sie ganz leise gepfiffen hat, so ist es heraus und auf ihre Achsel gesprungen und hat seinen schönen buschigen Schwanz um ihren Hals gelegt. Die Lotte ist damals hergewachsen, wie ein junger Baum und hat zwei lange dicke Zöpfe hinuntergehängt, aber mit dem Lernen, da ist's ihr nicht so leicht gegangen. Sie hat sonst so vielerlei im Kopf gehabt. Jetzt hat sie nur noch lernen können, wenn der Mux mit in das Buch hineingesehen hat. Und dann hat sie ihn allemal gefragt: ‚Verstehst du das, Mux?' und hat ihm ins Gesicht geblasen, da hat er sich geschüttelt und sie hat zu mir in die Küche hinausgerufen: ‚Mutter, der Mux ist ein Gescheiter, der versteht's auch nicht.'

Das ist drei Jahre lang so gegangen. Im Sommer hat der Mux seine Freiheit gehabt. Bei Tag auf dem Nußbaum und im Wald und bei Nacht in seinem Korb. Im Winter, da hat er ganz bei uns gelebt. Da, in einem Frühjahr, die Lotte ist zwölf Jahre alt gewesen und ein großes Mädchen, geht eines Tages ein schweres Gewitter herunter. Es donnert und blitzt und der Regen fällt nur so kübelweis, und ich denke: Das ist schon gar nicht mehr geregnet, und richte trockne Sachen

28

für meinen Mann, denn er ist ja richtig weit draußen auf der Strecke. Da sind auf einmal Tritte vor der Tür, und etwas schüttelt sich und pustet, und ein Herr kommt herein, den hatte ich noch nie gesehen. Es war der neue Forstassessor, und er wollte dableiben, bis der ärgste Guß vorbei sei. Es war ein schöner Mensch, groß und breit und mit einem Weltsschnurrbart, aber es hat mir gleich etwas nicht gefallen an ihm, so um die Augen herum. Die Lotte ist dagesessen und hat an ihrem Federhalter genagt, denn sie hat sollen einen Aufsatz machen, und der Mux sitzt an seinem gewöhnlichen Platz auf ihrer Achsel und klopft mit dem Schwanz, wie wenn er sich auch besinnen müßte. Da packt der Assessor die Lotte am Zopf und sagt: Ein schönes Kind! Das dürfen Sie auch hüten, wenn ein paar Jahre noch herum sind. Und ich sagte: Wir wollen es so erziehen, daß es sich selber hütet, das wird noch besser sein.

Die Lotte funkelt ihn so an mit den Augen und zieht den Zopf wieder aus seiner Hand, sagt aber nichts. Da bleibt ihm das Zopfband in der Hand und er fragt: Schenkst du mir das? Und ich sage statt ihrer: sie ist noch ein ganzes Kind, sie braucht ihre Zopfbänder selber, gelt, Lotte? Aber sie macht nur ein trutziges Gesicht, und als der Assessor ihr auf die Achsel klopfen will, rückt sie auf der Bank hinunter. Wie es aber geschah, weiß ich nicht mehr zu sagen: Der Mux fährt blitzschnell nach seiner Hand und schlägt ihm seine spitzen Zähne in den Zeigefinger. Er hatte vorher nie jemand gebissen, es war das erstemal.

‚Verfluchte Wildkatz,‘ sagt der Assessor und pfeift zwischen den Zähnen, und seine Augen sehen aus, wie nichts Gutes. Da geht auf den leisen Pfiff plötzlich die Tür auf, die nicht ganz fest zu war, und ein brauner Jagdhund kommt herein, der draußen unter dem Vordach gelegen war. Und da geht eine Jagd an, das ist nicht zu sagen. Der Hund fährt auf das

Eichhorn los, und das rennt an der Wand hinauf in sinnloser Angst. Alles Locken von der Lotte und mir hilft nichts, und es hilft auch nichts, daß ich das Fenster aufmache, damit es sich flüchten soll. Vielleicht, wenn der Assessor seinem Hund gleich gepfiffen hätte, wäre es noch Zeit gewesen. Aber der besah seinen gebissenen Finger und war still, und als er endlich sagte: Feldmann, daher! da steht er auf dem Tisch und bellt wütend an dem Bücherbrett hinauf, auf das sich das Tierchen geflüchtet hatte. Ich weiß nicht, wie es zuging, aber als der Assessor endlich seinen Hund am Halsband hatte und ihn zur Stube hinausführte, da tat der Mux plötzlich einen klagenden Schrei und war tot. Mein Mann, der bald nachher heimkam, sagte: es sei an einem Herzschlag gestorben, den habe ihm die große Angst angetan.

Die Lotte aber war nicht zu trösten. Sie hat vorher noch nie ein Herzeleid erlebt gehabt, es war ihr erstes, und es war ein großes. Sie legte den Kopf auf den Tisch und weinte, als ob sie nie mehr aufhören wolle, und der Assessor stand daneben und sah erschrocken und bekümmert aus. Und ich sagte, daß er lieber jetzt gehen solle, denn das Kind sei so außer sich, ich könne es jetzt nicht vor einer Unart hüten. Da, wie er so dastand, tat es mir auf einmal leid, denn das Spöttische, Ungute war aus seinem Gesicht weg, und er sah aus, wie ein großer Bub, der etwas angestellt hat und gern wieder gut sein möchte. Und ich dachte, ob er wohl auch eine Mutter habe, denn das denken wir Frauen immer zuerst, und gab ihm die Hand und sagte: ‚Behüt Sie Gott, und wir wollen einander nichts nachtragen.'"

Soweit hatte die liebe Frau erzählt, und ich fühlte einen Grimm in mir gegen den Hund und den Herrn, es war mir nicht recht, daß ihm die Mutter die Hand gegeben hatte, und ich hätte der Lotte etwas Gutes antun mögen, weil sie damals so ein Leid gehabt hatte. Da fiel es mir ein, daß ich ihr ja nun den Friedrich Meister gönnen könne, und ich beschloß, es zu tun, und als die beiden wieder herein kamen, da stand ich auf und gab ihm die Hand und sagte: „Dann will ich!" Das sollte heißen, daß ich nun sein Freund sein wolle und ihm die Lotte lassen. Er verstand es auch, er lachte so herzlich erfreut über sein ganzes Gesicht und drückte meine kleine Bubenhand, daß sie krachte, und versprach auch sogleich, daß er mir einen Drachen machen wolle, so groß, daß die Spatzen davor erschrecken.

„Ja, und mit einem langen Schwanz," sagte ich.

Da versprach er das auch noch, und ich merkte, daß auch die neue Einrichtung ihr Gutes habe.

*

Einmal, als ich neun Jahre alt war, lag ich in meinem Gitterbett, das mir schon fast zu klein wurde, im Alkoven neben der Stube. Es hing ein alter, farbiger Zitzvorhang von der Decke herunter, der trennte die beiden Gemächer voneinander und ließ nur einen gedämpften Schein der Lampe zu mir herein. Draußen vor dem Haus jagte ein starker Wind vorüber. Er klapperte mit Fensterläden und riß die paar Bäume in den Nachbargärten hin und her; man konnte sie bis hier herein stöhnen hören, und es zog ein Gewitter herauf. Ich kugelte mich unter meiner Decke zusammen vor Wohlbehagen, daß ich hier so im Windstillen und Hellen lag und so beschützt und umgeben war. Draußen in der Stube saßen sie noch alle um den Tisch her: meine Mutter und meine beiden Schwestern und Heinrich Kilian. Ihre Stimmen gingen in ruhigem Gespräch einher, ich horchte nicht besonders darnach hin. Ich hatte ihnen vorhin, eh' ich ins Bett geschickt wurde, ein Gedicht hergesagt: „War einst ein Riese Goliath, ein gar gewaltig'

31

Mann." Das ging mir nun noch im Kopf herum; ich wäre wohl auch daran eingeschlafen, wenn ich nicht auf einmal meinen Namen hätte nennen hören und dann eine Sache, die mich anging. Sie wähnten mich wohl schlafend, weil ich so ganz stille lag.

Als ich anfing aufzuhorchen, sagte meine Mutter: „Wenn es geschehen soll, dann ist es an der Zeit. Ich bin heut bei seinem Lehrer gewesen – ich habe bei seiner Frau gewaschen – und habe ihn gefragt. Da hat er gesagt: Ja, ja, der Bub ist hell im Kopf und ist auch fleißig und hat gute Gedanken. Ich glaube, man kann aus ihm machen, was man will. Aber es wird Ihnen sauer geschehen, Frau Fugeler. Das Schulgeld ist teuer, und es dauert eine lange Zeit, bis einer fertig ist, wenn er ein Studium ergreift. Da habe ich gesagt, daß es mir nicht ums Hochhinauswollen sei mit meinem Buben, sondern daß ich es dem Mann versprochen habe, daß ich alles an ihm tun will, was ich kann, und daß ich auch zwei Töchter habe, die mir helfen können."

Ich sah ein wenig durch ein kleines Loch im Vorhang, als die Mutter so redete und sah, daß die Schwestern einverstanden mit dem Kopf nickten über ihre Arbeit hin, und daß Heinrich Kilian beide Arme vor sich auf den Tisch legte und den Kopf vorstreckte vor Eifer und hörte ihn sagen: „Und von mir, hat sie von mir auch etwas gesagt, die Mutter? Hat sie nicht gesagt, daß der Heinrich Kilian auch mittun will?"

„Nein," sagte die Mutter, „von Ihnen habe ich nichts gesagt, Kilian, das wär' noch schöner."

Aber er tat es nicht anders, er wollte auch etwas an meinem Schulgeld bezahlen, wenn ich ins Gymnasium käme.

„Wen hab' ich denn sonst?" sagte er. „Ich habe niemand, als

euch. Ich habe dreihundert Mark in der Sparkasse, die vermache ich dem Buben sowieso. Ich bin in der Sterbekasse, zu meinem Begräbnis brauch' ich nichts zu sparen. Und wenn ich nicht mehr schaffen kann, krieg' ich meine Altersrente. Aber ich kann noch lang schaffen."

Da legte ich mich wieder in meine Kissen zurück und schloß die Augen und sah in meine herrliche Zukunft hinein.

Also ich sollte auch zu denen gehören, die jetzt nächstens von der Bürgerschule ins Gymnasium hinübergingen. Ich war der Zweite in meiner Klasse. Der Erste war Fritz Meißner, der Sohn eines Kaufmanns am Marktplatz, ein großer und gescheiter Kerl, der immer Rohrstiefel mit Glanzlederstulpen anhatte und sehr breit in ihnen auftrat. Der Dritte war Samuel Kern, ein Pfarrerssohn, fein und blond und von einer guten Aussprache des Deutschen, weil seine Mutter eine Hannoveranerin war und es von ihm verlangte. Aber manchmal, wenn er in die Hitze geriet, was selten war, verfiel er in ein ebenso gutes Schwäbisch, wie wir andern es sprachen; erst vorgestern hatte er, als wir miteinander rangen und ich ihn unten liegen hatte, keuchend an mir emporgefaucht: Du Saukerl. Das war mir eine große Ehre und ein rechtes Freundschaftsstück gewesen. Diese beiden standen seit einiger Zeit mit ein paar andern, die weiter unten saßen, immer in den Freistunden auf einem Häuflein beisammen und beredeten, wie es würde, wenn sie drüben seien. Darüber gab es viel zu sagen, von neuen, farbigen Kappen und von vielen andern Dingen, aber ich glaube nicht, daß sie viel von den Wissenschaften sprachen, die waren ihnen noch nicht so wichtig. Ich aber stand beiseite und biß an meinen Nägeln herum, denn nun sah ich, daß ich nicht so kurzweg an allem teilhatte, was das Leben hergab. In der Volksschule war es einerlei gewesen, daß meine Mutter eine arme Wittfrau war, da kam es nur darauf an, daß ich in allem meinen Mann stellte. Aber das wurde jetzt anders, denn aus ihr hinaus führte nur ein Weg für die, die Geld hatten. Das war eine böse Sache. Aber nun war ihr auf einmal gesteuert. Denn die Mutter und die Schwestern und der Heinrich Kilian sorgten dafür, daß ich mit den Auserlesenen über die Straße gehen könne und grüne oder rote Kappen tragen und alles tun, was die andern auch taten und auch alles lernen. Aber an das Lernen dachte ich erst zuletzt, denn ich lernte gern und leicht, aber ohne Leidenschaft, das hatte mich bisher noch nicht besonders angefochten. Es erschien mir recht von den Meinigen, daß sie so taten, aber sie konnten es wohl tun, denn sie verdienten ja alle Geld. Meine Schwester Luise war jetzt fünfzehn Jahre alt und stand den ganzen Tag am Bügelbrett drüben bei Lotte, die jetzt Frau Meister hieß, und einen kleinen Buben in der Wiege hatte. Und Helene war fast dreizehn, aber sie war fast so groß wie Luise, und war Ausläuferin für ein Modegeschäft neben der Schule her und brachte auch schon Geld heim, und Heinrich Kilian hatte dreihundert Mark in der Sparkasse, das war viel, da konnte ich beruhigt sein. So schlief ich nun in guten Gedanken ein. Als ich schon lange geschlafen hatte, war es mir auf einmal, die Mutter stehe vor mir mit dem Lämpchen in der Hand und sehe über mich hin. Ich hörte sie sagen: „Mach mir etwas Rechts aus meinem Buben. Tüchtig soll er werden und brav. Paß' auf ihn auf, wenn ich nicht mehr da bin."

Aber ich wußte nicht, zu wem sie es sagte, denn es war sonst niemand da. Ich konnte auch die Augen nicht recht aufmachen, sie waren mir voll Schlafs.

Als ich am andern Morgen meinen Kameraden verkündigte, daß ich auch ins Gymnasium komme, drehte sich auf einmal mein Vordermann um und sah mich mit merkwürdig erloschenen Augen an. Ich hatte ihn gern, denn er war ein fröhlicher Kamerad, der einen Spaß verstand, und dabei ein tüchtiger Schüler. Seine Mutter ging mit der meinigen zum Kirchenreinigen. Wir waren schon oft dabei gewesen, alle beide, und hatten uns auf den Emporen und hinter der Orgel umhergetrieben und untereinander ausgemacht, wem die angemalten Posaunenengel in der Spitalkirche ähnlich sähen. Da hatten wir immer viel Vergnügen dabei gehabt und auch ein paarmal die Bälge getreten, wenn jemand kam zum Orgelspielen. Jetzt sah er mich erschrocken an und sagte: „Du auch?" sonst nichts. Aber in der Freiviertelstunde wartete er, bis ich die Treppe herunter kam und sagte, er müsse mich etwas fragen, und wir gingen miteinander hinter die Holzbeige im Hof. Ich stand dumm und bockig da, denn ich hatte etwas wie ein schlechtes Gewissen gegen ihn, aber ich wußte nicht recht, warum. Da schlug er mir auf einmal mit aller Macht eine hinter die Ohren und drehte sich dann an das Holz hin und fing an, in die Scheiter hineinzuschluchzen. Wenn er nicht geweint hätte, dann hätte ich ihm die Ohrfeige ohne Frage heimgegeben, aber so war ich ratlos und wußte mir nicht zu helfen. Ich hätte jetzt bei den andern stehen können zum erstenmal. Denn darauf hatte ich mich schon den ganzen Morgen gefreut. Und nun hatte ich eine Ohrfeige auf mir sitzen, die brannte und mußte dazu noch aus meinem Kameraden herausfragen, warum ich sie hatte, und es war mir fast, ich wisse es schon.

Da kam es denn nach und nach heraus, daß er sich schon eine ganze Weile gefreut habe, bis die andern fort seien, und daß wir dann zusammenhalten und alles herrlich regieren wollten. Er habe sich schon Sachen ausgedacht, feine, aber er sage mir's jetzt nicht, was für, er suche sich jetzt einen andern heraus, dem er sie sage. Ich solle nur machen daß ich fortkomme, ihm sei es ganz recht, er möchte nicht geschenkt da hinüber. Dabei trocknete er nach und nach seine Augen und sah mich zornig an, daß ich mir noch einmal vorkam, wie geschlagen. Denn ich hatte ihn recht eigentlich gern, das spürte ich nun deutlich, und ich stand in zwei Feuern, die brannten mich von links und rechts. Da sagte ich in meiner Not, ich könne doch nichts dafür, daß ich ins Gymnasium komme. Meine Mutter wolle es haben, mir wäre es sonst gleich. Aber das war gelogen, denn es war mir gar nicht gleich, und da in diesem Augenblick die andern nach mir riefen, lief ich schnell davon und stellte mich zu ihnen, und es war mir übel zumute. Aber es mußte ja nun dennoch alles seinen Gang gehen und ging ihn auch, und als der Herbst kam, da war ich ein höherer Schüler geworden.

*

Drüben bei Meisters war ich nach wie vor oft und viel, und dort lernte ich auch eigentlich meine Schwester Luise kennen. Ich trat sozusagen in ein neues Verhältnis zu ihr, denn daheim war ich um sie herumgestrichen wie um die alte Stockuhr in unserer Wohnstube oder um den Rosmarinstock, der auf dem breiten Fenstersims stand. Sie war eben da wie alles andere und gehörte zum Haus wie die graue Katze, nur daß die Katze immer im Fußende meines Bettes schlief und eine persönliche Freundschaft mit mir hatte. Bei Meisters aber sagten sie, daß Luise ein gescheites und geschicktes Mädchen sei, und daß sie hübsch werde, eh' man sich's versehe. Groß sei sie schon, einmal für ihr Alter, aber nun fange sie auch an, aufzublühen, und das stehe ihr gut. Das alles sagten sie nicht vor ihren Ohren, sondern vielleicht einmal, wenn sie in die Küche ging, um im Bügelofen nachzuschüren oder, wenn sie draußen im Vorgärtchen die gebügelte Wäsche in der Sonne ausbreitete. Denn sie war bei Lotte als Lehrmädchen eingetreten. Aber mir kam ein solches Wort hie und da zu Ohren, und dann dachte ich: Ja, gelt, die gefällt euch schon. Sie ist meine

Schwester, aber ich lasse sie euch einstweilen. Ich habe noch eine, die heißt Helene, an der ist bis jetzt noch nicht so viel zu sehen.

Solche Sachen sagte ich in Gedanken zu ihnen, aber ich mußte aufpassen, daß es die alte Frau Wolf nicht merkte, denn sie sah mir immer alles an, was ich im Herzen hatte, und dann sagte sie: „O Ludwig, dich sieht man doch durch und durch. Du hast ein Gesicht wie ein Spiegel." Das war mir nicht recht, denn ich wollte nicht immer alles wissen lassen, was ich dachte.

Aber daß mir meine Schwester Luise gut gefiel, das durften sie wohl wissen, das mußte kein Geheimnis sein, bloß sollten sie nicht merken, daß es mir etwas Neues sei und daß ich es von ihnen gelernt habe. Und sie gehörte mir doch zuerst und vor allen.

Sie hatte ganz hellblonde Haare, und sie waren lang und dick. Sie trug sie glatt gekämmt mit einem Scheitel in der Mitte und zwei Zöpfe um den Kopf gelegt, daß es war wie ein Kranz. Ich hatte gar nicht gewußt, daß sie so gut lachen könne; wenn sie lachte, dann sah man, daß oben einer von ihren vorderen Zähnen schief stand, aber das sah so drollig aus. Es war wie ein Wegweiser, der in ihren Mund hinein führte: „Hier ist Luise Fugeler. Man muß keine Angst vor ihr haben."

Das sagte ich auch niemand, daß ich das dachte. Denn es fielen mir hie und da sonderbare Sachen ein, und wenn ich sie heraussagte, dann lachten sie alle und erzählten es weiter. Und das war mir nicht recht. Aber meine Schwester Luise lachte nie über mich, weil sie merkte, daß ich dann rot und verlegen wurde; sonst lachte sie viel und gern. Es gab auch genug andere Sachen dazu, da hatte sie ganz recht. Gegen mich war sie immer gut und freundlich. So war sie früher nicht gewesen meiner Meinung nach. Es war aber nur so, daß sie nun überhaupt mehr ins Heitere, Jugendliche hineinkam, da zeigte sich alles, was gut und lieb an ihr war, mehr als vorher. Denn sie hatte nie recht ein Kind sein dürfen; es waren immer Sorgen vorhanden gewesen und Armut und Arbeit. Das erfuhr ich alles erst später recht, denn ich selber hatte es viel zu gut. Bei Meisters da konnte sie schon in ein freudiges Fahrwasser kommen, wenn sie gleich in ihrer jungen Jugend schon stramm an den Wagen gespannt war. Daß man arbeiten müsse, das war ihr nichts Neues, das verstand sich von selber. Was denn sonst? Aber sie waren alle miteinander so herzlich und fröhlich und gut, und es war nicht wie ein Dienst bei einer Herrschaft. Sondern man half einander mit der Arbeit und mit dem Lohn und mit dem Zusammengehören und keins war höher und vornehmer, als das andere. Friedrich Meister war Schreiber auf dem Rathaus. Er ging immer anständig angezogen zum Haus hinaus; da sah ihm Lotte unter der Türe nach und hatte den Buben auf dem Arm. Wenn er aber abends heimkam, oder auch mittags schon, dann fuhr er flugs in einen Hauskittel und wirtschaftete irgendwo herum mit Hammer und Nägeln und mit alten Brettern. Zum Beispiel machte er einen Taubenschlag auf das Dach und setzte Tauben hinein. Er mußte ihn aber bald wieder wegtun, weil die Tauben keinen rechten Respekt vor der weißen Wäsche im Garten hatten. Sie machten sie ohne alles Verständnis schmutzig, und da war nicht zu helfen, sie mußten wieder fort. Da tröstete er sich und verfertigte ein Stockbrett für das Küchenfenster, darauf setzte er ein Zigarrenkistchen mit Schnittlauch und eins mit Monatrettichen. Das heißt, er steckte die Rettichkerne hinein und wartete täglich darauf, daß sie treiben sollten. Sie trieben auch, aber bis zu richtigen Knollen brachten sie es nicht. Es blieben kraftlose Schwänzchen. Da mußte er sich viel gutmütigen Spott von seiner Frau gefallen lassen, und um sich in Respekt zu setzen, machte er nun ein Blumenbrettchen ans Wohnstubenfenster. Denn sie konnten in ihrem Vorgärtchen nichts ziehen, sie brauchten den Platz für die Wäsche.

Da konnte sie nun nichts mehr sagen, außer darüber, daß er sich mit der grünen Farbe ganz eingeseift hatte an Rock und Hosen. Sie schluckte es aber und nannte ihn zärtlich „Meister Hämmerlein". Aber er wußte nicht sicher, ob es nicht doch ein bißchen spöttisch gemeint sei. Denn sie verbarg ihre Liebe zu ihm gern unter ihrer Neckerei, wenigstens vor den Leuten. Er war fast einen Kopf kleiner als sie. „Aber darum muß ich doch an ihm hinaufsehen," sagte sie, „er ist gerade um einen Kopf klüger als ich." Das mußte ich ohne weiteres zugeben. Denn sie machte Schreibfehler, das hatte ich schon gesehen, und sie wußte nicht einmal, wo der Neckar entspringt. „Ich habe es natürlich einmal gewußt," sagte sie, „aber ich habe es wieder vergessen." Es schien ihr nicht viel auszumachen. „Mein Bub kann es einmal lernen. Ich habe sonst so viel um die Ohren, ich kann mich nicht auch noch um die Geographie bekümmern."

Aber einmal nahm Friedrich Meister sie mit auf einen Ausflug an den Bodensee. Er hatte dort droben einen Bruder verheiratet, der ein Landwirt war und ein kleines, eigenes Gütchen hatte.

Davon kam sie am Abend des dritten Tages ganz erregt zurück.

Mir brachte sie einen großen gebackenen Hasen mit aus Kuchenteig und sagte: das sei ein Seehas. Das sei eine ganz besondere Sorte, die gebe es bei uns nicht. Und der See sei so groß, nicht zu sagen, und so tief, sie habe sagen hören, man könne einen Kirchturm hineinstellen, ohne daß er oben heraussehe. Wenn man mitten auf dem See sei, so kommen am anderen Ufer die Schweizer Berge heraus, man möchte nur vollends hinüber, so verlange es einen darnach, wie sie so dastehen und leuchten. So schön gebe es bei uns nichts, das sei aus und vorbei. Ich mußte sie immer ansehen, wie sie im währenden Erzählen geschäftig hin und her ging, die Reisekleider ausstäubte und verschloß, ihr Bübchen besorgte und ihre langen, prachtvollen Zöpfe losband, daß sie ihr über den Rücken hinunterhingen, und wie ihr Gesicht dabei hell, klug und durchsonnt aussah, wie eine Landschaft, in die auf einmal neues Leben gekommen ist, etwa durch einen Maienregen oder durch einen unverhofften Sonnenblick. Ihr Mann saß neben mir auf der Bank am Fenster, folgte ihr mit den Augen und sah glücklich drein. „Guck," sagte Lotte plötzlich zu mir, „das kann ich jetzt behalten. Von dem, was ich gesehen habe, da vergesse ich nichts, das ist mir alles in den Kopf hineingebrannt oder ins Herz meinetwegen. Das kann ich meinem Buben noch erzählen, wenn er groß ist. Das andere, was nur so in den Büchern steht, das ist nichts für mich. Zum Beispiel Schwenningen oder Tuttlingen, das ist gar nichts. Da kann ich mir nichts Besonderes denken. Aber Friedrichshafen, das hat ein Schloß mit zwei Türmen, die sehen zwischen grünen Bäumen heraus und spiegeln sich im See, und auf der Bahnhofsterrasse haben wir einen Schoppen Seewein getrunken und verschiedene Schiffe ankommen sehen. Das ist etwas Lebendiges."

„So werde ich dir eben nach und nach das ganze Vaterländchen zeigen müssen," sagte Friedrich Meister behaglich lächelnd. „Ich habe eine gescheite Frau, die will die Welt selber sehen, vom Hörensagen glaubt sie nichts."

Damals stieg Lotte gewaltig im Respekt bei mir.

Dumm war sie freilich nicht, wenn sie alles selber sehen wollte. „So könnte jeder kommen," dachte ich. Aber es gefiel mir, daß sie so anspruchsvoll war und schien mir Beweis einer Besonderheit zu sein, die Lotte ja auch in anderen Dingen an sich hatte. Die Reisen durch das Vaterländchen hin und her wurden aber nicht getan. Sondern das Leben zeigte ihr seine Reichtümer und Weisheiten auf andere Weise, und es gab vieles dabei in den Kopf und ins Herz zu fassen, das man gleichfalls nicht aus Büchern und vom Hörensagen kennen lernt.

Als ihr Bübchen seine ersten Schritte machte, lag wieder eins in der Wiege, und als das heraus war, folgte ihm ein Schwesterlein. Und die Mutter wurde immer schöner, stattlicher, fleißiger und fröhlicher dabei.

Aber als sie das Kleeblatt beisammen hatte, da kam eines Tages Friedrich Meister mitten im Vormittag nach Hause und legte sich ins Bett mit einer schweren Fieberkrankheit, und als er es verließ, da war es nur, um es mit einem andern draußen auf dem Friedhof zu vertauschen. Da war sie eine Witwe geworden und stand in einem schwarzen Kleid am Bügelbrett. Denn das Bügeln durfte sie nicht versäumen, jetzt noch viel weniger als je. Wenn ihr hie und da Tränen auf das weiße Zeug tropften, so fuhr der heiße Stahl darüber und löschte sie aus, und das war noch gut. Denn die alte Mutter saß immer noch in ihrem Lehnstuhl am Ofen und zitterte heftiger als früher und hatte über dem Unglück, das in das Haus eintrat, alle ihre schöne Gelassenheit und Seelenruhe verloren. Nun seufzte sie ohne Ende, daß es eine verkehrte Einrichtung sei: sie, die alte, unnütze Frau, sei noch da als Last für die andern, und der junge Mann, der fast nicht zu entbehren sei, der sei nun weggenommen, es sei eine Jammererde, und es können einen nur die Kinder dauern, die dahinein geboren werden. Da hatte nun Lotte statt eines mütterlichen Trostes eine ewig fließende Jammerquelle um sich herum. Aber das war vielleicht noch besser für sie als alle Teilnahme und alles Mitleid hätte sein können. Denn nun mußte sie sich zusammenraffen, daß das Licht im Hause nicht auslösche. Sie mußte für Brot sorgen und für ein wenig Fröhlichkeit für die Kinder und mußte noch die alte Mutter aufzuhellen suchen, wenn diese gar zu tief ins Jammern geriet.

Weil sie aber eine so durchaus gesunde, wahre und unverstellte Natur war, so geriet ihr dieses alles auch selber zum Heil, und sie erlebte trotz ihrer aufrichtigen Liebe zu dem Toten eine neue Auffrischung und war als Witwe wie als glückliche Frau ein Menschenbild, das einem verbissenen Schwarzseher hätte zeigen können, es sei noch nicht alles verloren bei unserem Geschlecht. Denn die Kinder von solchen Müttern müssen ja doch etwas mitbekommen ins Leben hinein, das sie nicht so leicht unter die Räder des Wagens kommen läßt.

*

In den Jahren, in denen dies alles geschah, wuchs ich zu einem großen, kräftigen Buben heran. Es ging mir überall gut, ich kann nichts von einer schweren Kindheit erzählen. Ich nahm es mit Seelenruhe und ohne viel Gedanken hin, daß die Meinigen für mich sparten und schafften; es war mir nichts Besonderes, daß meine Mutter und Heinrich Kilian allmählich ein paar alte abgerackerte Leute wurden, die auch

42

am Sonntag nichts anderes mehr wollten, als nach der Kirche, die sie nie versäumten, auf dem Bänklein vor der Haustür zu sitzen und sich von der Sonne anscheinen zu lassen. Die Mutter war ja viel jünger, als Heinrich Kilian, der schon unermeßlich alt war in meinen Augen. Aber dafür hatte sie mehr mit Sorgen und Lebensnöten gekämpft und schwerere Lasten getragen als er, der nur die Bücherpakete auf der Achsel, aber nichts Schweres auf dem Herzen hatte. Sie ging immer noch zum Waschen und Putzen fort, aber ich besuchte sie nicht mehr in der Kirche, um dort hinter der Orgel und auf den Emporen herumzustreichen und mit meinem alten Freund August Volland seltsame Geschichten über die Bilder der früheren Prälaten und Kirchenerbauer zu erfinden. Ich war ein Schüler, bei dem es ohne allzugroße Mühe voranging, und der auch in den Freistunden ein Wort reden durfte und seinen Mann stellte. Die grüne Mütze saß mir kecklich auf dem vollen Haarbusch, und ich fühlte mich darunter als einer, dem das Leben eine schöne Sache ist.

Viel darüber nachzudenken, war nicht meine Art damals; ich lebte meine Tage dahin, wie sie kamen, und fand es ganz in der Ordnung, daß ich immer saubere Kleider und gute Stiefel hatte und daß auf dem täglichen Brot auch die Butter nicht fehlte. Meine Schwester Helene war nun auch konfirmiert. Sie trat sogleich nach dem Verlassen der Volksschule bei einer Kleidermacherin in die Lehre. Diese gab ihr die Kost und ein weniges an Geld, und sie mußte dafür im ersten Jahre alle untergeordnete Arbeit tun, die Rocksäume mit Litzen einfassen und dergleichen, und außerdem die fertige Arbeit zu den Kunden tragen. Dabei begegnete sie mir manchmal mit einem großen, in ein grünes Tuch geschlagenen Bündel auf dem Arm, in ihrem kurzen und unscheinbaren Kleidchen, und ich schlüffelte mit meinen Kameraden an ihr vorbei, ohne sie mit mehr als einem halbverlegenen Zunicken zu begrüßen. Sie nahm mir das weiter nicht übel, „weil Buben halt so sind," und stellte ihre Jugend ebenso fraglos in den Dienst der strengen Pflicht, wie Luise es vor ihr getan hatte und immer noch tat.

Sie war zufrieden, etwa am Sonntag ein paar Stunden in einem billigen Fähnchen, mit einem hellen Band oder Spitzenkrägelchen geschmückt, mit der Schwester oder einer Freundin in die Au hinunter zu wandern, der Musik zuzuhören und die heiteren Bilder des Lebens an sich vorbeiziehen zu lassen und vielleicht dabei den einen oder anderen Gedanken daran auszuspinnen, daß auch ihr einmal irgendeine bescheidene Frucht und ein paar farbige Blumen in dem reichen Garten des Daseins zuwachsen würden. Sie entwickelte sich aber in den dürftigen Sonnenstrählchen, die ihre Jugend trafen, wie ihre Schwester zu einem schlanken, hübschen, blühenden Geschöpf, dem auch eine natürliche Fröhlichkeit nicht fehlte, und es tönten in diesen Jahren oft aus der Giebelkammer, in der die beiden Schwestern schliefen, am frühen Morgen oder am Abend, wenn sie ihre Ruhestätten aufsuchten oder verließen, die schwermütigen Lieder, die das Volk singt, wenn es fröhlich ist, oder es ging ein Geplauder und Lachen die steile Treppe hinunter, wenn ich an dunklen Wintermorgen noch im Bett lag. Dann drehte sich der Schlüssel in der Haustür, und die Schritte und das Lachen ertönten auf der Straße, der Stadt und der Arbeit zu.

Es war alles gut und schön. Aber eines Tages, als ich beim Dunkelwerden von einer Streife durch den Frühlingswald nach Hause kam, einen großen Busch hellblauer Scillablüten in den Händen, da fand ich die beiden Schwestern und die Mutter miteinander um meinen guten alten Freund Heinrich Kilian herumstehen, der auf dem harten Sofa mit dem blumigen Zitzüberzug lag mit geschlossenen Augen und schwer atmete.

Sie flüsterten miteinander, und als ich fragend von einem zum andern sah, da legten sie die Finger an die Lippen: „Still, Ludwig, stör' ihn nicht," und sagten, daß der Doktor bald kommen werde.

Ich legte meine Scillablüten auf den Tisch und fühlte eine dumpfe Beklommenheit in mir. Wie konnte das sein, daß auf einmal etwas anderes war, als sonst? Es war so fremd und merkwürdig, daß Heinrich Kilian da auf dem Sofa lag und die Augen geschlossen hielt. Er war sonst immer irgendwo herumgegangen oder auf der Bank am Fenster gesessen und hatte ein Späßchen für mich gehabt oder eine Geschichte, die ihm in der Stadt über den Weg gelaufen war.

Die andern machten so ernste und bestürzte Gesichter; es roch in der Stube nach Hoffmannstropfen und Kräuteressig, und Lotte Meister kam herüber und wurde ganz still, als sie in die Stube trat, Sie hatte ihr Mariele auf dem Arm und hielt ihm das Mäulchen zu, als es anfing, Heinrich zu rufen, und sie schüttelte den Kopf, als ob sie nichts Gutes von der Sache denke.

Der Doktor kam, und ich wurde hinausgeschickt und bekam das Nachbarskind mit. Da standen wir im Vorgärtchen, das der Heinrich erst gestern umgegraben hatte. Es roch nach frischer Erde, in der Rabatte guckten schon da und dort grüne Spitzen heraus, und in der Ecke am Zaun war ein runder Fleck ganz blau von Veilchen. Es strich ein frischer Wind an den Häusern hin, und alles war so lebendig da draußen, aber drinnen im Haus war es anders. Ich hatte vor zwei Jahren Friedrich Meister tot daliegen sehen, still und bleich und mit wächsernen Händen; alles war mir noch gegenwärtig: Glockengeläute, Gesang und Schluchzen bei seiner Beerdigung. Nun war es mir, als trete der Tod durch unsere eigene Tür, und das war schauerlich genug. Aber daß der Heinrich Kilian dann nicht mehr da sein könnte, das konnte ich mir noch nicht denken, denn er war immer dagewesen, schon lang vor mir.

Der Doktor kam wieder aus dem Haus und ging rasch weiter, und ich dachte hinter ihm drein, daß ich kein Doktor sein möchte, denn überall, wo er hinkomme, sei etwas Arges im Haus, und helfen könne er doch nicht. Das machte, daß bei uns armen Leuten da herum der Doktor meistens nur in ganz schweren Fällen geholt wurde, wo dann freilich gegen den Tod kein Kraut gewachsen war. Ich stand noch trübsinnig herum und sah ins Wetter, da kam meine Mutter zu mir heraus und sagte: „Du sollst zum Kilian kommen, er will dich."

„Stirbt er?" fragte ich, und sie nickte kummervoll mit dem Kopf: „Wird wohl so sein," sagte sie. Und dann erfuhr ich, daß er in der Stadt von einem Lastwagen überfahren worden sei, grad über den Leib seien ihm die Räder gegangen. Man sehe gar keine Verletzung, es sei alles innen, aber da sei es auch bös. Sie wußte nicht, wie es hatte zugehen können, aber das wußte sie, daß er noch heim verlangt hatte, nicht ins Spital. Das erzählte sie in den nächsten Tagen mit traurigem Stolz noch oft, wenn die Nachbarn kamen, denn das durfte man wohl wissen, daß der Kilian hier eine Heimat gehabt hatte.

Ich schlich auf den Zehen in die Kammer, in der mein Freund jetzt im Bett lag. Er sah zum Erschrecken elend aus. Der schwarze Bart, der ihm sonst ganz fröhlich um sein heiteres Gesicht herumstand, sah düster und wild aus, weil das Gesicht selber so fahl und eingesunken dazwischen lag. Er ließ seine Augen mühsam nach mir hingehen, als ich zu ihm trat und regte die Lippen, um etwas zu sagen, aber es kam nichts Deutliches heraus, und das leise Flüstern, das er hervorbrachte, verlor sich in seinem Bart. Noch ein- oder zweimal probierte er es, dann ließ er's sein und schickte

46

noch einen Blick zu mir herüber, der deutlich sagte: „Da ist nun eben nichts mehr zu machen; ich habe dir noch etwas mitteilen wollen, aber das muß ich nun für mich behalten."

Mich packte ein ängstliches Grauen, das war noch größer als das Leid, das ich empfand über sein Hingehen, und kam davon, daß ein Mensch daliegen mußte mit einem Gedanken in sich, den er gern aussprechen wollte, und für den es keine Brücke mehr gab heraus zu den andern. Ich wollte der Mutter rufen, aber ich brachte keinen Ton heraus, es war mir, als ob ich nun auch stumm sein müsse, weil es das gab. Da sah ich auf einmal, wie sich die Hände meines Freundes, die fest verschlungen ineinander auf der Bettdecke lagen, auseinander taten. Das geschah nicht wie von einem Willen diktiert, sondern es sah aus, als ob sich mit den Händen auf einmal alles Leben löse und nun still und müde daliege, weil es nicht mehr weiter könne, und als ob von jetzt an ein anderer zu dirigieren habe in allem, was den alten Heinrich Kilian betreffe. Währenddiesem kam meine Mutter herein mit einem geöffneten Champagnerfläschchen, mit dessen Inhalt sie den Sterbenden erquicken wollte. Als sie aber einen Blick auf sein Gesicht geworfen hatte, stellte sie es still zur Seite, denn sie sah, daß hier nichts mehr zu stärken sei.

Das Glas floß über von dem schäumenden Wein, und die Mutter, die das doch nicht mitansehen konnte, tauchte ihre Hand in die kleine Lache, die sich auf dem Tisch bildete, und bestrich Stirn und Hände ihres alten Pfleglings mit dem Naß, vor dem sie um seiner Kostbarkeit und Seltenheit willen eine große Ehrfurcht hatte, und unter ihren netzenden Händen verging er vollends und atmete tief und leise aus.

Ich aber durfte mich nicht dem reinen Gefühl des schmerzlichen Abschieds hingeben, wie die Mutter und die beiden Schwestern, die in ein herzliches Weinen aus der

Tiefe ihrer guten Gemüter ausbrachen. Ich mußte mich damit quälen, was es wohl gewesen sei, das er zu mir hatte sagen wollen, und ich wußte nicht, sollte ich froh oder traurig sein, daß er es nicht mehr hatte aussprechen können, denn ich hatte ein schlechtes Gewissen von seinetwegen, das wachte nun mächtig auf.

Der Tag, an den ich denken mußte, lag um vier Wochen zurück. Ich hatte dem Kilian am Abend vorher abgebettelt, daß ich seine große silberne Uhr in der Schule tragen dürfe, weil alle andern Buben auch Uhren hatten. „Am Sonntag allemal, da kriegst du sie wieder, da gehört sie dir," hatte ich gesagt; denn am Sonntag trug er sie selber an einer dicken Nickelkette. Er war nicht recht damit einig gewesen. „Du wirst mir doch nicht großartig werden, Ludwig," hatte er gesagt, „silberne Uhren am Werktag, behüte Gott, das ist für Herrenleut', aber nicht für unkonfirmierte Buben von unserlei Leuten."

Aber ich hatte es dann doch durchgesetzt, er konnte mir nichts abschlagen.

Und nun trug ich die Uhr recht sichtbar an der Kette und hatte den Kittel offen, daß man sie deutlich sehen mußte und ging mit meinen Kameraden nach der Schule in einen Laden, wo man Bleistifte und dergleichen kaufen konnte. Zwei oder drei waren drin, ein paar andere, zu denen ich auch gehörte, standen unter der Ladentür und warteten auf ihr Herauskommen. Es war einer dabei, den ich schon lang gern zum Freund gehabt hätte, ein kleiner, gewandter Kerl, blond und witzig und aus einem Künstlerhause stammend, der tat allerlei Sprüche über die Vorübergehenden und brachte uns so zum Lachen, daß unsere Kameraden im Laden drin neugierig die Hälse streckten, um zu sehen, was da Lustiges vor sich gehe.

Währenddem kam auf der andern Seite der Straße mein Heinrich Kilian daher, schwer mit Bücherpaketen beladen, deren eines ihm unbequem auf der Achsel saß, so daß er den Kopf stark auf die Seite legen und immer wieder drehen mußte, um eine erträgliche Stellung zu gewinnen. Das fiel dem Spaßmacher sogleich auf, er fing in seiner sprühenden Laune an, den Gang und die Haltung des alten Mannes nachzumachen, und der Zufall kam ihm noch mit weiterem Material zu dieser Vorstellung entgegen, indem dem Schwerbeladenen ein anderes Paket, das er unter dem Arm getragen hatte, entglitt, und er sich unter starken Verrenkungen bücken mußte, dasselbe aufzuheben. Bei dieser mühsamen Bewegung nun geschah es, daß die alte, geflickte Hose, die ihm meine Mutter längst hatte wegsprechen wollen, hinten nachgab und einen großen, klaffenden Riß bekam. Er befühlte den Schaden verdutzt und kopfschüttelnd und ging dann, überschüttet von dem Bubengelächter, das von der anderen Straßenseite herüberscholl, weiter bis zu einem schmalen Nebengäßchen, in dem er verschwand, wahrscheinlich um sich dort in irgendeinem Hause notdürftig ausbessern zu lassen. Das war nun ein großes Gaudium für den Witzbold und die ins Lachen geratene Bubenschaft. Mir aber war übel zumute. Da stand ich, hatte Kilians Kette über meine Schülerbrust gespannt und trug seine Uhr in der Tasche und lachte mit den andern über ihn, denn ich konnte es nicht lassen, ich mußte lachen, so schändlich ich mich auch empfand, und tat, als ob er mich nichts anginge. Als er verschwunden war, machte ich mich unter irgendeinem Vorwand von den andern los und schlich mich nach Hause, wo ich kaum den Kopf aus den Büchern erhob, als Heinrich Kilian am Feierabend kam und gut und freundlich wie immer war. Er hatte mich nicht gesehen, das merkte ich gleich, und ich schüttelte, so gut es ging, mein übles Empfinden ab durch allerlei Entschuldigungen, die ich in mir selbst vorbrachte.

Aber nun lag er da und hatte die Augen für immer geschlossen, und vorher hatte er sich noch gemüht, mir etwas zu sagen; wer konnte wissen, ob es nicht doch d a s gewesen war?

Und es gab keine Gelegenheit mehr, miteinander ins Glatte zu kommen, keine; ich mußte nun mein Leben lang so an ihn denken, und wer weiß, wie er an mich dachte? Denn es war doch eine recht unsichere Sache mit dem Totsein, es gab da so allerlei Möglichkeiten, und vielleicht war er nun auf einmal irgendwo fein heraus, sah alles und verachtete mich. Das war eine schwere Sache.

Zwei Tage lang ging ich mit bösem Gewissen herum, stumm und bedrückt. Ich muß bleich ausgesehen haben, denn meine Mutter fragte mich, ob ich krank sei, und ich hörte sie zu Lotte Meister sagen: „Es geht ihm näher als er zeigen mag; er hat auch viel verloren, es ist kein Wunder." Und dann fügte sie mit einiger Befriedigung bei, daß ich doch ein gutes Gemüt zu haben scheine, und daß sie froh sei, es zu sehen, denn sie sei manchmal in Sorgen meinetwegen, ob auch alles gut ablaufe mit mir und ich nicht an meiner Seele Schaden leide durch die Standeserhöhung, in die sie mich selber hineingestellt habe durch die höhere Schule.

„Ich weiß nicht, wie lang ich noch da bin," sagte sie, „und weiß oft nicht, ob ich nicht etwas Dummes angerührt habe mit dem Buben; ich habe gemeint, es müsse so sein, weil ich's dem Mann versprochen habe, daß ich alles tun will für ihn. Jetzt geb's der liebe Gott, daß er recht wird, denn ich muß ihn grad laufen lassen, er ist einen halben Kopf größer als ich, und ich bin ein einfältiges Weib."

Was Lotte darauf sagte, hörte ich nicht mehr, denn beide Frauen gingen miteinander zur Türe hinaus, und ich saß in dem Alkoven hinter dem alten Vorhang auf einem Stuhl und wußte nicht recht, was mit mir anfangen.

Die Mutter kam wieder herein und setzte sich auf die Bank, die am Fenster hinlief; sie hatte die Hände im Schoß gefaltet und sah still vor sich hin mit einem Ausdruck von Müdigkeit und Ergebung, wie ihn Menschen bekommen, die sich ein ganzes, langes Leben hindurch immer in das, was ihnen auflag, schicken mußten und denen dieses Sichschicken die einzige Waffe war im Lebenskrieg. Mich aber überkam es, ihr zu sagen, daß ich recht werden wolle und gut und daß sie meinetwegen ohne Sorge sein solle. Ja, es trieb mich ein starkes Verlangen dazu, auf ihren Schoß zu sitzen, wie als kleines Kind und ihre Hände um mich herum zu spüren, warm und gut. Dann hätte ich vielleicht auch von mir getan, was mich Heinrich Kilians wegen beklemmte, denn ich fand nicht recht den Weg daraus heraus.

Aber ich war nicht gewöhnt, zärtlich zu sein und fand auch das Wort nicht, das ich gern gesagt hätte. Ich schob mich langsam aus dem Alkoven heraus in die Stube, und als mich die Mutter sah, sagte sie: „Bist du da drin gewesen und hast alles gehört?"

Das bejahte ich mit einem Kopfnicken, und als ich in ihr Gesicht sah, da war es so voll von einer großen Liebe und Sorge und so himmelgut, wie ich glaubte, es noch nie gesehen zu haben, und ich legte meinen Kopf auf den Tisch und ließ meine Tränen, die ich bisher immer noch verschlossen gehabt hatte, laufen, wie sie wollten. Aber es wurde mir so wohl dabei, wie schon lange nicht mehr. Es war, als ob ein Bach aus meinem Innern breche und alles mit sich fortnehme, was übel und schwer darin gelegen war, und als ob meine Mutter alles wisse, was mich angehe, ohne daß ich ein Wort sage, bloß weil sie meine Mutter sei. Und das wird ja wohl auch so gewesen sein.

*

Ich wollte, ich hätte sie länger gehabt, es hätte meiner Jugend gut getan.

Ich weiß nicht. Vielleicht hätte ich alle meine Torheiten dennoch begangen, auch wenn sie dagewesen wäre, denn sie hätte mich nicht davor behüten können, wenn ich in der Welt draußen war. Und vielleicht hätte ich ihr weh getan, wie den andern. Ich möchte so gerne denken, daß ich den Weg zu ihr gefunden hätte, wenn ich mir verweht und verlaufen vorgekommen wäre, und daß ich ihr zuliebe manches besser gemacht hätte, als ich es tat. Es ist umsonst, daß ich mich darüber besinne.

Es muß ja alles so recht sein, wie es ist.

Als ich konfirmiert war und am Sonntag in einem neuen dunklen Anzug und mit einer gestärkten Hemdbrust auftrat, machte ich zum ersten- und einzigenmal in meinem Leben einen Ausflug mit ihr. Er geschah zu einem entfernten Vetter auf der Alb, der mein Pate war, und der uns eingeladen hatte. Wir zogen am frühen Maimorgen aus und sahen die Stadt und die Türme und den Fluß im Nebel liegen und schritten selber durch den Nebel, der bald rosig durchleuchtet wurde von der durchbrechenden Sonne. Da wurde uns ganz reiselustig zumute, und meine Mutter machte Schritte neben mir her wie ein junges Mädchen vor lauter Freude am Dasein und an der Reise mit mir.

Dann saßen wir in der Bahn und fuhren nach Blaubeuren, und sie hatte tausend Dinge zu bestaunen und wurde ganz redselig mit den Fahrtgenossen, deren Reiseziel und Heimat sie unverzagt erfragte, und mit denen sie sich ohne weiteres einig fühlte, als mit solchen, die einen seltenen, schönen Sonntag in der Freiheit genießen.

Es war auch ein altes Bauernweiblein im Wagen, das saß mit einer scheuen Glückseligkeit im Schatten eines mächtigen, breitschultrigen Mannes von exotischem Äußern, der an allen erdenklichen Stellen von goldenen Knöpfen, Ketten und Ringen erglänzte. Er hatte ein gutes Gesicht und fing bereits an, sein anglo-amerikanisches Deutsch, das er „drüben" angenommen hatte, wieder mit schwäbischen Brocken zu vermischen. Sie war seine Mutter und war ihm auf seinen Wunsch entgegengefahren, weil er jetzt auf Besuch heimkam, und sie fühlte sich wie auf einer Himmelfahrt, da sie nun mit dem stattlichen Sohn ihrem Dorf entgegenfuhr. Mit ihr kam meine Mutter bald ins Gespräch und sagte mit hoffnungsvollem Stolz, daß sie ihren Ludwig auch etwas Rechtes werden lasse, er müsse nur sagen, was er im Sinn habe, und daß es freilich, wenn es auf sie ankomme, nicht grad Amerika sein müsse, indessen, wie es Gottes Will' sei, wenn er nur brav werde und recht. Da sah mich das alte Weiblein, das sein Schaf im Trocknen hatte, kopfnickend an und dachte wohl, freilich, so einer, wie ihr Johann, wachse nicht an jedem Hag, aber recht werden könne ich immerhin, schon der Mutter zulieb, und der mächtige Amerikaner sagte: „Well" und strich sich den Bart, daß die Ringe an seinen Fingern erglänzten. Ich war froh, als wir ausstiegen und wieder für uns waren.

Die Mutter freilich konnte noch nicht so schnell von den beiden abkommen. Sie waren am Bahnhof von einem stattlichen Fuhrwerk mit zwei schweren Gäulen abgeholt worden und verschwanden vor uns in einer weißen Staubwolke, als wir sachte, Schritt vor Schritt die Steige hinanstiegen, die hinter dem Blautopf auf die Höhe der Alb hinaufführt.

„Das Gefährt ist nicht ihr eigen," sagte meine Mutter. „Es gehört ihrem Nachbar. Der hat es entgegengeschickt, weil er einen Respekt hat vor dem Amerikaner. Sie hat es auch mühsam gehabt vorher, aber seit fünf Jahren hat ihr der Sohn immer Geld geschickt, da hat sie sich eine Güte antun können."

Sie schwieg und sah an mir hinauf und hinunter und hätte gern noch mehr gesagt. Aber sie wollte vielleicht meine Jugend nicht beladen, oder sie traute sich selber nicht, so weit hinauszufahren mit ihren Gedanken, so ging sie neben mir her, ohne es auszusprechen, wie sie es von mir auch erhoffe, daß ich einst ihr Alter schmücke und erleichtere.

Mich trieb es an, ihr große Dinge zu versprechen, denn ich konnte es nicht leiden, daß mich der Amerikaner etwa ausstechen sollte. Aber ich wußte noch nicht, wo bei mir der Glücksbaum wachsen würde, von dessen Zweigen ich meiner Mutter die Taler herunterschütteln konnte, und um das Gespräch auf etwas zu bringen, bei dem ich auch etwas galt, fing ich an, meiner Mutter die Geschichte von der schönen Lau zu erzählen, die ich kürzlich gelesen hatte.

Sie horchte hoch auf und nahm es alles wahr und wichtig, so daß mir die Sache selber im Erzählen noch viel lebendiger wurde als zuvor.

Tief unter uns lag das Städtlein mit Kloster und Kirche friedlich hingelegt bei dem tiefen, dunklen Wasserbecken, an dessen Ufer wir vorhin gestanden waren mit einem leisen Grauen, weil es gar so unergründlich tief hinabging.

Nun sahen wir nur noch die Bäume, deren grüne Wipfel sich über ihm zusammen zu neigen schienen, und sahen die junge Blau, die hell und fröhlich durch grüne Wiesen ging, als ob sie nicht erst vorhin aus ihrer wundersamen Quellenheimat ausgeflossen wäre. Die nackten Felsen standen trutzig um das Tal herum, aber die Sonne legte einen Glanz auf sie, daß sie zu scheinen anfingen, und der Himmel stand hoch und heiter über dem Ganzen.

Und die schöne Lau stieg aus ihrer blauen Tiefe herauf und trug ihr schweres Herz zu den Menschen und lernte bei ihnen das Lachen, das ihr so nötig war. Als alles gut ausgegangen war, atmete die Mutter tief auf. „Gott Lob und Dank," sagte sie, „wenn's auch bloß ein Märlein ist, mich hat die arme Frau doch gedauert; ich weiß gut, wie es ist, wenn's einem nicht ums Lachen ist. Als ich mit dir gegangen bin, Ludwig, ein paar Monate vor deiner Geburt, da ist mir's immer so schwer gewesen, das ist nicht zum Aussagen. Da hab' ich immer gedacht: Lieber Gott, laß nur mein Kind kein schweres Gemüt kriegen. Gelt, du hast keins, Ludwig, ich meine einmal nicht. Wenn ich dich habe lachen hören und gesehen, daß du lustig bist, dann ist mir ein Stein vom Herzen gefallen."

Als die Mutter so redete, wurde es mir sonderbar ums Herz. Es war mir auch, als ob ich in eine unterirdische Quellenstube hineinsehe, aus der mein Leben herausgeflossen sei, und ich spürte eine dunkle Zärtlichkeit für diese Frau, anders als je zuvor. Aber ich ließ nichts davon merken.

Als wir höher stiegen, atmete sie mühsam und schwer und blieb immer wieder stehen, um sich den Schweiß abzuwischen, dabei sah sie blässer aus, als ich sonst an ihr gesehen hatte.

„Ich weiß nicht, es ist mir nicht ganz recht," sagte sie. „Mich deucht, ich höre ein Fuhrwerk; wenn ich das erwarten könnte und ein Stück weit aufsitzen, das wäre gut. Du könntest derweil weitergehen, dir tut das Laufen gut, du hast junge Füße und ein junges Herz."

Das wollte ich meinen, daß ich das hatte. Ich ließ die Mutter auf einem Steinhaufen am Wegrand sitzen und ging voran, singend und pfeifend. Unter mir tat sich das Tal immer weiter auf, Dörfer lagen in der Sonne, und Höhenzüge traten hervor und grüßten herüber. Im reinen Blau des Maihimmels schwammen kleine, weiße Wölkchen dahin, und in den Ebereschen zu beiden Seiten der Straße pfiffen Ammern und Meisen in ausgelassener Daseinslust. Ich empfand mich jung, stark und froh, und es schien mir alles gut zu sein. Nach der Mutter sah ich mich nicht um. Ich wollte, wenn die Höhe vollends erstiegen wäre, auf das Fuhrwerk warten, aber meine Gedanken flogen ein paarmal zu ihr, weil sie mir das Herz so sonderbar bewegt hatte.

Doch sagte mir keine Ahnung, auch nicht die leiseste, daß meine Mutter jetzt eben den Tod erlitt. Er war ihr lind und gut; er trat nur an sie heran, als sie erschöpft auf dem Steinhaufen saß und legte ihr die Hand auf das Herz, da hörte es auf, zu schlagen. Vielleicht sah sie ihn herankommen, ich weiß es nicht. Wenn sie ihn gesehen hat, das glaube ich, dann hat sie ihre hartgeschaffte Hand mit einem geduldigen Seufzer in seine knöcherne gelegt und sich von ihm führen lassen. Denn es war nichts von Widerstreben und darum auch nichts von Angst in ihr.

Als der leere Müllerwagen kam, den sie gehört hatte, saß sie in sich zusammengesunken da, die Hände müd im Schoß und den Kopf auf der Brust. Die Sonne lag auf ihrem grauen Scheitel und der Müllerknecht meinte, sie schlafe.

Als er merkte, daß sie tot sei, packte ihn ein Grauen, und er hieb auf seine Schimmel ein, daß sie die Steige hinaufrasselten, wie auf der Flucht. „Da unten sitzt ein totes Weib," rief er, als er mich sah, „weißt du, wer sie ist?"

Da löschte mir mit einem Male die fröhliche Fackel aus, die

mir den ganzen Morgen ins Leben hinein geleuchtet hatte, und es kam eine dunkle Wolke, die überzog Land und Himmel und meine Jugend und mich. Ich lief in verzweifelten Sprüngen die Steige wieder hinab, bis ich bei ihr war, und blieb in Herzensnot und Grauen bei ihr sitzen, bis Leute von oben herunterkamen, von dem Müllerknecht geschickt und sich unser annahmen.

Sie wurde dort droben in dem Albdörflein begraben. Da war ein Platz frei in dem ganz zusammengesunkenen Grab der Großmutter meiner Mutter, das einst von der Familie gekauft worden war.

„Da liegt sie gut," sagte der Vetter, den wir hatten besuchen wollen.

„Die Großmutter ist ein braves Weib gewesen, bei der hat sie ihren Frieden. Und sie liegt im eigenen Grund und Boden, das hättet ihr in der Stadt drunten nicht zahlen können."

Da kam in aller Trauer noch ein kleines, bescheidenes Stölzlein in uns auf, auch in den Schwestern, die gekommen waren, daß wir hier an diesem Platz sozusagen ansässig seien, und wir waren einig damit, die Mutter hier zu lassen.

Das liegt tiefer als es viele wissen, im Menschenherzen, daß es irgendwo unvertrieben sein will, daß es ein Stücklein Land besitzen will und wäre es noch so klein, teilhaben an der Erde, die unser aller Mutter ist.

Im Leben hatte die Mutter immer im Hauszins wohnen müssen, nun ererbte sie im Tode ein eigenes, enges Häuslein und war nur gehalten, die bleichen, weißen Knöchelein der Urahne bei sich ruhen zu lassen, denn diese war immerhin vorher dagewesen.

*

57

Ein halbes Jahr nach der Mutter Tod wurde uns das Häuschen gekündigt, weil die Stadtverwaltung irgendeine Änderung in dieser Gegend vornehmen wollte. Da gab es einen schweren Abschied zwischen Meisters und uns. Denn wir zogen nun in zwei verschiedene Stadtteile. Auch Lotte hatte die Kündigung getroffen, und es war nun zwischen ihr und meiner Schwester Luise ein Abkommen wie zwischen Abraham und Lot: „Willst du zur Rechten, so geh' ich zur Linken, willst du aber zur Linken, so geh' ich zur Rechten." Luise wollte nun ein eigenes Bügelgeschäft aufmachen mit Lehrmädchen und Pariser Neubügelmethode, und dazu brauchte sie ein Feld für sich. Lotte aber zog ihre bisherige Kundschaft nach sich in ein Haus, das in der Nähe des alten lag. Sie waren beide wie Schwestern miteinander, es war nichts von Neid und Streit in ihrem Auseinandergehen, sondern, weil das Leben mit seinen Bedürfnissen es so verlangte, darum trennten sie ihre Wege und blieben sich um so mehr in Freundschaft zugetan.

Wir zogen an einem Tag nach verschiedenen Seiten hin. Unsere Möbel waren aufgeladen und zeigten sich im Tageslicht und unter freiem Himmel als eine ärmliche Habe. Einmal waren sie auch neu gewesen und aus vielen Spargroschen mit Lust und Liebe nach und nach erworben worden, nun sah die neue Generation darüber hin als über etwas Abgängiges, es war aber so der Lauf der Welt. Wir gingen noch einmal durch die leeren Räume und sahen an den dunklen Stellen auf den verschossenen Tapeten, wo die Bilder gehangen waren: Hier des Vaters Bild und hier die Schlacht bei Leipzig, und dort der Haussegen, der die heilige Dreieinigkeit zeigte, je nachdem man links oder rechts oder in der Mitte stand, den Vater oder den Sohn, oder den heiligen Geist als Taube. Über der Bank war eine fettige Fläche, da hatte der alte Heinrich Kilian immer seinen Kopf angelehnt. Die Schwestern waren in gerührter Stimmung, als sie sich noch einmal hier umsahen und lehnten sich aneinander, wie um sich zu vergewissern, daß keine von ihnen allein in die Fremde geht. Mir aber war es unbehaglich zumute. Es ging so allerlei durch einen durch, wenn man hier seinen Gefühlen nachhing, es war wohl am besten, vorwärts zu gehen und sich nicht mehr viel umzusehen, sonst tat es in der Brust weh, und das Herz klopfte einem; das war aber eines bloßen Umzuges wegen nicht nötig, meinte ich.

Da kam soeben Lotte Meister zur Tür herein, um Luise noch etwas zu sagen. Sie stand so groß und hoch und stattlich in der niederen Stube, aber sie hatte ein Glänzen in den Augen, aus dem man schließen mußte, daß sie geweint habe. Denn sie nahm ja freilich hundertfache Erinnerungen mit sich fort. Es war bei ihr nicht wie bei uns das Geschehen zu tragen, das im Gang des Menschenlebens von vornherein liegt, daß die Alten davongehen und zu den Vätern versammelt werden, sondern sie hatte die Unnatur des Zerreißens erlebt, der Trennung mitten auf der gemeinsamen Bahn. Die alte, leidende Mutter aber ging mit ihr und freilich auch die Kinder, das kommende Geschlecht, das hier seinen Ursprung genommen hatte.

Man konnte aber mit keinem mitleidigen Gedanken an Lotte herankommen, obgleich man ihre Tränenspuren noch sah. Denn sie beherrschte ihr Gesicht und ihre Haltung vollständig und war dem Leben gewachsen, wie es auch verfahren mochte, man konnte in allem nur Respekt vor ihr haben. Als sie ihre Sache an Luise ausgerichtet hatte, sah sie mich lächelnd an, wie früher, da ich noch als lockiges Bürschlein neben ihr am Bügelbrett gestanden war und sagte: „Wie ist's, Ludwig, wird man dich auch noch hie und da zu sehen bekommen, wenn man eine Viertelstunde Wegs zueinander hat, oder müssen wir gleich ganz Abschied nehmen?" Sie streckte mir aber dabei ihre schöne, kräftige Hand hin, und ihr Gesicht war so voll von einer unwandelbaren Güte und Zuversicht, daß es mich heiß durchfuhr, und ich in einem Augenblick die ganze Zukunft durchreiste, in der es immer eine Lotte Meister geben mußte, sie war nicht wegzudenken. Ich spürte, daß ich feuerrot wurde und daß mich ein ungestümes Verlangen packte, sie wieder für mich zu haben, wie einst, aber ich tat nicht dergleichen, sondern sagte nur, ich werde schon kommen, wenn ich Zeit habe und ich müsse jetzt so viel lernen, weil der Professor so streng sei. Darauf sah sie mich einen Augenblick prüfend an und erklärte dann, eigentlich habe sie fragen wollen, ob eins von uns den Rollstuhl mit der Großmutter in die neue Wohnung führen wolle. Die Kinder könnten es ja, aber die Großmutter vertraue sich ihnen nicht an, weil sie ohnehin vor dem fremden, entlehnten Rollstuhl und vor dem Fahren durch die Straßen eine entsetzliche Angst habe. Ich spürte, daß ich dazu vermeint sei, aber ich konnte mich nicht schnell entschließen, denn es konnte mir jemand begegnen, etwa der Stadtpfarrer, der dann sagen würde, so sei es recht, oder meine Kameraden, die lachen würden, wenn die alte Frau immer mit dem Kopf wackelte, und da war eines so schlimm, wie das andere. Es gab eine Verlegenheitpause, und in die Stille hinein sagte meine Schwester Helene ganz freundlich und bereitwillig, ja natürlich, das tue sie gern, und Lotte empfahl sich, ohne noch einmal etwas zu mir zu sagen. Sie mußte schleunigst hinter ihrem Möbelwagen, auf dem hoch oben die drei Kinder saßen, eng in dem geblumten Sofa aneinandergeschmiegt, lustig und lachend, weil ihnen das Fahren ein Fest war. Wir sahen ihnen nach, und dann gingen wir gleichfalls davon und ließen die Türen hinter uns offen, weil nichts mehr im Haus war, das man verschließen mußte. Aber nun hatte ich auch mein Teil an Abschiedsschmerzen, und es war mir vielleicht übler zumut als den andern allen, sie brauchten es aber nicht zu wissen.

Die neue Wohnung, die wir bezogen, lag mitten in der Altstadt, in einer engen Gasse, in der die Häuser nah beisammen standen, und in der es mit Sonne, Mond und Sternen nicht besonders leuchtend zuging. Ich allein hatte in meiner Kammer hoch oben unter dem Dach Licht genug, und die Nelken des alten Heinrich Kilian, die meine Schwestern sorglich ausgegraben und in Töpfe gepflanzt hatten, führten vor meinem Fenster ein blühendes Leben, so lang die gute Jahreszeit währte. Unten im Haus, im Kellergeschoß, da war es fast den ganzen Tag dämmerig; es mußte gut gehen, wenn einmal ein wenig Sonne hereinkam. Aber es ging hell und heiter zu trotzdem. Da ging es mit glühenden Bügelstählen um und mit Lachen und Schwatzen und oft mit Singen daneben her. Sie schafften selbdritt oder viert, Luise und ihre Lehrmädchen. Sie hatten Kundschaft genug, denn schön gebügelte Kragen und Manschetten, das war etwas, das jedermann brauchte; auch der einfachste Mann wollte wenigstens am Sonntag glänzen und gleißen mit sauberer Wäsche.

Luise spielte so wenig wie Lotte Meister die hohe Vorgesetzte. Sondern sie zeigte, wie die Sache gemacht werden mußte, und da hieß es parieren, denn was aus dem Haus kam, das mußte tadellos sein; aber im übrigen war eine schöne und freudige Arbeitsgemeinschaft, und es war hier nichts von „Arbeitgeber und Arbeitnehmer" und von bitteren Standesunterschieden. Um die Vesperzeit ging das jüngste Lehrmädchen, wie es ging und stand, mit aufgekrempelten Ärmeln und in weißer Schürze, über die Gasse zum Dreikönigswirt und holte so viel Gläser Bier, als Personen da waren, und dann gab es eine vergnügliche Pause, in der man sich von den Stadtneuigkeiten unterhielt und von den privaten Erlebnissen, etwa einem neuen Kleid oder einem Sonntagsausflug, oder auch, wenn man gerade recht in Stimmung war, von dem jeweiligen Schatz und den Zukunftsaussichten mit ihm.

Das taten sie nicht gern vor mir, der ich mich oft um diese Stunde auch da unten herumdrückte. „Was braucht so ein Bub davon zu wissen?", sagten sie und steckten wispernd die Köpfe zusammen. Aber gerade davon hätte ich gern gewußt. Es schienen mir lauter hübsche Mädchen zu sein, fast eine wie die andere. Sie hatten bloße Hälse und Arme und junge, frische Gesichter und meistens ein hübsches Band im Haar oder so etwas, und es mußte eine schöne Sache sein, mit solch einem Geschöpf einmal spazieren zu gehen oder gar zu tanzen. Daß sie Du zu mir sagten, störte mich hier im Hause, wo es niemand sonst sah und hörte, nicht, ich gab es ihnen heim und es war mir behaglich dabei. Ich saß auf einem umgestülpten Waschkorb oder einer Stärkekiste, trank gleichfalls mein Bier und machte billige Witze, bis Luise ihr leeres Glas wegstellte und sich die Hände wusch, was ihr die andern nachtaten, und was das Zeichen zum Wiederanfangen war. Dann ging ich mit meinem Bücherpack, den ich unter dem Arm getragen hatte, in meine Kammer hinauf und ließ den Eindruck zurück, als ob ich mich in meine Arbeit vergrabe. Das tat mir wohl, daß die Mädchen das von mir dachten; aber ich stand oft genug am Fenster und sah ins Wetter, denn es ging noch manches mit mir um, was ich unten gesehen und gehört hatte. Da war ein hübsches, weißblondes Mädchen namens Hermine, das ein so lustiges Gesicht und ein ganz schlankes, feines Hälschen hatte, und das schon einen Bräutigam besaß. Er war Feldwebel bei den Pionieren, und sie wollte um Geld bügeln, wenn sie verheiratet war, darauf freute sie sich, als ob es in ein lustiges Leben hinein ginge. „Den Tag über schaffen wir, und abends geht's zur Musik oder sonstwohin," sagte sie und zeigte alle ihre weißen Zähne.

Da wäre ich auf einmal gern Feldwebel gewesen, denn man konnte nicht wissen, ob es nicht auf dem wissenschaftlichen Weg, den ich eingeschlagen hatte, viel langweiliger zuging, und ich wußte manchmal nicht recht, warum ich gerade studieren sollte. Da horchte ich hinunter in die enge Gasse, ob ich nicht einen Zipfel von dem vergnügten Leben da unten wahrnehmen könne. Aber nach einer Weile war die Anwandlung vorüber, und ich saß wieder an meinen Büchern und hielt mich ordentlich zur Arbeit, ohne besondere Begeisterung dafür, nur weil so eines aus dem andern folgte und ich nichts anderes vorhatte. So kam ich voran, wie andere auch und bestand, als ich etwas über das achtzehnte Jahr hinaus war, die Reifeprüfung für die Universität. Jetzt galt es aber, sich endgültig für ein Fach zu entschließen, denn das hatte ich bis jetzt immer noch hinausgeschoben, weil ich für keines eine besondere Liebe hatte und an jedem etwas auszusetzen war. Da fragte mich der Rektor, als ich mein Abgangszeugnis von ihm holte, ob ich nicht Lust hätte, in eine vornehme Universitätsbuchhandlung einzutreten und das Studium überhaupt zu unterlassen. Er sei von einem Freund, der der Inhaber sei, gefragt worden, ob er nicht einen tüchtigen jungen Menschen wisse, der eine gute Vorbildung habe und Lust zu den Büchern, aber auch zu einem soliden und praktischen Geschäftswissen, und der es bei ihm zu etwas Rechtem bringen könne. Er habe mich vorgeschlagen, weil er gemerkt zu haben glaube, daß ich Freude an der Literatur habe und auch nicht unpraktisch sei, und weil, – setzte er väterlich hinzu, – es vielleicht doch auch ratsam sei für mich, daß ich es in absehbarer Zeit zu einer Selbständigkeit bringe.

Er kannte meine Schwestern und besonders Helene, die bei ihm im Hause nähte und seiner Frau die Kleider machte, und hatte einen hohen Respekt vor ihrer arbeitsamen

63

Tüchtigkeit. Vielleicht ärgerte er sich auch im stillen, daß ich den braven Mädchen so ganz auf der Tasche lag, aber davon sagte er nichts, sondern fragte nur, ob ich vielleicht schon eine starke Vorliebe für ein besonderes Fach habe, was dann freilich die Sache verändern würde.

Aber das hatte ich nicht, sondern es war gut für mich, daß mir jemand einen Schub gab von außen her, und ich sagte nach kurzem Zögern, daß ich morgen kommen und mit dem Herrn reden wolle, der gerade in der Stadt zum Besuch war, und daß es vielleicht ganz gut für mich passe, ein Buchhändler zu werden, weil es mich immer nach Büchern gelüstet habe, schon seit ich mir denken könne.

*

Daheim war ein großes Erstaunen, als ich mit meinem Plan daherkam, der schon auf dem kurzen Weg nach Hause deutliche Gestalt in mir gewonnen hatte. Die Buchhandlung, um die es sich handelte, war in einer Stadt, von deren Schönheit ich schon viel gehört hatte, unfern des Rheins und des Schwarzwaldes, also immerhin weit genug von meiner Heimat entfernt, um den Zauber der Ferne und Fremde für mich zu haben. Die Schwestern waren ein wenig enttäuscht, daß nun kein Student zu ihnen in die Ferien kommen würde und kein studierter Herr einmal mit einem guten Titel etwa in der Zeitung stehe, von dem sie dann sagen konnten, das sei ihr Bruder. Auch ging es vielleicht tiefer bei ihnen, daß sie mir in Wahrheit alle Pforten des Lebens wollten aufgetan wissen. Aber ich sagte mit schnell angenommener Überlegenheit, daß ich es auf diesem Wege mindestens gerade so weit bringen werde, als auf dem andern, und daß ich überhaupt trachten werde, so bald als möglich selbständig zu werden. Das rührte die Schwestern tief, denn ich hatte ihnen noch nicht oft gezeigt, daß ich an ihre Arbeit und Mühe für mich denke, und so gern sie alles für mich taten, so tat es ihnen doch wohl, daß ich nicht nur so ins Blaue hinein alles anzunehmen schien. Aber sie wußten nicht, daß ich vor dem Besuch bei dem Rektor noch keinen Augenblick daran gedacht hatte, und von mir aus brauchten sie es auch nicht zu wissen.

Am andern Tag ging ich wieder zu dem Rektor hin, und da war dann auch der Buchhändler, der ein alter Junggeselle war und äußerlich nichts vorstellte. Er trug sich in einem lederfarbigen Braun und hatte selber eine etwas vergilbte, pergamentene Haut, und ich weiß nicht, wie mir so geschwind der Gedanke kam, er sehe aus, wie ein antiquarisches Exemplar etwa des Horaz oder sonst so eines alten Weisen, in Leder gebunden. Darüber ging mir, ehe ich es verhindern konnte, ein Lachen über das Gesicht, und der Rektor, der dabeistand, fragte mich: „Was haben Sie Heiteres, Fugeler?" Aber ich faßte mich schnell und machte ein ernsthaftes Gesicht und sagte, es sei mir draußen auf der Gasse ein Kameltreiber begegnet mit drei Äffchen, die seien so possierlich gewesen. Das war schon wahr, aber gelacht hätte ich darum nicht.

„Sie sind noch sehr jung, mein Lieber," sagte der alte Herr, der Hagenau hieß, und meckerte ein wenig. Das war bei ihm gelacht. Ich sagte, daß ich achtzehn sei und das Maturum gemacht habe, und das hatte er ja auch schon gewußt und die Bemerkung nur meines unzeitigen Lachens halber gemacht.

Wir kamen aber darauf gut ins Gespräch und einigten uns auch darauf, daß ich am ersten Oktober bei ihm eintreten und drei Jahre lernen solle, ohne Gehalt, aber mit freier Kost und Wohnung in seinem Hause. Später sehe man wieder. Er habe es mit einem, der sich zur Sache anlasse, gut im Sinne, wolle aber vorher sehen, was an mir sei. Darum, daß er ein Junggeselle sei, brauche ich mich nicht um das leibliche

Auskommen bei ihm abzukümmern. Er habe eine Schwester bei sich, die mich so wohl versorgen werde, als eine rechte Hausfrau, und sie sei auch sonst gut, ich komme bei ihr in gute Hände. Zu lernen gebe es genug für einen, der strebsam sei, es müsse nicht alles auf Universitäten erworben werden, es gebe auch sonst noch Möglichkeiten. Das kam mir alles ganz richtig und vernünftig vor, und auf dem Heimweg kaufte ich mir ein steifes Hütlein, weil ich das Gymnasiastenwesen abgelegt hatte und in eine Bahn einlenken wollte, auf der es frühzeitig dem Ernst des Lebens zuging.

Als ich aber nur noch ein paar Schritte von unserem Haus entfernt war, sah ich eine helle, schlanke Mädchengestalt in Luisens Bügelstube von der Straße her eintreten, und als ich gleich nach ihr auch dort hineinging, war es Maidi, mit er ich als kleiner Bube im Garten gespielt und Kirschen gegessen hatte, und die ich noch gut genug kannte. Sie war eine Berühmtheit unter den Gymnasiasten ihrer feinen Schönheit wegen, und es galt für eine Ehre, wenn man sie grüßen konnte; da neigte sie leicht den Kopf, wie ein Königskind, und war dabei doch keine stolze Jungfer, sondern eine freudige Augenweide.

Geredet hatte ich nie mehr mit ihr seit jenem Gartentag, nun stand sie hier in der halbdunkeln Bügelstube, in der man schon das Gas anzünden mußte und war wie eine Sonne darin. Da ärgerte mich auf einmal mein steifes Hütlein, und ich tat es schnell in ein Fach hinein, in dem Stärkwäsche lag, weil es gar nicht zu ihr paßte. Sie hatte ein hellblaues Kleid an und niedere braune Schuhe, und ihren langen, blonden Zopf hatte sie hinten im Nacken mit einer blauen Schleife hinaufgebunden, auf der kleine rote Punkte saßen, wie lauter Herrgottskäfer. Um ihr Gesicht her aber drängten sich lustige Löckchen unter dem breiten Hut hervor, und auf dem Hut lag ein Kranz von Margeriten. Sie sah aus, als ob sie zu einem Fest ginge, aber das war bei ihr immer so, und das Fest war ihr junges Leben, in das schritt sie hinein in ihren hübschen braunen Schuhen.

Ich konnte sie beobachten, ohne daß sie mich sah, denn ich war hinter den Vorhang getreten, der den Eingang in ein Nebenkämmerchen verdeckte und sah hinter demselben vor in ihr helles Gesicht. Sie hatte eine Bestellung zu machen. Es sollte regelmäßig zu bestimmten Zeiten Wäsche abgeholt und wieder hingebracht werden und sie nannte dazu das Haus ihres Großvaters, in dem sie mit ihrer Mutter und ihrem Bruder wohnte. Der Vater, der zum Ganzen gehörte, war nicht mehr vorhanden, und ich wußte, daß er irgendwie nebenhinaus gegangen war auf der Welt und wohl noch lebte, aber nicht mehr zu den Seinigen gehörte. Wie es zusammenhing, wußte ich nicht, aber es hatten also doch auch schon dunkle Schatten das junge Leben gestreift, das hier in aufblühender Pracht in unserer Stube stand und mit meiner Schwester sprach. Als mir das einfiel, gewann ich auf einmal die Macht, hinter meinem Vorhang hervorzutreten und sie anzureden, denn sonst wäre sie mir zu schön dazu gewesen und zu hoch, so freundlich sie auch aussah.

Ich überlegte mir auch, was ich zu ihr sagen wollte. Sie hatte einen Vetter, der war mein Schulkamerad gewesen und war nun seit einem Jahr bei der Marine, und er war es auch gewesen, der bei den Kameraden immer ihren Preis verkündigt hatte. Nach dem wollte ich sie fragen. Aber ich war es nicht gewohnt, junge Mädchen anzureden, so oft ich es auch in der Phantasie tat, und so stand ich etwas verlegen herum, als ich sie gegrüßt hatte.

Da sah ich an ihrem Gesicht, daß sie mich auch kannte, vielleicht noch von damals her, und daß lustige Lichter darüberflogen wie Sonnenvögel und sie ein Lachen unterdrücken wollte, das um jeden Preis gelacht sein mußte.

Es war sicher, sie kannte mich noch und auf einmal sagte sie: „Da wohnen Sie jetzt? Seit wann? Wissen Sie noch, damals? Sie erzählten mir von Ihrem Garten, und –" da wurde sie doch ein bißchen rot und ich auch, denn es war ein heikler Punkt. Und in der Verlegenheit fingen wir beide an zu lachen und wurden dadurch ganz erlöst. Denn wenn man darüber lachen konnte, dann war es nicht mehr schlimm. „Ja, ja" sagte ich, „ich habe damals, glaub' ich, ein bißchen dazu erfunden, und nachher hatte ich immer Angst, Sie könnten einmal kommen und ich stehe dann mit Schanden da."

Aber als ich das sagte, war es mir inwendig heiß vor Glück, daß sie mich so gut kannte, und daß sie noch an damals dachte, und es kam mir auch sonderbar vor, daß wir nun Sie zueinander sagten, denn ich hatte immer in Gedanken Du zu ihr gesagt.

„Ich bin auch einmal gekommen," sagte sie, „das Verlangen war immer stärker geworden in mir, und der Garten immer größer und die Nelken immer röter. Wissen Sie noch, von der Katze, die da herumgehen und Funken sprühen sollte und von der Musik, die der alte Mann machte? Da brachte ich es einmal mit List heraus, wo Sie wohnten und suchte mir den Weg. Aber als ich die Häuschen sah und die kleinen Gärtchen davor, da wurde ich böse und traurig und hätte fast geweint vor Zorn und Enttäuschung. Und meine Mutter sagte nachher, als ich es ihr erzählte: „Siehst du, man muß auch nicht alles untersuchen wollen, das geht noch mit vielem so im Leben." Und sie sagte, daß das Bübchen damals nicht gelogen habe, es habe es alles so im Herzen gehabt, wie es gesagt habe."

Als Maidi das alles erzählte, sah ich so unbegreiflich deutlich wieder das kleine Mädchen von damals vor mir und die schöne junge Frau mit dem Kinde, und es war mir, als gehöre ich irgendwie zu ihnen. Die Bügelmädchen sahen mit Staunen zu und Luise auch, daß wir so ins Reden miteinander kamen, aber ich machte mir gar nichts daraus, sondern als Maidi gehen wollte, fragte ich ganz kecklich, ob ich ein Stückchen mit ihr gehen dürfe, ich müsse sowieso noch einmal in die Stadt. Sie sagte auch freundlich: ja, das dürfe ich gerne, und wir wollen dann über den Marktplatz gehen, weil Messe sei.

Da ging ich denn nun neben dem allerschönsten Mädchen her, das ich kannte, aber ich hatte meine Schülermütze aufgesetzt und das Hütlein daheim gelassen, und nun pochte mir das Herz wie ein Schmiedehammer, weil solche Dinge geschahen, nicht in Träumen, sondern im hellen Wachen.

Maidi stieg so leicht und schlank und lieblich daher, und wir plauderten, als ob vieles nachzuholen sei, aber es war mir immer darunter hinein unbegreiflich, daß es ihr nicht zu wenig sei, mit mir zu gehen, und ich hielt mich so aufrecht wie möglich. Inzwischen kamen wir auf den Marktplatz, wo sich eine bunte Menge von Menschen hin und her schob, unter die wir uns fröhlich mischten. Maidi fragte mich, wo ich eigentlich hin wolle, weil ich von einer Besorgung gesagt hatte, die ich machen müsse, aber ich lachte nur und sagte, das habe noch lange Zeit, und wir waren wie rechte Kinder, die nicht viel an nachher denken, sondern sich an dem, was gerade vor Augen ist, ganz vergessen.

Es war ein selten schöner Tag, der dem Marktleben wohl bekam.

An den Ständen der Schuster, der Hut- und Kappenmacher, der Messerschmiede und Wollwarenhändler drängten sich die Albbauern und ihre Weiber, aber da hatten wir nichts verloren, sondern wir gingen den Ausrufern nach, die vor ihren Schaubuden standen und alle Seltenheiten der Welt anpriesen. Da war ein ärmliches Leinwandzeltchen, in dem ein lebendiges Kalb mit zwei Köpfen zu sehen war, und daneben wurde eine Riesendame gezeigt, deren Bildnis in grellen Farben auf der Eingangsseite der Bude prangte und einem schlanken Herrchen zulächelte, das ihr auf einem Brett Würste, Schinken und einen angeschnittenen Brotlaib hinhielt und wie ängstlich schien, es möchte etwa aus Versehen mitgeschluckt werden. Ein Wachsfigurenkabinett war da, und ein schwindsüchtig aussehender Mensch in einem fadenscheinigen Frack lud die Leute hustend ein, hereinzuspazieren. Es sei da zu sehen die Ermordung Wallensteins, die Hamburger Kindsmörderin soundso, der Ritter Blaubart aus dem Märchen und Schneewittchen mit der bösen Königin, alles beweglich und in voller Arbeit. Er sah selber einer vergilbten Wachsfigur nicht unähnlich und bewegte wie automatisch den Kopf hin und her, um nach rechts und links hin die Leute einzuladen. Am Eingang der Bude saß ein prächtig gekleideter und angemalter Türke, der aus einer langen Pfeife sehr natürlich zu rauchen schien, und an seinen Knien lehnte eine wunderschöne Frau, die todunglücklich aussah und deren rabenschwarzes Haar ihr am Rücken hinunter und bis auf den Boden hinabfloß. Sie zwinkerte beständig mit den Augenlidern und hob hie und da in abgemessenen Zwischenräumen die beringte Hand, was alles ein wenig gespenstig aussah. Auch schien sie die Lippen zu regen, wenn man länger hinsah, und der schwindsüchtige Ausrufer sagte, es sei die Scheherazade, die beständig unter dem Henkersbeil lebe und sich nur ihr Leben retten könne, indem sie dem Sultan tausend und eine Nacht lang Geschichten erzähle. Es gingen ziemlich viele

Leute hinein, Soldaten und Mägde und Arbeiter, die gerade
aus den Fabriken kamen, und auch Schulkinder. Wir sahen
einander fragend an, ob wir es auch wollten. Aber Maidi
schüttelte nach kurzem Besinnen den Kopf, denn innen
waren sicher grausige Dinge zu sehen, und sie ging lieber
den fröhlichen nach, deren es genug hatte auf dem Markt.
Da war gleich in nächster Nähe das Kasperletheater, das
kam uns so recht gelegen. Wir stellten uns hinter den Seilen,
die den Zuschauerraum umgrenzten, auf, und sahen zu, wie
der Kasperle mit einem Prügel auf den armen Bauern
einhieb, der ihm eine Katze in einem Sack hatte verkaufen
wollen. Das war nichts so Besonderes, aber wir hatten
schon selber die nötige Fröhlichkeit in uns und brauchten
nicht viel Anstoß dazu, um mitzulachen. Es stand ein
kleines Kerlchen neben uns, das sich vergebens auf die
Zehen stellte, um etwas zu sehen. Das setzte ich auf meine
Achsel, und nun schrie und strampelte es vor Wonne und
brachte die ganze Umgebung ins Feuer mit seiner
Begeisterung. Maidi aber lachte uns beide gut und
freundlich an, das Kind und mich, und mich dünkte, es sei
bis jetzt kein Tag in meinem Leben gewesen, der diesem
gleichzustellen sei. Ich kaufte ihr ein Rosensträußchen aus
Zucker und sie mir einen roten Ballon, den ich mit seinem
Schnürchen in meinem Knopfloch befestigte, und das
geschah beides neben dem Kasperle her, denn es gingen
hausierende Verkäufer über den ganzen Markt hin und an
uns vorbei. Da kam die Frau des Besitzers mit einem
Sammelteller in unsere Nähe, und ich wollte mich eben
davon drücken, wie wir Buben das in solchen Fällen sonst
getan hatten, aber das schöne und anständige Wesen neben
mir legte mir in aller Stille eine moralische Verpflichtung auf,
so daß ich männlich in die Tasche griff und ein paar Nickel
in den Teller legte: „Für uns beide," sagte ich wie
selbstverständlich, und die Frau dankte achtungsvoll. Da
überkam es mich wie eine heimliche Besitzerfreude, daß ich

71

für Maidi bezahlt hatte und sie in diesem Augenblick zu mir gehörte, und es flog mir durch den Sinn, daß ich ungeheuer arbeiten wolle die nächsten Jahre, weil ich es bald zu etwas Rechtem bringen müsse. Aber es war nur so ein Augenblicksgedanke, und der nächste mußte wieder hier auf dem Platze sein, sonst verging etwas von dieser Stunde, ohne daß ich es genoß. Sie war ohnehin vorbei, eh' man es dachte. Vom hohen Kirchturm herunter schlug es sieben Uhr, und Maidi sagte mir wie erwachend, daß sie nach Hause müsse, und gab mir die Hand, als ob wir täglich beisammen wären. Aber als ich ihr mit plötzlichem Ernst sagen wollte, daß ich sie nun wahrscheinlich nie mehr sehe, weil ich in die Fremde gehe, sah sie drüben zwischen den Buden ihren Großvater gehen, der den Hut in der Hand trug, und in der ganzen Pracht seiner silbernen Haare und seines heiteren Gesichts einherschritt, und sie ging rasch davon, um ihn noch einzufangen und winkte nur noch einmal mit Hand und Augen grüßend zurück. Ich sah die beiden miteinander gehen und sah wohl, daß sie eines Blutes und einer Art waren: königlich, heiter, vornehm und frei. Mich aber hatte nur ein Sonnenstrahl getroffen, der gerade vorüberflog. Doch hatte er mein junges Blut erfreut und erwärmt, und es malte mir nun zum Dank tausend Bilder, die eine schöne, freudige Zukunft gaben. Ich hatte aber freilich noch nie daran gezweifelt.

Wenn ich jetzt an meine Lehrjahre denke und sie an mir vorbeigehen lasse, so wundert es mich immer aufs neue, wie zufällig und ohne Einmischung von irgend einer väterlichen oder beratenden Stimme, ausgenommen meinen Rektor, meine Berufswahl vor sich gegangen war. Ich hatte wohl einen Vormund, den bäuerlichen Vetter, den ich damals mit der Mutter auf ihrem letzten Wege besucht hatte, aber er war froh, wenn wir Geschwister uns selber rieten, und sagte zu allem Ja und Amen. So sah ich mich auf einmal in der neuen Umgebung auf eine Bahn gestellt, von der ich gar nicht wußte, ob ich für sie und sie für mich tauge und von deren Möglichkeiten ich wenig genug kannte. Es hätte aber schlimmer ausfallen können, als es geschah, denn ich hatte tüchtige Lehrmeister, wenn auch meiner Meinung nach nicht die angenehmsten, nämlich lauter ältere Männer, die einer um den andern so vertrocknet waren, wie alte Wüstenheilige; wenigstens kamen sie mir so vor. Sie waren alle, ein Buchhalter und ein paar Gehilfen, schon lang im Hause Hagenau, dem sie mit großer Zähigkeit anhingen, und wußten, wie es mir schien, nichts Besseres, als auch vollends darin abzusterben, was mich mit Grauen und einem zornigen Widerstand erfüllte. Ich kam mir vor wie das Entlein auf dem gefrierenden Teich im Märchen, das rudert und rudert, um nicht mit einzufrieren, und das eines Morgens dennoch tot im Eise steckt, so frostig dünkte meiner warmen Jugend das umgebende Alter, dem ich dennoch nicht entfliehen konnte. Doch muß ich ja sagen, daß man in unreifen Jahren die Altersgrenze bei andern, die einem um ein Stück voraus sind, niedrig genug steckt, und sie erst sachte hinauszurücken anfängt, wenn man selber dabei in Betracht kommt. Es war vielleicht nicht gar so weit damit bei den Herren, von denen nur einer, der die Bücher führte, angegraute Haare hatte, während ein anderer, der sein intimer Freund war, mit einer tüchtigen Glatze herumlief, was mir alles für mich selbst in unendlichen Fernen zu liegen schien. Heute denke ich schon etwas anders darüber. Der Buchhalter war mir eigenticher und nächster Vorgesetzter, da der lederbraune Herr Hagenau stets in seinem kleinen Privatkontor steckte und nur zu besonderen Gelegenheiten daraus hervorkam, wo er mich kaum beachtete; wenigstens kam es mir so vor. Das war mir einesteils angenehm, da ich mich törichterweise schämte, von ihm gesehen zu werden, wenn ich, der ich noch vor kurzem ein Primaner gewesen war und ein Student hatte werden wollen, nun Dinge zu tun hatte, die jeder frisch entlassene Volksschüler auch konnte, denn die geschäftserfahrenen Herren schenkten mir nichts von allem, was einem Lehrling gebührt. Ja, sie hielten mich wohl grundsätzlich ein wenig drunten, als sie meine junge Überheblichkeit bemerkten, der dies und jenes unnötig erschien, was durch Brauch und Herkommen geheiligt, sein und geschehen mußte, und das mir tödlich langweilig war. Ich hatte nicht von ferne gedacht, daß es solches auf der Welt gebe. Da waren Register zu führen von solcher Umständlichkeit, und die so vielfach verästelt waren, daß es mir vorkam, als ob ein findiger Kopf, dem es zugleich um eine tüchtige Bosheit zu tun gewesen sei, ein System ausgeheckt habe, das unzweifelhaft alle, die sich damit befaßten, in die Irre und im Kreis herum führen müsse.

Einmal getraute ich mir, einem der Gehilfen, der es mir auseinandersetzte, einen Vorschlag zu machen, wie man irgend ein Ding meiner Ansicht nach etwas einfacher angreifen könnte. Aber der sah mich von seinem Schreibbock herunter an mit einer strafenden und doch milden Überlegenheit, daß mir das Blut in den Kopf stieg vor Scham und ich mich über meine Zettel beugte, ohne mehr ein Wort zu sagen. Ich sah wohl, ich mußte mich da durchbeißen, es war nichts anderes zu machen, und nach und nach kam auch ein Sinn in das Irrsal. Aber lieber war es mir doch, wenn die Bücher selbst durch meine Hand gingen und ich einen Blick hinein tun konnte, gerade lang genug, um zu sehen, daß es für mich noch unabsehbare Goldfelder umzupflügen, Meere zu befahren, Bergwerke auszugraben gab in der Welt der Dichter und der Weisen. Nach und nach fingen einzelne Namen an, aus den vielen anderen herauszuglänzen, wie an dem unübersehbaren

74

Sternenhimmel dem Liebhaber und Beobachter, je fleißiger er hinaufschaut, einzelne herausleuchten in besonderer Klarheit, um die sich dann wieder andere zu sammeln scheinen in milderem Glanze. Wenn mein Prinzipal im Laden stand und etwa mit einem der bekannteren Kunden verhandelte, so konnten sie miteinander in ein Feuer geraten über dies oder jenes Buch, daß der trockene und etwas angestaubte Mann wie verjüngt und verwandelt schien. Dann horchte ich auf meiner Leiter oder wo ich gerade war, und beschloß, mir das Kleinod dem Inhalt nach auch anzueignen, denn es stand mir ja die ganze Schatzkammer offen. Ich fing an, in meinen Freistunden zu lesen, über Mittag und am Abend bis tief in die Nacht hinein und es schien mir, als ob ich nicht aufhören könne, ehe ich alle Schönheit und allen Reichtum in mich hineingetrunken hätte, und kam mir ja freilich dazwischen hinein vor wie das Knäblein des heiligen Augustin, das in seine kleine Schale das große Weltmeer fassen wollte.

Aber ich hätte mich vielleicht doch verirrt in den weiten Gärten der schönen Literatur, denn dahinein zog es mich zuerst und mit aller Macht, wenn sich mir nicht ein besonderes Schloßgärtlein aufgetan hätte, in dem das Schönste vom Schönen blühte. Es war ein kleiner, offener Mahagonischrank, mit Büchern angefüllt, der in dem Zimmer des Fräulein Brigitte Hagenau stand. Das war die Schwester des Prinzipals, und ich kann kaum erwarten, von ihr zu reden.

Ich habe bei ihr viel für meinen Beruf gewonnen, was mir sonst niemand geben konnte; aber noch mehr fürs Leben. Die Werke der Dichter hatten eine stille Heimat bei ihr; sie sprach von den besten unter ihnen als von ihren Freunden und lehrte mich, den Edlen aufgeschlossen und ehrfürchtig entgegen zu kommen, nur dadurch, daß sie selbst es tat.

Was echt war und aus den Tiefen des Lebens stammte, das nahm sie freudig auf, und lehnte alles Halbe, Oberflächliche, oder was nach Gunst und Mode ging, ab; so war sie mir ein Wegweiser, als ich dessen sehr bedurfte, und glücklicherweise ohne einen solchen darstellen zu wollen.

Ich hatte noch nie gesehen, daß man so las wie sie, die ein Buch genoß, wie man edlen Wein aus kristallenen Kelchen langsam schlürft, zugleich den Duft genießend mit dem kühlen Labsal; ich selbst hatte, von dem großen Reichtum berauscht, angefangen, eins ums andere zu verschlingen, wie man wohl an heißem Tage ein Glas Apfelmost nach dem anderen mit langen, durstigen Zügen leert, ohne doch mehr davon zu haben, als den prickelnden Reiz, mit dem er durch die Kehle fließt.

Nun, ich war jung und fing erst an, in dieser Welt daheim zu werden; sie aber lebte schon lang darin und verlangte nichts von mir, was meinen Jahren nicht natürlich war, denn sie war keine vorsätzliche Einwirkerin, sondern lebte, wie sie ihrem Wesen nach mußte, ohne damit Schule zu machen.

Es war viel anderes, was ich von ihr hatte, und mehr, was ich hätte haben können, wenn ich den Sinn dafür gehabt hätte. Sie ist einer der wenigen Menschen aus meinen jungen Jahren, an die ich ohne Leid und Reue zurückdenken kann, und wenn ich auch zuzeiten manches vergaß oder in den Winkel stellte, was Lebendiges von ihr hätte mit mir gehen und mein Tun bestimmen sollen, so habe ich doch sie selber verehrt und sie hochgehalten, und sie ist mir gut gewesen wie eine Mutter oder eine Freundin.

Davon will ich nichts vergessen.

Als ich sie zum erstenmal sah, erschrak ich vor ihr, denn sie war klein und stark verwachsen und hatte den Kopf tief zwischen den Schultern sitzen. Sie saß mir am Tisch gegenüber, neben ihrem Bruder, und sprach unbefangen, frei und heiter, fragte mich nach der Reise, von der ich gerade erst herkam, und nach allerlei anderem und war in allem ein Mensch, der dem Schicksal gewachsen oder sogar überlegen ist, da sie doch mit einem mißratenen Körper hausen mußte und von Rechts wegen hätte bedrückt und kleinlaut sein sollen meiner Meinung nach. Denn ich begriff nicht, wie man leben und dazu noch heiter sein mochte, wenn man nicht aufrecht und gerade gewachsen war.

Es sahen auch lauter stattliche Leute auf sie hernieder von den Wänden, nämlich eine Anzahl von gemalten Vorfahren, die mit klugen und aufrecht getragenen Köpfen unter feinen Hauben oder Perücken hervor zu fragen schienen, wie eins aus der Familie so kümmerlich habe werden können, und deren Gesichter sie aber nicht im mindesten zu scheuen schien. Im Gegenteil blickte sie aus großen grauen Augen warm lebendig drein und hatte alle Augenblicke ein solches Lächeln um den Mund, als ob sie über alles hinüber inwendig etwas freue, und ich hielt mein Gesicht nicht im Zaum, das sie erstaunt betrachtete.

Es fiel mir auch auf einmal ein Spiel ein, das wir daheim gehabt hatten mit zerschnittenen menschlichen Figuren, die man wechselsweise zusammensetzen konnte nach Belieben; und es fuhr mir so durch den Sinn, daß hier aus Versehen oder im Spiel ein feiner, wohlgebildeter Kopf auf ein Körperlein gesetzt sei, das ihn nicht aufrecht zu tragen vermöge, während vielleicht anderwärts ein grotesker Schädel auf schönen, schlanken Schultern ruhe und man nun die Figuren wieder verwechseln müsse, daß sie in Richtigkeit seien.

Darüber kam mich ein kleines dummes Lachen an, das ich

mit aller Mühe nicht schnell genug erwürgen konnte, und plötzlich sah ich die schönen Augen der Hauswirtin groß und ein wenig verwundert auf mir liegen, so als ob sie schon alles wüßten, und kam mir unter ihnen wie ein rechter Schulbub vor, da ich doch hatte in allem Ernst mit der Männlichkeit anfangen wollen.

Sie ließ es mich aber nicht entgelten, sondern lachte mich auch ein wenig an ohne alle Empfindlichkeit, aus einer ganz jugendlichen Seele heraus, die alles versteht, was junge Dummheiten sind, so daß ich mit einem Schlag für sie gewonnen war und ihr am liebsten alle meine Gedanken gesagt hätte.

So kann es zugehen, daß man einen achtzehnjährigen Jüngling gewinnt, habe ich später oft gedacht, denn es wissen es nicht alle Leute so gut anzugreifen. Aber es gibt freilich auch nicht viel Brigitten.

An jenem Abend, den ich noch ein wenig vor mir ausbreiten will, weil es der erste war, stand sie gleich nachher auf und ging ans Klavier, da spielte sie ohne Noten eine Musik, welcher der Bruder, in einer Ecke sitzend, mit in die Hände vergrabenem Kopf zuhörte und welche mich fremd und geheimnisvoll berührte. Ich hatte bis jetzt noch nicht viel Musik gekannt, und jedenfalls gar keine intime, wie diese hier, die eigentlich nur auf einen Zuhörer berechnet war, denn ich, das fühlte ich wohl, saß nur dabei und störte vielleicht sogar. Aber ich schaute doch aufmerksam nach dem Klavier hin und mußte mich wundern, wie sicher und kräftig das Fräulein mit schlanken, schönen Händen auf den Tasten herumregierte und das Instrument nach einem inneren Wissen zum Erklingen brachte, so, daß es inwendig in mir mitklang.

Ich mußte an daheim denken, an meine Mutter und an

Heinrich Kilian, die beide schon lange vom Leben hinweggegangen waren, und die mir nur ganz selten einfielen, und auch an meine Schwestern, wie sie morgens an der Eisenbahn gestanden waren in ihren grauen Regenmänteln und mit ihren freudlosen Gesichtern, die meinem Fortgehen galten. Es rührte sich allerlei in mir, daß ich ihnen gern ein gutes Wort gesagt hätte, weil sie immer im Geschirr stehen mußten und nie hinauskamen, und weil ihnen nie etwas zu viel war für mich. Aber sie waren nun fern von mir, und am Ende hätte ich doch nichts gesagt, wenn ich sie dagehabt hätte, denn es war nicht der Brauch bei uns. Das machte alles nur die Musik, ich wußte nicht, wie es zuging.

Als sie zu Ende war, kam der Prinzipal wie erwachend aus seiner Ecke hervor. „Das war schön, Brigitte," sagte er, und sie nickte ihm zu, noch den einen oder andern Ton leise anschlagend: „Das freut mich, Bruder, es war aber auch Beethoven." Er nannte sie immer beim Taufnamen, dabei die mittlere Silbe betonend, sie aber sagte nie anders als Bruder zu ihm. Das sei, erfuhr ich später, darum der Fall, weil er Kasimir heiße und den Namen nicht ausstehen könne, was ja auch wohl zu begreifen war. Ich nannte ihn aber von da an im stillen und nenne ihn auch in diesen Aufzeichnungen so.

Er hatte damals recht geredet, als er sagte, daß ich bei seiner Schwester in rechten Händen sei. Ich hätte, grün und unreif, wie ich von daheim fortkam, in keine besseren fallen können.

Sie hatte nicht nur ein schönes Gesicht und schöne Hände, sondern es brannte auch aus ihrem Wesen heraus eine stille und helle Flamme von unüberwundener Liebe zu allem Schönen und Guten, und sie war nicht nur nicht zu bemitleiden, sondern sie stand weit über unsereinem, der noch am Leben herumtastete als ein Neuling.

Es erging mir mit der Zeit sonderbar genug mit ihr. Nachts, wenn ich im Bett lag und im Begriff war, ins Nichts hinüberzuträumen, dann kam es mir hie und da vor, als ob ich in sie verliebt sei. Dann sahen mich ihre großen, klaren Augen wundergütig an, und ihr feiner Mund lächelte unendlich lieblich, und ich ahnte hinter beidem verborgene Schmerzen und Reichtümer. Die Musik, die sie gemacht hatte, schien mir ihre eigene Sprache zu sein, die mir jungem Knaben das Herz umdrehte und alles, was sie am Abend getan und gesagt hatte, übte noch im Nachhall einen Zauber auf mich aus, so daß ich etwa aufstand und nach dem nächtlichen bewaldeten Berg hinüber und auf das in den Nachthimmel hinein dunkelnde Münster schaute, was beides von meinem Zimmer aus zu sehen war, und dabei die Ströme meines warmen Blutes ziehen hörte. Dann dachte ich mir aus, daß sie eine wunderschöne Prinzessin sei, die ein böser Zauberer in einer Mißgestalt gefangen halte und die sich selbst erlösen müsse in viel Mühsalen, bis ein Stück des Häßlichen ums andere von ihr abfalle und sie in lauterer Schönheit dastehe. Es brannte etwas in mir und riß mich mit sich fort, und ich entsinne mich noch einer stürmischen Februarnacht, in der es mich dergestalt überwältigte, daß ich in meine Kissen hineinschluchzte, wie ein unglücklicher Verliebter, bis ich daran müde wurde und einschlief. Aber am Morgen war alles anders. Da konnte ich froh sein, daß sie nichts von dem allem wußte. Denn sie regierte das Haus so ruhig und sicher wie eine brave Bürgersfrau und ging auch selber auf den Markt, von der Magd Salome begleitet, und sah kümmerlich genug dabei aus.

Man konnte auch sogleich sehen, wer einheimisch war und wer fremd. Denn die Einheimischen grüßten, soweit sie honorige Leute waren, das Fräulein mit viel Respekt, und sie dankte mit ruhiger Höflichkeit, aber wer fremd war, sah sich, wenn sie vorbeigegangen war, kopfschüttelnd nach ihr um, und ich war dumm genug, froh zu sein, daß ich nicht neben ihr gehen mußte. Sie aber schien nichts von meinen heimlichen Gedanken zu merken. Sie versorgte mich im Leiblichen so gut, daß ich kräftig aufschoß und auseinanderging, wie ein junger Baum, und tat zu allem noch etwas hinzu von einer schönen, geistigen Wärme und Bildung, die ich bisher nicht einmal vom Hörensagen gekannt hatte, und die mich umgab wie eine heilsame Luft. Sie scheint mir, wenn ich an sie zurückdenke, eine jener Frauen gewesen zu sein, denen das Schicksal darum eigene Kinder versagt, damit sie um so ungeminderter allen, die in ihren Weg kommen, etwas von der wahren, durchschauenden und alliebenden Mütterlichkeit zu geben vermögen, die einem jeden not tut. Gott mag wissen, woher sie ihre eigene Nahrung beziehen, aber sie scheinen nur leben zu können, indem sie andern geben und für sie da sind, was dann ihr Glück ausmacht und sie aufleuchten läßt in einem milden und warmen Glanz.

*

Unter den Herren im Geschäft war einer, der sich hie und da etwas mehr mit mir zu schaffen machte, als unumgänglich nötig war. Er lockte mich zu dieser und jener Arbeit heran, etwa zur Ausschmückung eines Schaufensters, zum Zusammenstellen einer Auswahlsendung und dergleichen, wobei er mich um meine Meinung fragte und mich etwas gelten ließ, was mir zwar wohl gefiel, mich aber doch wunderte, da er diese Dinge sehr gut allein machen konnte und jedenfalls besser als ich, wenigstens für jetzt noch. Es kam mir mehr und mehr vor, als ob er etwas Besonderes von mir wolle, ich konnte mir aber nicht denken, was es sei. Hie und da sah ich, daß er mich mit auf die Seite geneigtem Kopf anschaute, als ob er über irgend etwas im Zweifel sei, und ich war mehr als einmal nahe daran, ihn zu fragen, was er damit meine, ließ es aber, weil es mich dann doch wieder nicht genug interessierte. Er war ein Österreicher, der schon in seiner frühen Jugend zu uns verschlagen worden war durch irgend ein Schicksal, wie ich gelegentlich erfuhr, und hieß Frerichs. Von den andern Herren wurde er nicht besonders geschätzt, wie ich merkte, trotzdem er ein stiller, friedlicher Mensch und ein überaus fleißiger Arbeiter war. Sie machten sich gern über ihn lustig, und besonders tat das der rotbärtige Giller, den ich im stillen den Kettenhund hieß, denn er war wie ein solcher knurrig und bissig und hatte eine Bewegung an sich, die aussah, als ob er zuschnappen wolle. Dieser sprach von Frerichs als dem Dichter, aber in einer Weise, wie wenn ein anderer von einem Dummkopf spricht, oder wie einer der Josephsbrüder auf der Weide bei Sichem gesagt haben mag: Seht, da kommt der Träumer her. Das hörte ich aber nur nebenbei, denn mit mir sprach er nur über geschäftliche Dinge. Da begab es sich, daß ich eines Abends mit Frerichs zugleich das Kontor verließ, um noch einen Gang zu tun vor dem Abendessen, das ich allein von allen Angestellten im Hause einnahm, wie ich auch allein darin wohnte. Er sah mich wieder so zweifelhaft an und sagte dann mit der kindlichen Stimme, die mir immer an ihm auffiel, weil sie gar nicht zu seinem Äußeren paßte: „Ich möchte Sie schon lang etwas fragen, Fugeler. Ich habe nämlich, – ich mache nämlich hie und da Gedichte, oder auch" – er neigte den Kopf zu mir her und sah sich um, ob niemand in der Nähe sei, und flüsterte: „ich verfasse auch hie und da Novellen oder dergleichen, und würde Ihnen gern einmal etwas zeigen. Das heißt, wenn Sie es gerne wollen."

Da war nun das Rätsel gelöst. Ich ging mit ihm in seine Stube, die hoch gelegen war und eine schräge Wand hatte, wie sich das für einen Dichter gehört, und er hatte auf einmal einen festlichen Glanz in den Augen und ein aufgewachtes Wesen, und holte aus einem Wandschränklein ein Bündel Hefte hervor, die alle mit einer kleinen, schnörkeligen Schrift beschrieben waren, von denen sollte ich dies und das mitnehmen und lesen, wenn ich nämlich so gut sein wolle. Ich fühlte mich nicht wenig geschmeichelt, daß er mich ins Vertrauen zog, und las auch seine Sachen, die mir aber teilweise irgendwie bekannt vorkamen, ohne daß mir beikommen wollte, woher. Einmal erinnerte mich etwas an diesen Dichter, einmal an jenen; ich wurde nicht recht klug daraus. Dann wieder auf einmal kam ein Gedicht, in dem sonderbar traurige oder sehnliche Gedanken in eine ungefüge Form gefaßt und so halblebendig geblieben waren, da man doch den Eindruck hatte, als ob gerade diese ihm ganz eigen seien und er nur nicht die Kraft besessen habe, sie herauszumeißeln. Frerichs wartete geduldig, bis ich etwas sagte, ich sah ihm aber wohl an, wie gern er mich gefragt hätte, während es mir doch schwer fiel, eine Kritik zu üben, die eigentlich kein Lob enthielt, da ich doch ein junger Mensch war seinem reifen Alter gegenüber und auch gar keine Übung darin hatte, was ich meinte, sachlich zu begründen.

Einmal mußte es aber doch sein. Ich gab ihm die Hefte zurück und sagte zögernd, manches habe mir gut gefallen; ob es aber nicht schwer sei, zu vermeiden, daß einem fremdes dazwischen komme, wenn man unter so vielen Büchern lebe?

Da sah er mich erschrocken an und sagte: „Also das haben Sie auch gemerkt? Und so hilft denn alles nichts!" Und er bekannte mir, daß er an einer Art von Dichtkrankheit leide, die ihn zwinge, immer, wenn er etwas recht Schönes gelesen habe, etwas dem Ähnliches zu verfassen, das ihm aber während des Schreibens nach und nach so eigen werde, als ob es ganz allein aus ihm heraus entstanden sei, so daß er die Dinge eigentlich geistig wiederkäue oder vielmehr wiedergebäre und sie trotzdem dann liebe wie eigene Kinder. Er habe deren auch, denn hie und da falle ihm, etwa Sonntag morgens im Bett, etwas ein, das ihn dann nicht mehr loslasse, bis er versuche, ihm eine Form zu geben, was aber meistens nur halb gelinge, so daß die Lebewesen dann nicht ganz entstünden und etwa mit dem Kopf oder Oberleib aus dem Stein herausschauten, mit den übrigen Teilen aber stecken blieben, was ihn dann kläglich plage.

Er sagte das alles so bekümmert und ehrlich, wie ein Patient dem Doktor, zu dem er Zutrauen hat, die Symptome seines

Leidens mitteilt, und mir blieb das Gelächter, in das ich schon hatte ausbrechen wollen, im Hals stecken und zuckte nur immerfort in den Kinnbacken, so daß ich das Gesicht verziehen mußte, als ob mir etwas weh tue. Denn es war eine solche Mischung von Torheit und von Ehrlichkeit und eigentlich rührendem Ernst in seinem Gesicht, als er die Sache vorbrachte, daß ich mich gar nicht dabei zu behaben wußte.

Er fügte noch hinzu, wenn die Spiegelgebilde, wie er sie wohl nennen dürfe, da sie im Spiegel der echten Werke entstanden seien, dann allemal ein gewisses Alter erreicht hätten, und er sie wieder ansehe, so sei es ihm oft, als ob sie ihren Urbildern doch nicht so ähnlich seien und er sie eigentlich wohl für eigene ausgeben dürfe. Dann reize es ihn immerfort, sie in die Welt hinauszugeben und ihnen so ein eigenes Leben zu verschaffen, und er müsse sie vor sich selber verstecken, damit er es nicht tue, bis er wieder etwas Neues mache und das Spiel von vorne anfange.

Ich hatte mich inzwischen gefaßt und sagte einige weise Worte, die mir im Gefühl meiner Wichtigkeit einfielen, wie, daß nicht jeder Mensch ein Dichter sein könne und man freilich jedem das Seinige lassen müsse, da das Nachahmen keine schöne Sache sei, und solcher Binsenwahrheiten mehr.

Denn damals wußte ich noch nicht, was ich jetzt weiß, daß nicht alle, die an dieser Krankheit leiden, sich damit hinter Schloß und Riegel setzen, sondern manche der Patienten machen ein großes Geschrei und tun noch, als ob die Bastarde die rechten Kinder wären.

Der Nachdichter, wenn ich ihn so heißen soll, hatte in einer Anwandlung von Schwäche erhofft, meine Jugend und Unerfahrenheit, die aber doch wieder nicht gar zu groß sei, werde das Verfahren nicht merken, so daß ihm vielleicht in mir einer entstehe, gleichsam als Vertreter einer Sorte von Lesern, der sich unbefangen an seinen Schätzen erfreue und den zweiten Aufguß für einen ersten nehme. Denn es verlangte ihn nach einem kleinen Ruhm oder einer Wirkung bei aller Wahrhaftigkeit, die ihm immer wieder das Gelüste totschlug, und er hatte sich mit den zwei Seelen, die er in der Brust trug, tüchtig herumzuplagen.

Für den Augenblick war er jetzt verlegen und enttäuscht und sah aber auch an meiner Findigkeit hinauf, die mir selber erstaunlich war, und mich vor mir erhob, so daß ich, ohne es zu wissen, für einige Zeit den raschen, federnden Gang und die elegante Handbewegung des Herrn Hubli annahm, der mir am meisten von den Gehilfen imponierte trotz seiner großen Glatze. Denn ich war selber ein Nachahmer, wenn auch in andern Dingen, nur mir selber unbewußt; ich merkte es immer erst nachträglich.

Mit Herrn Frerichs kam ich in ein halb freundschaftliches Verhältnis, das bei mir aber mit ein wenig Überheblichkeit vermischt war, so daß ich in meiner Jugend väterlich über ihn lächelte, was dann wieder den Kettenhund Giller reizte, da es nach seiner Meinung nicht dasselbe war, ob er oder ich über den seltsamen Kauz urteilte.

Wir gingen hie und da miteinander spazieren in fleißigen Gesprächen, und ich merkte wohl, daß er freilich dennoch ein Dichter sei, da er selig empfand, was tief und schön sei, und da er litt, wenn er nicht das Wort fand für das, was in ihm lebte.

So ging ich einige Zeit mit dem reiferen Alter um, ohne Verkehr mit Jugendgenossen; es konnte aber nicht lange so bleiben.

Eines Wintersonntags kamen wir beide von einem

Waldspaziergang her auf die breite, mäßig abfallende Steige, die von dem bewaldeten Berge nach der Stadt hinunterführt. Es lag ein schöner Schnee, der in der blassen Wintersonne frisch erglänzte. Im Wald war es traumhaft still gewesen, bis wir uns dem Ausgang genähert hatten, wo dann die Ausläufer eines lustigen Lärms hereingeschallt waren und mich ungeduldig getrieben hatten, an die Quelle solcher Fröhlichkeit zu kommen. Denn es war Zeit bei mir, daß ich wieder unter meinesgleichen kam, nachdem ich lange nur im Bücherlesen und im Umgang mit den Alten gelebt hatte. Als wir nun an den Tag traten, wimmelte der Berg von einer fröhlichen Jugend, die auf Schlitten die glatte Bahn hinuntersauste mit Geschrei und Lachen, von dem die Luft widerhallte. Es waren da viele rote und blaue Mützen und farbige Brustbänder der Studenten zu sehen, und dazwischen mischten sich zierliche Pelzmützen, die auf blonden oder braunen Locken oder Zöpfen saßen, ungerechnet das Gewimmel der Schulkinder, das barhäuptig, in gestrickten Sturmhauben oder Kapuzen erschien und den weitaus größten Lärm machte, denn es mußte die überschüssige Kraft los werden.

Das alles rührte mich heimatlich an und rief mich zu sich, daß ich mitkommen möge, so daß ich es nicht erwarten konnte, bis ich den Frerichs los hatte, der mir auf einmal in seinem langen Überzieher und mit dem milden Gesicht vor aller Lustbarkeit zu stehen schien. Ich stand begierig zusehend still, bis er kalte Füße bekam und entschuldigend sagte, wenn es mir nichts ausmache, so wolle er vorausgehen, da er noch etwas zu tun habe; denn er hatte wieder ein neues Buch gelesen, das ihm keine Ruhe ließ, soviel ich schon unterwegs gemerkt hatte.

Da stand ich denn nun in der Freiheit auf dem Berge und überlegte mir, wie ich zu einem Schlitten kommen solle, denn ich mußte fahren, das war ausgemacht.

Als ich nun so sinnierte und nicht recht den Rang bekam, einen der Schulbuben darum zu fragen, ertönte auf einmal neben mir ein helles Gelächter und ich sah, mich umwendend, drei lustige junge Mädchen, die mich vergnügt betrachteten. Sie hatten einen langen Schlitten, den sie miteinander an einem Strick den Berg hinaufgezogen hatten, und waren jetzt im Begriff, wieder abzufahren. Es waren offenbar Mädchen, die am Werktag in irgend einer Brotarbeit standen, das konnte ich wohl sehen, so sauber sie auch jetzt in einem billigen Sonntagsputz aussahen. Vielleicht waren es Bügelmädchen, wie die, die daheim meiner Schwester Luise halfen.

„Wollen Sie aufsitzen?" fragte die eine, die eine weiße wollene Mütze auf den krausen Haaren trug und ein paar frische rote Backen hatte von der Schneeluft. Aber als sie das gesagt hatte, lachten alle drei aufs neue, denn sie waren in dem Alter, wo man keinen besonderen Grund zum Lachen braucht, sondern nur in der passenden Stimmung sein muß, um unaufhörlich fortzulachen. Da war ich nun in der Lage, die ich mir gewünscht hatte, ich hätte nur ja sagen oder mit dem Kopf nicken müssen, so hätte ich ohne weiteres den Strick in die Hand bekommen und auch etwa das eine oder andere der jungen Geschöpfe hinter mich auf den Schlitten für eine oder ein paar Fahrten den Berg hinab. Denn sie waren einfachen Wesens und nicht zimpferlich, das war leicht zu sehen. Mir aber schoß auf einmal eine hochmütige Regung durch den Sinn, so daß ich dachte: „Das denn doch nicht," obgleich ich soeben noch voller Verlangen nach der Jugendlust gewesen war. Und weil ich nicht wußte, warum sie lachten, und dachte, ihre Fröhlichkeit sei irgendwie auf mich gemünzt in spöttischer Weise, so stieg mir das Blut in den Kopf wie einem gereizten

Truthahn, und ich gab dem Schlitten einen Stoß mit dem Fuß, damit immerhin und ohne meinen Willen zeigend, daß ich kein vornehmer junger Herr sei, sondern eher in etwa ihresgleichen, aber es doch nicht sein wollte. Sie waren ein wenig betreten wegen meines unfreundlichen Wesens und sahen einander und mich einen Augenblick erstaunt an. Aber der Schaden war nur auf meiner Seite, denn die kecke Blonde mit der weißen Mütze sagte mit schnell wiedergewonnener Fassung: „So kommt und lasset den Herrn. Er wird schon zu alt sein zu solchen Sachen, und es könnte ihm auch sein Hütlein davonfliegen." Und darauf stiegen sie alle drei ohne viel Umstände wieder auf den Schlitten; aber als ich unwillkürlich den Abfahrenden noch einen Blick nachsandte, da traf mich aus einem Paar guten braunen Augen, die der Letzten auf dem Fahrzeug gehörten, ein Strahl, der mir Herzklopfen machte, weil er freundlich und gut war und zu sagen schien: Wir haben es nicht bös gemeint, du hättest immerhin aufsitzen können. Da war es bei mir aus mit der Lust; ich ging mißmutig nach Hause und vergrub mich in meine Kammer. Ich konnte es aber nicht lassen, zum offenen Fenster hinauszuhorchen, ob ich von ferne den Schlittenjubel vernehme, und wenn ein Jauchzen die dünne Luft zerschnitt, so spürte ich, daß ich meiner Jugend etwas schuldig geblieben sei.

*

Bald darauf schmolz der Schnee, der nur noch ein Nachzügler gewesen war, und der Frühling kam ins Land mit allen guten Dingen, die er hatte: mit frischen Winden, die er den Leuten lachend ins Gesicht blies, mit Starengeschwätz, mit singenden Bächen, die überall von den Bergen herunter kamen, mit Palmkätzchen, die die Bauernweiber auf dem Münsterplatz feil hielten, und dergleichen, so daß wieder einmal die Zeit war, in der man nicht wußte, was noch werden mag.

An einem sonnigen Nachmittag trat ich unter die Ladentür, die offen stand, um etwas von dem leiernden Lied eines Orgelmanns, der draußen vorbeiging, aufzunehmen. Er spielte und sang dazu mit mißtöniger Stimme Bertrands Abschied, und hatte einen Schweif von Gassenkindern hinter sich drein. Neben uns lag ein Blumenladen, dem eine sehr stattliche Dame vorstand, deren Leibesfülle ich schon oft angestaunt hatte. Sie hatte ein kleines Schnurrbärtchen auf der Oberlippe und gar nichts von einer Flora an sich. Aber an diesem lichten Frühlingstag trat auf die Schwelle heraus ein schlankes, braunhaariges Mädchen, das einen angefangenen Kranz in den Händen hielt, und dessen Gesicht ich früher schon gesehen haben mußte, aber ich wußte nicht gleich, wo. Das Mädchen ging, nachdem es einen Augenblick gehorcht hatte, in den Laden zurück und kam gleich darauf mit einem Nickelstück wieder heraus, das sie dem Orgelmann auf seinen Kasten legte. Sie lächelte ihn gut und freundlich an, und in dem Augenblick wußte ich auch, daß sie das Mädchen von dem Schlitten war, das mich so tröstlich angeblickt hatte. Da besann ich mich nicht lange, sondern ging, weil es Frühling und mein Blut in frischer Regung war, ohne Scheu über die Straße, um ein gleiches Stück daneben zu legen und gleichfalls einen guten Blick aus den braunen Augen zu erhaschen. Der Leiermann ließ sich nicht in seinem Lied stören, er nickte uns beiden, dem Mädchen und mir, nur beifällig zu und wir hielten uns auch nicht mit ihm auf, sondern lachten einander an wie alte Bekannte, und das war der Eingang zu einer kleinen Unterhaltung. „So, also da sind Sie?" sagte ich, denn es fiel mir nichts anderes ein; „was tun Sie denn da?"

Da lachte sie ohne allen ersichtlichen Grund noch mehr, vielleicht bloß, weil es ihr gefiel, zu lachen. „Das hätten Sie schon lang sehen können, daß ich da bin," sagte sie, „aber wenn man immer so ernsthaft herumgeht und die Augen nicht aufmacht, dann kann viel vorbeigehen, was man nicht sieht."

Und sie erzählte mir ohne aller Ziererei, daß sie schon damals, als die Schlittengeschichte gewesen war, meine Nachbarin gewesen sei, und daß es ihr immer leid getan habe, daß ich ihr nie einen Blick geschenkt habe. „Lieber Gott, wenn man so jung ist," sagte sie, „dann muß man doch auch ansehen, was jung ist, und einander ein gutes Wort gönnen, alt wird man bald genug, meinen Sie nicht auch?"

Da hatte sie recht, das fühlte ich deutlich. Aber noch war es ja Zeit, und es mußte jetzt anders kommen, sonst ging mir irgend etwas vorbei, das schön sein konnte und es nicht war, weil ich die Augen nicht aufmachte. Sie mußte wieder zu ihrem Kranz zurückkehren, der Eile habe, wie sie sagte. Er sei ganz aus einem hellen Moos mit lauter Veilchensträußen rings herum, und er sei für ein junges Mädchen, das an der Auszehrung gestorben sei. Als sie das sagte, wurde ihr helles freundliches Gesicht wie beschattet, weil es so unbegreiflich war, daß man vom Jungsein hinwegsterben konnte. „Ich trage ihn nachher selber auf den Friedhof," sagte sie, „denn ich will das Mädchen sehen, das schon in der Leichenhalle liegt. Es ist fremd hier, ein Herr hat den Kranz bestellt, ich glaube, es ist ihr Schatz gewesen, aber ein vornehmer. Er hätte sie doch nicht genommen, wenn sie auch gelebt hätte."

Das sagte sie mit einem kleinen Seufzer, aber ich wußte nicht, ob er dem toten Mädchen galt oder dem verlassenen, das es wahrscheinlich geworden wäre, wenn es gelebt hätte, und ich mochte auch nicht fragen, weil mir zu viel Neues auf einmal im Kopf herum ging.

Das Mädchen sah mich einen Augenblick prüfend an, dann fügte es hinzu: „Wenn Sie wollen, können Sie mitkommen. Oder sehen Sie nicht gern Tote? Ich schon, ich lebe dann noch viel lieber, wenn ich gesehen habe, daß man auch tot sein kann." Es war mir nicht ganz so, ich hatte immer ein Grauen vor dem Tode und allem, was damit zusammenhing. Aber ich mochte es jetzt nicht gestehen, weil sie so ganz natürlich davon sprach, und ich mochte ihr das Mitgehen auch nicht abschlagen, sonst saß ich wieder allein da. So sagte ich zu ohne viel Besinnen und hatte nun also eine Verabredung mit einem hübschen jungen Mädchen, das ich vor ein paar Minuten noch gar nicht gekannt hatte. So ging es zu im Frühling.

Die dicke Dame mit dem Schnurrbärtchen rief: „Hertha!" mit ihrer tiefen Stimme, und das Mädchen enteilte, aber es nickte mir vorher noch gut und freundlich zu, und ich ging nachdenklich und aufgeregt zu meinen Büchern zurück, denn es ging allerlei in mir um.

Ich war kaum fünf Minuten draußen gewesen. Auf dem Ladentisch lag ein Stoß Landkarten, denen ich Etiketten aufzukleben hatte. Der Buchhalter hustete und räusperte sich im Kontor, dessen Tür offen stand, und Herr Hagenau ging drinnen auf und ab und hielt ihm einen Vortrag, den er schon vorher angefangen hatte. Es war alles ganz wie zuvor. Aber ich hatte in der Zwischenzeit etwas erlebt. Es hatte sich eine Tür aufgetan, die seither verschlossen gewesen war, und ich stand unter ihr und sah allerlei schöne Dinge. Sie durfte nicht wieder zufallen, denn draußen stand die Jugend und das Leben und hatte lachende braune Augen und einen Kranz von braunen Zöpfen. Und alles hing auch wieder mit dem Tod zusammen. Man konnte davonkommen, eh' man es dachte, und dann blieb vieles ungeschehen, das erst hätte kommen sollen.

Das durfte aber um keinen Preis sein, dazu war man nicht Mensch geboren. Aber andererseits: Wie konnte ich es möglich machen? Ich hatte nach Ladenschluß beim Nachtessen zu erscheinen und da gediegen und ehrbar am Tisch zu sitzen bei Fräulein Brigitte und Herrn Kasimir. Das waren alte Leute, von meiner Jugend aus betrachtet, und sie konnten mir zum Umgang keineswegs genügen. Bis aber das Essen vorbei war, wurde es dunkel, und der Abend war hin. Da wurde mein Gemüt borstig und sträubte sich, denn es wollte nicht an der Kette liegen, und es tat nichts zur Sache, daß es diese bis heute nicht empfunden hatte. Ich schmiß die Karten mit einem zornigen Wurf auf den Nebentisch, um doch etwas gegen die Ordnung zu tun, und beschloß bei mir, der alten Salome zu sagen, daß ich in einen Vortrag gehe und nicht beim Abendessen erscheinen könne. Das war frank und frei gelogen, und es war eine Kunst, die ich bisher nicht geübt hatte. Aber es kam mir nicht unmännlich vor, daß ich es tat, im Gegenteil. Denn man brauchte nicht alles zu wissen, was ich vorhatte, da ich immerhin über neunzehn war. Da, als ich grimmig ausdachte, wie ich mich benehmen wolle, kam zur Ladentür herein ein junges Menschenpaar, Bruder und Schwester, wie man sogleich sah. Sie waren beide hoch und schlank und von einem hellen, kühlen Blond, und ich wußte, als sie nach Herrn Hagenau fragten, daß es erwartete Gäste waren, Neffe und Nichte aus Holstein oder sonst da oben her. Man hatte bei Tisch von ihnen gesprochen und sie wohl an einem andern Tag erwartet. Aber nun sie da waren, gab es ein großes Grüßen und Händeschütteln. Herr Kasimir verjüngte sein Faltengesicht in der Freude an der Familienjugend und ließ es sich gefallen, daß er auf beide Backen geküßt wurde; das mochte dem Weib- und Kinderlosen ein seltenes Streicheln sein.

Ich hatte das Zusehen dabei, und es war mir einen Augenblick, als sähe ich einen alten ledernen Geldbeutel auseinandertun, verwittert und abgerutscht, aus dessen Innerem es plötzlich hervorgleißte von Gold und Silber, was ihm äußerlich niemand zugetraut hätte, so zum Lebendigen verändert schien es aus dem alten Herrn heraus, den ich noch nie so durchsonnt gesehen hatte.

Da konnte ich nun meine Pfeifen einziehen, was die Tischgesellschaft bei uns betraf, denn Jugend gab es nun gleichfalls im Hause, es war nur die Frage, ob sie etwas von mir wissen wollte.

Die alte Salome ging eilig, um noch irgend etwas einzukaufen, an der offenen Ladentür vorbei, und ich wäre vielleicht wohlfeil davongekommen, wenn ich mich bei ihr abgemeldet hätte. Aber ich tat es nicht, es war keine Rede mehr davon bei mir, sondern ich ging nach einer Zeit, als ich gerufen wurde, mit einer neuen Krawatte geschmückt, zum Tisch und saß herzklopfend neben dem jungen Mädchen, das Eleonore hieß, Eleonore Bitterolf nämlich, und vielleicht zwischen siebzehn und achtzehn war. Es war aber, um es gleich zu sagen, kein junges Mädchen, was man so heißen konnte, sondern eine Dame, vor deren sicherem und gewandtem Wesen und Auftreten ich mich verkriechen konnte. Der Bruder hieß Hermann, hatte ein freies und heiteres Gesicht, erzählte frisch und munter, brachte alle und auch mich zum Lachen und war ein junger Mensch wie ich. Dagegen das Fräulein brachte sogleich die Überzeugung in mir auf, daß es auf mich herabsehe und mich gering schätze, was mich tief kränkte, obgleich ich keinen Beweis dafür hatte. Sie hatte einen kühl-erstaunten Blick zu versenden, wenn ich, von des Bruders frohmütigem Wesen angesteckt, ins Lachen geriet und in die Unterhaltung eingriff in meiner schwäbischen Mundart. Dann wurde ich verlegen und zornig auf mich selbst, daß ich es wurde, sprach schriftdeutsch und stolperte dabei und machte eine unglückliche Figur, vor mir selbst vielleicht mehr als vor den andern, die mich gewiß nicht so wichtig nahmen.

Fräulein Brigittens schöne Augen lagen des öftern aufmunternd auf meinem Gesicht, und sie versuchte mein Schifflein zu steuern und brachte es auch in ruhigeres Fahrwasser, nur durch ihr freundliches Dabeisein. Das Mädchen war vielleicht so übel nicht, wenn man es recht überlegte, es war ihm alles fremd hier unten im Süden, und es hatte von Natur eine andere Gemütsart und Sprache als wir, nämlich eine norddeutsche, da konnte man nichts machen. Dazu kamen die großen hellblauen Augen und die Last des ganz ährenblonden Haares samt der weißesten Haut, was alles zusammen unerreichbar fein und vornehm aussah, so daß man zwar vorläufig einen vorsichtigen Bogen um die ganze Erscheinung herum machte, aber zum Haß keinen ausreichenden Grund hatte. Es wurde auch alles leichter und besser, als der Abend vorrückte. Nach dem Nachtessen gab es Bowle, und als ich aufstehen und mich entfernen wollte, lud mich Herr Kasimir in aufgemachter Stimmung ein, ein Glas mitzutrinken, und ich ließ mich ohne Mühe halten, trotzdem ich Hertha das Mitkommen versprochen hatte. Es wurde musiziert, das Fräulein Eleonore spielte die Geige, die sie mitgebracht hatte, und ich hing mit den Augen an ihr, wie sie so schlank und hoch dastand in ihrem dunkelblauen Kleid und mit sicherer Bewegung den Bogen führte, während dagegen Fräulein Brigitte recht kümmerlich am Klavier saß, was mir heute auf einmal wieder auffiel und mir ein peinliches Gefühl schuf. Aber das konnte bei ihr nie lange dauern. Man brauchte bloß in ihr heiteres, warm beseeltes Gesicht zu blicken, so konnte man sich mit seinem Mitleid verkriechen und sie für eine verkleidete Göttin halten, und dafür sprach auch die

Musik, die unter ihren Fingern hervorquoll, wie ein kristallener Bach.

Es war Mozart, was sie spielten, und es war eine so reine, leichte Heiterkeit und ein so frühlingshafter Duft und Wohlklang darin, daß meine törichte Wichtignehmerei davor in nichts verging und ich nur begierig war, mich noch länger so dahintragen zu lassen ohne Gedanken und auch ohne persönliche Ansprüche.

Es war mir zumute wie einst beim Baden im heimatlichen Fluß, wo ich mich gern auf den Rücken gelegt und von den lauen, durchsonnten Wellen hatte tragen lassen. Aber das konnte nicht ewig fortgehen. Die Musik jubelte noch einmal auf und schwieg dann, und es wurde einiges darüber geredet, von dem ich nichts verstand. Ich saß auf einem Stuhl am Fenster, von dem ein Spalt geöffnet war, und sah bald auf die schwach erhellte Straße hinaus, bald nach dem blonden Fräulein hin, und es ging allerlei in mir um, von dem ich am Morgen noch nichts gewußt hatte. Ich dachte, wer solche Musik spielen könne, der sei freilich zu bewundern und habe allen Grund, viel auf sich zu halten, denn er habe einen Schlüssel zu hohen und schönen Welten. Und ich bat es dem Fräulein Bitterolf ab, daß ich sie im stillen ein steifes und hochmütiges Ding genannt hatte, und schickte meine Augen unverhüllt nach ihr hin. Da lächelte sie plötzlich und wurde ein wenig rot und sah auf einmal aus wie ein siebzehnjähriges Mädchen, das sich gern in seiner schönen Jugendpracht ein bißchen bewundern läßt. Und ich war froh und befreit, denn lange hätte ich das verehrende Gefühl doch nicht ausgehalten, ich hatte keine Übung darin.

Der Bruder sang noch ein paar Lieder mit einer hübschen, warmen Stimme; ich fühlte mich zu ihm hingezogen und wünschte ihn mir zum Freund zu haben, und er war auch ganz harmlos herzlich und einfach mit mir, obgleich er älter war als ich.

Die Geschwister blieben etwa vierzehn Tage da, und es war in dieser Zeit ein anderes Leben im Hause als sonst. Es ging allerlei Jugend aus und ein, es wurde gespielt und musiziert, und ich nahm an allem Anteil, als verstehe es sich von selbst. Da verging manches Unsichere, Ungelenke und es fiel auch manches trotzige Wehren gegen bloß vermutete Geringschätzung von mir ab, da mir niemand etwas zuleide tat und ich im allgemeinen ein fröhlicher Bursch war, wo ich mich heimisch und im Recht fühlte. Es wurden Nachenfahrten und Ausflüge gemacht, und ich bekam zum einen und andern ein paarmal Urlaub, was mir freilich den zornigen Ingrimm der alten Garde zuzog, wie ich die Herren bei mir hieß, die für sich selber nie eine freie Stunde außer der Regel nahmen. Das focht mich aber wenig an, denn es ging mir im allgemeinen viel zu gut, es sollte nur brummen, wer es nicht lassen konnte, bei mir ging es mit vollen Segeln ins Jungsein hinein.

Ich kaufte mir ein Fahrrad und mußte ja freilich meinen Schwestern die Rechnung darüber schicken und einen Brief, in dem geschrieben stand, daß ich es später einmal zahlen wolle, denn jetzt brauche ich es unbedingt. Denn es war so, daß ein ganzer Trupp junger Leute von beiderlei Gattung sich zum Radfahren zusammentat und am letzten Tag, den die Geschwister Bitterolf unter uns waren, einem Sonntag, eine weite Fahrt in die Rheinebene hinunter machen wollte. Dabei aber zurückzustehen, wäre mir bitter gewesen, und ich sah keinen Grund ein, es zu tun. Gelernt hatte ich die Kunst schon auf dem klapprigen Rad unseres Ausläufers, und als der Sonntag kam, saß ich auf meinem Wanderer und fuhr leicht wie ein Vogel dahin in einem fröhlichen Schwarm.

Die Stadt lag in einem weiß- und rosafarbigen Blütenstrauß und spiegelte sich im Fluß, wie ein junges Mädchen, das Freude an seinem hübschen Bilde hat, und wir, als wir unter dem blauen Himmel in einer leichten Staubwolke dahinflogen, die unsere Räder aufwirbelten, fühlten uns so recht im Besitz der schönen Welt. Ich lenkte mein Rad neben das der Fräulein Eleonore, die soeben ein wenig hinter den andern zurückgeblieben war. Denn ich hatte einen ganzen Sack voll Lebensmut an diesem schönen Sonntagsmorgen, und ich wollte ihn vor ihr auftun und spielen lassen, da sie morgen wieder fortging und ich noch etwas bei ihr auszuwetzen hatte vom ersten Abend her. Es peinigte mich, daß sie mich als einen ungeschickten Burschen in der Erinnerung behalten sollte, was ich meiner Meinung nach gar nicht war. Denn ich hatte doch viel gelesen und gelernt und war überhaupt nicht dumm, ich konnte mich ganz gut unterhalten, wenn jemand auf mich einging. Auch fielen mir oft die lustigsten Sachen ein, wenn ich nur jemanden gehabt hätte, dem ich sie erzählen und der mit mir hätte lachen können.

Also nahm ich einen Anlauf mit einem Strauß Maiblumen und einer höflichen Anfrage, ob ich sie am Rad befestigen dürfe. Es fiel aber, um es gleich zu sagen, nicht gut aus. Denn das Fräulein, das hoch und nobel auf seinem Rad saß in seinem blauen Leinenkleid, blieb unlebendig und höchstens höflich und ließ seine Augen nach unserem Vordermann, einem Mediziner, hingehen, der sich soeben zu einer dicken und lustigen Studentin gesellt hatte und ihr etwas Lachendes zurief, das man bei uns nicht verstehen konnte. Es war meiner Dame nicht recht, daß der Mediziner nicht neben ihr fuhr, das mochte ich ihr aber in meinem Innern gönnen, ja es erhob mich, daß sie auch nicht alle Trümpfe in der Hand hatte, und ich bekam plötzlich Oberwasser und fing an, vom schönen Wetter und der schönen Gegend zu reden und, als das nicht recht verschlagen wollte, vom Geigenspiel und der Musik überhaupt. Ich verstand zwar nichts davon, aber das schadete nichts, darum konnte ich doch davon reden, und die Dame wurde auch dabei auf einmal lebendig und munter und belehrte mich aufs beste.

Da kamen wir schön in Zug miteinander. Ich bekam vor lauter Fröhlichkeit eine Suada, als ob ich süßen Wein getrunken hätte, und brachte das Fräulein einmal ums andere zum Lachen. Die Trauben wuchsen mir nur so zu, und sie sah mich drunterhinein erstaunt an, was ich so auslegte, als ob sie mich nun erst recht kennen lerne, und ich ihr imponiere, und ich dachte: Ja, schau nur, du wirst dann später schon noch das Nähere von mir erfahren, nämlich, daß Ludwig Fugeler es mit allerlei Leuten aufnimmt, ob sie nun aus Preußen oder Schwaben seien.

Da mußte aber gerade in diesem erhebenden Augenblick der Mediziner dazwischenfahren, der mit einem schönen Gruß von der Gesellschaft kam und uns meldete, daß man keine Zeit habe, aufeinander zu warten und auch nicht zu dem Schneckentempo, das wir neuerdings eingeschlagen hätten. Er fuhr auf die andere Seite des Fräuleins und sagte mit Lachen: „Oder haben Sie eine dringende Unterhaltung? In diesem Fall bedaure ich, stören zu müssen." Da fuhr dem Fräulein Bitterolf eine kleine Röte und ein gehöriger Schuß Hochmut in den Kopf, und sie sagte, kalt wie ein Eiszapfen: „Ich wüßte nicht," und gab ihrem Roß die Sporen, daß es flog. Wir beide danebenher im Saus, eine Strecke geradeaus und dann um eine scharfe Wegbiegung. Vor uns stob die weiße Wolke, in der die andern daherfuhren, aber dazwischen drin war etwas lebendig, nämlich eine Gruppe junger Mädchen, die den Weg gerade vor uns überquerten, als wir um die Ecke bogen. Sie waren in hübschen, farbigen

Sonntagskleidern und hatten Maiblumensträuße in den Händen, die sie im Wald geholt hatten, nun flatterten sie auseinander im Schreck vor dem Überfahrenwerden und schrien auf wie eine Herde Küchlein, in die der Habicht stößt. Das Unglück wollte es, daß meine Nachbarin Hertha darunter war, derentwegen ich schon seit jenem Abend, da ich sie hatte warten lassen, ein schlechtes Gewissen in mir herumtrug. Sie erkannte mich und ließ mir einen Blick zulaufen über die Schulter zurück, der war mit allerlei beladen, was ich so schnell nicht auseinanderklauben konnte, und in dem Augenblick fuhr das Fräulein mit dem Rad in ihre Blumen und ihr blauweißes Sonntagskleid hinein. Es gab eine Erschütterung beider Parteien, bei welcher die Blumen in den Straßenstaub fielen, das blauweiße Kleid einen langen Riß bekam, und das Fräulein auf seinem Sitz schwankte. „So machen Sie doch die Augen auf," herrschte sie das Mädchen an, das verwirrt, erschrocken und in Staub gehüllt dastand und seinen verdorbenen Sonntagsputz ansah. Niemand, und auch ich nicht, gab ihm ein freundliches und gutes Wort, wir fuhren weiter und sprachen davon, daß am Sonntag die Landstraßen so voll seien von gewöhnlichem Volk. Daß man eigentlich besser täte, werktags zu fahren, und daß es zum Glück noch gut abgelaufen sei. Das heißt, die andern sprachen davon, aber ich war still dazu und hatte nur immer das Mädchen vor Augen, wie es im Straßenstaub stand und seine Blumen am Boden lagen. Es hatte mir vor dem Unglück einen Blick zugesandt, und ich hätte etwas gegeben, wenn ich ihn hätte deuten können: ein bißchen traurig und ein bißchen schelmisch und in allem lieb und schön. Den Augenwink hatte es nun zahlen müssen mit einem zerrissenen Sonntagskleid und einem herrischen Wort in sein sonntagsfrohes Gemüt hinein. Mir war nicht gut zumute, aber ich ließ nichts davon verlauten, denn es brauchte niemand zu wissen, daß ich das Mädchen gekannt hatte. Es war ein unfrohes Lustigsein den Sonntagmorgen hindurch, bis ich, was mich bedrückte, pfeifend in den Wind schlug, da ich es doch nicht ändern konnte.

*

In der Nacht, die darauf folgte, ging es mir sonderbar. Es war mir, als gehe meine Tür auf und ein Mensch komme herein mit einem Licht in der Hand. Es war eine alte Ölampel, wie wir zu Hause eine gehabt hatten, und zu deren Öl ich die Buchelen selber im Stadtwald gesammelt hatte. Die Ampel kannte ich sogleich wieder, sie war von Zinn und blank geputzt, und ihr Licht schien durch eine vorgehaltene Hand, an der ein dünner silberner Ring schwach erglänzte. Die Hand war rot durchleuchtet und als ich sie ansah samt dem Ring, wußte ich, daß sie meiner Mutter gehöre. Da dachte ich: Das ist ein Traum, denn deine Mutter lebt ja nicht mehr. Aber es ging mir durch und durch ein wehes Wohlsein und ein lebendiges Gefühl von einer lieben Nähe, und ich war begierig, wie es weiter komme. Die Mutter stellte die Ampel auf den Nachttisch, und dann sah ich sie vor mir stehen, klein und kümmerlich und mit einem angstvollen Ausdruck in ihrem schmalen Runzelgesicht. Sie sah über mich hin, und ich erkannte durch die geschlossenen Lider ihren Mund, der schmallippig und eingesunken war, wie er sich leise flüsternd bewegte. Lieber Gott, laß mir meinen Buben recht werden, sagte sie, ich bin ein einfältiges Weib. Es ging mir durch und durch, ich hätte ihr gern gesagt, daß alles im besten Schick sei mit mir, aber ich konnte mich nicht rühren. Da fühlte ich eine große Träne heiß und schwer auf mein Gesicht niederfallen. Sie brannte mich und ich stöhnte und wollte sie wegwischen, aber es ging nicht, es wurde mir angst und bang. Ich versuchte, mein Kinderverslein zu beten, das ich abends beim Schlafengehen mit der Mutter gesprochen

101

hatte, aber ich konnte nur einen Satz daraus finden: Alle Kindlein, bloß und arm, decke du sie weich und warm. Aber es war nicht das, was ich sagen wollte, ich mühte mich vergebens, und als ich es nicht zuwege brachte, ging die Mutter kopfschüttelnd wieder weg. Das Licht nahm sie mit. Da, als sie die Tür hinter sich zumachte, trat mir das Elend und das Verlassensein ans Herz. Ich hätte sie gern zurückgerufen und ihr Liebes gesagt, aber es war zu spät, und auf einmal liefen mir die Tränen stromweis übers Gesicht.

Eine Uhr schlug von irgend einer Kirche her, vielleicht vom nahen Münster, ein Luftzug wehte über mich hin. Da saß ich plötzlich aufrecht im Bett mit offenen Augen und hatte in Wahrheit noch nasse Backen von den vergossenen Tränen des Traumes.

Der Mond sah neugierig ins Zimmer und legte eine lange, schmale Lichtbahn auf den Fußboden. In dieser Lichtbahn war wohl vorhin die Mutter gestanden, an die ich schon so lang nicht mehr gedacht hatte. Es plagte mich, wo sie wohl auf einmal hergekommen sei, denn, Traum oder nicht Traum, sie war mir auf einmal nah und lebendig und regte allerlei in mir auf; ich mochte mich auf die rechte oder linke Seite legen, so blieb das helle, aufgestörte Wachsein, das mir fremd und ungewohnt war, und das Denken an Dinge, die weit von mir lagen am Tag und für gewöhnlich.

Zum Beispiel sah ich hell und deutlich zum Greifen unsere Stube daheim an einem Himmelfahrtsfestmorgen vor mir. Ich hatte einen Frühspaziergang in den Wald gemacht und einen Hut voll von den rosasamtigen Blümlein mitgebracht, die man bei uns Himmelfahrtsblümlein hieß. Sie wuchsen an einer heimlichen Stelle, tief im Wald, und ich hatte den Kuckuck schreien und eine Drossel singen gehört, hatte Eichhörnchen ihre Sprünge machen und ihre stolzen

Fahnen dennoch leicht und zierlich tragen sehen und hatte etwas von Morgenfrische mit in die niedrige Stube gebracht. Die Mutter machte ein Kränzlein aus den Blumen und hängte es um das kleine, verblaßte Bildchen eines jungen Weibes, das einmal ihre Mutter gewesen war. „Sieh, Ludwig," sagte sie, „man muß die nicht vergessen, die fortgegangen sind. Sie sind nicht tot, sie sehen uns und brauchen, daß wir sie lieb haben. Wenn wir sie vergessen, so friert sie's und tut ihnen weh. Dann klopfen sie an, oder sie kommen uns im Traum, oder es zerspringt ein Glas, das ihnen gehört hat, oder ein Spiegel, und anders können sie nicht sagen, was sie gern wollen: denkt an uns, vergesset uns nicht, denn ihr seid Fleisch von unserem Fleisch, und es ist um eine Zeit, so kommet ihr auch zu uns. Jetzt freut's vielleicht die Großmutter, daß du ihr das Kränzlein gebracht hast."

Das alles war mir damals nicht wichtig. Ich war von Kindesbeinen an ein Bub, der vor sich hin und in den Tag hinein lebte ohne viel sinnige Gedanken, und die Blümlein hatte ich nur geholt, weil es mich freute, in der Morgenfrühe in den Wald zu gehen, die Großmutter war gar nichts für mich, ich hatte sie nie gekannt.

Aber mein Hirn hatte getreulich alles aufbewahrt mit allen Tönen und Farben, was an jenem Morgen gewesen war, und noch vieles dazu, das schüttete es aus, wie ein Säcklein voll Raritäten und breitete es um mich herum aus, ein Stück ums andere. Ich sah die ganze Heimat. Die Mutter hatte sie mir mitgebracht, aber es war etwas dabei, das mich nicht recht freuen konnte. Denn sie hatte mich traurig angesehen, ich war ihr nicht recht irgendwie. Und es war jetzt zu bedenken, daß sie vielleicht lebte auf irgend eine Art, wenn man es auch nicht erklären konnte, wie, und daß sie zur Tür hinausgegangen war, weil ich meinen Vers nicht konnte, und daß sie mich mahnen wollte, ich solle sie nicht vergessen. Bei dem allem wurde es mir eng und schwül zumute, wie ich es vordem kaum je so empfunden hatte, und ich erhob mich aus dem Bett, um ans Fenster zu treten und die frische Nachtluft über mich hinströmen zu lassen. Da geschah es, daß mir beim Vorübergehen mein Bild aus dem Spiegel entgegensah, vom Mondlicht schwach beleuchtet, und ich erschrak daran, stellte mich aber trotzdem aufmerksam davor hin und sah mein Gesicht seine Augen auf mich richten, als ob es mich prüfen und ergründen wollte. Es war mir, als sei es ein zweiter Mensch, einer, der zu meinem Ich du sagen könne, und der mich durch und durch sehe, und es war mir nicht im mindesten möglich, mich von ihm abzuwenden oder ihm das Anstarren zu verbieten, ich war festgehalten, wie das Eisen vom Magneten. Dergleichen hatte ich vordem nie erlebt. Was bist du für einer? schien mir das Spiegelbild zu sagen. Dich sollte ich kennen, meine ich. Schon von früher, von lang her. Du bist schon lang nicht mehr bei mir gewesen, es ist eigentlich schade. Aber wie ich, mich dem Bilde befreundend, es näher ansah, und der Mond mir dazu leuchtete, faßte mich auf einmal ein Grauen vor mir selbst und dem Spiegelbild, das ich als mein Selbst erkennen mußte; es war, als ob aus den glänzenden Punkten meiner Pupillen ein Dritter heraussehe, der wieder ich war. Es konnte ins Unendliche so fortgehen, man wußte nicht mehr, wer man selber war und wer sich fremd in einem bewegte, und dazu tauchten Möglichkeiten und Fragen auf, die einem nie kamen, wenn man unbesehen für sich hinlebte und vor denen es einen ins Mark hinein fror. Da riß ich mich mit Gewalt von mir selber los und flüchtete mich ans Fenster, meine aufgeregten Pulse im Anschauen des stillen Nachtbildes beruhigend, das da draußen für sich hinlebte, gleichgültig, ob einer es ansah oder nicht. Die herrliche Pyramide war ganz vom Mondlicht durchflossen, es war, als bade sie alle ihre Blumen, Rosetten, Knäufe und Spitzen darin und sei lebendig in ruhevollem Atmen, und hinter ihr stieg der Berg auf mit seinen dunklen Bäumen, deren Wipfel in den silberlichtbeglänzten Himmel tauchten, ohne sich zu rühren. Die Häuser aber standen von innen heraus verdunkelt und ganz im Schlaf, und nur ich junges Blut wachte und wäre gern gut, einig mit mir und den ewigen Lebensgewalten und allem, zu dem ich im stillen du sagen konnte, gewesen, denn ich war wunderlich aufgerührt. Und ich hätte auch gern jemanden gehabt, zu dem ich nah gehörte, einen Freund oder so. Aber das dauerte nicht lange, und es kam nicht viel darnach. Es schauerte mich am offenen Fenster und im leichten Hemd, und ich kroch ins Bett zurück, den Spiegel vermeidend. Da nahm mich der Schlaf in die Arme bis der Morgen kam.

*

Als die Geschwister Bitterolf abgereist waren, ging das Leben im Hause wieder seine alten Gleise hin. Mir war es recht, daß sie dagewesen, und daß sie wieder gegangen waren, beides hatte sein Gutes. Ich war in allerlei Leben hineingekommen, das ich vordem nicht gekannt hatte. Zum Beispiel konnte ich auf der Straße hie und da den Hut abziehen vor angesehenen Leuten, deren Namen und Art ich kannte, die mich wieder grüßten mit Höflichkeit und Achtung, und konnte jungen Mädchen unter den Hut schauen mit Fug und Recht, weil ich schon mit ihnen gespielt und geredet und ihnen etwa das Jäckchen oder den Schirm getragen hatte. Im Laden aber gab es Gelegenheit, mit Studenten oder anderen jungen Leuten Gespräche zu führen. Da war ich nicht mehr nur der junge Mensch mit dem braunen Haarbusch, als der ich etwa schon bezeichnet worden war, sondern ich hieß Herr Fugeler oder auch Fugeler kurzweg, je nach der Intimität. Und ich strengte mich an, in meine Arbeit hineinzuwachsen, da ich gern etwas Rechtes darin vorstellen wollte.

Es war, wie man so sagt, ein Knopf gebrochen bei mir, das hing mit dem Besuch insofern zusammen, als ich durch ihn unter die Menschen und mit ihnen in eine Gleichartigkeit gekommen war. Aber es war auch wieder gut, daß er vorüber war, denn ich war doch nicht ganz gleichartig mit den Bitterolfschen, ich mochte mich strecken, wie ich wollte. Sie hatten etwas mitbekommen von klein auf, und es war noch in ihnen großgezogen worden, das ich kaum vom Hörensagen kannte. Das konnte man nicht mehr nachholen. Es war vielleicht ein Erbteil von vielen Vorfahren her, die sich selbst und ihre Kinder geschult und erzogen hatten, daß sie leicht und frei und ohne Mühe sich im Leben bewegen konnten und nirgends anstießen durch Unbehilflichkeit oder Nichtwissen. Auch hatten sie, wie sie sprechen und hören lernten, gleich eine Luft um sich herum gehabt, in der es mit allerlei Geistigem reichlich umging. Vielleicht waren schöne Bilder und Musik, und Frauen in feinen Gewändern um sie her gewesen, und sie hatten kluge Männer von aller Kunst und Weisheit reden hören; das war ihnen alles gewesen wie das tägliche Brot. Mit dem allem war ihnen der Tisch gedeckt von Jugend an, da wuchsen sie heran und wurden Auserwählte und hielten sich auch dafür. Und es war so, daß man vieles erwerben und in manches hineinwachsen konnte, wenn man sich darnach sehnte und alle Kraft anspannte, sie aber waren da von jeher daheim und lebten hochgemut und auch hochmütig, wie es mir schien, und es blieb immer ein Zaun, an dem man sich stoßen konnte, zwischen ihnen und unsereinem. Dann, wenn man sich stieß, sahen sie einander an und lächelten erstaunt oder verzeihend, und man sah, daß sie hinter ihren klugen Stirnen dachten: ach du, du kennst ja unsere Sprache nicht, du bist aus einem andern Land.

106

Sonst, für dich selbst betrachtet, wärest du ganz recht, aber unsereiner kannst du ja nicht sein.

Solche Gedanken gingen viele mit mir um, als wir wieder wie sonst im Hause Hagenau zusammen lebten.

Aber halt, kam es mir dann: ist nicht Fräulein Brigitte auch eine von derselben Art, klug, vornehm und von reicher Bildung, sicher in sich selber und vor den andern? Ungescheut trägt sie ihre Last auf dem Rücken und hat eine stolze Würde, als wäre sie die aufrechteste Frau. Sie aber zieht keine Grenzen um sich, sondern ist gleich nah und gütig mit allen und auch mit mir. Was also ist besonders an ihr – und wie kommt es, daß man Vertrauen und Verehrung zu gleicher Zeit bei ihr empfindet?

Sie ist eine Persönlichkeit, entschied der Verstand, stolz über die Formel, die er gefunden hatte; eine solche wird nicht geboren, sondern entwickelt sich erst.

Ja, aber wie? Einfach mit dem Alter? Oder durch Leiden, wie bei ihr?

Das blieb immer noch die Frage, die indessen wieder in den Hintergrund trat, weil die Gegenwart fortwährend Neues an den Tag brachte.

Ich war wieder mit dem Blumenmädchen Hertha zusammengekommen, was sich bei unserer nahen Nachbarschaft fast von selber machte und was ich auch wünschte, denn so unbekümmerlich ich auch für gewöhnlich meines Weges ging, so ertrug ich doch nicht leicht das Gefühl, daß irgend jemand mir böse oder von mir beleidigt sei, ich wollte nirgends einen schlechten Eindruck machen. Das hing freilich nicht mit irgendeiner Tugend in mir zusammen, sondern nur mit der Gewöhnung daran, daß jedermann mir wohlgesinnt und zugetan sei, die ich in nichts unterbrochen wissen wollte.

Das gute und natürliche Mädchen machte es mir auch leicht, meine Entschuldigung anzubringen; es genügte ihr, daß ich im Grunde der war, für den sie mich gehalten hatte und mit dem man ein harmloses Wort sprechen konnte, was sie so gern tat, und wozu sie den Tag über bei ihrer etwas griesgrämlichen Frau wenig Gelegenheit hatte.

Eines Abends begegnete sie mir in der Nähe des Kirchhofeingangs, an dem ich zufällig auf einem Spaziergang vorbei kam. Wir waren schon wieder so gute Freunde, daß ich auf ihre Einladung mit ihr hinein ging, da sie, wie sie sagte, den Oberaufseher besuchen wollte, mit dem sie gut bekannt sei. Wir gingen durch die Gräberreihen, zwischen denen wie schwarze Schatten hie und da Trauernde wandelten, nach einer Gegend hin, wo alte Bäume zwischen eingesunkenen Hügeln standen, und wo die Steine verwittert und die Namen fast unleserlich und mit feinem Moos ausgefüllt waren. Es war eine längst verklungene Gesellschaft hier beisammen, es mochte aber nicht mehr viel von den stillen Bewohnern der unterirdischen Kammern übrig sein. Während dort immer noch Trauer und Tränen umgingen, war hier längst Ruhe eingekehrt, und die Vögel bauten ihre Nester an den Sträuchern, die aus den Gebeinen der längst Gewesenen entsprossen waren.

„Sehen Sie," sagte Hertha vorstellend, als müsse sie mir die Bekanntschaft der Ruhenden vermitteln, „hier liegt ein alter Junggeselle oder doch wahrscheinlich ein Junggeselle. Es hat niemand um ihn geweint, als er gestorben ist, das hat mich schon schwer erbarmt. Ich habe ihm schon einmal einen Syringenstrauß gebracht, aber freilich, es hilft ihm nichts mehr. Man sollte leben, so stark man kann, solange man da ist, denn nachher ist es zu spät, und man läßt nichts hinter sich."

Ich sah sie verwundert an. Woher wußte sie die Lebensgeschichte dessen, der unter dem ganz bemoosten Stein lag, und wie kam sie dazu, ihm Blumen zu bringen, wenn er sie doch nichts anging? Und wie kam aus ihrem jungen und blühenden Munde solche Erfahrungsweisheit?

„Da, sehen Sie!" Sie schob ein paar Zweige des Efeus, der von der Mauer hergekrochen war und das Grab umarmte, zurück.

„Hier ruht ein Fremdling, Herr Vinzentius Burhagen, hier gestorben Anno 1799, dem Gott gnädig sei."

So hieß die Grabschrift. Die Buchstaben waren einmal ausgekratzt worden, das sah man, damit sie wieder lesbar wurden. Aber als ich Hertha fragend ansah, ob sie das getan habe, schüttelte sie den Kopf.

„Das hat der Zeitler getan, der über den Ort hier gesetzt ist. Er kennt alle Begrabenen hier und weiß von ihnen, woher, das weiß kein Mensch. Er ist einmal in der Fremde gewesen und hat auf die Gelehrsamkeit studiert, aber es ist ihm etwas dazwischen gekommen, und er ist heimgekommen und hat angefangen, die Toten zu hüten. Sie seien so friedlich, sagt er, und hätten alles hinter sich, Dummheit und Bosheit und Schmerzen, alles, es sei gut mit ihnen auskommen. Da ist er," unterbrach sie sich und strebte vorwärts nach einer halbrunden Bank hin, die auf einem winzigen Hügel stand. Dort saß ein älterer Mann in ausruhender Haltung. Er trug Kopf und Schultern vorgeneigt und hatte die lässigen Hände zwischen die Knie gelegt; ein paar rote Nelken hielt er lose darin. Als ich ihn sah, war es mir sogleich, als ob ich ihn schon irgendwo einmal gesehen hätte, vielleicht vor langer Zeit, ich wußte aber nicht wann und wo. Das erinnerte mich an meine Kindertage, wo ich ein ähnliches Erlebnis hier und da gehabt hatte. Ich sah einen Ort oder Menschen oder ein Ding zum erstenmal, und es war mir, als sähe ich etwas Altbekanntes und ließ es mir auch nicht ausreden, daß es in Wahrheit so sei. In solchen Fällen pflegte meine Mutter zu sagen: Du wirst es noch von damals kennen, als du das erstemal auf der Welt gewesen bist, und ich wußte nicht, ob sie das im Spaß oder im Ernst sagte und dachte auch nicht tiefer darüber nach.

Der alte Mann ließ ein paar ruhig betrachtende Augen auf mir liegen, und ich gab es ihm in meiner Verwunderung über das vermeintliche Wiederkehren von etwas längst Gewesenem heim, so sahen wir einander ins Gesicht, vielleicht nur ein paar Sekunden, aber doch lang genug, um in der Schnelligkeit irgendeine Verbindung zwischen uns herzustellen.

Hertha sagte: „Ich bringe einen Besuch mit. Er ist mir unterwegs begegnet, er ist mein Nachbar," und wir ließen uns links und rechts von dem Friedhofswächter auf der Bank nieder. Er reichte Hertha eine seiner Nelken, die sie begierig riechend an die Nase führte. „O, die sind von der jungen Frau Maibom," sagte sie, den Duft erkennend, er aber schüttelte den Kopf: „Falsch geraten, sie sind von der Familie Gutekunst," und ich merkte, daß sie von Gräbern sprachen. Da wurde es mir eigen zumute. Der Abend war noch im Verlöschen mild und schön. Am Horizont waren Tücher ausgebreitet von bunten, allmählich erblassenden Farben, eine Betzeitglocke läutete, im Gebüsch fing eine Nachtigall an zu schlagen, neben mir saß der Mann mit dem schmalen, bekannten Gesicht und drüben das junge, starklebendige Mädchen, es hätte alles heimelig und warm sein können. Aber unfern von uns war ein altes Grab

110

aufgemacht, und es lag ein Häufchen gelber halbvermoderter Knochen dabei, die der Totengräber herausgeschaufelt hatte, und es war ein Gerüchlein von welkenden Kränzen vorhanden, die in der Nähe auf einem Haufen lagen, das alles mahnte mich diesseitigen Menschen an die Gegenden jenseits der Grenzen, und ich wunderte mich, wie ich hier hereingeraten sei. Jedoch nicht lange, denn Hertha hatte keineswegs die Absicht, Geister zu beschwören oder Vergänglichkeitsgedanken nachzuhängen, sondern sie stand blühend und freudig im Leben und hatte nur ein freilich merkwürdiges Mitleid mit den Toten, weil sie von dieser Welt fortgemußt hatten, auf der es doch so schön war; es konnte um sie herum kein spukhaftes Grauen aufkommen.

Sie roch an ihrer Nelke und sagte: „Gebt doch dem Herrn auch eine. Er steckt den ganzen Tag zwischen den Büchern, ich möchte nicht in seiner Haut sein. Er hat ein so ernsthaftes Gesicht, das kommt davon. Es ist aber bloß oben drauf, er kann auch lachen, ich hab's schon gesehen."

Der Friedhofswächter gab mir eine der würzhaft duftenden Blumen. Es waren solche, wie sie der alte Heinrich Kilian gepflegt hatte und wie sie jetzt noch daheim vor meinem Kammerfenster blühten, wahrscheinlich wenigstens. War denn aber alles verhext heute abend und war etwa mein Kilian in den Zeitler geschlüpft, um mit mir Versteckens zu spielen und zu fragen: Kennst mich noch? Woher mir solche Gedanken kamen, weiß ich nicht, aber sie waren um den Weg und ich mußte, wie damals in den Spiegel, so heute mit einer halben Lust und einem halben Grausen in das Gesicht des Zeitlers sehen, ob mir eine Erkenntnis komme, die mich ja freilich beim ersten Augenwink in die Flucht gejagt hätte, da, was man etwa im Traum gelassen oder freudig hinnimmt, das Dasein eines Hingegangenen, im Wachen jähes Entsetzen bedeutete. So unverrücklich fest steht uns in uns selber Eingeschlossenen die Ordnung der Dinge beider Welten. In mein Schweigen hinein und das des Zeitlers schüttete Hertha ihr Geplauder, das in der werdenden Dämmerung tönte wie ein spielendes Bächlein, und zu dem nach und nach meine Gedanken zurückkehrten unverrichteter Sache. Denn es war ja, wenn ich mich nüchtern besann, ohnehin ein Unsinn, was sie ausheckten.

„Ich verstehe nichts von Büchern," hörte ich Hertha sagen, „man müßte mir's grad sagen, was darin steht, daß ich's nicht selber lesen muß."

Der Zeitler gab einen summenden Ton von sich, der allerlei bedeuten konnte, ein Lachen oder einen Zweifel, und Hertha fuhr fort:

„Ich bin nur froh, daß ich's mit den Blumen habe, es ist, wie wenn ich dazu auf die Welt gekommen wäre, daß ich das Kranzbinden treibe. Das kann ich nach der Regel, ich hab's gelernt und hab's auch in den Fingern. Meine Frau paßt nicht dazu, sie hat erst in das Geschäft hineingeheiratet, das ist der Unterschied. Sie dauert mich eigentlich, denn sie hat ein saures Gemüt. Sie hat als Kind einmal in einen Essighafen gerochen, davon ist's ihr geblieben. Mich hat sie aber gern, und sie ist auch froh an mir. Die Leute kaufen gern bei mir, weil ich freundlich bin und gern lache. Es gibt auch nichts Schöneres, als den ganzen Tag geschafft haben und abends fertig sein. Oder ja, vielleicht gibt es auch etwas Schöneres, und man weiß es bloß nicht. Heute habe ich eine Girlande machen müssen um ein Kindersärglein aus lauter Monatröschen und mit Immergrün. Da habe ich weinen müssen, weil es mich so gedauert hat, zu denken, ich könnte als Kind gestorben sein und wäre dann nicht mehr da. Ich bin gern da, das muß ich sagen; von mir aus könnte jeder Tag hundert Stunden haben, es wäre mir keine zu viel."

„Du Närrlein," sagte der Zeitler, „was wär's denn dann mit dem Feierabend und dem Sonntag, wenn du so lange Tage haben willst?"

„Jaso, ja," gab das Mädchen zu, „es ist nur gut, daß ich's nicht machen muß, es käme etwas Schönes dabei heraus. Versteht sich, der Sonntag müßte geradeso lang sein und der Feierabend auch. Es ist mir auch ganz recht, wie es ist, ich will es gar nicht anders haben. Gestern war das bucklige Fräulein Hagenau bei mir im Laden und kaufte einen Rosenstock, und ich trug ihn hinüber. Da saß sie in ihrem schönen Wohnzimmer in einem seidenen Sessel, und ihr Bruder saß ihr gegenüber und las in der Zeitung, und die alte Magd Salome trug den Kaffee herein. Die haben's schön, aber ich möchte sie nicht sein, um kein Geld. Lieber Gott, wenn man jung ist und vergnügt und gerade Glieder hat, dann freut's einen, und alles kann noch kommen, was es Gutes gibt. Ich möchte doch nicht ledig bleiben, nicht um alles."

„So sei jetzt auch einen Augenblick still," sagte der Zeitler, „man kann ja mit keinem Steckelein dazwischenfahren, wenn du einmal anfängst, es läuft wie aus einem Brunnenrohr. Was weißt denn du davon, wie es gehen kann auf der Welt, und was weißt du von Glück und Unglück? Verheiratetsein kann ein Glück oder ein Elend sein, und Ledigsein auch, es kommt drauf an, wie man es erlebt." Er sagte es ein bißchen scharf und streng, und Hertha dauerte mich, denn ich dachte auch wie sie, einmal in diesem Augenblick sicher. Aber sie machte sich augenscheinlich nichts daraus, denn sie lächelte vor sich hin und dann zu mir herüber, als ob wir beide besser wüßten, wie es wäre.

Auch fuhr der Zeitler gleich darauf milder fort: „Die Brigitte tauschte mit niemand, wenn man es ihr anbieten wollte. Heißt das, was sie in sich selbst und aus sich heraus geworden ist, gäbe sie nicht hin, wenn sie noch einmal ein Leben leben dürfte in einem schlanken Körper und mit allem, was man so gemeinhin Glückseligkeiten heißt."

Wir sahen ihn beide fragend an, weil er das Fräulein beim Vornamen nannte und weil er über ihr Inneres Bescheid zu wissen und sie überhaupt zu kennen schien.

„Er ist bei Hagenaus," sagte Hertha und deutete mit dem Kopf nach mir hin.

Der Zeitler hatte noch nicht nach meinen Verhältnissen gefragt, nun sah er mich aufmerksam an und sagte: „Sie sind da in guten Händen"; er zögerte ein wenig und fügte dann hinzu, „zum wenigsten, was die Schwester betrifft, obgleich ich Herrn Kasimir nichts zuleide tun will. Ich kenne ihn weniger als sie, die ein lebendiger Mensch ist, wie es nicht viele gibt."

Was er da sagte, erfüllte mich mit Begierde, mehr von den beiden und besonders von Fräulein Brigitte zu hören. Ich mag wohl auch den Zeitler bittend genug angesehen haben, denn er fing nach einigem Zögern wirklich an, einiges aus ihrer Lebensgeschichte mitzuteilen. Woher er sie wußte, verlautete nicht. Ich muß glauben, daß er selber irgendwie an ihr beteiligt oder mindestens Zuschauer gewesen war; er vermied es aber, sich selbst zu nennen. Das sei immer so, sagte Hertha, er rede nie von sich.

Es ist mir aber, als habe er doch von sich geredet ohne Willen, denn er verfiel im währenden Erzählen in eine seltsam reiche und blühende Sprache, die deutlich genug sagte, daß er einmal in einer Welt gelebt habe und sie noch in sich trage, die von seiner jetzigen unterschieden sei in mehr als einer Hinsicht.

Ich meine, ich höre ihn noch; es wird aber wohl bei mir anders herauskommen.

„Dort drüben," sagte Zeitler, und deutete nach einem Marmorgrabmal, das zwischen einer Baumgruppe heraussah, „liegt oder lag eine junge, feine Frau, die der Tod an einem einzigen heißen Krankheitstag erwürgt hat. Sie hatte die Augen noch offen, als der Sarg geschlossen wurde, oder vielmehr, sie waren, schon zugedrückt, langsam wieder aufgegangen, und es sah erschütternd aus, wie die erloschenen Sterne unbeweglich nach dem Kinderhäuflein hinschauten, dem sie noch lange hätten scheinen sollen. Das war die Mutter der Geschwister Hagenau. Sie war eine Waldbauerntochter gewesen, gesund, schön, lebensfreudig und heißblütig und dabei reich und von guter Bildung, und hatte dem etwas verbrauchten Hause mit Blut und Geld aufhelfen sollen. Letzteres war geschehen, aber der Reichtum ihres sprühenden Lebens schien ganz und gar der jüngsten Tochter Brigitte aufbehalten gewesen zu sein, während die älteste und der um weniges jüngere Sohn dem Vater nacharteten, der brav, gewissenhaft, gründlich belesen und mit allgemeiner Bildung versehen, aber etwas trocken und unlebendig war. Oder wenigstens so ungefähr wurde er geschildert. Doch soll er an der Frau unendlich gehangen haben und durch ihren Tod ganz gebrochen, und also doch nicht ohne Leidenschaft gewesen sein. Für die Kinder hatte er nach dem Tode der Frau nicht mehr viel Aufmerken. Er veranlaßte ihre Schulbildung, wie es recht und üblich war und nahm eine Hausdame, die für Nahrung und Kleider und für das Hergebrachte an guten Sitten und was man so gemeinhin Erziehung nennt, sorgte, und die er der Bequemlichkeit halber nach einiger Zeit heiratete, ohne daß sie viel für ihn gewesen wäre. Die arme Frau und Mutter

115

hatte allen Grund gehabt, ihr Häuflein mit gebrochenen Augen noch traurig anzusehen, wenn man so sagen darf, denn es war nicht mehr viel Freudigkeit und Kinderglück im Hause. Einzig die jüngste Tochter, die auch im Äußeren das Abbild der Mutter war, schien Sonne und Lebenslust in sich selbst zu tragen und sich ihre Nahrung zu holen, wo man sie ihr nicht anbot. Sie war von jedermann überzeugt, daß er sie liebe und Freude an ihr habe, und dieses glückliche Wissen um sich selbst, ließ sie hinwiederum auch allen Leuten strahlend und wie ein kleines Sönnchen entgegenkommen, dem sich in Wahrheit niemand ganz entziehen konnte. Die beiden andern Kinder wuchsen dagegen als Schattenpflanzen auf; das Mädchen als stille, brave, pflichttreue Schülerin, die ihren Ehrgeiz darein setzte, alle Unterrichtsstoffe gründlich und unvergeßlich in sich aufzunehmen, der Knabe, der vielleicht am meisten von allen die Mutter entbehrte, aber ohne sich dessen bewußt zu sein, als knurriger und verdrießlicher Sohn seines unfrohen Vaters, ohne rechte Blüte lang ins Kraut schießend. Er ärgerte sich selbst und andere bei jeder Gelegenheit, und besonders hatte er es auf die lachende Brigitte abgesehen, deren Liebreiz er verspürte und genoß, ohne es merken zu lassen. Vielmehr stritt und balgte er sich mit der Schwester herum und hatte hunderterlei an ihr auszusetzen, vielleicht nur, um sie in raschem Zorn entflammen zu sehen, worin sie ihm besonders gut gefiel, oder auch, um ihr helles und unwiderstehliches Gelächter zu hören, wenn ihr sein nörgelndes Wesen komisch erschien.

Das ärgerte und entzückte ihn dann zu gleicher Zeit; er ließ aber weder das eine noch das andere merken, sondern tat gleichgültig und als ob es ihm zu wenig wäre, darauf zu horchen. In ihrem zwölften Jahr war Brigitte ein schlank aufgeschossenes Mädchen mit prachtvollen Zöpfen, die sie lang herabhängend trug, und mit einem Ausdruck in dem blühenden Gesichtchen, als ob sie von weitem die vollen Ströme des Lebens rauschen höre und sich anschicke, darauf zuzugehen, um sich darin zu baden. Statt dessen aber wartete ein dunkles Meer der Leiden auf sie, und das Rauschen war ein herannahendes Gewitter, das den vernichtenden Blitz auf sie niedersandte und die Sonne auslöschte, ehe sie noch im Mittag stand."

Hier unterbrach sich der Zeitler, für einen Augenblick aus der Vergangenheit auftauchend, und merkte selbst, daß er in einer Weise zu uns redete, die wir nicht bei ihm gesucht hätten, und die auch bei ihm selbst zurzeit nicht üblich war. Er nahm eine der Nelken zwischen die Lippen, und es war mir plötzlich, als habe ich ihn nicht im Leben, sondern auf einem Bild so gesehen und wisse nun, wer er sei, es falle mir nur der Name nicht ein.

„Kurzum," fuhr er nach einer kleinen Pause fort, als habe er wie ein Maler nach einem andern Pinsel gesucht oder als Musiker eine andere Saite aufgezogen, „die Brigitte erlitt einen schweren Unfall, der sie zu dem verwachsenen Geschöpf machte, das sie jetzt ist, und ihr ganzes Leben umkehrte. Es ist schon lang her, und vielleicht sollte man es jetzt nicht mehr sagen, aber der Kasimir war schuld daran. Es war in einem Nachbargarten. Die Brigitte saß in einer Schaukel, die zwischen zwei Bäumen angebracht war; sie schwang sich leicht spielend hin und her und plauderte daneben mit den Nachbarsmädchen. Da trat der Kasimir hinzu und fing an, die Schaukel zu stoßen, daß sie hoch und immer höher hinausflog. Vielleicht gefiel es ihm, daß die schwarzen Zöpfe so lustig tanzten, vielleicht auch hatte er sein unholdes Vergnügen daran, daß die Brigitte rief: ‚Laß sein, ich will nicht so hoch!', kurzum, er stieß mit aller Kraft, daß die Schaukel mit dem schönen Vogel drin an die vollen Kronen der Bäume anstieß und zwischen den

Zweigen hindurchrauschte. Das Mädchen wurde blaß und bekam Angst, was sonst nicht in seiner Art lag, und bat flehentlich ums Aufhören, aber der fünfzehnjährige Flegel hatte seiner Lust noch nicht Genüge getan, oder was es war; als die Brigitte außer sich herunterrief: ‚Laß los, oder ich springe heraus!', gab er, der es natürlich nicht glaubte, noch einen letzten, wilden Stoß drein, um dann aufzuhören, und in dem Augenblick flog das Mädchen durch die Luft und schlug schwer auf den Boden auf. Die Schaukel aber kam ledig zurück und schwang sich, in den Ringen knarrend, noch eine Weile hin und her, bis einer hinging und sie anhielt.

Da war dann nun eine Zerstörung geschehen, die jedem weh tun mußte, der sie sah. Es wäre fast leichter anzusehen gewesen, wenn das arme, totenblasse Kind, das da im kurzen Grase lag, die Augen nicht mehr aufgemacht hätte. Es wäre dann in aller seiner sonnigen Schönheit dahingegangen, und jedermann hätte es als einen Liebling bei Gott und Menschen in der Erinnerung gehabt. Aber freilich, der Kasimir wäre dann sein Mörder gewesen in aller tapsigen Dummheit, und so konnte man es wieder nicht wünschen, auch wenn es etwas geholfen hätte. Das Leben ging auch, ohne zu fragen, seine eigenen Wege, legte das schöne, unglückliche Geschöpf auf ein jahrelanges schmerzhaftes Siechbett, drohte zuweilen, es nachträglich noch hinweg zu nehmen und ließ es dann zu einem schweren, unbegreiflichen Dasein wieder aufstehen. Die Wirbelsäule war verkrümmt und wurde es immer mehr, und unaufhaltsam sank der schöne, feine Kopf zwischen die Schultern und beugte sich der aufrechte Wuchs, den das heranblühende Kind gehabt hatte. Da war die Brigitte kein Sönnchen mehr, sondern eine arme, leidende Kreatur, von deren tieferen Schmerzen gewiß kaum ein Mensch recht wußte, und die eine Mutter hätte brauchen können, wenn sie, die draußen schlief, irgend zu erwecken gewesen wäre. Denn als das lange Siechtum überstanden war, regten sich von neuem in dem lebensvollen Mädchen die Kräfte des Blutes und der überschwängliche Lebensdrang, den sie von der Mutter ererbt hatte, und der nun in einem verwachsenen Leibe gefangen lag. Die Schwester heiratete in all ihrer dünnblütigen Zahmheit einen Privatdozenten von der Universität, der in früheren Jahren die kleine Brigitte sein Bräutchen geheißen hatte, und dem auch jetzt unglücklicherweise ihr lebenverlangendes Herz mit harten Pulsen entgegenklopfte. Er zog mit der Frau nach dem hohen Norden hin und wurde eine Berühmtheit in seinem

Fach, das junge, schmerzlich lebendige Geschöpf aber blieb in dem unfrohen Vaterhause zurück. Die zweite Frau des Vaters war auf einer Erholungsreise in ihre Heimat gestorben und auch dort begraben worden, und es verstand sich von selbst, daß Brigitte die Führung des Haushalts übernahm, der aus dem Vater und dem Unglückswurm Kasimir bestand. Dieser war über den Unfall, den er herbeigeführt hatte, außer sich gewesen, was sich darin zeigte, daß er, wie er ging und stand, von der für sterbend gehaltenen Schwester weg in ein benachbartes wildes Tal lief und sich dort verschiedene Tage und Nächte lang umhertrieb, bis ihn endlich das Verlangen, etwas Näheres zu erfahren, wieder in die Stadt führte, und zwar zuerst auf den Friedhof, wo er sehen wollte, ob sich das Muttergrab geöffnet und über einer neuen Bewohnerin wieder geschlossen habe. Als er nun sah, daß nichts dergleichen erfolgt war, setzte er sich, übermüdet von Angst und Reue und dem ziellosen Umherirren, auf den mütterlichen Hügel nieder und schlief ein, bis er spät am Abend verwirrt emporfuhr, weil jemand seinen Namen gerufen hatte. Es war dies sein Vater, der, gleichfalls aufgestört aus seiner gewöhnlichen Ruhe, heftige Angst um sein Lieblingskind empfand, dem er freilich sein besonderes Wohlgefallen kaum je gezeigt hatte, und der nun fast instinktmäßig den Ruheplatz seines Weibes aufsuchte, um ihr als Mutter zu sagen, daß sie eigentlich jetzt am Platze sein müßte. Als er nun an dieser Stelle den Sohn fand, dem er begreiflicherweise heftig zürnte, und dem er eine gehörige Strafe, er wußte nur noch nicht welche, zugedacht hatte, ging eine seltsame Wandlung mit ihm vor, deren er sich nicht erwehren konnte. Der Missetäter hatte nämlich, vielleicht um bequemer zu ruhen, vielleicht aber auch in einem ausbrechenden Verlangen nach Schutz und Hilfe, mit beiden Armen den aufrechtstehenden Marmorblock umfaßt und den Kopf auf den mütterlichen Namen gelegt, und

erschien dem Vater wie ein alttestamentlicher Flüchtling, der
zur Sicherung vor seinen Verfolgern in den Tempel eindrang
und die Hörner des Altars umklammerte. Auch zeigte sich
im Schlaf eine so unverstellte Herzensnot und Bekümmernis
auf dem sonst gleichgültigen Gesicht des Sohnes, daß sich
der Vater des Erbarmens und der Rührung über das Leiden,
das noch größer war als seines, nicht enthalten konnte und
den Schlafenden aufweckte, nicht zum Gericht, wie dieser
meinen mußte, sondern um ihn ans Herz zu schließen. Das
ist freilich nicht buchstäblich zu verstehen, denn
Liebkosungen waren in der Familie nicht Sitte und waren
bisher nur von dem jetzt verdunkelten Sönnchen
ausgegangen, aber dennoch ging von da an ein stilles
Einverständnis zwischen Vater und Sohn einher. Für diese
beiden war überhaupt das Unglück der armen Brigitte ein
freilich noch tiefverschleiertes Glück. Denn die Reue, die der
Kasimir, und das Mitleid, das beide empfanden, zwang sie,
ihrer kargen Natur einiges an Zartheit, Güte und Fürsorge
abzuringen, um der armen Kranken das Leben zu
erleichtern, was alles ihnen selber wieder zugute kam. Es
geschah aber das Wunderbare, daß das gequälte Geschöpf,
die Brigitte, in aller ihrer Leibes- und Seelennot dennoch
wieder etwas von dem alten Lachen fand, zuerst nur selten
und fast widerwillig, aber später sich selbst unwiderstehlich.
Das war, als sie sah, wie die beiden Männer, der alte und der
junge, ihre ungeschickten Versuche machten, sie
aufzuheitern und das düster gewordene Haus zu erhellen.
Es war ihr wie jemandem, der zusieht, wie unerfahrene
Hände sich mühen, verquollene Fensterladen aufzumachen,
um Licht in einen dunklen Raum zu lassen, und der endlich
hingeht, um es selber zu tun, da doch keine Aussicht ist,
daß es anders hell werde. Denn die ursprüngliche und
gottbegnadete Heiterkeit hatte in der ganzen Familie doch
nur Brigitte allein, und es wurde ihr nach und nach klar,
daß es alles nichts helfe, sie müsse den verschütteten Quell

wieder ausgraben, da sie ohne ihn nicht leben könne, und auch die andern darnach dürsteten. Das ging freilich nicht ohne blutende Hände ab und nicht ohne Verzweiflung am endlichen Gelingen. Es wurde ihr nichts erspart an qualvollem Verlangen nach Glück und vollem Menschenleben, besonders wenn sie andere in aller Ruhe und Gottergebenheit erleben sah, was sie selber, wenn es ihr zuteil geworden wäre, mit Seelenjauchzen und Wonnestürmen in sich ausgetragen hätte.

Doch," unterbrach sich Zeitler, „es hat schließlich niemand das Recht, davon zu reden, da sie selber es nicht tat. Wenn sie aber," fuhr er fort, „von einem Anlauf nach der festen Burg der Herzensstille und des sich Genügenlassens ermüdet zurücksank, so malte sich ein so ehrlicher und ratloser Kummer in den Gesichtern der Männer, daß sie es nicht mitansehen konnte und sich wieder aufraffte, und wieder, wenn sie ein heiteres Gesicht und einen kleinen Scherz zuwege brachte, so erhellten sich die trockenen und verlegenen Mienen so sehr, daß es ihr ein beständiger Reiz war, die Verwandlung zu sehen und hervorzubringen.

Was aber zuerst nur kraftlose und gequälte Versuche waren, das entwickelte sich im Lauf der Jahre durch ehrliche und anhaltende Übung zu einem lebendigen und ungestörten Besitz, um den sie die meisten Menschen, in deren Dasein es immer glatt und eben zugegangen ist, beneiden könnten, wenn sie dazu die Fähigkeit hätten, ja zu einer Quelle, nach der es verstäubte und müde Wanderer hinzieht und niemals umsonst. Natürlich steckt da noch allerlei darin und dahinter, zu dem, wie zu einer verschlossenen Brunnenstube, sie allein den Schlüssel hat. Doch kann man immerhin an einem frisch und unermüdlich sprudelnden Brunnen merken, wie die aus der Tiefe steigende Quelle beschaffen sein muß.

Der Kasimir hatte schon längst bei sich selber beschlossen, unverheiratet zu bleiben, um der Schwester ein dauerndes Heim bieten zu können. Das hätte unter Umständen ein schweres Opfer sein können, das wohl auch die klare und natürlich empfindende Frau, die Brigitte ist, niemals angenommen hätte. Aber sie sah bald, daß sie dem Bruder mehr geben könne, als er ihr, ja, daß der etwas trocken und karg ausgestattete Mensch nicht so viel mitteilende Lebenskraft habe, daß es um die Ehe, die er hätte führen können, schade gewesen wäre. Sie ließ ihn ruhig gewähren, ohne es ihm auf die Nase zu binden, wie sie die Sache auffaßte, so daß er das erwärmende Gefühl behielt, ihr zur Sühne für einen ungezogenen Augenblick sein ganzes Leben zum Opfer zu bringen, was ihm wohl tat und ihn, wenn er es hie und da bedachte, erhebend anrührte. Oder vielleicht auch noch anrührt," schloß der Zeitler, dem es plötzlich einzufallen schien, daß die Personen, die er aus der Vergangenheit heraufgeholt hatte, wo er ihnen irgendwie näher gestanden sein mußte, noch da waren, ja, daß ich begierig Horchender jeden Tag um sie war.

Es war inzwischen fast ganz Nacht geworden, aber nicht eigentlich dunkel, denn am wolkenlosen Himmel waren die Sterne sichtbar geworden und flimmerten wie Fenster, auf denen der Widerschein eines Lichtes liegt; auf dem weiten Gräberfeld webte und rührte sich allerlei, aber es waren nur die Gebüsche, die der leise Nachtwind regte, oder die weichen, langen Zweige der Trauerweiden, die sachte hin und her wogten; Düfte kamen in weichen Wellen heran und umgaben uns, und ich dachte an meine Mutter und daß sie gesagt hatte: Die Toten haben keine andere Sprache, um uns zu sagen: Vergeßt uns nicht, denkt an uns. Aber es war nichts von Grausen dabei, denn es hüllte mich ein großes Wohlsein ein. Ich fühlte eine quellende Liebe im Herzen und wußte nicht, galt sie der siegreichen Brigitte oder dem

kleinen Sönnchen, das sie früher gewesen war, oder dem
Zeitler, der mir so wunderbar bekannt schien, und der sich
selber ganz im Dunkel hielt, wenn er von den andern
erzählte. Wer war er denn, wenn man fragen durfte? Aber
man durfte nicht fragen, man mußte sich ganz still halten.

Da sagte auf einmal Hertha mit einem kleinen Seufzer: „Ach,
daß die arme junge Frau die Augen offen gelassen hat! Aber
ich ließe sie auch offen, wenn ich sterben müßte, man dürfte
sie mir nicht zudrücken. Ich möchte wissen, ob meine
Mutter auch noch nach mir hingesehen hat, wie sie tot
gewesen ist. Nein, sie hat es nicht getan, sie hat mich ja
schon vorher hergegeben gehabt, mich armes Kind. Wenn
ich nicht so vergnügt wäre, so wäre ich gewiß recht traurig;
ich habe es aber in mir, daß mich das Leben freut, ich kann
nichts dafür."

Der Zeitler stand auf und führte uns zum Ausgang; es war
mir, als sei ich in einer andern Welt gewesen und kehre nun
wieder in die vorige zurück. Hertha sagte, als wir vor ihrer
Haustür waren: „Ach, es ist schad, daß man die Nächte
verschläft, aber es wird so sein müssen, scheint mir. Ich
möchte einmal eine Nacht durch laufen und bis in den
Morgen hinein, durch den Wald und über einen Berg
hinüber, aber nicht allein, es müßte zu zweit sein. Und
wenn es hell würde, ständen wir oben auf einem andern
Berg und wären froh, daß wir schon auf sind, eh' die Sonne
kommt, weil es schad' ist um alles, was schön ist, und man
sieht's nicht."

Da hätte ich doch nicht übel Lust gehabt, sogleich mit ihr
fortzuwandern durch schlafende Wälder und an
schwatzenden Bächen hin und in den Morgen hinein. Aber
sie schlüpfte ins Haus, und ich ging allein vollends in die
Stadt hinein, und nach einer Weile hatte ich das Gelüste
schon vergessen, denn es war so vieles lebendig in mir an

diesem Abend, es war gut, daß ich mit keinem Menschen reden mußte.

*

Einmal, nicht lang nach diesem, kam ein Brief von meiner Schwester Luise, der mir viel zu schaffen machte. Er weckte mich, der ich ganz im Hier und Heute lebte und genug damit zu tun hatte oder es doch meinte, für eine Weile zum Gedenken an eine Welt auf, die mich nur ungern und nach ihrem Dafürhalten nur leihweise hergegeben hatte, die mir aus ihren treuen und stillen Kräften unermüdlich spendete, was ich bedurfte oder auch nur zu bedürfen glaubte und die nichts zum Entgelt wollte, als etwas von mir selbst, ein Zugehören, ein Heimdenken und freilich auch hie und da ein Zeichen davon.

In der Kürze: ich schrieb wenig genug nach Hause; es war mir alles entweder zu groß oder zu klein, als daß ich es hätte mitteilen mögen. Auch war das Schreiben langweilig und jede Stunde sonst besetzt, und so kam es, daß meine Schwestern nur nichtssagende Zettel von mir bekamen. Ich brauchte Wäsche oder Stiefel, oder mußte mir dies und das anschaffen; sie hatten mir einen Kuchen geschickt nach altem Rezept, er war gut gewesen, aber ich stand gut im Futter und sie brauchten mir in Zukunft nichts zum Essen zu schicken; ich machte einen Ausflug und grüßte sie mit einer Ansichtskarte; im übrigen ging es mir gut und ich hoffte es auch von ihnen. Ich dachte, sie seien damit zufrieden, denn ich war es selber auch, und in ihren Briefen stand auch nichts anderes. Nun aber hatte Luise den Plan gefaßt, mich zu besuchen und sich zu dieser Reise, die ein großes Ereignis in ihrem Leben werden konnte, nach und nach ein Sümmchen zurückgelegt. Sie wollte sich ein besseres Kleid dazu anschaffen, ein Reiseköfferchen und dergleichen, und sie gedachte auch, es sich unterwegs einige

Tage wohl sein zu lassen und auch mir die oder jene Güte anzutun. Dabei rechnete sie meine Freude, mit der ich sie empfangen würde, mit der ihrigen, mich wiederzusehen, zusammen, und es schien ihr eine Summe, die es wert war, das Ersparte daran zu wenden, besonders wenn sie ihr Verlangen nach einer kleinen Unterbrechung des arbeitsreichen und einfachen Lebens, das sie führte, noch dazu tat. Denn ich hatte die Freude am Schönen und Freien, das es auf der Welt gab, nicht allein gepachtet, es gab noch andere Leute, denen es um ein offenes Fenster nach der Sonnenseite hin zu tun war.

Aber es war ein Strich durch die hübsche Rechnung gemacht worden, denn es war ein Posten für ein Fahrrad eingelaufen, und zwar für ein gutes, da die billigen nichts aushielten. Dafür hätte man einige Reisen machen können, aber es war jetzt nichts zu wollen, das Geld mußte zuerst abbezahlt werden so nach und nach. Denn wer wollte sich einen hübschen Hut kaufen oder einen Schirm, was beides man unterwegs brauchte, an die Reisekosten nicht zu denken, solang eine unbezahlte Rechnung im Hause lag? Also das war nichts gewesen für diesmal; man mußte es auf ein anderes Jahr sparen, es war aber schade, denn es wäre doch an der Zeit gewesen, einander wieder zu sehen. Nicht daß mir das Rad nicht gegönnt war, aber wenn es noch ein bißchen Zeit damit gehabt hätte, so wäre es besser gewesen.

Das alles war so ungefähr aus dem Brief zu lesen, einiges davon ergänzte ich auch in meinen Gedanken, denn ich konnte mir ja deutlich vorstellen, wie alles zu Hause zuging. Ich sah sogar das zinnerne Büchschen von der Mutter her, das Luise in einer Schublade aufbewahrte, und das ihre Extragelder barg. Sie hatte es gewiß oft herausgenommen und die Stücke gezählt, die darin lagen, und hatte dann mit Helene ausgerechnet, was alles

126

zusammen kosten konnte. Nun aber war es leer, und es kam auch so schnell nichts mehr hinein, und das hing mit mir zusammen. Ich ärgerte mich nicht wenig, als ich den Brief las bis zu dieser Stelle, aber ich wußte nicht recht über wen oder was am meisten. Freilich über mich mußte es eigentlich sein, ich war der schuldige Teil, und es half mir nichts, daß Luise mir gar keinen Vorhalt machte, nicht den mindesten. Hätte sie es getan, so hätte sich mein Grimm einigermaßen gegen sie wenden können, denn sie hätte dann unrecht gehabt auf irgend eine Weise. Ich mußte es aber selber tun. Aber wie? Lebte ich etwa in etwas anspruchsvoller als andere junge Leute, die ich kannte, nicht eher im Gegenteil? Und hätte ich nicht studieren können, wenn ich gewollt hätte? Das aber hätte dann noch viel mehr gekostet. Und hatte ich nicht die bestimmte Absicht, später das Rad zu bezahlen? Ich ging um den wahren Kernpunkt der Sache herum, der darin bestand, daß die tüchtigen, liebevollen und guten Schwestern umsonst darnach aussahen, ich möge mein junges Sein und Wesen in etwas mit ihnen teilen, da sie es so unermüdlich nährten und bereicherten mit ihrer Arbeit und Sorge. Vielmehr glaubte ich eine Mahnung zur Dankbarkeit zu verspüren, die mir unleidlich war. Obgleich ich keine Scheu trug, alle Opfer anzunehmen, wollte ich mich doch nicht verpflichtet fühlen, sondern dachte, wenn man dankbar sein müsse, so könne einem schon alles gestohlen werden, und war mir nicht bewußt, daß der Stachel, wider den ich löckte, in meiner eigenen Brust saß, da mich ja sonst niemand angriff. Ich wäre am liebsten auf ein paar Tage heimgefahren, das wäre das einfachste gewesen; doch, begreiflich, gerade das konnte ich nicht tun, denn umgekehrt kostete die Reise auch Geld. Im stillen aber wußte ich: wenn ich gekommen wäre, sie hätten mich dennoch mit Jubel und Jauchzen empfangen, es wäre etwas ganz anderes gewesen.

Als ich den Brief wieder zur Hand nahm, wurde ich inne, daß ich ihn erst zur Hälfte gelesen hatte; es lag ein zweites Blatt dabei, in dem stand geschrieben, daß meine Schwester Helene im Lauf des nächsten oder übernächsten Jahres zu heiraten gedenke, nämlich wenn die Aussteuer beieinander sei. Denn auf Abzahlung wolle sie kein Stück anschaffen. Sie habe einen guten und tüchtigen Verlobten, der ein Schreiner sei und es wohl einmal zum Meister bringen werde. Er sei überaus sparsam und fleißig und fange schon an, in den Abendstunden das eine oder andere Stück für den einstigen Haushalt zu schreinern. Helene bekomme es einmal nicht schlecht; der Bräutigam habe schon gesagt, nach der Hochzeit dürfe sie nicht mehr um Geld nähen, er könne selber eine Frau erhalten, sie müsse dann nur das Haus imstand halten und vielleicht ein Stück Gemüseland, denn er esse gern selbstgepflanzte Bohnen und Erbsen. Freilich, für jetzt nähe sie um so eifriger, sie möchte vier Hände haben, um nur viel fertig zu bringen, denn alles koste Geld, es sei nicht zum Sagen.

Darum wolle auch Luise von jetzt an alles, was mich angehe, allein bestreiten, sie sage es mir im Vertrauen, daß ich mich in allem an sie wenden solle. Helene wolle es nicht, natürlich. Sie sage, es dürfe in nichts anders werden, aber sie werde schon froh sein, wenn ihr Geldlein sich schneller aufrunde, daß der Schatz nicht so gar lang warten müsse. Ich solle mich nichts anfechten lassen, es werde alles recht und gut. Das Bügelgeschäft gehe gut, es sei keine Not. Wenn sie nicht so altväterisch erzogen wäre, so hätte sie die Reise trotz allem gemacht, aber ich wisse ja, wie die Mutter gewesen sei: lieber um und um geflickt, als einen Pfennig Schulden. Von der habe sie es auch, sie könne nichts dafür. Ich solle nur freudig sein in meiner Jugend, es sei gut, daß ich aus dem Engen hinausgekommen sei, sie wollte oft selber auch, sie wäre es. Wenn sie nur wisse, daß es mir gut gehe und daß ich in das Hohe und Feine hineinkomme, so sei es schon recht. Vielleicht wisse ich einmal ein gutes Buch für sie zum Lesen, denn das sei ihre Liebhaberei schon von jeher gewesen, und Sonntags habe sie Zeit dazu. Wenn man doch einen Bruder habe, der mitten in den Büchern sitze, so sei es ja zu machen.

Da war es mir nun leichter und schwerer in einem. Denn Luise war viel zu gut und zu lieb, und man mußte ihr dankbar sein, ob man wollte oder nicht, ja, an ihr hängen von Herzen, so oft sie einem einfiel, was freilich oft lange anstand. Und Helene war Braut und steuerte auf das Frau-Meisterin-sein hin. Aber daneben war da ein Schwager, der ein Schreinergeselle war und von dem ich nichts wußte, als daß er sparsam sei und fleißig. Das war noch lange nichts Besonderes, man konnte daneben unausstehlich sein. Vielleicht hatte er schon einen Pik auf mich, weil ich noch in den Kosten war, was ihn, rund herausgesagt, gar nichts anging. Es war immer so schön gewesen, als die beiden Schwestern miteinander hingelebt hatten und ihnen alles gemeinsam gewesen war. Es kam mich an wie Heimweh, aber nach dem, was sich ändern wollte, nicht nach dem, was neu entstand. Und heimfahren wollte ich jetzt gerade nicht, auch fiel der Brief, den ich schrieb, steif und hölzern aus, weil ich eine Verlegenheit in mir trug. Wenn aber Luise hätte in mir lesen können, was ich eigentlich gern gesagt hätte, sie hätte sich nicht beklagen müssen.

*

Sie beklagte sich auch nicht, sondern im dritten Jahr meiner Lehrzeit, als diese fast zu Ende war, kam sie dennoch angefahren und mit ihr Lotte Meister. Man konnte alles nachholen, was das erstemal gewesen wäre, und besser als damals. Denn ich war mittlerweile ein junger Mann im zweiundzwanzigsten Jahr geworden, der ein sicheres

Auftreten hatte und sich in der Gegend auskannte; ich konnte sie herumführen, wo es schön war, und ich konnte ihnen sagen, was sie wissen wollten. Denn sie kamen sich himmelweit von zu Hause vor; es war ein anderes Wasser und andere Berge als bei uns. Die Wälder sahen dunkel in die Stadt herein, aber die Stadt selber war heiter und hell. Doch hatte sie im Innern alte Straßen und Tore, und das Münster war ein Bruder von den unsrigen daheim. Die Leute hatten eine andere Aussprache als bei uns; was vom Land hereinkam, trug eine schöne und ehrenfeste Tracht, und die beiden hatten kein höheres Lob dafür, als daß sie sagten, so habe man es auf der Alb auch, wenigstens nicht viel anders. Sie schauten alles genau und ausführlich an, denn sie mußten nachher davon zehren und daheim davon erzählen können; sie sahen in fünf Tagen mehr als ich in drei Jahren; sie waren ruhigen und gesammelten Gemütes und machten die Tore weit auf, um alles hereinzulassen. Da ging mir selber manches erst auf, als ich es ihnen zeigte, ich wunderte mich, wo ich meine Augen gehabt hatte, aber ich ließ es nicht merken, sondern tat mit allem vertraut. Es waren zwei stattliche, tüchtige Frauenwesen; Lotte war immer noch schön, obgleich das Leben nicht oben über sie hinwegging. Sie hatte ihr kluges und heiteres Gesicht behalten, wenn auch kleine Fältchen dazwischen hinliefen; ihre Zöpfe lagen groß und schwer am Hinterkopf, und daß die Gestalt etwas an Fülle gewonnen hatte, paßte ganz gut zu ihr. Luise hatte ich eigentlich größer in der Erinnerung gehabt, das machte, daß sie ein wenig in die Breite ging, da sah sie kürzer aus. Auch gefiel mir an ihrem Anzug einiges nicht so recht, ich meinte fast, sie sei in der losen, kurzärmeligen Bügelbluse hübscher gewesen als in dem fest anliegenden und verzierten Kleid, das gut und neu und auch modisch war, ich war es nur nicht an ihr gewöhnt, und es schien ihr auch nicht ganz behaglich darin zu sein. Aber wenn sie den Hut abnahm, sah man das glatte blonde

Haar um ihr gutes, großes Gesicht herum; sie trug es immer noch in einem Kranz aufgesteckt, und ihre blauen Augen waren so treu; sie brauchte gar nichts zu reden, so wußte man dennoch, wie endlos gut sie es meinte. Aber sie sagte es auch, wenngleich mit andern Worten.

„Sag mir alles, was dich angeht, Ludwig," bat sie, „du bist mir doch wichtiger als die ganze Stadt. Wir sind keine Briefschreiber, einmal du nicht; ich verlang's auch nicht, der Mensch kann nicht aus seiner Haut heraus. Aber das weißt du doch, daß wir daheim davon leben, wie dir's geht und was aus dir wird. Und überhaupt. Du bist doch unser Einziges. Darum bin ich doch gekommen, ich hätte ja auch sonstwohin reisen können."

Das hätte sie aber nicht sagen sollen, denn es drückte mich. Man mußte mir nicht nachlaufen; es würgte mich im Hals, daß sie so liebreich mit mir redete. Geschwister mußten es einander nicht sagen, wenn sie einander gern hatten. Ich hatte sie auch gern, aber ich sagte es nicht, sonst spürte ich das Gegenteil in mir. Alles, nur nicht an der Kette sein, und wäre sie noch so zart und fein gesponnen. Ich schwieg und machte ein störrisches Gesicht. Aber Lotte Meister brach meinen Bock; sie scheute sich nicht, sie hatte noch immer ein Recht an mich gehabt, und sie durfte auch reden, denn sie brachte mir keine Opfer das ganze Jahr hindurch, sie stand frei vor mir und ich vor ihr. Sie nahm mich gehörig her, sie fand eine Gelegenheit unter vier Augen.

„Ludwig, Ludwig," sagte sie, „lauf die Welt aus und ein, du findest keine solche Treue mehr. Du hast Hörner aufgesetzt und mußt sie dir verstoßen, denk' an mich; es kann einmal weh tun, wenn du zu dir kommst und merkst, was du dir selber verhunzt hast. Ich seh' dich wie in einem Spiegel, du brauchst gar nichts zu sagen. Du nimmst es den Mädchen übel, daß sie für dich schaffen und daß sie arm und einfach sind; du willst hoch hinaus und willst niemand etwas zu danken haben dabei, und bist dennoch ein Genießer, der sich nichts versagen kann. Ich könnte dir noch vieles sagen, aber du verstehst es nicht, du hast noch Scheuleder auf, die müssen dir zuerst herunterfallen, vorher hilft das Reden nichts. Ich meine dir's gut: vergiß nicht, woher du kommen bist, und daß du ein goldenes Kleinödlein daheim hast."

Zuerst dachte ich patzig: Was habe ich denn getan? Was tu' ich denn Unrechtes? Es hätte nicht viel gefehlt, so wäre es bös ausgefallen. Aber Lotte sah wieder einmal aus wie die Germania auf dem Kriegerdenkmal; ich war ein kleiner Bub ihr gegenüber. Und doch brach dabei ein so heller und wahrhaftiger Strahl aus ihrem Gesicht und Wesen, der klopfte bei mir an, daß ich auftun mußte. Sie wartete auch zum Glück auf keine Antwort, sondern fing an, kleine Dinge von daheim zu erzählen. Daß ihre alte Mutter das Nervenzittern noch verloren habe, es sei wie ein Wunder, sie sei fast wieder jung; daß das lustige Mädchen Hermine seinem Feldwebel angetraut sei, und daß ihre, Lottens, Kinder wie die Tännlein heranwachsen, es sei schade, wenn ich sie nicht sehe, sie seien im nettsten Alter.

„Da sind sie, glaub' ich, schon lang drin," sagte ich und lachte. Da lachte sie auch, und als Luise zu uns trat, waren wir in einer Fröhlichkeit, an der sie unverzüglich teilnahm, denn sie spürte freudig, daß ein Riegel aufgegangen sei.

Ich hatte denn auch, angestoßen wie ich war, vieles mitzuteilen, das mir die beiden Getreuen begierig abnahmen; ich hätte noch mehr haben können, es wäre ihnen nicht zu viel gewesen.

Im vorigen Winter hatte ich Kolleg gehört bei einem Geschichtsprofessor. Es war ein Prachtsmensch mit einem silbernen Bart. Man meinte, er sei dabeigewesen, als

Napoleon seinen Leuten unter den ägyptischen Pyramiden sagte: „Jahrtausende schauen auf euch hernieder." Manchmal schloß er die Augen, wenn er redete, und manchmal griff er mit der gespreizten Hand in die Luft, da holte er sein Wissen her, es stand in Fülle um ihn herum. Er kannte mich; er hatte zu Herrn Hagenau gesagt, ich hätte Augen gemacht wie ein hungriger Hund. Wenn er in den Laden kam, sagte er: „Mein lieber Fugeler."

Literaturvorträge hörte ich auch. Und ich las viel, aber davon war nicht anzufangen; es gehörte zum Beruf und zur allgemeinen Bildung. Man konnte ein Buchhändler sein so oder so, ich hatte aber im Sinn, etwas Rechtes zu erreichen. Ich sprach mit ernsthafter Wichtigkeit, und die beiden Frauen hörten mir mit Andacht zu, Lotte aber mit einem leisen Zweifel, ob man der Sache in allem richtig trauen könne; wenn ja, dann wollte sie mir gern mit Achtung begegnen. Sie hatte mich abgekanzelt, aber sie war ja dennoch froh, wenn etwas Rechtes mit mir los war, denn sie hatte mich gern, und sie gönnte es den Schwestern, wenn sie mit mir zu Ehren kamen.

Luise saß still und freudig dabei. Wenn ihr etwas das Herz regte, so nannte sie den Mutternamen. „Das möchte die Mutter freuen," sagte sie, als ich preisgab, man lasse mich im Hause Hagenau etwas gelten und habe mich ersichtlich gern. Auch sei die Kundschaft im Laden mir zugetan. Herr Kasimir hatte vor kurzem gesagt, ich solle nach der Lehrzeit noch ein Jahr im Hause bleiben und dann mich in der Welt umsehen, er wisse mir schon Plätze. Nachher sehe man wieder. Das schwellte mich, ich sah einen gesicherten Weg vor mir, und außerdem tat es meiner jungen Selbstherrlichkeit gut, daß der schweigsame und zugeknöpfte Herr auf einmal anfing, mit mir ins Benehmen zu treten. Er sprach über das und das mit mir, gab mir

Briefe zu schreiben und Bücher zu lesen, lobte oder kritisierte, was ich tat und ließ hie und da unverhofft bei Tisch oder sonstwo die Blicke auf mir liegen, als ob ich ihm zu denken gebe.

Ich dachte zufrieden, es seien ihm die Augen über mich aufgegangen und er fange an zu merken, daß er gut mit mir fahre. Auch sei er längst nicht so trocken, wie man von weitem meine, sondern ein feiner und zurückhaltender Mensch, der sich seine Leute zuerst ansehe, ehe er sich mit ihnen gemein mache.

Das alles ließ ich vor den beiden spielen, fing aber unversehens einen Augenwink von Lotte Meister auf, der sagte: Ach du, ich seh' dich ja durch und durch, mach' mir nichts weis. Es lag ein bißchen gutmütiger Spott darin bei aller Freundschaft, das stach und streichelte mich zu gleicher Zeit.

Luise aber sah in die Zukunft hinein wie in einen goldenen Becher, denn ich kam immer mehr aus ihren Sorgen, und man sah, daß kein Grund vorhanden war, über mich zu kümmern, denn ich wurde recht, man konnte mich ruhig laufen lassen. Sie war es nicht gewöhnt, sorgenfrei zu sein, sie hatte seinerzeit von der Mutter ein Bündel übernommen und es bis hieher getragen, nun lachte etwas im Grund ihres Herzens: es ist dann nicht so, daß ich nicht auch lustig sein kann, wenn die Zeiten darnach sind. Nur her mit den guten Zeiten, ich habe schon lang auf sie gewartet. Sie fing an auszuladen, was sie von daheim wußte.

Helene wäre gern mitgekommen, aber es mußte ihr ums Geld sein. Der Schwager Schreiner hatte große Rosinen im Sack; nämlich es war eine Schreinerei feil, ein altes Lottergestell von einem Haus freilich, aber nicht teuer und mit einer Kundschaft darauf, die nicht zu verachten war. Sie wollten noch ein Jahr mit der Hochzeit warten und zusammenlegen, was jedes verdiente, dann war dem schweren Anfang schon etwas abgebrochen. Vielleicht zog Luise mit und mietete den unteren Stock für ihre Bügelei, es half den Schreinersleuten auf, man konnte gemeinsame Haushaltung machen und beisammen bleiben. Sie zog ein Bild des Brautpaars aus dem Ledertäschchen, das sie am Arm trug. Helene war schmal und fein und hatte ein zartes Gesicht mit einem lieben, aber etwas müden Ausdruck. Das sei immer so bei den Bräuten, die lange warten müssen, erklärte Luise, es sei begreiflich und habe gute Gründe. Sie sei aber gesund und munter, nur schaffe sie zu viel; es sei gut, wenn das später anders komme. Im Haus herum schaffen sei gesünder als das ewige Sitzen bis spät in die Nacht hinein.

Der Schreiner stand hinter ihr mit gezwirbeltem Schnurrbart und mit Besitzermiene. Ich konnte ihn nicht leiden, seit ich von seinem Vorhandensein wußte, und als ich ihn sah, noch weniger. Es ging etwas Feindliches von ihm aus, das aber mich allein anging, sonst mochte er ein guter Kerl sein, und er war auch ansehnlich von Gestalt und stand stramm und aufrecht da wie ein Feldwebel in Zivil. Ich durfte nicht sagen, was mir durch den Kopf ging, es war aber oft so bei mir.

Luise sagte noch zu seiner Empfehlung, daß er Zither spiele und nie ins Wirtshaus gehe und auch nicht rauche. Da war mir eines so verhaßt wie das andere, denn man sah an allem, daß er ein Leimsieder war und sich etwas darauf einbildete, daß er sparsam und fleißig sei. Mit solchen Leuten maß ich mich von vornherein nicht, denn es gab höhere Eigenschaften, man sprach aber nicht davon.

Es lauerte in der Zukunft eine unangenehme Begegnung mit ihm auf mich, das spürte ich sogleich, aber ich ließ mir

135

nichts gefallen und sah schon dem Bild kalt in die Augen. Helene aber nahm ich aus; sie tat mir leid, weil sie dazwischen stehen mußte, es war aber so der Lauf der Welt.

Von dem allem wußte Luise nichts. Sie war voller Lobpreis über eine Begegnung mit Fräulein Brigitte, die sie soeben gehabt hatte. „Sie wär's allein schon wert, daß man hierher reise, so gibt's nicht viele Leute. Du hast nie geschrieben, wie sie ist, Ludwig. Wie eine Schwester mit unsereinem, oder wie eine Mutter. Auf hundert Schritt sieht man, was das für ein Mensch ist, lauter Güte bis auf den Grund. Man sagt sonst den Krummen nichts Gutes nach. Je krümmer, desto schlimmer, heißt's im Sprichwort. Aber die ist über ihren Berg hinübergestiegen, mag sie's gemacht haben, wie sie will, es mag nicht leicht gewesen sein."

Da ließ ich meine Wissenschaft auffahren, die ich von dem Zeitler hatte; denn es sollte niemand meinen, daß man mir erst den Star stechen müsse, was Fräulein Brigitte betraf. Man konnte nicht alles heimschreiben, es war besser, auch noch etwas zum Reden aufzuheben, und ich kannte sie genauer als die meisten Menschen, ich hatte es aber seither für mich behalten.

Lotte Meister saß dabei und dachte sich ihr Teil, man konnte es ihr ansehen, sie hatte nichts zu verstecken in ihrem offenen Gesicht. Sie wußte auch, wie es war, wenn man über Berge hinübersteigen muß, sie hatte es erlebt. Und sie dachte, für mich könne es vielleicht noch kommen, bis jetzt wisse ich alles nur vom Hörensagen. Aber sie hatte es doch anders als Fräulein Brigitte. Denn diese mußte ihre Last lebenslänglich mit sich herumtragen, aber Lotte war aus der Trübsal hervorgegangen wie aus einem Bad: gesund an Leib und Seele, stark und aufrecht wie ein Baum, und war eine Kindermutter, während die andere mit leeren Händen im Leben stand und nur einen geheimnisvollen Schatz mit sich

136

herumtrug, dessen Widerschein aus ihren Augen glänzte.

*

Als ich meine beiden Besucherinnen nun an die Bahn geleitete, stand ich mit zufriedenen Sinnen bei ihnen, weil sie einen so guten Eindruck von mir hinwegnahmen. Ich sah sie schon heimkommen, ihre kleinen Geschenke austeilen, die sie hier am Orte mit Bedacht ausgewählt hatten, die Reisekleider versorgen und in die alltäglichen schlüpfen, und hörte sie erzählen, wie schön die Gegend und die Stadt sei, in der ich lebe, wie ich bei rechten und guten Leuten sei, die mich gern hätten und etwas auf mich hielten, wie ich als einziger Junger unter lauter älteren Herren mich munter und als einer, der sich zu regen wisse, bewege, und so mehr, was ich mir alles in Gedanken zugute schrieb. Ja, jeden schönen Platz, den ich ihnen gezeigt, die Aussicht, die wir vom Berge herab auf das Flußtal, auf die Stadt mit ihren vielen Türmen und das von leichtem Dunst umwallte Gebirge gehabt hatten, die Fröhlichkeit, in der wir beisammen gewesen waren, sah ich als eine Art Gastgeschenk an, das sie von mir empfangen hatten, und ich fühlte mich reich und froh, daß alles gut ausgefallen war, so daß ich mit gehobenem Mut von einer zur andern schaute. Denn ich mochte gern in gutem Andenken zurückbleiben, aber mitzufahren verlangte es mich nicht, wir hatten doch verschiedene Arten, zu leben. Da, als wir so standen und auf den Zug warteten, kam auf einmal der Zeitler gegangen, wie ich nach Herthas Beispiel den Oberaufseher des Friedhofs nannte. Er ging mit einem kurzen Gruß vorüber, kehrte aber noch einmal um, da ihm, wie er sagte, noch rechtzeitig eingefallen sei, daß dies die Meinigen sein werden, von deren baldiger Ankunft ich ihm schon erzählt hatte. Denn jener abendliche Besuch mit Hertha war nicht der einzige geblieben, den ich ihm machte

137

inmitten seiner stillen Gesellschaft. Ich hatte ihn aber immer nur in der losen Joppe mit Hirschhornknöpfen gesehen, die er im Dienst trug, und in der Mütze mit dem Abzeichen seines Berufs, nun trug er, da er eine kleine Reise vorhatte, einen dunklen Anzug nach feinem, aber älterem Zuschnitt und einen weichen, breitrandigen Filzhut und sah sehr verändert aus, so daß ich ihn erstaunt betrachtete. Zum Staunen war es mir aber auch, mit welch ritterlicher und herzlicher Höflichkeit er die beiden Frauen begrüßte und mit ihnen redete ein paar Minuten lang, so daß diese ganz erwärmt zurückblieben und sich wunderten, was das für ein Freund von mir sei, denn als einen solchen gab ich ihn in der Geschwindigkeit aus.

Als der Zeitler weggegangen war, sagte Luise zu Lotte Meister: „Es ist schade, daß der Ludwig es sich nicht mehr denken kann: der Mann sieht doch ganz und gar dem alten Stadtpfarrer Möbius gleich." Und sie erzählte eine Geschichte davon, daß dieser heimatliche Geistliche, den man im Gegensatz zu jüngeren Kollegen nur den alten Herrn genannt habe, als letzte Amtshandlung meine Taufe und zwar am Bett meines kranken Vaters vorgenommen habe. Als nun der geistliche Herr mit den netzenden Fingern meine kleine Stirn berührt habe, sei es ihm aufgefallen, wie ich ihn mit großen, offenen Augen betrachtet und plötzlich das Gesicht zu einem Lächeln verzogen habe. Er sei, dies ansehend, leicht erblaßt, wie einer, der eine Erschütterung im Innern verspürt und habe nach einer fast unmerklichen Pause seine Amtshandlung fortgesetzt, aber nachher zu meiner Mutter gesagt, die mich im Arm hielt, es sei ihm gewesen, wie wenn ich kleines Seelchen eine Botschaft an ihn hätte aus dem Lande, von dem ich herkomme. Das habe ja aber freilich jedes Kind, wenn man recht in die unschuldige Tiefe seiner Augen zu versinken wisse, indessen sei es ihm heute besonders aufgefallen. Meine Mutter habe zu diesem nicht recht etwas zu sagen gewußt; der alte Herr sei aber am Abend desselben Tages an einem Schlaganfall gestorben und habe es also wohl schon vorher in sich gehabt. Ich tat nicht viel dergleichen, als ob mich die Geschichte aus meiner frühesten Kindheit interessiere, im stillen aber war es mir, als habe ich noch eine Erinnerung an das alte Gesicht, das sich über mich geneigt habe, und es fiel mir wieder ein, wie es mir mit dem Zeitler beim ersten Sehen gegangen war. Doch konnte das ja freilich nicht sein, wie ich mir sagte, da ja die menschliche Erinnerung so weit nicht zurückreicht. Ich blieb aber doch in wunderlich aufgerührter Stimmung stehen, und sah mich, als ich allein durch die Straßen ging, als kleines Kindlein auf dem Arm meiner Mutter liegen und dem alten Herrn mit großen Augen entgegenlächeln. Was für eine Botschaft konnte er aber empfangen, und was konnte ich neugeborenes Wesen ihm zu sagen gehabt haben? Aus welchem Lande war ich gekommen? Doch aus dem Leibe meiner Mutter, die mich zärtlich und traulich bei sich gehabt hatte, bis ich groß genug war, um ein eigenes Leben zu führen?

Es überlief mich eine weiche und dunkle Woge, als ich so meines Ursprungs gedachte, den der alte Herr mit ahnendem Sinn noch von weiter her geleitet hatte. Vielleicht hatte er eine Stimme vernommen, die zu den Alten und Jungen sprach: „Kommet wieder, Menschenkinder," und die ihn nun beim Namen rief. Ich wußte es nicht und besann mich auch nicht weiter darüber, da ich ja, fern vom Anfang und vom Ende, mitten im Leben stand, aber ich spürte den Zusammenhang mit beiden auf eine kurze Weile, wie wohl ein Wanderer, der an einer Brunnenstube vorbeikommt, sein Ohr einen Augenblick an die Tür legt und die unterirdischen Wasser brausen hört, dann aber wieder weiter geht, weil genug fröhliche Bäche am Tageslicht springen.

*

Wenn ich gerade einen derartigen Vergleich brauchen will,
so war das Blumenmädchen Hertha ein solches Bächlein,
das über allerlei Steine hinrieselte seinem freudigen
Lebensgesetz nach und mit klarem Wasser, soviel auch
Gelegenheit zur Trübung um den Weg gewesen wäre. Was
mich betrifft, so war ich nicht schuldig, daß das hübsche
und gute Mädchen so herzlich und traulich wie ein
Nachbarskind mit mir verkehrte. Denn ich hätte es wohl
nicht schwer genommen, eine Liebelei mit ihr anzufangen,
da ja andere auch dergleichen taten und sie mir wohlgefiel
in ihrer unverstellten und heiteren Natürlichkeit. Ich
machte ein paarmal Abendspaziergänge mit ihr, wenn ich
nichts anderes vorhatte und es mich darnach gelüstete. Sie
konnte tun, was sie wollte, denn sie stand allein in der Stadt
und hatte niemand, der auf sie achtete, wenn es nicht in
gewissem Sinn der Zeitler tat. Sie tat es aber selbst, und das
war es, was mich wunderlich an sie knüpfte. Es war an
einem Frühlingsabend gewesen. Wir hatten uns ausruhend
auf eine Bank gesetzt, und das Mädchen hatte begonnen,
mit halber Stimme ein Volksliedchen zu singen. Da war es
mich, als ich ihre schlanke Gestalt und ihr helles, hübsches
Gesicht so neben mir sah, angekommen, ein wenig zärtlich
mit ihr zu sein, und ich fing an, da ich keine Übung darin
hatte, halb zutäppisch und halb verlegen mit den Löckchen
an ihrem Nacken zu spielen. Sie litt es auch schweigend und
wie in einem kleinen Wohlsein, aber als ich dadurch
ermutigt, den ganzen Kopf zu mir herüberbiegen wollte, sah
sie mir ernsthaft in die Augen und sagte: „Nein, das mußt
du nicht tun, Ludwig. Sieh', ich will dir etwas sagen, das
habe ich schon lang im Sinn. Ich könnte dein Schatz sein,
das wäre leicht zu machen, denn man kann etwas mit dir

anfangen, du bist leicht zu bewegen. Aber ich will es doch nicht sein. Ich habe mir vorgenommen, daß ich einen Schatz haben will, der mich heiratet, und ein solcher bist du nicht. Du nimmst eine Feine und Vornehme, ich weiß es für sicher, und wenn es eine Rechte ist und die gut zu dir paßt, so ist es mir auch recht. Ich hab' dich gern, ich muß es grad sagen, von allem Anfang an, seit ich dich gesehen habe. Ich kenne dich auch gut, denn du bist leicht zu kennen, und ich bin nicht dumm. Du kommst von einfachen Leuten her, das hast du noch an dir, du mußt nicht meinen, du müssest es verstecken, ein mancher wär' froh, er wäre her wo du bist. Gescheit bist du auch und hast viel gelernt und lernst immer noch mehr dazu. Du wirst ein Herr und vergissest mich, und das muß alles so sein. Aber wenn wir jetzt mit Küssen und Lieben eine schöne Zeit hätten, so ließe ich dich nicht mehr leicht fahren. Ach Gott, so ist es vielleicht meiner Mutter gegangen. Vielleicht hat sie einen schönen und feinen Schatz gehabt und hat nicht mehr aufhören können. Ich habe oft dran denken müssen. Ich muß oft die Leute ansehen, ob nicht vielleicht mein Vater unter ihnen herumlaufe, der schönste und nobelste könnte es sein. Ich bin ein armes Kind, es nimmt mich wunder, daß ich so recht geworden bin, es dünkt mich, ich habe selber Respekt vor mir."

Aber als sie das gesagt hatte, liefen ihr auf einmal die Tränen übers Gesicht. Sie wischte sie aber mit den Händen weg und schlenkerte die Tropfen von sich, es kam gleich wieder ein Lachen hintendrein.

Ich aber saß dabei und hätte sie gern in den Arm genommen und geküßt, sie war mir noch viel lieber als vorher, denn da war es nur eine Spielerei gewesen, jetzt aber dünkte sie mich auf einmal etwas Köstliches zu sein, hold und zärtlich und wie vom Himmel gefallen. Aber ich durfte sie mit keinem

Finger anrühren, sie war um und um zu respektieren. Und einiges stach mich aber auch an ihrer Rede, denn sie tat, als wisse sie in allem von mir Bescheid und könne über mich hinweg beschließen, was mit mir sei, ich konnte aber nichts darauf entgegnen, sie hatte das Oberwasser in unsrer ganzen Sache. Da streckte sie mir auf einmal die Hand her und sagte: „Wir wollen gut Kamerad miteinander sein, so lang wir können. Vielleicht heirate ich einmal einen Gärtner; er führe gut mit mir, denn ich könnte ihm das Geschäft in die Höhe bringen, ich verstehe meine Sache. Ich habe mir's vorgenommen, ein rechter Mann soll es gut haben bei mir, ich wollte, ich hätte ihn schon. Der Zeitler hat gut reden vom Ledigsein, für mich ist es nichts. Ich muß Kinder haben und einen Mann. Dann, wenn ich eine Gärtnersfrau bin, kaufst du einen Rosenstock bei mir für deine Frau Liebste. Du kannst es ihr kecklich sagen, daß du mich schon ledig gekannt habest; es ist keine Schande. Du kannst es aber auch bleiben lassen, kurz und gut. Ich wollte, du wärest selber der Gärtner, das müßte ein Leben sein. Aber du bist es nicht, das ist aus und vorbei; du solltest mein Bruder sein, das wäre das beste."

Als sie das gesagt hatte, gab sie mir plötzlich einen Kuß und stand auf, weil es anfing, dunkel zu werden. Ich hätte ihr gern auch einen oder etliche gegeben, aber im währenden Reden war es mir klar geworden, daß sie recht habe und daß ich es nicht dürfe. Sie durfte es wohl, es war ein- für allemal gewesen, das spürte ich.

Wir gingen schnell bis in die Stadt, da trennten wir uns. Dann gingen wir vier Wochen lang nicht mehr spazieren.

Aber das lag nun eine Zeitlang zurück, und jetzt waren wir im Zug miteinander wie gute alte Bekannte. Manchmal sahen wir uns oft und manchmal selten, aber wenn es geschah, dann war es immer so, daß mich eine Lust nach der Traulichkeit und Einfachheit meiner Kinderheimat anwandelte, von der ich auch bei dem guten Mädchen etwas fand, wenngleich sich in ihre lautere Fröhlichkeit manchmal ein wenig Wehmut mischte, die ich hinnahm, ohne ihrem Grund nachzufragen.

Hertha sagte, als sie meine Schwester gesehen hatte: „Jetzt weiß ich erst, was mir fehlt von klein auf. Ich möchte von deiner Mutter träumen heute nacht. Sie müßte mich zum Kind annehmen und Luise müßte meine Schwester sein. Wenn ich mir's nur getraut hätte, ich hätte ihr einen Kuß gegeben oder einen Blumenstrauß. Ach Gott, es gibt Menschen, die wachsen in einem Paradiesgärtlein auf und wissen's nicht; mich hat meine Mutter auf einen Steinhaufen gesetzt: Da wachse daher, wenn du kannst."

Dabei sah sie mich zornig und zärtlich an, aber die Zärtlichkeit galt nicht mir, sondern meiner Jugendheimat. Einmal erfuhr ich, daß Herthas Mutter vom Lande gewesen und noch jung, nachdem sie das Kind irgendwo in Pflege gegeben habe, in einer großen Stadt an einer Zehrkrankheit gestorben sei. Da ging nun vielleicht in dem lieben Mädchen eine rechtschaffene bäuerliche Urahne um, die pflanzen und schaffen und in Ehren sein wollte, und aber auch ein Großvater, der Freude am Schönen und Ernsten gehabt hatte, eine Mutter voller Lebensdrang und ein Vater von leichtsinnig spielerischer Anmut. Sie hatte von allen das beste bekommen, und es blühte aus ihr heraus zum Zeichen, daß die Natur Wunder genug hat, und wenn sie will, einen Dornbusch in der Wildnis mit tausend Blüten bedecken, einen Rosenstock im Garten aber kränkeln lassen kann.

*

Herr Kasimir hatte seit einiger Zeit etwas Munteres und Aufgewachtes an sich, das ihn plötzlich viel jünger erscheinen ließ als sonst. Er schaffte sich einen Hund an, mit dem er weite Spaziergänge machte und mit dem er sich zuweilen eifrig unterhielt. Er gewöhnte das Tier durch Pfeifen und Locken, Befehle und Zurufe an sich, brachte es aber nicht so weit, daß es ihn unbedingt als Herrn respektierte, was ihm manchen Ärger bereitete. Es war ein ungewöhnlich schöner Spätsommer, und jedermann suchte ihn zu genießen, so gut er konnte, Herr Kasimir aber flog aus wie ein Falter, der eine Ahnung hat, daß seine Zeit kurz ist. Er kam zu allerlei Zeiten durch den Laden gegangen mit straffen Schritten, seinen hellen Panamahut auf dem Kopf und den Hund hinter sich drein. Dann hörte man ihn eilig die Straße hinuntergehen, irgendwohin ins Freie. Es gab ein Sommertheater, und es gab Gartenkonzerte, und als die Trauben reiften, gab es Herbstfeste und Suserfahrten an den Kaiserstuhl und ins Markgräfler Land. Und überall war mein Herr Kasimir dabei, ich hatte ihn entweder noch nie gekannt, oder ich kannte ihn jetzt nicht mehr. Mit mir war er in einer neuen Art vertraut, nicht mehr so väterlich oder gönnerhaft wie die Zeit vorher, sondern fast kameradschaftlich munter; er klopfte mir etwa auf die Achsel oder blinzelte mir vergnügt und pfiffig zu, als ob er sagen wollte: „Ja, nicht wahr, wir Jungen, wir schaffen es schon,“ oder dergleichen. Ich wußte nicht recht, was ich mit dieser seiner neuen Natur anfangen sollte; er führte vielleicht etwas Besonderes mit mir im Schilde, oder er war im Schlaf gelegen seither und hatte jetzt plötzlich die Augen aufgemacht, denn das schöne Wetter allein konnte den Umschwung nicht vollbringen.

Da hörte ich eines Tages einen der Gehilfen zum Buchhalter sagen: „Es hat ihn wieder einmal,“ und als ich die Ohren spitzte, erfuhr ich, daß der trockene und scheinbar ausgemergelte Herr von einer Liebesflamme entzündet sei, wie ihm das in längeren Zeiträumen regelmäßig widerfahre,

144

und die allemal so lange brenne, bis der mäßige Vorrat an Lebensöl in ihm erschöpft sei. Dann sinke der angekohlte Docht in seine vorige Trockenheit zusammen, und Herr Kasimir sei wieder der nüchterne und übrigens gescheite und tüchtige Geschäftsmann, als den man ihn im allgemeinen kenne.

Sie wußten nicht, daß ich, im Nebenraum auf einer hohen Leiter stehend, ihr Gespräch mitanhörte, und setzten es fort, indem sie über sein Benehmen gegen mich sich aufhielten. Man merke schon, wo es hinaus wolle, es sei nicht das erstemal, daß er einen jungen Fant heranziehe, der dann entweder mißrate oder ihm sonst durch die Latten gehe. Mit mir nun sei es ein Getue, als ob er mich selbst erzeugt hätte, was freilich dem Alten passen könnte, der es ja soweit nicht gebracht habe. Ausgeschlossen sei es nicht, daß ich mich dauernd ins Haus schlachten lasse, denn ich sei eitel und ein Streber und dazu arm, es könnte mir passen, mich eines Tages in eine Goldgrube, und die dazu ein vornehmes Ansehen genieße, hineinzusetzen. Man sei aber dann auch noch da, und so weiter. Ich hörte begierig zu mit wechselnden Gefühlen, bis mir unversehens ein Buch aus der Hand fiel und sein Gepolter die beiden schwatzenden Hausgeister erschreckt verstummen ließ, was ich ihnen gönnen mochte. Ich ließ sie aber im Zweifel, ob ich etwas gehört habe, und fuhr in meiner Arbeit des Einordnens einer Sendung fort, freilich nur zum Schein, denn es ging mir genug Neues durch den Kopf, und ich hatte nur zu tun, es alles an seinen Platz zu stellen. Es war aber bald geschehen, denn ich hatte Übung in Zukunftsplänen, und als es Zeit zum Essen war, stieg ich die Treppe zum oberen Stock empor als der zukünftige Inhaber der Firma; es mußte mir aber einiges umgebaut und verschönert werden an dem alten Hause, schon meiner Frau zulieb, die es prächtig gewöhnt war.

Herrn Kasimir sah ich mit neugierigen Augen an, wie ich ihm am Tisch gegenübersaß. Man konnte ihm ein Vergnügen gönnen, das ohnehin kurz währte, da der Gegenstand seines späten Feuers nur für einige Wochen in der Stadt war und bald wieder in die Pfalz reiste, woher sie, eine lustige und feurige Dame in mittleren Jahren, auf Besuch gekommen war. Dann mußte er wieder bescheiden zurücktreten und anderen Platz machen, die jung und mit allen Lebensrechten neben ihm daherwuchsen, und eigentlich konnte er einem leid tun. Fräulein Brigitte saß in ihrer schönen, gelassenen Würde da und war ihm weit über, er aber griff nach geschehener Sättigung nach dem Hut und flog auf, und das setzte er noch eine Zeit hindurch fort. Ich sah ihn an einem abendlichen Gartenfest, an dem ich auch teilnahm, mit der üppigen und heiteren Pfälzerin tanzen und nachher mit ihr an dem Waldsee, an dessen Ufer das Fest gefeiert wurde, sich ergehen. Da lachte er laut und sprach lebhaft und mit überglänztem Gesicht, und mir fiel des Zeitlers Erzählung von der jungverstorbenen Mutter Hagenau ein, und ich dachte, es sei doch auch ein kleiner Spritzer von ihrem Lebenssaft in den Sohn gefahren, der sich nur freilich zur Unzeit bemerklich mache und auch nicht lang vorhalte.

Letzteres war bald zu erleben. Als der Herbst die bunten Farben, die er angezündet hatte und das freudige Leben in der Natur wieder auslöschte, und im Flußtal die Nebel geisterten, saß Herr Kasimir wieder am Abend in seiner Ecke und hörte seine Schwester Klavier spielen, oder er las die Zeitung oder pflog mit älteren Herren politische Gespräche und war in allem ein Haupt, vor dem man aufstand. Was in ihm umging, sah man nicht, denn er hatte sein Gesicht wieder zugeknöpft. Manchmal tat er einen kleinen Seufzer und sagte: „Ach ja," oder er lächelte in sich hinein und wiegte den Kopf dazu. Der Hund lag am Ofen und schlief, und nur manchmal tat er einen kurzen Blaff, oder er fuhr empor und warf mit leichtsinniger Gebärde das linke Schlappohr zurück, und die alte Magd Salome, die um ihn herumsteigen mußte, sagte: „Es träumt ihm." Doch sagte sie nicht, ob sie den Herrn oder den Hund meinte, es hätte je nachdem beiden gelten können, denn sie sahen ein jeder seinen Sommerfreuden nach. Ich aber rüstete mich, in die Welt hinauszugehen.

Es war eine Stelle in einer großen Buchhandlung einer mitteldeutschen Stadt für mich ausgemacht, zu der Herr Kasimir alte Beziehungen hatte. Alles war geebnet und gebahnt für mich, wie es von jeher immer gewesen war, und ich weiß nicht, soll ich das Leben darum anklagen oder soll ich ihm dafür danken. Es wird wohl alles so gewesen sein, wie es mußte, und es war mein Schicksal, das ich in mir selber trug, wie ein Nachtwandler meinem unerhellten, selbstsüchtigen Ich nachzugehen, das mich auf breiten Straßen zu Schuld und schweren Lasten gelangen ließ. Vielleicht hätte mich eine arme, sehnliche Jugend früher aufgeweckt, dem Schläfer gleich, den unter dünner Decke schaudert und der erwacht, weil der kalte Wind durch seine Dachkammer streicht. Ich bin erst spät erwacht.

*

Fräulein Brigitte war in den letzten Wochen öfters krank gewesen, was neu an ihr war oder mir wenigstens schien, denn sie war sonst immer dagewesen, freundlich und voller Teilnahme an allem und auch an mir. Nun fehlte sie hie und da am Tisch, und ich hörte, daß sie an einer Krankheit leide, die ihre Kräfte unwiderruflich nach und nach verzehre. Herr Kasimir saß dann in einer halb verlegenen Bekümmernis mir gegenüber, sprach nicht oder raffte sich nur hie und da zu irgendeiner Bemerkung auf, an die er gleich nachher nicht mehr dachte, und es war ein

147

bedrücktes Beisammensein. Wenn aber Fräulein Brigitte dann nach Tagen wieder im Wohnzimmer erschien, so fand ich, sie sehe aus wie sonst und dachte, es werde nicht so schlimm sein, wie die Leute meinten; es schien mir dann wieder alles in Ordnung zu sein, denn sie gehörte ohne Frage in die altbekannten Räume, und wenn sie da war, fehlte nichts. Doch häuften sich die Fälle, in denen sie zurückgezogen leben mußte, und mein Reisetag kam heran, als eben wieder eine schmerzenvolle Nacht auf einen üblen Tag gefolgt war. Ich saß am Frühstückstisch und wartete auf Herrn Kasimir, als er hereinkam und sagte: „Meine Schwester läßt Sie bitten, noch in ihr Schlafzimmer zu kommen; es geht ihr nicht gut, und sie kann Ihnen auf keine andere Weise Lebewohl sagen." Ich ging mit einigem Herzklopfen hinüber und betrat einen lichten Raum, in dem ich noch nie gewesen war, und der mir plötzlich alles Leben des Hauses zu umfassen schien. Es war, als ob hier die Quelle sei, von der aus die andern Räume irgendwie gespeist würden und ohne die alles öde und leer wäre. Fräulein Brigitte saß, von vielen Kissen gestützt, im Bett. Ihr Gesicht war blaß und trug die Spuren überstandener Schmerzen, und mehr noch taten das die Hände, die schmal und weiß auf der Decke lagen und hie und da leise zuckten. Aber etwas an ihr deuchte mich schöner als je zu sein, ich mußte sie verstohlen betrachten, während ich ihr gegenüber saß. Das Verwachsene ihrer Gestalt war nicht so sichtbar wie sonst, denn sie war um und um eingehüllt in ein großes Tuch von weicher, mattweißer Seide, und der Kopf ruhte in flaumigen Kissen wie eine müde Blume. Aber das war es nicht allein, was mir auffiel; es war vielmehr ein triumphierendes Leuchten in den großen glänzenden Augen und ein Lächeln um den feinen Mund, zu was beidem sie nach meiner Meinung weniger als je Veranlassung gehabt hätte.

„Wir sagen uns nun Lebewohl," sagte die Kranke, „und es wird auf immer sein. Sie kommen wieder, mein Bruder hofft es, aber dann bin ich nicht mehr da." Sie sagte es mit einer gelassenen und fast heiteren Freundlichkeit, so etwa, als ob sie von einer Reise oder längeren Ortsveränderung spräche, die sie vorhabe, und als ich eine erschreckte Bewegung machte, hob sie eine der weißen Hände wie abwehrend und ließ sie müde wieder fallen. Dabei lächelte sie mich gut und bekannt an.

„Sie müssen nicht erschrecken," sagte sie. „Ich weiß, daß meine Zeit herankommt, das ist ja gut. Wenn Sie nicht fortgingen, würde ich es nicht sagen. So darf ich es wohl." Sie machte eine Pause, als sinne sie vor sich hin, dann fuhr sie fort: „Es ist nicht so, daß ich lebensmüde wäre, das müssen Sie nicht meinen. Ich habe das Leben lieb, es ist eine große und köstliche Sache, und weil ich seine Schönheit habe hart erstreiten müssen, drum liebe ich es um so mehr."

Ich fühlte, wie mir eine dunkle Röte bis unter die Haare stieg. Denn ich glaubte mich von ihr durchschaut in meinem Herumspüren an ihrem Wesen und Schicksal, und es durchfuhr mich heiß, daß sie so königlich vor mir war, als eine Unüberwundene, die mich aus freiem Willen zu sich hineinsehen ließ. Sie hatte niemals von sich geredet, nun tat sie es, und es war der Abschied.

„Ich habe einen langen und harten Krieg hinter mir," sagte sie, „davon könnten diese Wände reden; draußen brauchte es niemand zu sehen. Aber ich gäbe keinen von allen meinen Schmerzen her; ich habe sie wohl alle gebraucht, und nun sie weit dahinten liegen, bin ich froh und reich. Ich bliebe gern noch hier. Ich habe immer versucht, ganz im Jetzt und im Tag zu leben und nicht an dem herumzuspüren, was nachher käme. Das reut mich nicht. Ich glaube, daß wir uns auf das nächste Stadium, das etwa unser harrt, am besten vorbereiten, indem wir das jetzige ganz erleben. Wir brauchen auch alle Kräfte dazu. Aber jetzt höre ich die fernen Ströme der jenseitigen Welt brausen und weiß, daß sie mich davontragen werden auf ihren Wellen. Da will ich es nun lieber freiwillig tun, ehe mich die Sinne und Gedanken verlassen, nämlich mein Leben hingeben als etwas Kostbares, ja das einzige, was ich besitze, und mit mir geschehen lassen, was da wolle."

Als sie das sagte, stand eine so große, ja heldenmütige Tapferkeit in ihrem Gesicht geschrieben und ein so freier und harter Wille, sich in das Sterben zu schicken, daß mich ein unsägliches Staunen überkam. Denn es war, als ob eine Königin aus Glanz und Glück und im vollen Reichtum aller Kräfte davongerufen werde und sich dazu hergebe, Kronen und Kleinodien auf den Altar niederzulegen, da doch ein mühseliges und entbehrungsreiches Leben sich dem Ende zuneigte.

Ich hatte dergleichen noch nie gesehen und konnte kein Wort sagen; es war ein Sturm von Verehrung und auch von Not und Schmerz in mir. Denn ich merkte in diesem letzten Augenblick, wieviel ich hier zurücklasse, da ich doch gemeint hatte, als ein Freier, und dem das Glück hold war, in die Welt hinauszuziehen. Ich konnte wiederkommen, wenn ich wollte, ich konnte aber auch draußen finden, was mich nach meinem eigenen Willen hielt und band. Bis jetzt war mir der Himmel voller Geigen gehangen, und nun auf einmal sauste es mir in den Ohren: Bleib da, geh' nicht, denn es geht hier Großes, ja Unermeßliches vor, wie magst du dem entrinnen, und was ist draußen so wichtiges wie das?

Ich ließ, um meine Verlegenheit zu verbergen, meine Augen an den Wänden hingehen und sah, obgleich sie von verhaltenen Tränen erfüllt waren, die Umgebung an, in der die Pflanze aufgeblüht war, die vor dem Welken so starken Glanz und Duft verbreitete.

Es hing ein schöner Stich des Ecce-Homo von Carlo Dolce zu Häupten des Bettes und an der Längsseite ein Holzschnitt nach Albrecht Dürers Ritter, Tod und Teufel. Der Ritter zog seine Straße ohne Wanken und ließ einen, wie mir schien, spöttischen Blick nach den Ungeheuern hinlaufen, die ihm den Weg abschneiden wollten, aber unter ihm hing ein unsäglich liebliches Bildchen in Wasserfarben: Eine schöne, junge Frau mit einem jährigen Kind auf dem Schoß, das sie zärtlich umfaßt hielt und auf dessen weiches Rundgesichtlein ihre Augen mit warmem Glanz niedersahen. Das mußte wohl die Mutter sein, die nach des Zeitlers Erzählung noch im Tode die Augen nicht hatte von ihren Kindern abwenden können, was ich auf einmal wohl begriff.

Auf der weißen Decke lag ein schmales Lesezeichen, das wohl einem der wenigen, vielgelesenen Bücher entfallen war, die bequem erreichbar auf einem hängenden Ebenholzgestell lagen. Es trug in Lapidarschrift von purpurroter Farbe die Inschrift: Ich, die aber von den liegenden Balken eines schwerfälligen Kreuzes ausgestrichen war. Als Fräulein Brigitte sah, daß meine Augen darauf lagen, machte sie eine Handbewegung, als wollte sie es wegnehmen, denn es hatte wohl noch nie ein fremder Blick auf der kleinen Malerei geruht, die vielleicht viel bedeutete in ihrem Leben, aber sie ließ das Bildchen dann doch liegen, als verlohne es sich nicht mehr, etwas zu verstecken. Mochte ich doch ruhig ihre Waffenkammer betrachten und die Schilder und Schwerter, die ihr geholfen hatten, den Riesen zu erschlagen, da ja nun der Sieg erfochten war. So kam es mir vor, und plötzlich sah ich einen ihrer leuchtenden Blicke auf mir liegen und das geheimnisvoll triumphierende Lächeln wieder um ihren

Mund spielen. Sie suchte nach einem Wort, das ihr auf die Lippen treten wollte, als der Arzt ins Zimmer trat und ich, widerstrebend genug, gehen mußte nach einem kurzen Lebewohl, das, wie ich wußte, eins für immer war. Es wäre noch so vieles auszusprechen gewesen, sowohl von mir als auch von ihr, aber es war nun abgeschnitten und konnte nie mehr nachgeholt werden.

Ich trat ins Wohnzimmer, wo ich noch einige Kleinigkeiten hatte liegen lassen.

Da reizte es mich, einen Augenblick in den Stuhl an Fräulein Brigittens Arbeitstisch zu sitzen, wo ich sie so oft gesehen hatte, und spielend den einen oder andern Gegenstand, der ihr gehörte, in die Hand zu nehmen.

Unter einem kleinen Notizblock lag ein mit Bleistift beschriebener Zettel von ihrer Handschrift, und ich konnte keinen Augenblick der Versuchung widerstehen, ihn für mich zu behalten, denn es war mir, als enthalte er das Wort, das sie für mich auf den Lippen gehabt, aber nicht habe aussprechen mögen, als ich ihn las.

Er fing mitten in einem Satz an und lautete: „Doch nahm ich zu allem, was mir begegnete, diese eine Stellung ein. Es sei Liebes oder Leides gewesen, so sagte ich ihm: ich lasse dich nicht, du segnest mich denn, und so habe ich schließlich, wenn auch mit verrenkter Hüfte den Sieg behalten, und ich bin dennoch" – da endete die Schrift auf dem Blättchen, dessen unendlichen Lebensinhalt ich von ferne einen Augenblick ahnte, ohne einer Ergänzung zu bedürfen. Ich barg den Zettel in meiner Brusttasche, wozu ich eben noch Zeit hatte, da Herr Kasimir eintrat und ich auch von ihm Abschied nehmen mußte.

Er lächelte mich, als ich ihm die Hand reichte, hilflos traurig an, und sagte, indem er seine Augen an mir herauf und hinunter gehen ließ, mit bedrückter Stimme: „Ja, ja, die Jahre vergehen, es ist unglaublich, wie schnell sie vergehen und wie sich alles ändert," was ich freilich ebensogut als Ausdruck der Trauer über mein Scheiden wie über die Vergänglichkeit der Dinge überhaupt ansehen konnte und worauf ich nichts zu erwidern wußte. Wir tauschten noch ein paar Worte ohne viel Inhalt, denn er horchte mit halbem Gehör nach dem Gang hinaus, da er den Arzt sprechen wollte, ehe dieser das Haus verließ; ich aber war in aufgerührten Gedanken und Gefühlen beschäftigt, einige Sätze in mir zu formen, die ich gern der Fräulein Brigitte noch gesagt hätte zum Abschied. Ja, es war mir in diesem Augenblick, als könne ich nicht gehen, denn hier sei der Urquell des Lebens, und er müsse auch mich gleichgültigen und unbewußten Burschen segnen, da ich seither blind an ihm vorbei gestolpert sei. Aber die Minuten gingen vorüber, und ich versäumte auch hier den Augenblick über meiner Herzensunruhe. Es ging draußen die Tür, und ich hörte plötzlich Herrn Kasimir sagen: „So leben Sie denn wohl, lassen Sie von sich hören und vielleicht kehren Sie uns einst zurück"; ich fühlte seinen Händedruck und sah ihn hinausgehen, um den Arzt noch zu erfassen, und ich blieb zurück, ohne ihm, wie ich wollte, Dank und Anhänglichkeit ausgesprochen zu haben, wozu ich immerhin Veranlassung gehabt hätte. Da legte sich noch ein weiterer Stein auf mein Reisegemüt, und ich ging aus dem Hause, dem ich nun ferner nicht mehr angehörte, mit bedrücktem Herzen, da ich doch hatte als ein Liebling des Lebens und mit geschwellten Segeln ausfahren wollen.

*

Es dauerte aber nicht lange mit dem Trübsinn und mit der Herzbewegung bei mir. Ich war nicht dazu angelegt, und ich war stets dem Gegenwärtigen, Neuen und Täglichen aufgetan. Auch hörte meine Jugend andere Ströme brausen, als die, von denen Fräulein Brigitte gesprochen hatte, und die sie auch in Wahrheit von dannen trugen. Es war ein halbes Jahr später, als ich die Nachricht von ihrem Tode erhielt. Ich fand sie eines späten Abends in meinem Zimmer, als ich aus einer politischen Versammlung dahin zurückkehrte, warm und angeregt vom genossenen Wein und mehr vom Disputieren, an dem ich mich zwar nicht öffentlich, aber nach Schluß der Versammlung an einem Tisch voller Bekannten und Gesinnungsgenossen beteiligt hatte.

Ich fing zu dieser Zeit an, aus allen Brunnen zu trinken, mehr im Gefühl der Freiheit und daß mir jegliches offen stehe, als aus besonderem Gelüste nach dem und jenem. Ich nahm am öffentlichen Leben teil, indem ich Versammlungen von allerlei Art besuchte und meine Meinung über alles unverzagt preisgab in den Wirtshaussitzungen, die sich daran knüpften, und gab mir in bezug auf Bescheidenheit im Reden, Meinen und Auftreten weiter nicht viel Mühe. Es war damals nichts um den Weg, was mich am seidenen oder goldenen Faden gelenkt hätte zu irgendeiner ernsteren Besinnlichkeit, einer Liebe oder Frömmigkeit hin, oder wenn etwas da war, so wußte ich es nicht oder gedachte nicht seiner. Als ich an jenem Abend mein Zimmer betrat und die Lampe anzündete, taumelte ein dunkler Falter, der auf dem Tisch gesessen haben mochte, auf und tat summend schwerfällige Flügelschläge um das Licht her, und ich sah ihm gedankenlos zu oder vielmehr in abwesenden, selbständig sich tummelnden Gedanken, bis er sich einen Augenblick niedersetzte und ich den Brief entdeckte, auf dem er saß. Er war von Herrn Kasimirs steifer Handschrift, der nur an gewissen Stellen wohlerwogene, würdige Schnörkel angehängt waren und freilich auch, ihm selbst unbewußt, hie und da kleine, lächerliche Schwänzchen, die das Entzücken eines graphologischen Seelenkündigers gewesen wären. Nun, ich verstand nichts davon und dachte auch damals nicht an dergleichen, sondern es durchfuhr mich beim Anblick des Briefes sogleich das Wissen um seinen Inhalt und machte mich plötzlich ganz nüchtern, wach und ernsthaft.

Der Brief war nicht so kurz, als ich hätte erwarten können, da es sich um die Mitteilung eines Trauerfalls handelte. Und er war auch nicht gleich nach dem Hingang der schönen Seele entstanden, sondern etwa vierzehn Tage später, als dem Schreiber in seinem leeren Hause bereits zum vollen Bewußtsein gekommen war, was er verloren hatte, und wie einsam er nun war. Es ging eine rührende Klage durch das Blatt hindurch, daß er nicht genug erkannt habe, was für einen Reichtum er besitze und ihn nicht in seinem vollen Wert geschätzt habe, daß er die Verstorbene vielleicht habe Mangel leiden lassen an brüderlicher Liebe und Aufmerksamkeit und es nun nicht mehr nachholen könne. Ja, ja, es sei immer eine Mahnung da, die sage: „O lieb', so lang du lieben kannst," aber man beachte sie zu spät.

Das alles kam mir unrichtig vor für seinen Fall, da ja die Geschwister stets einträchtig zusammen gehaust hatten, fast wie Mann und Frau, und ich nicht begriff, was Herr Kasimir verfehlt haben wollte.

Ich war noch zu unerfahren, um zu wissen, wie beim Scheiden sich alles Erlebte unter einem Brennpunkt zusammendrängt, und alles, Liebe, Leid, erlittener und zugefügter Schmerz, Getanes und Unterlassenes, frisch und neu da ist und noch einmal vor dem Herzen steht in unbestechlicher Wahrhaftigkeit. Da ist wohl keiner, der sich sagen kann, daß er nichts versäumt und nichts falsch gemacht habe und sich nicht noch einmal das Vergangene zurückwünscht, auch nur auf einen Augenblick, um das Mangelhafte zu verbessern. Selbst, wenn er lebendig gelebt hat und sich seiner selbst und des andern stets bewußt war, geht es ihm so, wieviel mehr fällt den die Wirklichkeit des Geschiedenseins mit scharfen Klauen an, der halb im Traum dahin gegangen ist und auf einmal aufschreckend sieht, was für immer hinter ihm liegt, unerreichbar für Liebe und Reue.

So denke ich jetzt. Wie es in dieser Hinsicht mit Herrn Kasimir bestellt war, weiß ich nicht. Es gab mir ein wichtiges Gefühl meiner selbst, daß er mich erwählt hatte, als denjenigen, bei dem er sich aussprach, und ich setzte mich noch in der Nacht hin, um ihm allerlei weise Trostgedanken, die mir einfielen, zu schreiben; ich kam aber nicht weit damit, denn während des Schreibens wurde mir erst recht die Tatsache bewußt, daß auch ich etwas verloren hatte, und zwar etwas Kostbares, dessengleichen ich so leicht nicht wieder fand. Ich starrte in die Lampe und ließ die Bilder der Jahre, die nun schon Vergangenheit waren, an mir vorüberziehen, soweit Fräulein Brigitte darin zu sehen war in all ihrer feinen Güte, Herzlichkeit und siegreichen Freudigkeit. Das mangelhafte Körperliche, das sie mit so viel Würde getragen hatte, war nun abgefallen, und sie war hoch, aufrecht, schön und triumphierend irgendwie herausgestiegen, was man zwar nicht beweisen konnte, mir aber unwiderleglich sicher schien, so wenig ich sonst über derlei Dinge nachdachte. Und mich ergriff plötzlich eine heftige Sehnsucht nach ihr, als ob ich eine Liebste verloren hätte; ich legte den Kopf auf den Tisch und sagte leise ihren Namen, schreckte aber entsetzt auf, als mich etwas Weiches, Feines wehend anrührte. Es war aber nur der Fenstervorhang, der vom Nachtwind bewegt, um mich herumspielte. Doch wußte ich in diesem Augenblick, daß das Beste in mir, was ich war und irgend werden konnte, bei ihr eine Zuflucht gehabt hätte zu aller Zeit, und daß sie mir entglitten war in die Unendlichkeit hinein; es fror mich im Tiefsten, und etwas in mir erschrak, wie wenn ein Schläfer zwischen zwei Träumen in die Höhe fährt und sich der Wirklichkeit bewußt wird.

*

Ich war in meiner jetzigen Stellung nicht im Verkehr mit dem Publikum, wie zuvor, sondern hatte lediglich Korrespondenzen mit Unbekannten oder auch nur dem Namen nach Bekannten zu führen und wie sich versteht, auch dies nur in rein geschäftlicher Beziehung, was in mir einen Hunger nach menschlich nahen Berührungen erzeugte, denn ich konnte nicht gut für mich allein sein. Es war nun in dem großen Hause, dem ich als Angestellter angehörte, ein junger Mann, nicht viel älter als ich, doch so etwa drei bis vier Jahre, der mich stark anzog. Er hatte, wie ich erfuhr, Philologie studiert, war aber wegen übermütiger Streiche, die er auf der Universität verübt haben sollte, und durch die er die Professoren gegen sich aufgebracht hatte, aus seiner Laufbahn geworfen worden. Doch machte er nichts weniger als den Eindruck etwa eines verbummelten Studenten oder sonst einer verkrachten Existenz. Im Gegenteil trat er mit großer Sicherheit und eher etwas herrisch auf, leistete viel und das mit Leichtigkeit und ließ gelegentlich durchblicken, daß er seinen jetzigen Beruf nur als Übergang zu einem andern ansehe. Er wolle sich ganz der Politik widmen, auch etwa eine große Zeitung redigieren oder dergleichen, das habe indessen alles noch Zeit. Es war, als habe er alles in der Hand, was er sein oder erreichen wollte, und es blitzte auch in seinem Gesicht von Geist und Temperament, daß einer nur hinsehen und staunen und sich ihn zum Freunde wünschen mußte. Wir gingen öfters miteinander aus, und eines Abends in warmer und aufgeschlossener Stimmung ließ er sein Glas mit meinem zusammenklingen und bot mir das Du an. Es wolle bei ihm etwas heißen, wenn er das tue, sagte er, er sei keiner von denen, die mit der ganzen Welt auf Smollis seien, ich hätte indessen etwas an mir, was ihn reize, mich zum Freund zu

158

haben, obgleich ich ein Unschuldslämmchen sei. Oder vielleicht gerade deswegen, setzte er lachend hinzu. Er müsse mich seiner Mutter zeigen, die dann vielleicht neue Hoffnung schöpfe, daß er auf ein bürgerlich ehrbares Leben hinsteuere, wenn er mich vorweise.

Das Unschuldslämmchen stach mich ein wenig, so sehr die neue Freundschaft mich beglücken wollte. Es hätte mich mehr geehrt, für einen leichtsinnigen Tausendsasa gehalten zu werden, denn für ein braves Kind, das man seiner Mutter vorzeigt, um Lob zu ernten. Olbrich mochte mir das angesehen haben, denn er sagte gutmütig: „Du mußt das nicht schwer nehmen, im Gegenteil. Meine Mutter ist das allerfeinste, was ich kenne, es gibt keine Frau, die ihr gleicht. Wenn ich einen Freund hätte, der ihr gefallen sollte, so müßte er der auserlesenste Mensch sein, der du vermutlich gar nicht bist. Doch sei nur ruhig, sie liebt mich, wie ich bin und nimmt an, was ich ihr bringe, obgleich es schon hie und da harte Brocken waren, die ich ihr zu beißen zugemutet habe." Er sah eine Weile vor sich hin, als ob er erst nachträglich merke, daß wirklich gute Zähne dazu gehört hätten, alles zu beißen, was er seiner Mutter auf den Tisch gelegt habe, und als ob er bedenke, daß es vielleicht auch einmal genug damit sein könnte, da man im Alter sonst gern weicheres Brot und leichtere Speise genieße.

Wie aus einem solchen Gedankengang heraus, sagte er, mich anblickend: „Du hast es eigentlich gut in deiner Haut, die dich ordentlich auf dem einmal gebahnten Weg weitergehen läßt, während in mir ein Feuer ist, das noch allerlei anstellen kann, und das über mich befiehlt. Wenn ich allein wäre, käme es mir nicht darauf an, tüchtig in der Welt herumgeworfen zu werden, denn umzubringen bin ich nicht, aber die alte Frau tut mir leid; sie hätte es verdient, daß ich ihr Enkelchen ins Haus brächte und sie selbst

Sonntags am Arm spazieren führte als ein braver Sohn und Bürger. Aber ehe das geschieht, kann noch viel Wasser ins Meer fließen, und kurz und gut, sie sollte dich zum Sohn haben anstatt meiner, wenigstens so viel ich von dir kenne."

Das sagte Olbrich aber nur, weil er einen Mangel von mir für eine Tugend hielt und weil er der starken Kräfte, die ihn selber umtrieben, nicht ganz froh werden konnte. Ich war unberaten und zufällig in meinen Beruf hinein gegangen, es hätte ebensogut irgendein anderer sein können, und ich hätte dann das Meinige darin getan, wie ich es in diesem tat, denn ich hatte gute Gaben und viel Anpassungsvermögen, und es rief mich keine starke Neigung nach einer andern Seite. Auch hatte ich ein lebhaftes Verlangen nach äußerem Vorwärtskommen und ein anererbtes Respektgefühl vor dem jeweilig als Pflicht Übernommenen, das mich zuverlässig und arbeitsam sein ließ. Das war aber auch alles. Obwohl ich meinen Beruf leidlich ausfüllte, so füllte er doch mich nicht aus; ich suchte meine Weide und die Stillung meines Glücks- und Lebensverlangens auf andern Wegen, deren mir ja viele offen standen, nicht in dem, was ein Mann über alles lieben sollte, im Zentrum meiner Lebensarbeit.

Das alles sagte ich meinem neuen Freund nicht und wußte es auch damals noch nicht wie heute, wo mir der rosige Nebel, der über allen Dingen lag, vergangen ist und der nüchterne Tag vieles klar gemacht hat, Liebes sowohl als Leides. Nur meiner Mutter gedachte ich einen Augenblick, als er von der seinigen sprach, und daß ich ihr auch hätte gönnen mögen, mich so wohlgeraten zu sehen. Es kamen aber Bekannte an unsern Tisch, und das Gespräch ging auf allgemeine Dinge über.

Olbrich zögerte nicht lange, mich in allerlei Kreise einzuführen, in denen er bereits etwas galt und auch in einen Singverein, der hauptsächlich klassische Musik zur

Aufführung brachte. Ich war in keiner Weise musikalisch gebildet, aber ich pflegte auf Spaziergängen, oder wenn ich in meinem Zimmer umherkramte, vor mich hin zu singen, was ich etwa gehört hatte und was mir im Gedächtnis hängen geblieben war. Darüber wurde ich von Olbrich betroffen, der mir auf den Kopf zusagte, daß ich eine Stimme habe und musikalisch sei, und der nicht nachließ, bis ich in den Sängerchor eingeordnet war, in dem er selbst eine ziemliche Rolle spielte. Meine Einwendungen in dem Sinne, daß ich ja gar nichts gelernt habe, kaum nach Noten singen könne und so weiter, verlachte er, da es nicht darauf ankam, ob man bereits gedrillt sei, sondern ob man die Gaben habe, alles nachzuholen, was bei mir der Fall sei. Es ging auch richtig ziemlich gut, und ich war mit Ernst bei der Sache, da es mich selber wunderte, welch starke und freudige Töne meine Kehle hervorbrachte, und wie sie in dem Brausen des Männergesangs kräftig mitschwangen. Aber noch erfreulicher war die Entdeckung, daß all unser Singen doch erst eine Vollendung, ja einen eigentlichen Zweck bekam, wenn das Heer der weiblichen Stimmen sich darein mischte und zur Kraft die Süße, zu dem festen Untergrund der Bässe und Tenöre das hohe, silberne Klingen des Soprans und das warme, herzandringende des Alts fügte. Ich fühlte mich recht als Glied eines Ganzen und tat wacker und ehrlich mit, was mir bald einigen gutmütigen Spott von Olbrich und ein paar andern eintrug, die es darauf abgesehen hatten, mich als Musterknaben auszuspielen. Sie hatten fast alle unter den singenden Damen Bekannte, die sie nach Schluß der Proben heimbegleiteten, und mit denen es unterwegs noch viel Scherz und Gelächter gab, und es schien, als ob manchen dieser Teil der Sache der wichtigere wäre. Dabei konnte ich nun schon aus Mangel an Bekanntschaften nicht mittun, aber es war auch noch etwas anderes bei mir, das nämlich, daß mir auf einmal in ein ziemlich inhaltloses Leben hinein die Musik wie eine Geliebte getreten war, der ich mein Herz auftat, und die mich mit Feuer und Andacht erfüllte. Es wurde mir jetzt nachträglich klar, welch herzliche und innige Schönheit mich oft angerührt hatte, wenn ich Brigitte Hagenau hatte Klavier spielen hören und jetzt, nach ihrem Tode, war es mir, als habe sie damals über alle Kraft und Klarheit ihres Wesens, ja über die geistige Welt, in der sie lebte, mit mir geredet, ich habe es aber an mir vorübergehen lassen.

Da war ich denn nun an den Musikabenden meistens verschlossener gegen die scherzhaften Gespräche, die in den Pausen und nach dem Schluß hin und her flogen, als es sonst meine Art war, und Olbrich sagte, man müsse mir zu einem Damenverkehr helfen, denn es sei die Sehnsucht da mitzutun, die mich so schweigsam mache. Es müsse aber ein feines Mutterkind sein, das man mir heimzugeleiten gebe, denn ich sei selber noch ein solches und gleich und gleich geselle sich gern.

Er hatte mich ehrlich gern und zeigte mir das auch auf jede Weise, nur daß er es nicht unterlassen konnte, mich mit dem zu necken, was ich meiner Meinung und meinen Wünschen nach gerade gar nicht war. Ich war nur ohne Übung im freieren Flug, und ich meinte, mich weltmännisch genug zu betragen und war auch bereit, noch mehreres darin zu tun, wenn es die Gelegenheit ergab. Er aber sah den Anlauf, den ich zu diesem allem nehmen mußte, und hatte etwas wie eine Rührung darüber, die er unter leichtem Spott und Necken verbarg. Im Grunde war er selber eine durchaus gesunde und unverdorbene Natur, die sich ruhig ein Stück weit die Zügel schießen lassen konnte, auf die Dauer aber ihr Gesetz in sich selber nicht überhörte und nach allerlei Seitensprüngen immer wieder in ihre richtige Lage zurückkehrte. Ich dagegen horchte viel nach allen Seiten und bemühte mich, zu tun, was etwa andere, die mir imponierten, für geschmackvoll und richtig hielten, und es ist nur ein Wunder, daß ich bei alledem doch so ungefähr auf dem Wege blieb.

Es begegneten mir freilich immer wieder Menschen von der echten und lebendigen Sorte, die dem unbewußt Guten, das ich doch auch in mir hatte, entgegen kamen und es einstweilen für eigen und für bare Münze nahmen, ja mich liebten, ohne daß ich mir gerade um sie besondere Mühe gab. Ich war es aber so gewöhnt von jung auf und wunderte mich nicht einmal besonders darüber. Es mußte alles so sein, wie es war.

*

Olbrich nahm mich eines Sonntags mit zu seiner Mutter, die in einem Vorort ein kleines Landhaus allein bewohnte, während er selbst ein Zimmer in der Stadt hatte, schon der Geschäftsnähe wegen, aber auch, um sich ganz ungehindert bewegen zu können, worin seine Mutter ganz einig mit ihm war. Sie war schon seit vielen Jahren Witwe und hatte nur diesen einzigen Sohn, den sie an ihrem Herzen mit einem starken Band angebunden hielt, aber lang genug, um nichts von Unfreiheit spüren zu lassen. Sie war seine Freundin und ging mit großem Interesse auf alles ein, was er ihr brachte, ja sie hatte einen so guten und glücklichen Humor, daß er sich eines spaßhaften Erlebnisses oder einer lustigen Geschichte erst recht freute, wenn sie mit ihm darüber gelacht hatte. Diesmal nun erzählte er, er habe diese Woche einmal bei einem Umtrunk auf die Frage: Bruder, deine Liebste heißt? geantwortet: Friederike, was alle aufs höchste verwundert habe, denn man sei gewöhnlich mit dem Gegenstand seiner Neigung auf dem Laufenden und habe in der ganzen Stadt keine Friederike gekannt, um die es sich habe handeln können. Er habe ihnen aber nicht entdeckt, daß es sich bei dem geheimnisvollen Kleinod um seine

Mutter handle und lasse sie nun alle zappeln. Darüber lachten sie beide herzlich, und ich entdeckte, daß sie einander im Lachen, ich möchte sagen, lächerlich ähnlich sahen, aber ich sah auch den vollen Glücksblick, den die Mutter während des Lachens auf den Sohn warf, und der mich wunderlich aufrührte. Ich hätte etwas darum gegeben, auch einen solchen Blick auf mir ruhen zu sehen, und dachte eines Anlasses, der um einige Zeit zurücklag.

Ich war nämlich auf der Reise zwischen beiden Orten ein paar Tage zu Haus gewesen, um die Hochzeit meiner Schwester Helene mitzufeiern, die eigens um meinetwillen auf diese Zeit gelegt worden war. Die guten Schwestern hatten alles getan, um mich behaglich, oder, wie sie meinten, würdig aufzunehmen, es hatte an keinem Guten gefehlt. Sie waren nun schon in das Haus umgezogen, das der Schreiner gekauft und nach Möglichkeit hergerichtet hatte. Luise wohnte im Unterstock, und dort war auch für mich eine Kammer bereit, die Luise so wohnlich als möglich gemacht und geschmückt hatte. Es hingen Vorhänge an den Fenstern und Bilder, von denen sie gedacht hatte, daß sie mir gefallen würden, an den Wänden, und Luise hoffte auf mein freudiges Erstaunen und auf die Äußerungen eines befriedigten Heimatsgefühls. Aber ich fand sowohl die Liebespaare an den Wänden, als die blaue Tapete scheußlich, und sagte das zwar nicht, aber auch nichts Gutes, und litt selber unter einer schlechten, enttäuschten und widerwärtigen Stimmung, die ich nicht ganz verdecken konnte. Es war weder die alte, einfache, fast ärmliche Heimat mehr, die mich schon um der Erinnerung willen an sich gezogen hätte, noch als Ersatz dafür ein Ort, an dem es meinem jetzigen Selbst entsprechend zuging und aussah. Sondern es waren Kraftanstrengungen gemacht worden, um ein bißchen Schönheit oder Eleganz in die Räume zu bringen, und ich sah nicht den guten Willen und das

164

Verlangen nach einem freundlichen Aufstieg, sondern nur das mißratene (nach meinem Dafürhalten) in der Ausführung.

Dazu kam, daß ich mich mit dem Schwager nicht verstand, was ich ja vorausgesehen hatte, und daß sich Helene darüber betrübte. Nachträglich spürte ich wohl, daß es an mir selber gelegen war, aber das machte die Sache nicht besser. Ich hatte dem jungen Paar als Hochzeitsgeschenk ein Büchergestell mit einigen Klassikerbänden mitgebracht, worüber sich Helene kindlich freute. Sie hängte das hübsch gearbeitete Brett auch sogleich im sogenannten guten Zimmer auf und stellte zu meinem Grauen ein paar kleine lackierte Gipsbüsten oben darauf, die Schiller und Goethe vorstellen sollten, und die ihr der Bräutigam gekauft hatte. Letzteres wußte ich nicht, sonst hätte ich mich wohl zurückgehalten, zu sagen: „Laß' doch die Scheusale weg, die ich am liebsten durchs Fenster werfen möchte; viel besser nichts, als solche Greuel." Ich sagte es etwas heftig, denn es entlud sich allerlei angesammelter Unmut in den paar Worten, Helene aber bekam eine dunkle Röte ins Gesicht und schaute mich verwundert an oder vielmehr verwundet. Der Schwager aber sah von seiner Zeitung auf, in der er eben las, und sagte scharf: „Es haben nicht alle Leute die Mittel, teure Sachen zu kaufen und aufzustellen," worauf er wieder weiter las oder doch dergleichen tat. Dieser Satz nun traf das, was ich gesagt hatte, nicht, indem es sich nicht ums Geld, sondern um den Geschmack handelte, und war vielleicht auch nicht tiefer zu nehmen, aber ich sah darin den längst erwarteten Vorwurf über meinen Geldverbrauch auf Kosten der Schwestern, und ging stumm, aber innerlich rasend, aus dem Zimmer. Das war am Vorabend der Hochzeit; ich wäre aber am liebsten sogleich abgefahren und hätte es vielleicht auch getan, wenn es mir nicht um das Aufsehen gewesen wäre, das es erregt hätte, und schließlich doch auch um die Schwestern, denen ich das Leid nicht antun mochte. So blieb ich denn und faßte mich auch einigermaßen, was mir die Schwestern nicht genug danken konnten. Ich war auch ein leidlich liebenswürdiger Brautführer, Festordner und Tänzer am andern Tag, stieß sogar mit dem Schwager an, der gar nicht wußte, was er angerichtet hatte, weil er meinte, ich lebe schon lang von eigenem Gelde, und küßte Helene, ehe sie mit ihrem Mann auf drei Tage zu seinen Verwandten reiste. Unter diesem Kuß fing das liebe Mädchen, oder die junge Frau, die sie nun war, so heftig und innig an zu weinen, daß ich es nicht unterlassen konnte, sie noch ein paarmal tröstend weiterzuküssen, worauf sie unter Tränen lachend sagte: „Ach, du bist doch ein guter Kerl," und sich nach einem Taschentuch umsah, das sie gerade nicht zur Hand hatte, um sich die Augen abzutrocknen. Luise hatte die ihrigen selber voll Wasser, es reichte aber ihr festliches Spitzentüchlein für beide Schwesterngesichter, die sich noch einmal fest aneinanderschmiegten vor der großen Trennung, die freilich so gar einschneidend nicht war, weil sie nachher fast gleich miteinander fortlebten wie bisher. Der Mann war nichts so Neues für sie, da er schon lange dabei gewesen war. Ich muß auch bekennen, daß er meine beiden Schwestern hoch und wert hielt und ihnen auf seine Weise zulieb tat, was er konnte, viel mehr als ich in bösen Zeiten.

Doch fällt in jene Tage noch ein freundlicher Strahl, an dem ich mir unter den glücklich lachenden Augen von Mutter und Sohn ein wenig gütlich tat.

Als nämlich das junge Ehepaar abgefahren war in dem Kütschchen eines Vetters, überkam mich, vielleicht in dem Wohlgefühl über den zärtlichen Abschied mit Helene, eine plötzliche Lustigkeit. Ich faßte Luise, die gerade ein bißchen traurig sein wollte, um den Leib und zwang sie, sich mit mir in der engen Stube zu drehen, wozu ich ein Liedchen pfiff; darüber mußte sie wider Willen lachen, und wir beide kamen in eine höchst behagliche Stimmung, in der wir beschlossen, noch einen schönen Abend miteinander zu haben und Lotte Meister abzuholen in einen aussichtsreichen Wirtsgarten. Es wurde ein gutes Beisammensein, an das ich gerne denke. Wir saßen beim sinkenden Abend und noch späterhin in einem kleinen, erhöht gelegenen Tempelchen, abseits von den übrigen Gartengästen und genossen ein gutes Nachtessen, bei dem ich zum erstenmal in meinem Leben meine Schwester frei hielt. Um uns her standen hohe Bäume, deren volle Kronen leise rauschten, unter uns zog der breite Fluß vorbei mit eiligen Wellen, und wir saßen in einem freudigen Wohlsein und auch einer kleinen Wehmut, weil alles so schnell vorüberging, beisammen und plauderten von allerlei Dingen. Unter anderem sagte Luise: „Du, hör' einmal, Ludwig, der Herr Professor, der dich einmal hat malen sollen, ist vorigen Herbst gestorben, und seine Tochter, die mit den Kindern bei ihm gelebt hat, ist wieder bei ihrem Mann, aber in Amerika. Es geht oft sonderbar zu. Die hätten doch ihrer Lebtag beisammen sein können. Es heißt, er habe es mit einer andern gehabt und sei jetzt krank und elend. Da ist sie jetzt der Gutgenug. Aber, was rechte Frauen sind, die sind wie die Mütter, die Liebe ist nicht zum Umbringen in ihnen. Ich glaube, sie hat immer gewartet, daß er sie wieder zu sich ruft."

„Wo ist denn ihre Tochter, die Maidi?" fragte ich. „Ist die auch mit nach Amerika gegangen?"

„Ach nein, die studiert irgendwo auf die Malerei; sie habe es vom Großvater geerbt, daß sie malen müsse. Es ist schade, sie gäbe eine liebe Frau, ich habe schon gedacht, so eine wie sie, möchte ich dir wünschen, sie ist so fein und doch nicht stolz. Wie einem halt so Gedanken kommen. Es wird ihrer noch mehr solche geben."

Das meinte ich auch, es gab massenhaft feine Mädchen, das war gut eingerichtet; ich konnte aber nicht unterlassen, die Frauen zu belehren, daß die Maidi darum doch heiraten könne, wenn sie auch Malerin sei, das komme oft vor. Sie könne ja dann das Malen aufgeben, oder man könne ihr eine gute Köchin halten. Darüber nickten sie einverstanden, und wir lachten alle drei, daß wir so schön einig waren, während doch keines von uns wußte, wo sich das Malweibchen umhertrieb und es uns auch gleichgültig war.

An diesen Abend und den darauffolgenden Tag dachte ich jetzt und hätte gern das freudige und stolze Gesicht meiner Schwester Luise wieder einmal aufleuchten gesehen, mit dem sie mich von sich gelassen hatte. In der Zwischenzeit hatte ich es so ziemlich vergessen gehabt.

Damals, als ich ging, stand sie am Bügeltisch unter ihren Gehilfinnen; sie konnte mich nicht begleiten, denn es war über die Hochzeit viel versäumt worden. Aber sie sah mich voller Liebe an und sagte: „Gelt, komm' auch wieder, daß man warm bleibt miteinander," und in diesem Augenblick dachte ich auch, daß ich es tun wolle, ja, ich hätte sie gern geküßt, wenn es wegen der Bügelmädchen angegangen wäre. Und alles in mir war voller Zugehörigkeit, Respekt und Wohlgefallen; denn sie stand da so tüchtig und wacker an ihrem Platz, als eine ganze Person, aber mich liebte sie über alles, und in mir wallte es zu ihr hin, wie zu einer Heimat. Man konnte es nur freilich nicht aussprechen, denn so etwas sagte man nicht, auch saß mir etwas Ungewohntes im Halse, und ich drückte ihr nur die Hand, das mußte für alles gelten und galt auch.

Diese Erinnerungen gingen in einem Augenblick an mir

vorüber, im nächsten war ich wieder hier am Platze, doch blieb noch etwas in mir zurück, was mich heute noch wundert. Ich dachte nämlich: wenn ich nun gefragt worden wäre, wie meine Liebste heiße, was hätte ich dann gesagt? Und es antwortete in mir zu meiner Überraschung: Maidi. Das erschien mir als ein Unsinn, denn ich hatte ja das Mädchen nur als halbes Kind und dann nie mehr gesehen, und es war jetzt irgendwo in der Fremde, Gott mochte wissen, wo, es war mir auch gleich. Aber das vorwitzige Stimmlein in mir sagte immer noch Maidi und erinnerte mich daran, daß ich schon einmal ihr Bräutigam gewesen sei, da mußte ich in Gedanken daran ein bißchen vor mich hinlachen. Das fiel aber nicht auf, da es ohnehin heiter und traulich zuging, und ich dachte weiter: Nun, ein Unding wäre es nicht, sie war hübsch und fein und lieb genug, und ich spielte ein wenig mit ihrem Bilde. Wir stießen auch gleich darauf an mit hohen, feinen Stengelgläsern, in denen blaßroter Stachelbeerwein war, und da es einen hellen Doppelklang gab, läutete das Stimmchen in mir mit: Maidi, was mich zugleich belustigte und erwärmte. Denn es schien mir plötzlich, als hätte ich einen heimlichen Schatz.

Frau Olbrich war so einfach mütterlich und natürlich mit mir, als habe sie mich längst gekannt und füllte mir beim Gehen die Taschen mit Birnen aus ihrem Garten, wie einem großen Buben, und ihr Sohn stand befriedigt dabei. „Siehst du," sagte er auf dem Heimweg, „siehst du, meine alte Herzensdame hat schon auf dich angebissen, ich habe es wohl gewußt. Du hast so etwas an dir, was alten Frauen gefällt, sie möchten dann die Hände über dich breiten, daß du ein braves Kind bleibst; so etwas tun sie gern. Meine Mutter hat gesagt, du seiest weiches Wachs, man sehe alle Eindrücke an dir, es könne noch alles aus dir werden. Du müssest nur die richtige Frau haben, das sei der entscheidende Punkt."

Ich knurrte ein wenig, und er lachte: „Das ist ihr bei mir auch das Wichtigste; sie weiß aber wohl, daß ich keine nehme, die nicht zu mir paßt und vielleicht auch gar keine. Denn noch eine solche, wie sie, finde ich doch nicht." Das alles brachte er in leichtsinnig sein sollendem Tone vor, man merkte aber gut, wie stark er am Herzbändel seiner Mutter angebunden und wie wohl es ihm dabei war, alles andere ungeachtet. Ich konnte ihn fast beneiden, es ging aber noch etwas Frohes in mir um von meinem Gedankenspiel mit dem Kinderbräutchen her, es war mir, als gehe Maidi irgend woher auf mich zu, so, wie ich sie das letztemal gesehen hatte, in ihren hübschen Schuhen und unter dem Margeritenkranz.

Solcherlei Gedankenspiele hatte ich oft, ich dachte mir dann etwas aus bis ins einzelne und war verwundert, wenn ich um mich schaute, und alles anders war. Doch diesmal war es in Wahrheit, als sei von ihr, die so stark in mein Leben treten sollte, und die mir näher war, als ich wußte, schon eine Vorahnung in der Luft gelegen. Es begegnete uns ein junges Mädchen, das ihr, wie ich meinte, so sehr glich, daß ich erschrak und sie anstarrte, und es rief eine weibliche Stimme in einem dunklen Garten mit langgezogenem Ton den klingenden Namen, den ich sonst nie gehört hatte. Aber das alles traf und berührte mich nur, weil sie in mir selbst aus dem Dunkel der Vergangenheit emporgetaucht war.

Ich habe oft in meinem Leben den Frühling vorausgespürt und voll herzklopfender Ahnung sein Kommen ersehnt, wenn er Tauwinde, blühenden Seidelbast und frühe Vogelstimmen vorausschickte, aber von dem kurzen und holden Frühling meines Lebens konnte ich nichts voraus wissen, und ich kann nicht sagen, wie es kam, daß ich ihn dennoch vernahm, wie ein liebliches Geläute, von dem man nicht weiß, woher es tönt und was es bedeutet.

*

Es waren zu dieser Zeit die Vorbereitungen für ein großes Musikfest im Gang, an dem sich alle besseren Musikvereine der Stadt, ja des Landes, beteiligen sollten. Ein berühmter Dirigent, bei dessen bloßer Namennennung alle Herzen der Sänger und der Hörer höher schlugen, war angeworben, um unter seinem Stab alle Bäche und Flüsse der Musik, die sonst für sich allein dahinplätscherten oder strömten, in ein einziges großes Meer von Tönen zu versammeln. Inzwischen aber übten die einzelnen Vereine mit mehr Nachdruck als sonst ihre Melodien ein, nicht um nachher mit Glanz hervorzutreten, sondern um die Fähigkeit zu erwerben, völlig im ganzen untergehend, es dennoch in ihrem Teil mit Kraft und Schönheit zu erfüllen.

Auch gleichgültige und zerstreutere Liebhaber der Liederkunst rafften sich zusammen, weil es galt, und ließen die Allotria, die sie sonst wohl danebenher getrieben hatten, beiseite, um ernstlich und wacker im Takt mitzumarschieren, und ihre Stimmen nahmen zu an Reinheit und Kraft, je mehr die Besitzer des inneren Schwunges teilhaftig wurden. Es traten auch einzelne Persönlichkeiten, die sich sonst abseits gehalten hatten, um daheim in ihren Häusern eine vornehme Musik zu pflegen, aus ihrer Verborgenheit hervor und stellten sich in die Reihen, wie im Krieg die Freiwilligen unter die Fahnen eilen und nichts mehr für sich selber sein wollen um der Sache willen. Da war nun auch ich mit Leib und Seele dabei; es war wohl kaum vorher und nachher eine Zeit in meinem Leben, wo mir so das Ich versank um eines Höheren willen, in dem es aufgehen konnte, wie damals. Die Zeichen mehrten sich, daß die Zeit erfüllet werde. Schon nahm ein verdienter Tonmeister der Stadt die Zügel in die Hand, um einzelne Chöre mit verschiedenen Vereinen zusammen zu probieren, und das geschah in einer großen

Halle, die eigens für das Fest aus leichten Balken und Brettern gezimmert worden war, und Tausende von Menschen fassen konnte. Noch ermangelte der riesige Raum des festlichen Schmuckes der Tücher, Fahnen und Laubgewinde, der ihm zugedacht war, aber machtvoll und freudig erklangen darin die Chöre und versprachen schön zu werden, wenn sie, von aller Schwere und Unreinheit befreit, auf breiten Wogen am Tage des Festes durch die Halle fluten würden, vereint mit anderen gereinigten Strömen.

Noch war es freilich nicht so weit; das Taktstöcklein des Dirigenten fiel oft genug und mit wachsender Ungeduld hart klopfend auf das Pult, die Sänger belehrend, daß ihrer Emporläuterung zum Vollkommenen hin noch lange nicht genug getan sei. Es ging scharf zu, und das bei den Männern wie bei den Frauen, ja es dünkte mich, als seien die letzteren noch härter mitgenommen als wir. Als nun einmal der Sopran für sich allein eine Stelle vier- oder fünfmal wiederholen mußte und ich müßig zusah, wie die angespannten Sängerinnen sich mühten, das Höchste zu leisten, fiel mein Auge auf ein Mädchengesicht, das ganz versunken weder auf den Dirigenten noch in die Noten sah, sondern in sich selbst hinein zu horchen schien, woher ihm ohne Mühe die Melodien zuflössen, die es leicht hervorbrachte und mit einem weichen, taktmäßigen Wiegen des Oberkörpers begleitete.

„Warum zum Kuckuck sieht sie denn nicht auf den Dirigenten, wenn es gilt wie jetzt?" dachte ich mit polizeidienerhaftem Ärger, als in dem Augenblick sich das Gesicht dem befohlenen Punkt zuwandte und einen oder ein paar Takte lang darauf verweilte, bis sich ein unwiderstehlich belustigtes Lächeln über die ganze Fläche verbreitete und die Augen wieder in ihre Versunkenheit zurückgingen. Sogleich aber wußte ich, daß das Mädchen nur deshalb in sich selbst hineinsah, weil ihm der Anblick des heftig fuchtelnden Mannes einen unbesieglichen Lachreiz erweckte und es in seiner andächtigen Hingabe an die Musik störte. Aber während in mir der brennende Wunsch entstand, sie möchte das hübsche Schauspiel noch einmal aufführen und ich sie erwartungsvoll ansah, kam mir die Sängerin immer bekannter vor. Sie trug ein loses Kleid von grüner Farbe, das mit einer schmalen Goldborte unter der Brust zusammengehalten war, und hatte ein leichtes Schleiertüchlein am Halsausschnitt, aus dem heraus lieblich und jetzt wieder ganz ernsthaft das Singewesen stieg. Wo aber hatte ich schon einen Kopf so frei und freudig tragen sehen, und wo nahm das Mädchen die Züge her, die mir mit jedem Augenblick vertrauter wurden? Sie sollte jetzt einmal einen Augenblick aufhören, zu singen, daß man sie in Ruhe betrachten konnte, das feste Kinn und den blühenden Mund und die Augen, die vorhin so heiter aufgeleuchtet hatten. Aber das dauerte nicht so lang als die Beschreibung, so sagte das schon einmal angeführte Stimmlein in mir halb zweifelhaft und halb triumphierend: Maidi? Der Verstand wandte ein, die Sängerin sei größer, schmaler und von dunklerem Blond als die Maidi aus der Vaterstadt und trage die Haare tief gescheitelt und aufgesteckt, was jene auch nicht gehabt habe; worauf es sagte, natürlich, begreiflich, denn es sei fünf Jahre her seit damals, und ich müsse nicht etwa meinen, daß ich mich in dieser Zeit nicht auch verändert habe. Ich erwiderte hierauf, falls es je die betreffende junge Dame sein sollte, die aber für mich noch nie Maidi geheißen habe (jene Stunde in dem grünen Garten ausgenommen), so habe das weiter für mich nichts zu sagen. Oder ob ich vielleicht hingehen solle und fragen, ob sie sich erinnere, einmal mit mir auf dem Markt herumgestrichen und beim Kasperle gestanden zu sein? Außerdem handle es sich sicher um eine zufällige Ähnlichkeit. Das aber glaubte mein Herz, das sich auf einmal in die Sache zu mischen anfing, keineswegs, und es entstand ein heftiger Disput in mir mit Für und Wider, der nur obenhin geschweiget wurde, als auch wir Männer wieder mitzusingen hatten. Ich kam nun mit mir überein, die Sängerin, sie sei, wer sie wolle, in eine nähere Beziehung zu mir zu denken. Sie sang gewissermaßen ein Duett mit mir, zu dem die andern den Chorus bildeten. Wenn ihre Stimme empor frohlockte, so hielt ihr die meinige die Leiter dazu, und wenn ich ihr ein neues Thema angab, so ging sie lieblich und bereitwillig darauf ein und machte etwas so Schönes daraus, daß mir die Brust vor Wonne schwoll. Daß sie mich dabei nicht ansah, war weiter nicht zu verwundern, es war genug, daß ihre Stimme mit der meinigen zusammenklang, es war eine schönere Gemeinschaft, als ich sie je besessen hatte. Als die Probe aus war, verschwand sie sogleich, und ich spürte ihr auch nicht nach, denn auf der Straße wäre sie nicht mehr dieselbe gewesen, aber ich wartete mit brennendem Verlangen auf die nächste Singgelegenheit, die auch bald erschien und die heimliche Wonne fortsetzte. Es war mir jetzt, als sei die Musik, meine unbesprochene Geliebte, aus ihrer Verborgenheit hervorgetreten in einem grünen Kleide und einem Heiligenschein von blondem Kraushaar, das sich aus den Scheiteln herausdrängte, und alles sei voller Wohlklang, solange sie im Saal regiere. Aber auf einmal sah ich, daß die Göttin mich aufmerksam und prüfend ansah in einer Pause, und daß sich über ihr Gesicht ein ungläubiges Staunen und dann ein kleines Lächeln verbreitete, und sie wurde mit einem Schlag zum Menschenkind, das mich zögernd und fragweise, ob ich es auch sei, mit einem Augenwink grüßte. Da war es Maidi, ich hatte es aber schon lang gewußt.

Doch fand ich noch nicht so schnell den Weg zu ihr, denn ich war seltsam befangen, was ich sonst nicht an mir kannte, und mochte mich nicht durch die Menge drängen, oder sie am Tor erwarten. Ich sah sie aber einmal in einer Gruppe junger Leute beiderlei Geschlechts die Halle verlassen und dachte, sie habe ja wohl schon ihren Umgang und habe nicht auf mich gewartet, was ja auch begreiflich genug sei: Da suchte ich wieder in die schöne und heilsame Ichlosigkeit der ersten Wochen unterzutauchen, in der es mir so wohl gewesen war, sie ließ sich aber nicht erjagen und war vorbei, doch aus dem Meer von klingenden Wogen und Wellen war eine Gestalt aufgetaucht, nach der ich hinsehen mußte, wie nach einem anderen Ich.

Inzwischen kam das Fest heran. Ich hatte etwas so Großes und nach meinen Begriffen unirdisch Schönes noch nicht erlebt und ging nach dem ersten Abend, der nicht von Menschenstimmen, sondern von einem Riesenorchester erlesener Streichinstrumente gespeist worden war, in einem halben Rausch und einer ganzen Begeisterung in den Anlagen umher, in denen die Festhalle stand, und in denen viel Volks lustwandelte, festlich geschmückt und in guter Stimmung, denn sie waren, wie einst die Juden und die Griechen zu ihren Festen, aus vielen Orten zusammengekommen zu dem einen schönen Zweck und hatten jetzt bereits Nektar und Ambrosia gegessen und getrunken, morgen aber gab es mehr davon.

Es waren da und dort leichte Zelte zur Bewirtung der Gäste aufgestellt, die nicht von der Götterspeise allein leben mochten oder konnten, und auch in ihnen ging es zwar lebhaft und freudig, aber doch nicht ausgelassen zu, denn noch hingen, wie Weihrauchwolken von Opferaltären, die eben verklungenen Harmonien von zwei Beethovensymphonien in den Wipfeln der Bäume und stiegen, langsam einen Ausweg suchend, zum gestirnten Himmel auf. Ich suchte Olbrich und einige andere Gesellen, die sich nach Verabredung zusammen getan hatten, um noch eine Flasche Wein miteinander zu trinken und die ich hatte vorausgehen lassen, weil ich noch zu erregt war, um ihre unausbleiblichen Scherze, Kritiken und Neckereien, an denen ich mich sonst gern beteiligte, mitanzuhören. Ich summte leise die und jene Takte der Musik vor mich hin, und alle Nerven waren in mir aufgespannte Saiten, die mitspielten und mich den vollen Strom noch einmal hören ließen, und in allen Adern kreisten eingeschlossene Quellen des Lebens, die an ihre Pforten klopften, weil sie aufgerufen worden waren; es war eine Qual voller Glück. Jenseits des Rondells, das ich eben umging, trat in den Lichtkreis einer Bogenlampe, die in dem grünen Geäst eines Ahorns hing, eine Gesellschaft junger Mädchen in hellen Kleidern; sie plauderten und lachten, und als ich näher zusah, war Maidi unter ihnen. Sie war still und es schien mir, als sehe sie suchend umher, da brannte mich etwas im Innersten, denn wen suchte sie wohl, und warum mußte ich hier allein sein? Sie trug immer noch den Kopf in einer so festlichen und freudigen Haltung wie einst, ich hatte das noch bei keinem Menschen so gesehen, aber ihr Gesicht war zugeschlossen und ernst. Ich hatte stürmisches Herzklopfen und wußte nicht warum. Als der hellgefiederte Schwarm auf mich zukam, trat ich in einen Seitenweg ein und ging ihn auch zu Ende bis an eine kleine Wirtslaube, die von einer einzigen Flamme matt erhellt war. Es saßen ein paar stille Zecher darin, jeder für sich vor seinem Wein, und auch ich setzte mich an ein Ende des Tisches und bekam einen gefüllten Römer vor mich hingesetzt. Ich betrachtete einen graubärtigen Mann mit langem und schlecht gepflegtem Künstlerhaar. Er trommelte mit den Fingern auf der Tischplatte und hielt den Kopf tief gesenkt.

„Dem geht's wie mir," dachte ich. „Auch er ist allein und muß alles in sich selbst verarbeiten." Und es war mir, als müßte ich mit allem Drang in der Brust mein Leben lang für mich bleiben und einsam alt werden; ich trank ziemlich viel von dem guten und tröstlichen Wein und hörte auf einmal den Alten sagen: „Liebeskummer?" Aber als ich ihn zornig ansah, lächelte er in sich hinein, als wisse er gar nichts von mir.

Da stand ich auf, zahlte und ging. Mir war sehnsüchtig und heimwehig zumute.

Aber am andern Tag war es vorbei. Olbrich fragte mich, wo ich gewesen sei; sie hätten lang auf mich gewartet und seien darum endlos sitzen geblieben, was ich nun zu verantworten habe, und ich verteidigte mich lachend, da sie auch früher ohne mich lange Sitzungen gehalten hätten; ich hätte noch frische Luft gebraucht nach der Hitze in der Halle.

Er sah mich aufmerksam an, denn ich ging auf einmal eigene Wege und hatte etwas Entschlossenes an mir. Ich hatte mir beim Aufstehen vorgenommen, daß heute ein Knopf an die Sache mit der Maidi gemacht werde, so oder so. Entweder ich ging hin und sagte: Guten Tag, kennen Sie mich noch?, oder ich ging meiner Wege und ließ sie laufen. Eins oder das andere.

In dieser Entschlossenheit ging ich den ganzen Tag umher und duldete nicht, daß der kleinste Zweifel darein kam, es war aber Gefahr vorhanden, daß mir das ganze Fest zuschanden kam, denn bald war ich auf dem einen Punkt, bald auf dem andern, wie konnte ich da an etwas anderes denken?

Aber es ging viel einfacher zu, als ich meinte. Denn als ich am Abend in die Halle trat, ging Maidi mit mir zu der schmalen Hintertür herein, die für die Sänger bestimmt war. Sie sah mich freimütig erkennend an und sagte: „So sind Sie es also doch gewesen. Ich habe Sie in der Probe gesehen und von weitem gegrüßt, aber Sie waren so fremd und finster, daß ich dachte, ich hätte mich geirrt, oder Sie wollten mich nicht mehr kennen. Aber jetzt ist weder das eine noch das andere wahr."

So konnte sie wohl sagen, da sie mein erfreutes Gesicht sah, das ich ihr nicht verbarg, und den festen Druck spürte, mit dem ich in der Erleichterung meines Herzens ihre Hand hielt und schüttelte.

War sie es denn aber noch bei näherer Betrachtung? Oder wie war das Wesen, in welches das zutrauliche, lustige Mädchen von damals sich verwandelt hatte, beschaffen? Gott sei Dank, nicht viel anders, als ich sie noch im Sinn hatte, das heißt: aufrecht und mit erwartungsvoll schreitendem Gang, sicher, freudig und einfachen Wesens, ohne alle Ziererei, aber dabei königlich in der Haltung, wie sie es von ihrem silberglänzenden Großvater ererbt hatte. Es war aber noch viel hinzugekommen, was ich nicht aufs erstemal erfassen konnte, und worin sie mir weit über war. Denn sie hatte in ihrer blühenden Jugend dem furchtbaren Ernst des Lebens ins Gesicht gesehen und eine Reife dabei empfangen, die man mit Schmerzen zahlt und mit dem Zauber der hinträumenden Unbewußtheit. Schicksale waren vor ihr aufgestanden, die ihre nächsten Menschen betrafen; es war nicht so einfach, gut zu sein und friedlich beisammen zu wohnen. Man konnte mit Leidenschaften beladen in der Welt umher irren und daran zugrunde gehen, und es konnte dann dennoch das Wunder über einen geschehen, daß im tiefsten Elend noch die Liebe sich aufmachte und erlösend zu einem trat; so war es bei ihrem Vater. Und es konnte sein, daß die liebste Liebe verraten und zertreten wurde und litt und doch nicht unterging, sondern wie ein bedecktes Feuer unter der Asche weiter glühte und wartete.

Aber wenn dann ihre Zeit noch einmal kam und ein Sturmwind sie neu anblies, dann mußte sie andern nehmen, was sie dem einen gab, und es war eine Not ohnegleichen. So war es bei ihrer Mutter, die sich von den Kindern gelöst hatte und von dem alten Vater, um zu dem Mann zu gehen, der ihr Glück und ihr Unglück gewesen war. Und es konnte kommen, daß man sich zwischen zwei liebste Menschen stellen mußte und den, der einem am wehsten tat, decken vor dem, dem man im stillen recht gab, der Sache nach. So war es Maidi gegangen, als der Großvater gegen die Mutter tobte und fluchte, daß sie gehe. Sie hätte sie gern gehalten, denn war nicht hier ihre Aufgabe und ihre Heimat? Wie konnte sie dorthin gehen, wo ein unnennbares Grauen wohnte? Und doch küßte sie die bleichen Lippen, die immer sagten: ich muß doch, begreift es denn niemand?, und hieß sie gehen, obgleich es ein dunkles Rätsel war. Voller Rätsel war das Leben und auch voller Stürme. Der heitere Greis mit seiner prachtvollen Lust am Leben wurde dennoch vom Tod hingemäht, und auch sein Glanz war nicht ohne Trübung. Denn er hatte nie für die Zukunft gesorgt, weder für sich, noch für die Seinen. Sparen und vorsorgen schien ihm eine geringe und hausbackene Tugend zu sein für Krämer und enge Bürger recht, aber nicht für Könige, Lieblinge des Lebens und der Kunst. Er war bewundert gewesen, geliebt von Frauen und Männern, heiter, freigebig und voll gütiger Launen, aber es blieb nichts übrig für die geliebten Kinder seiner Tochter, die in Fülle und mit dem leuchtenden Sinn für das Schöne herangewachsen waren. Das alte Haus und der grüne Garten waren verkauft, es war nicht leicht, daran zu denken und nicht leicht, das geliebte Bild des alten Herrn ganz strahlend hell im Herzen zu haben.

Schwer und unbegreiflich war vieles im Leben; es meißelte weiche, jugendliche Züge und gab ihnen feste, bestimmte

Linien, und es ließ lachende Augen, die überall den Sonnenschein auffingen, wach und wissend in den Tag sehen.

Das alles erfuhr ich erst nach und nach, aber etwas davon ging mir beim ersten Sehen auf, ein Ernst und eine reife Überlegenheit, vor der ich fast erschrak, denn ich hatte das nicht erwartet. Aber Gott sei Dank, es hatte das Jungsein doch noch daneben Platz oder vielmehr, es brach daraus hervor, wie eine verschüttete Pflanze aus wüstem Geröll oder wie der Saft aus einem zurückgeschnittenen Baum, der übermächtig treibt und die Wunden zudeckt mit neuen grünen Trieben. Es mußte ja nicht immer so düster kommen, man hatte ja sein eigenes Leben zu leben, das erst vor einem lag und in dem es gut und hell zugehen mußte, allem Dunklen zum Trotz.

Das alles gab mir Maidi nach und nach zu sehen und zu kosten, den Ernst und den Stolz und das Lachen, ich habe es aber gleich auf einmal heraufgeholt, weil ich meine, keinen Zug ihres geliebten Bildes verschweigen zu können, wenn ich von ihr rede, auch keinen Augenblick.

Sie war nicht auf der Malerakademie, wie meine Schwester Luise gemeint hatte, sondern in einer Kunstgewerbeschule, wo sie in absehbarer Zeit zu Beruf und eigenem Verdienst kommen konnte. Ihr Bruder, den sie sehr liebte, war irgendwo auf einer Hochschule, wozu ihm Stipendien verhalfen aus reichen alten Stiftungen eigener Vorfahren. Er war begabt, und sie war stolz auf ihn, sie war nicht im Zweifel, daß es einmal wieder gut kam im Leben.

Von dem allem erfuhr ich bei der ersten Begrüßung nur das Äußerlichste, so viel ungefähr, daß ich wußte, ich habe es nicht mit einem Wesen zu tun, das nach eigener Wahl und aus innerem Müssen den schönen Künsten nachfolge, sondern mit einem solchen, das genötigt sei, auf eigenen Füßen zu stehen und selbstverdientes Brot zu essen. Aber freilich mußte das Brot auf einem Acker gewachsen sein, dem es zwischen den Ähren nicht an rotem Mohn und blauen Kornblumen fehlte, denn ohne Schönheit wäre sie geistig oder seelisch Hungers gestorben.

Wir waren ein paarmal miteinander vor der Halle auf und ab gegangen, da noch etwas Zeit übrig war vor dem Beginn des Konzerts, und hatten das Nötigste vom Woher, Wohin und Wieso miteinander geredet, aber unversehens doch als solche, die einander etwas angehen. „Ist es nun nicht wunderbar," sagte Maidi, „daß wir Landsleute und Stadtkinder hier in der Fremde zusammentreffen? Hätte es nicht jedes von uns ebensoviele Stunden weit nach einer andern Richtung hinwehen und absetzen können, wo dann keines etwas vom andern gewußt hätte?" Das sagte sie so drollig und mit sichtlicher Freude an dem Geschehen, daß ich erleichtert anfing zu lachen, denn ich mußte mir bildhaft vorstellen, wie uns der Wind nach verschiedenen Richtungen getragen und niedergelassen hätte, und Maidi fiel so herzlich in mein Lachen ein, als ob sie schon lang nicht mehr recht gelacht hätte und nun die erste Gelegenheit dazu ergreife. Dabei hatte sie auf einmal wieder die Züge, die ich gut an ihr kannte, es fiel mir ein, daß ich sie auch in der Konzerthalle zuerst lachend erblickt hatte, und ich teilte ihr das mit.

„Ja," sagte sie wieder ernsthaft und wie in einer kleinen Bekümmernis, „es hat vieles Platz nebeneinander in einem Menschen. Es wundert mich oft selber. Ich habe es an mir, daß mich das Komische, besonders wo es wichtig auftritt und sich breit macht, überwältigt und ich dann alle Kraft brauche, um die Lachlust zu unterdrücken. Das kann mir in der Kirche geschehen oder bei einem an sich traurigen

Anlaß; ich bin schon bös damit hereingefallen. Es darf nur jemand ein großes Pathos entfalten oder eine strenge Amtsmiene aufsetzen bei einer unwichtigen Sache, oder schwänzelnd hinter einem Leichenwagen einherschreiten, gleich steigt es mir auf mit aller Macht. Es ist dann nur gut, wenn mein Bruder nicht in der Nähe ist, der es auch so hat. Allein werde ich eher damit fertig, es dauert dann nur einen Augenblick. Wenn ich ihn aber nur von hinten sehe, wie er mit den Achseln zuckt, so weiß ich schon Bescheid, nämlich daß er lautlos in sich hineinlacht, und dann bin ich verloren."

Das alles sagte sie ernsthaft und als ob es ihr Not bereite, und es war vielleicht auch der Fall, aber es saß doch ein Schelm in ihren Augenwinkeln, und ich hätte uns jetzt gleich einen der beschriebenen Anlässe hergewünscht, um den Bruder zu vertreten, denn das war so recht eine Sache für mich. Das Zeichen erscholl, das die Sänger an ihren Platz rief, und Maidi enteilte mir, ich aber begab mich in der besten Laune zu meinen Sangesbrüdern, hochgestimmt und aufgeheitert zu gleicher Zeit.

Wenn – weil ich schon einmal das Meer zum Vergleich angeführt habe, für das Zusammenfließen so vieler und starker Tonmassen – im großen Weltmeer hie und da zwei aufblitzende Wellchen mit lustigen Schaumkrönlein einander von weitem erblicken und grüßen und darnach wieder untersinken in die weitausgereckten Arme des Meeres, so haben sie es, wie wir beide, Maidi und ich, an diesem Tage es hatten. Wir waren eins mit dem Ganzen und hingegeben an dasselbe, andächtig und voller Lust und doch auch wieder selber etwas, das mit Zunicken und freudigem Grüßen das andere suchte. Ich weiß, daß es nicht nur bei mir so war, es war auch in Maidi eine Freude, hier in der Fremde und in der Gegenwart, die so ganz anders war

als die Heimat und die Vergangenheit, einen zu finden, der
bis ins Kinderland zurückreichte; und so, erwärmt und
heimatlich angerührt, sang sie sich, untertauchend und
wieder emporgehoben, in eine still-beseeligte Wonne hinein,
wie sie mir später einmal mit aufleuchtenden Blicken
erzählte. Als nun der Schlußchor einer Kantate und
zugleich der des Abends kam und ein sieghaftes Getöne
anhob, in dem immer eine Stimme der andern zurief:
Frohlocket – und singet – und die andere es aufgriff und
weitergab, bis zuletzt ein großes allgemeines Frohlocken
entstand, das die Wände zu eng machte und in die Nacht
hinausschallte, da war es uns eben recht, wir frohlockten
und sangen – und sangen und frohlockten, so viel wir
konnten, und hatten den starken Widerhall in der Brust. Es
war mir aber, wie wenn ein helles, lustiges Glöcklein neben
einem vollen Domgeläute für sich bimmelt, als ich auf
einmal sah, wie über Maidis Gesicht mitten drin ein Lachen
lief, das ich begierig war, noch oft zu sehen. Denn es gingen
ihr neben allem Großen her kleine lustige Geisterchen, die
stiegen auf und saßen rittlings auf den hohen Wogen, wie
rosige Engelsbübchen; dann war sie köstlich anzusehen.

*

Es begab sich wie von selbst, daß ich von jetzt an öfter mit
Maidi zusammen kam, die mich mit einer großen
Selbstverständlichkeit und Unbefangenheit an ihrem Leben
teilnehmen ließ, soviel sich davon ereignen wollte. Sie stand
in festen Schuhen, in viel festeren als ich. Als ihr
Herkommen in seinen Grundlagen erschüttert worden war,
da hatte sie sich auf sich selbst besonnen. Es war da noch
etwas Eigenes, das nicht hinwegstarb und nicht verkauft
werden konnte, ein köstlicher Besitz, mit dem es sich leben
ließ. Ich muß etwas aus mir selber machen, wußte sie, und
muß auf eigenen Füßen stehen. Sie sah klar in ihre Zukunft

hinein und wußte, was sie wollte und was sie erreichen konnte, was mir stark imponierte, da es bei mir damit nicht zum Besten bestellt war. Zwar was ich wollte, wußte ich auch, wenn man das Wollen heißen kann, daß einer überzeugt ist, es müsse ihm alles Gute in den Schoß fallen oder vielmehr alles Angenehme. Ich war damit aufgewachsen, daß ich haben konnte, was ich begehrte, und gerade der Umstand, daß ein neues Verlangen immer auf der Schulter eines erfüllten Wunsches gestanden war, hatte mich daran gewöhnt, auch höher gehängte Dinge für erreichbar zu halten. Das war ja an sich nichts Unrichtiges, ich konnte ebensogut wie ein anderer gescheiter Kerl vorwärts kommen, es fragte sich nur, ob ich alle Kraft zusammennehmen und arbeiten wollte. Aber so war es nicht gemeint bei mir, denn das, was man so am ebenen Weg erreichen konnte, war nicht genug.

Es ist nicht angenehm, es mir zu unterbreiten, aber es hilft alles nichts: ich wollte eine Lebensstellung haben, in der ich geehrt und angesehen war in den Kreisen, die einen Zaun um sich zogen von Geld und von Bildung, und in einem schönen Hause wohnen mit einer eleganten, schönen und vornehmen Frau und was mehr zu dem allem gehörte.

Ich konnte es verlangen, daß es so kam, denn, war nicht seither auch eins aus dem andern gekommen bei mir, seit ich ein kleines Bübchen gewesen war? Also mußte es auch weiter gehen in aufsteigender Linie. Wie? Das wußte ich freilich nicht. Denn obgleich ich ja eigentlich ziemlich viel Selbstgefühl hatte, dachte ich doch nicht daran, die günstigen Wendungen in meinem Leben durch eigene Kraft herbeizuführen, sondern ich erwartete sie von glücklichen Zufällen oder Schickungen, die ja rechtzeitig eintreffen mußten. Ich hatte mir eine Art von Lebensanschauung zurecht gemacht, die der Bescheidenheit den Tod schwor und große Männer dabei zum Zeugen aufrief, freilich in ganz falschem Sinne, nämlich so, daß, wer mit einem niederen Los zufrieden sei, auch kein höheres verdiene, wer es aber in sich habe, den treibe es hinauf. Das wäre alles schon recht gewesen, wenn es mir um die Sache selbst und nicht um die Nebendinge zu tun gewesen wäre, und wenn mich ein inneres Feuer gedrängt hätte, als Meister und Schmied meines Schicksals aufzutreten und es so zu hämmern, wie ich es zu brauchen meinte, und wie es ins Einzelne auszuspinnen meine geschäftige Phantasie nicht müde wurde.

Ich habe, nachdem ich meine Lehrgelder bezahlt und meine Umwege gemacht habe, wohl gelernt, die Dinge beim rechten Namen zu nennen. Damals hieß ich Schönheitssinn, was bereits ins Kraut geschossen und Begehrlichkeit geworden war, und Aufwärtsstreben, was erst recht am Boden klebte.

Nun, es ist mir nichts geschenkt worden.

Ich hütete mich wohl, meine Weisheiten vor Olbrich auszubreiten, der ja gerade ein Beispiel dafür gewesen wäre, wie innewohnende starke Kräfte Schicksalsleiter sind, und trug sie dagegen zu Maidi, zu der ich alles Zutrauen hatte, und die mich auch mit allem aufnahm, was ich vorbrachte, ohne mir aber blindlings recht zu geben, so daß sie sowohl meine Zuflucht als auch mein Gewissen war, obgleich ich ihm freilich nicht folgte. Es zog mich zu ihr und vielleicht nicht am wenigsten darum, weil ich etwas von ihrer freudigen und ernsten Kraft spürte, die sie nicht nur das Ziel, sondern auch den Weg wollen ließ, und die mir Respekt einflößte.

*

Ich hatte oft das Gefühl, als ob ich Maidi bedauern müßte und mich glücklich preisen, da sich das Blatt so gewendet hatte, seit unsern Kindertagen. Denn hatte sie nicht alles gehabt und alles verloren, was mir wie ein fernes Paradies noch im Gedächtnis war? Und mußte sie nicht ihr schönes junges Leben nun in den Zeichensälen versitzen und auf ein Pflichtendasein ausgehen?

Und war ich nicht, der ich einstmals geweint hatte vor Scham über unser ärmliches Häuschen, auf dem besten Wege zu einer allerschönsten Villa (wenigstens in meinen Tagträumen)?

Ach, ich wußte nicht, um wie vieles sie mir voraus war, der ich noch so gar nicht geschult war im Lebenskampf, dem es an Erschütterungen äußerer und innerer Art bisher gänzlich gefehlt hatte, um zu irgendeiner Tiefe zu gelangen. Wie wenig kannte ich von den ernsteren Seiten des Lebens; wie wenig riß mich ein starkes Müssen auch nur in mir selbst zum Guten oder Bösen nach irgendeiner Seite. Ich war eine der sogenannten glücklichen Naturen, die von vielen so gern gesehen werden, weil es sich mit ihnen behaglich und ohne viel Reibung leben läßt, und denen das eigentliche Glück, das errungen sein will, so leicht entgeht, da sie es nicht zu rechter Zeit erkennen und dafür irgendeinem Scheingebilde nachgehen. Doch, was ich versäumt und gesündigt habe, habe ich bezahlen müssen. Und – wie ich auch gewesen sein mag, es war eine Zeit in meinem Leben, da Maidi mich liebte.

Ich habe oft versucht, mich mit diesem Wort wie mit einem Schilde zu decken und bin gewiß, daß Maidi, wenn sie könnte, trotz allem, was ich ihr angetan habe, sagen würde: „Tue es nur, denn es ist wahr, und ich wußte wohl, was ich tat, als ich dich liebte."

Aber der Schild kann mich nicht vor mir selber schützen, und Maidi kann ihn nicht über mich halten. Wenn ich in grauen Stunden über das lieblichste und traurigste Kapitel meines Lebens nachsinne, so höhnt etwas in mir: Kann auch einer, der im Angesicht der Sonne schlimme Taten verübte, ja die Sonne selber gering achtete, sich trösten, daß er doch von ihr beschienen worden sei und es also wert gewesen sein müsse?

Dann aber sagt eine liebe Stimme: „Gräme dich nicht länger. Wir tragen alle unser Schicksal in uns selber und müssen es vollenden. Das war das Liebste an meiner Liebe, daß ich dich vor dir selber schützen wollte; nun tue du es selbst."

Ich mußte das vorausschicken, um mir Mut zu machen für das, was ich nun aufschreiben will, und was ich gern verschieben möchte, wie Kinder tun, wenn sie eine Dummheit oder Bosheit bekennen sollen und tausend Umschweife machen, ehe sie mit der Sprache herausrücken. Ein unverschuldetes Unglück verhehlen sie nicht, sondern verkündigen es mit lautem Geschrei des guten Gewissens.

Maidi hatte, als sie die Kunstgewerbeschule bezog, etwas mitgebracht, was ihr ebenso nützlich war, wie der kleine Vermögensrest, von dem sie die paar Jahre leben und ihre Studiengelder bestreiten konnte. Es konnte nicht verborgen bleiben, daß sie in einer Umgebung aufgewachsen war, in der die Kunst oberste Regentin war, und zwar die frei schaffende Kunst, die ohne Nebenzweck und nur vom Genius befruchtet, Schönstes und Lebendigstes schafft, die aber doch, eben wenn ein wirklicher Künstler sie besitzt, das Technische, Handwerksmäßige ebenso wichtig nimmt und beherrscht wie das geistige.

Es mußte auffallen, mit welch raschem Verständnis Maidi den Anweisungen der Lehrer in den praktischen Fächern

entgegenkam und wie sie sich, zwar bescheiden, aber auf
Grund einsichtigen Nachdenkens, hie und da erlaubte, eine
kleine Änderung in einer Sache vorzuschlagen, die man
ihrer Meinung nach auch anders angreifen konnte. Auch
mochte es ungewöhnlich zu sehen sein, wie sie bei
Anhörung der theoretischen Vorträge, die ihr Studium
betrafen, entweder mit dem lebhaften Interesse dessen, der
schon die nötigen Grundlagen hat und darum leicht folgen
kann, oder mit dem einverstandenen Lächeln und
Kopfnicken dessen, der Bekanntes neu vortragen hört,
dasaß. So dauerte es nur kurze Zeit, bis sie vom Direktor der
Anstalt nach ihrem Herkommen befragt wurde, und, als sie
den Namen ihres Großvaters nannte, von ihm in einer
gewissen Art und Sprache, wie sie eine Kaste untereinander
hat, angeredet und behandelt wurde. Er lud sie auch bei
Gelegenheit in seine Familie ein, und seine Frau war es, die
Maidi ihrerseits in den Singverein eingeführt hatte. Diesem
trat sie aber nicht als ordentliches Mitglied bei, sondern
beteiligte sich nur bei besonderen Anlässen an den
Chorgesängen. Auch benützte sie ganz selten die
Gelegenheit, in der Familie des Direktors einer größeren
Geselligkeit beizuwohnen, obgleich ihr diese offen gestanden
wäre. Beidem aber entzog sie sich mit einer ruhigen
Bestimmtheit, die mich aufs neue in Erstaunen setzte, und
die wohl zeigte, wie gut sie wußte, was sie wollte und auch
was sie nicht wollte. Denn als ich sie einmal fragte, ob sie
das alles ihrer Arbeit zulieb unterlasse, auf die sie auch ihre
Abendstunden vielfach verwendete, sagte sie lachend: „Es ist
gut, daß ich sie vorschieben kann, aber wenn mich etwas so
recht von Herzen locken würde, so würde ich ebensogut
bummeln und Nebendinge treiben, wie Sie." Das traf mich
einigermaßen, denn ich glaubte meinem Beruf auch die
nötige Pflege angedeihen zu lassen, und ich sagte es auch.
Maidi aber fuhr fort, ein Muster, das sie heut entworfen
hatte, in Kerbschnitt auszuführen, und sagte, nicht von der

Arbeit aufblickend: „Es ist verschieden, was man unter nötig versteht. Mancher hält nur für nötig, daß er seine Schuldigkeit tut, und mancher ist unzufrieden mit allem, was er außer dem einen tun muß, es kommt darauf an, wie stark man mit einer Sache verheiratet ist." „Und Sie also glauben, stärker mit Ihren Kerbschneidereien verheiratet zu sein, als ich es mit meinen Büchern bin?" sagte ich zänkisch, denn ich wollte auf keine Weise unten durch sein. „Dann lassen Sie sich nur sagen, daß ich mir an die andere Hand mit der Zeit noch eine Frau antrauen lassen werde und vergnügt mit beiden zu leben gedenke; Sie aber, werden Ihre Künste verlassen, sobald der Rechte kommt, der Sie heiraten wird."

Ich war selbst betroffen, als mir das törichte und flegelhafte Gerede entfahren war und hätte es gern ungeschehen gemacht; denn ich dachte im Herzen gar nicht so, im Gegenteil reizte es mich, daß Maidi ihrer Sache so sicher war.

Sie schien mir oft viel mehr als ein guter Kamerad, denn als eine junge Dame, und das um ihrer eifrigen Berufsarbeit willen; sonst war sie ja schön und lieb und bewunderungswürdig genug.

Jetzt aber sah ich, wie Gesicht und Nacken der gebückt Dasitzenden langsam von einem lichten Rot bedeckt wurde, das sich tiefer färbte und ebenso langsam wieder zurückging. Maidi rührte sich nicht, aber ihre Hände zitterten ganz leise, fast unmerklich.

Da kam es mir mit einer leichten und warmen Wallung herauf: „Sie ist doch auch eine Frau und hat alles in sich, was zu einer solchen gehört, ich aber bin ein Esel von der besseren Sorte," und das letztere sprach ich auch reumütig aus.

189

Da blickte Maidi auf und sah mich an, zuerst mit zornig zusammengezogenen Brauen, dann mit einer kleinen, bösen aber lustigen Grimasse und sagte: „Stimmt," worauf wir beide anfingen, zu lachen, ich in einer unsäglichen Erleichterung. Darauf besprachen wir einen Sonntagsausflug, an dem sich diesmal Olbrich beteiligen wollte, den ich mit Maidi bekannt gemacht hatte, und plötzlich sagte Maidi nachdenklich: „Eigentlich, wenn ich's recht überlege, bummle ich doch auch ziemlich viel und zwar mit Ihnen, ich weiß nicht, was Sie wollen," und dann lachten wir aufs neue, denn es kam nicht darauf an, ob es klug oder dumm geredet war, wir mußten nur gute Freunde sein.

*

Olbrich machte sich sehr gut als Wandergenosse. Wir waren mit der Bahn, wie wir öfters taten, bis an einen Punkt gefahren, von dem aus wir das Gebirge leicht erreichen konnten, und stiegen nun frisch bergan, denn wir hatten uns einen ziemlich weiten Weg vorgenommen. Da war es nun Olbrich, der meinen allzuweit ausgreifenden Schritt durch seinen gemäßigteren hemmte. Ich hatte nie daran gedacht, daß es für Maidi vielleicht beschwerlich sein könnte, so ohne Schonung der Kräfte drauf los zu steigen, wie ich ja überhaupt nicht die Anlage hatte, nach anderer Leute Möglichkeiten zu fragen, solange sie sich nicht beschwerten. Olbrich aber zeigte sich von einer aufmerksamen Ritterlichkeit, die mir auffiel, weil ich sie selber nicht besaß, und zwang mich nur durch sein Wesen, nun auch die Augen aufzumachen. Da sah ich denn freilich, daß Maidi eine helle Röte im Gesicht hatte und viel kürzer und schneller atmete als wir, und ich stellte auch diese meine Bemerkung fest. Sie lachte mich aber aus, da es, wie sie sagte, damit an andern Tagen viel schlimmer gewesen sei, und das heutige Tempo ihr sehr zusage, und fügte, wie etwas Nebensächliches, hinzu, sie habe einen kleinen Herzfehler, der aber nicht viel ausmache, da schon verschiedene Personen in ihrer Familie mit einem solchen alt geworden seien. „Und ich denke auch alt damit zu werden," sagte sie triumphierend, „denn ich habe eine solche Lebenslust in mir, daß alles Krankhafte davor ducken muß. Ich glaube, man kann es überwinden durch den Willen zum Gesundsein und durch die Übung aller Kräfte," und dabei reckte sie sich hoch auf und warf den Kopf in der ihr eigenen sieghaften Weise zurück, daß ich tatsächlich dachte, sie sei jedem Feind in sich gewachsen und habe es in der Hand, zu leben, so lange sie wollte, obgleich ich ein kleines Unbehagen über ihren Herzfehler nicht zu unterdrücken vermochte. Oder vielmehr war es ein halb ärgerliches Staunen darüber, daß das blühende und vollwertige Wesen da neben mir eine Beschädigung mit sich herumtrage; es war, wie wenn man beim Anstoßen an einem schönen Kristallglas ein ganz feines Klirren hört, das von einem noch verborgenen Riß zeugt. Er ist noch nicht mit den Augen wahrnehmbar, aber man weiß, daß er da ist, und das Glas kann eines Tages in Stücke gehen. Doch kam ich schnell über das dunkle Unlustgefühl hinüber, da ja Maidi selber nichts aus der Sache machte, und auch auf dem jetzt erreichten Höhenweg leicht und mühelos neben uns herging.

Olbrich aber sagte trocken und fast väterlich: „Sie müssen dann nur Ihr Herz vor großen Strapazen bewahren, die mag es nicht leiden," und meinte damit das körperliche Herz, das sie ein wenig schonhaft halten sollte; aber es fiel doch uns allen dreien ein, daß die Ausführung dieses Rates bedeuten würde, das ganze stark lebendige Menschenkind von den Gluten und Stürmen des Schicksals abzuschließen unter einer Glasglocke zahmer Vorsicht und

Selbstbewachung, wozu sich Maidi gar nicht eignete. Sie schüttelte auch den Kopf und sagte: „Schonen, würde ich nicht leben heißen," und brachte das Gespräch absichtlich auf andere Dinge. Unter anderem beschrieb sie Olbrich und mir, der ich nicht viel mehr davon wußte, als er, ihr großväterliches Haus von außen und innen, die breiten Treppen mit dem geschnitzten Geländer, den großen Vorplatz mit den Stuckdecken und den Flügeltüren, was alles deutlich von den alten Geschlechtern sprach, die sich das Haus erbaut und ausgeschmückt und die es bewohnt hatten. „Wir selbst waren andere, als sie, und nun wohnen wieder andere darin," sagte Maidi, und obgleich ihre ganze Beschreibung lebhaft und farbig gewesen war, merkte man jetzt plötzlich an ihrem Ton und Gesichtsausdruck, daß sie von Heimweh und Trauer nach dem Gewesenen ergriffen war. Sie schwieg eine Weile, und ich sah Olbrichs Augen mit bewundernder und bewegter Zärtlichkeit auf ihr liegen; Maidi konnte das aber nicht gewahr werden. Sie ging wohl in Gedanken die Treppe hinunter und durch das schmale Seitentürchen in den grünen Garten hinaus, der mir immer noch als Bild des Paradieses vor Augen schwebte. Aber lange konnte das nicht dauern; es kehrte ein heller Schein in ihre Augen zurück, und sie sagte: „Auf dem oberen Boden ist noch eine große Rumpelkammer voll schöner Sachen, die uns gehören, meinem Bruder und mir: Bilder und Geräte, Zinn- und Silbersachen, die wir besonders lieben, ein paar geschnitzte Lehnstühle und eine eichene Truhe voller Teppiche und Kissen; das alles wartet auf uns und steht jetzt im Dunkeln, denn die Fensterladen sind geschlossen. Am leidesten tun mir die schönen Bilder, die mit dem Gesicht an der Wand lehnen und die wohl gar nicht begreifen können, wo die Leute hingekommen sind, die immer so fröhlich unter ihnen herumgingen." Sie lächelte uns an, wie entschuldigend, daß sie von solchen Dingen redete, die uns vielleicht fern und fremd sein konnten, und ich wunderte mich heut zum zweitenmal über Maidi, da sie weich und fein und verletzlich war, von sehnlichem Gemüt, und nicht nur Kraft, Willen und freudige Sicherheit besaß. Aber sie war mir so um so lieber; ich konnte mich gar nicht ersättigen, sie reden zu hören und sie anzusehen, und ich wunderte mich nicht über Olbrich, dem es auch so ging, ja der sie von Zeit zu Zeit verstohlen ansah, wie ein seltenes Wunder.

Ich erinnere mich eines schönen Platzes, an dem wir einige Zeit rasteten und ein mitgenommenes Vesperbrot aßen. Maidi teilte es aus und war so heiter wie nur je, was dann uns wieder zu allerlei Scherzen und Neckereien anfeuerte, in denen die ungewohnte Rührung und Herzbewegung bald unterging. Wir saßen unter einer Gruppe von hohen, schlanken Kiefern, die eine kleine, steil abfallende Waldlichtung bekrönten. Über diese Lichtung hin ging der Blick in ein jenseitiges Flußtal, aus dem sich wieder Berge erhoben, mit dunklen Wäldern bedeckt und hinter ihnen neue Höhenzüge, blau verschleiert; es sah aus, als sollte es so in die Unendlichkeit hinein fortgehen. Der Fluß, der hier ein geringes Gefälle hatte, schien ganz still in seinem Bette zu liegen, an das sich junger Wald nahe herzudrängte; auf einer der ferneren Höhen lag ein Dorf oder ein kleines Städtchen mit Resten einer alten Befestigung, deren zerbrochene Mauern von dunklen Bäumen beschattet waren, und zwischen denen ein trotziger Kirchturm schwer und ungefüge heraussah. Das Ganze aber lag unter dem blauen Septemberhimmel in der goldensten Sonne und winkte von seiner Ferne her, seltsam verlockend zu uns herüber, so daß wir erwogen, ob wir es nicht einmal aufsuchen wollten, denn damals waren unsere Wanderfüße gelüstig nach allen Höhen und Fernen.

„Ach, ich weiß nicht," sagte Maidi, „von nahem ist es

vielleicht nicht mehr so schön, wir können uns aber von weitem alles Schönste hinter den alten Mauern denken." Sie hatte sich im blühenden Heidekraut ausgestreckt und sah, die Arme unter dem Kopf verschränkt, zwischen den Bäumen durch zum blauen Himmel auf, fing aber bald an, zu blinzeln und schloß mit einem wohlig tiefen Seufzer die Augen.

Da legten auch wir uns nieder und wenigstens ich war bald eingeschlafen.

Es war mir aber nach einiger Zeit, als ob ich im Traum einen lieblichen Gesang vernehme, der verhallen müßte, wenn ich mich rühre, und ich hielt mich auch noch auf der Schwelle des Erwachens ganz still; es war mir unsäglich wohl zumute dabei. Als ich aber dann dennoch die Augen aufschlug, sah ich Maidi ein Stückchen entfernt von uns am äußersten Rande des Abhangs stehen mit in die Ferne gerichteten Augen und hörte sie ein Lied singen in einer Melodie, die ich noch nie gehört hatte, und von der mir jetzt noch hie und da verwehte Bruchstücke in der Erinnerung anläuten, lieblich und voller Heimweh. Im Tale geisteten schon die frühen Abendnebel um den Fluß und das junge Erlengebüsch an den Ufern, die Häuser und Türme auf dem Berge aber waren von der sinkenden Sonne in rote Glut getaucht, und Maidi sang: „Du bist Orplid, mein Land, das ferne leuchtet." Aber ob sie in Wahrheit eine unsichtbare Ferne suchte und wo diese lag, wußte ich nicht, und nun kann ich sie auch nicht mehr fragen. Sie kehrte sich zu uns her und wir stiegen unsern Weg nieder, der sich bald ins Tal senkte, in die Abendschatten.

*

Solcher Gänge zu allen Jahreszeiten könnte ich noch viele beschreiben; es sähe dann aus, als ob die Zeit stillgestanden wäre, um uns eine Weile jung und heiter und schicksalslos sein zu lassen. Aber das tat sie nicht, sondern sie ging ihren gemessenen Schritt und nahm uns alle mit, jeden in sein Verhängnis hinein.

Olbrich war eine Zeitlang als der fröhlichste Kamerad bei allem dabeigewesen, und ich dachte oft mit Befriedigung, so müßte es immer fortgehen. Denn ich lebte wie ein Schlaraffe in den Tag hinein zwischen den liebsten und erfreulichsten Menschen hin und hatte dabei immer noch das Land der unbegrenzten Möglichkeiten vor mir, was mir vor allem zusagte. Maidi und Olbrich hatten diesen Ausdruck, den ich hie und da genießerisch gebrauchte, wie man einen besonderen Leckerbissen auf der Zunge zergehen läßt, von mir aufgefangen und neckten mich damit, was ich mir gerne gefallen ließ; doch hatten sie ja immerhin so viel Freiheit des Handelns wie ich, und ich sagte ihnen das auch. Maidi konnte aber bei einem solchen Gespräch aus aller glücklichen Heiterkeit heraus ernst werden und leise den Kopf schütteln, denn sie wußte gut genug, was es mit den unbegrenzten Lebensmöglichkeiten und der Freiheit auf sich hat. Das Furchtbarste konnte plötzlich wahr werden und auf dem Wege stehen unausweichlich; einzig tätig zu sein und unablässig den Schatz in sich selbst zu vermehren durch Lernen und Arbeiten, gab etwas wie eine Sicherheit.

*

Wir waren eine Zeitlang wegen anhaltend regnerischen Wetters nicht mehr ausgeflogen; jetzt hatten kräftige Winde den Boden wieder aufgetrocknet, und ich sehnte mich darnach, einen tüchtigen Marsch zu machen und zugleich einen jungen Buchenwald, den ich besonders liebte, wieder zu sehen. Denn er mußte, da es Frühling war, während des Regenwetters grün geworden sein, und ihn so im ersten Schmuck zu sehen, wollte ich mir nicht entgehen lassen. Ich

kam mit Olbrich aus einer Singstunde, und wir lenkten fast
von selber unsere Schritte an dem Haus vorbei, in dem
Maidi wohnte. „Vielleicht ist sie noch auf, und wir können
sie fragen," sagte ich; denn es war selbstverständlich, daß sie
an dem Gang teilnehmen mußte. Aber ihre Fenster in der
Mansarde des kleinen Hauses waren schon dunkel, nur
unten schien noch Licht durch geschlossene Fensterladen,
und als wir näher kamen, hörten wir ein Kinderweinen. Da
kamen auch gerade eilige Schritte hinter uns her, und als sie
uns einholten, war es Rosa, das Dienstmädchen der jungen
Pfarrerswitwe, der das Häuschen gehörte, und bei der Maidi
in Kost und Wohnung war. Sie kannte uns gut, denn sie
hatte uns schon manchesmal die Treppe zum Oberstock
hinaufgeleuchtet; besonders mir, von dem sie wußte, daß ich
Maidis Landsmann und Kindheitsbekannter war, galt ihr
halb vertraulicher Gruß.

Sie sagte unaufgefordert und etwas erregt, das Fräulein sei unten in der Kinderschlafstube. Es sei eines der Kinder erkrankt, und die Mutter sei auf zwei Tage verreist; nun habe sie, Rosa, in die Apotheke gehen müssen, um ein Mittel, das die Frau gewöhnlich anwende, zu holen, da es gerade nicht im Hause gewesen sei; das Fräulein aber sei einstweilen bei den Kindern geblieben, die ohnehin an ihr hängen, fast wie an der Mutter, oder doch wenigstens wie an ihr, der Rosa.

Ich hörte nur halb nach dem Bericht hin, da mich nur das eine daran interessierte, daß Maidi noch auf und also zu sprechen sei und sagte der Rosa, wir hätten etwas Dringendes zu fragen, worüber sie sich trotz der späten Stunde nicht besonders zu wundern schien. Sie ließ uns ins Haus und ins Wohnzimmer eintreten, und bei dem Geräusch unserer Schritte und Stimmen kam Maidi aus dem anstoßenden Schlafzimmer, um zu sehen, was es gebe. Sie hatte das kranke Kind auf dem Arm; es war in eine leichte Steppdecke eingewickelt und hatte das Köpfchen auf Maidis Schulter liegen, hob es aber auf, um uns neugierig anzublinzeln und hielt mit dem kläglichen Weinen, das wir eben noch gehört hatten, eine Weile ein, da es über dem neuen Anblick sein Übelbefinden auf kurze Zeit vergaß. Erst an Maidis erstaunten und etwas erschreckten Augen, die zu fragen schienen, was es denn so spät noch gebe, fiel es mir ein, daß der Besuch zu dieser Stunde nicht üblich sei, und ich brachte unser Anliegen schleunigst vor, um wenigstens einen triftigen Grund dafür angeben zu können. Da brach Maidi in ein herzliches Lachen aus, das mich aus der kleinen Verlegenheit erlöste, wie schon oft in ähnlichen Fällen, und sagte: „Gott sei Dank! Ich habe schon an irgendein Unglück gedacht, das ich heute nacht noch erfahren sollte; es geschehe nichts Schlimmeres als das. Wohin soll's denn gehen? Natürlich gehe ich mit, ich habe lang genug keinen frischen Wind mehr gespürt."

Das Kind hatte offenbar aufmerksam zugehört, aber nur das eine aus Maidis Rede entnommen, daß sie irgendwohin mitgehen wolle; nun brach es aufs neue in einen hilflosen Jammer aus, umklammerte mit beiden Armen ihren Hals und schluchzte: „Nein, du sollst nicht mitgehen, du sollst dableiben," welche Worte es nun unaufhörlich wiederholte in immer kläglicheren Tönen. Maidi setzte sich mit dem Bübchen aufs Sofa, bettete es bequem auf ihren Schoß und sagte tröstlich: „Nein, nein, ich gehe ja nicht fort, ich bleibe bei dir," und trocknete das tränennasse Kindergesicht mit ihrem Tüchlein, fortwährend sanfte, liebkosende Worte oder Laute halb singend und halb sprechend dabei hervorbringend, was alles miteinander unbeschreiblich lieblich anzusehen und anzuhören war. Sie hatte ein weiches, hellblaues Morgenkleid an, in dessen Falten das Bübchen lag wie in dem Mantel einer Muttergottes auf einem Altarbild, und ich hätte mich am liebsten behaglich niedergelassen, um das holde Schauspiel recht ausführlich zu genießen; es kam aber unversehens auf bloßen Füßen der Bruder des Schoßkindes aus dem Schlafzimmer gepatscht und rief zornentbrannt: „Geht doch fort, geht doch heim," denn er meinte, eben aus dem Schlaf erwacht, wir hätten den ganzen Jammer veranstaltet. Maidi zog auch den andern Hemdenmatz mit der freien Hand an sich und redete ihm zu, ins Bett zurückzukehren, es seien lauter gute Leute hier, wir fühlten uns aber dann doch überflüssig und nahmen Abschied. Das heißt, das Ganze, sowohl das Kommen, als das Bleiben und Gehen ging von mir aus, denn Olbrich hatte sich bei allem ganz als Zuschauer betragen, was sonst seine Art nicht war. Ich sah ihn, als ich ihm zum Aufbrechen winkte, am Fenster stehen, die Augen ganz versunken auf der kleinen Gruppe liegend, und ebenso versunken, wie ein Nachtwandler, gab er Maidi die Hand zum Abschied; die ganze Abmachung hatte er mir überlassen.

Auf der Straße ging er eine Weile stumm neben mir her, dann sagte er wie beiläufig: „Ich habe noch vergessen, dir zu sagen, daß der Chef mir die erledigte Stelle in der philologischen Abteilung des Verlags angeboten hat. Sie ist auf Dauer; ich müßte mich auf eine Reihe von Jahren verpflichten." „Und?" fragte ich gespannt; es war mir aber kaum zweifelhaft, daß sich der Vogel, der schon lange die Schwingen zum Weiterfliegen hob, nicht würde anbinden lassen, so verlockend manchem andern das Anerbieten gewesen wäre.

„Ach, ich weiß noch nicht," sagte er, und es war, als unterdrücke er eine heftige Bewegung, irgendeine Ungeduld oder dergleichen. „Frage mich nicht. Wenn ich es dann selber weiß, sage ich's dir. Es hängt noch von einer Sache ab, die zuerst entschieden sein muß."

Ich hätte dennoch gern gefragt, welche Sache das sei, denn es schien mir seit einiger Zeit, als trage er etwas mit sich herum, das ich wissen müsse. Er war wechselnd in seinem Wesen geworden, oft zerstreut und wie gedankenabwesend, lässig und weich im Gegensatz zu seiner sonst straffen, herrischen Art und in Gesellschaft schweigsam, was er denn mit Willen wieder alles von sich warf, um lustig und übermütig zu sein, so daß ich mich nicht recht mit ihm auskannte.

Er fing aber plötzlich an, lange Schritte zu machen und verabschiedete sich bald von mir, so daß ich nicht mehr zum Wort kam und meinen Weg nachdenklich allein fortsetzte, denn der richtige Grund für sein verändertes Wesen war mir noch nicht eingefallen.

199

Es hat mich nachher oft gewundert, daß ich so blind gewesen sei, nicht zu merken, wie er ganz in Liebe für Maidi erglüht war, und ich konnte es mir dann nur dadurch erklären, daß ich ihn bei früheren Liebessachen so ganz anders gesehen hatte: spielerisch, übermütig und in strahlender Laune, die nur freilich bald in Unlust oder Langeweile überging, da ihn noch nichts recht auf die Dauer gefesselt hatte. Aber es war auch allerdings noch keine Maidi dabei gewesen.

*

Am andern Tag sagte Olbrich über das Pult herüber, an dem wir beide arbeiteten: „Wartet morgen früh nicht auf mich, ich habe anders über den Sonntag verfügt und kann nicht mitkommen." Ich sah enttäuscht und etwas geärgert auf und hatte eine scharfe Entgegnung über seine schwankenden Launen auf der Zunge, unterdrückte sie aber, als ich sein bleiches, überwachtes Gesicht sah, aus dem die Augen in einer fremden Glut heraus brannten. „Bist du krank?" fragte ich unwillkürlich, aber er schüttelte den Kopf und lächelte mich an, wie er ganz selten tat, und wie es jedesmal mein ganzes Herz gewann.

„Armer Kerl, ich plage dich," sagte er gedämpft, daß die Herren im nächsten Zimmer es nicht hören sollten, „doch auch mich selber. Warte noch ein Weilchen, es wird dann schon wieder recht." Und ich war zufrieden und dachte, er sei ja doch mein Herzensfreund, es solle mich nichts an ihm stören; es tat mir aber leid, daß wir morgen nicht zu dreien ausflogen, denn man konnte nicht wissen, wie lang wir einander noch in der Nähe hatten.

*

Ich nahm mir vor, mit Maidi von Olbrichs verändertem

Wesen zu reden; ich wollte wissen, ob sie es auch bemerkt habe; es mußte ja der Fall sein, sie konnten es für gewöhnlich gut miteinander, ja so gut, daß ich schon manchmal mit einer kleinen Eifersucht neben ihnen hergegangen war, wenn sich ihr lebhaftes Gespräch um Dinge drehte, die mir im Leben verschlossen geblieben waren. Es hatte aber nie lang gedauert, denn Maidi spürte es immer gleich, wenn ich nicht ganz mit im Takte ging und wechselte den Schritt mir zuliebe, auch in der Unterhaltung.

Es kam aber ganz anders an diesem schönen Morgen, als ich gedacht hatte. Ich traf Maidi zwar sonntäglich angetan, aber noch nicht wandermäßig gerüstet und sagte scherzend, es sei gut, daß Olbrich nicht dabei sei, der das Warten nicht gut ertragen könne. Er gehe nämlich nicht mit.

„Ja, ich weiß," sagte Maidi, „er hat es mir mitgeteilt. Sie müssen aber heute den schönen Wald auch von mir grüßen, denn ich kann leider auch nicht ausfliegen. Ich hatte mich schon so gefreut, aber es ist nichts. Die Frau Pfarrer ist unterwegs aufgehalten worden und kommt erst morgen zurück. Und das Kind ist immer noch nicht wohl; es hat eine schlechte Nacht gehabt, und ich bin nicht ruhig, wenn ich gehe." Sie sah mich dabei lieb und klar an, aber sie war blaß und hatte dunkle Ringe unter den Augen, die freilich vom ungewohnten Schlafbrechen kommen konnten, die mich aber plötzlich an Olbrichs gleichfalls schlechtes Aussehen mahnten und einen Zusammenhang damit zu haben schienen. Wenigstens schoß mir in der großen Enttäuschung, die mir Maidis Absage schuf, und dem Ärger, den ich darüber empfand, ein ungewohntes Mißtrauen durchs Herz und eine Lust, ihr weh zu tun. Ich sagte bissig, es scheine sich ihr nicht mehr zu lohnen, mit mir allein zu gehen. Das Kind werde so gefährlich krank nicht sein, und je nachdem Leute mitgegangen wären, hätte sie es auch wohl verlassen, sie sei ja nicht seine Kinderfrau. Maidi zuckte zusammen wie unter einem Schlag, und ehe sie es verhindern konnte, schossen ihr Tränen in die Augen, was ihr wohl nicht geschehen wäre, wenn sie nicht durch Sorge und Nachtwachen übermüdet gewesen wäre. Sie fand in ihrem schmerzlichen Schreck bei meinem Überfall nicht gleich ein Wort der Entgegnung und sah mich blaß und hilflos an; aber ich spürte plötzlich eine brennende Eifersucht in mir, die mich blind machte gegen ihr rührendes Bild, denn es dünkte mich, da sie nichts erwiderte, als ob ich recht hätte und sie Olbrichs wegen zu Hause bliebe, ja es dämmerte mir, die beiden hätten sich verabredet hinter meinem Rücken, heute ohne mich beisammen zu sein, was alles mich aus blauer Luft anfiel und mich peinigte wie ein Hornissenschwarm, so daß ich alles vergaß, Respekt und schuldige Ehrerbietung sowohl als Freundschaft, Liebe und Zutrauen. Ich wußte mich gar nicht zu wehren, denn es war mir selber alles neu, und ich hätte vielleicht ungeheure Beschuldigungen, die ich innerlich erhob und zu denen ich gar kein Recht hatte, hervorgestoßen, wenn mir nicht Maidi die Hand auf den Arm gelegt und mich flehentlich angesehen hätte.

„O still," sagte sie leise und mit zitternder Stimme, „so dürfen Sie nicht reden. Es ist nicht, wie Sie meinen, es ist alles ganz anders."

Auf ihrem Gesicht kam und ging eine schnelle Röte, und es liefen ihr ein paar Tränen herunter, die sie nicht aufhalten konnte; ich sah an allem, daß sie litt, und das tat mir sonderbar wohl, denn ich litt ja auch.

Es kehrte sich aber nun mit einemmal der Stachel gegen mich selbst, denn ich mußte ihr aufs Wort glauben und war also ein Unhold gewesen, und sie konnte nun tief beleidigt sein. Da faßte ich ihre Hand, die eiskalt war, und sagte bestürzt: „Was soll ich tun? Ich habe von dem allem vorher nichts gewußt, es ist auf einmal gekommen." Denn ich meinte, sie habe alle meine Gedanken gelesen, und es wird wohl auch so gewesen sein.

Maidi zog leise ihre Hand zurück. Sie lehnte an der Wand und wartete eine kleine Weile, dann sagte sie: „Gehen Sie jetzt. Sie müssen gut von mir denken. Machen Sie einen schönen, weiten Weg." Ich sah sie verlangend an, denn es mußte noch etwas kommen, aber im Nebenzimmer rief das Bübchen: „Maidi!", und sie nickte mir noch einmal zu, ohne Kränkung jetzt, wie mir schien, gut und ernst, und ging zu dem Kinde. Das hatte es gut, denn es durfte unwillig sein und maßleidig bei Tag und Nacht, und sie blieb doch bei ihm, ja sang ihm Lieder und trug es herum, ich aber mußte gehen und meiner selbst Herr werden, es half mir niemand.

Da hatte ich nun meine Arbeit auf unterwegs. Am liebsten wäre ich heimgegangen in meine Stube, aber dort war es nicht anders als draußen, ich mußte den Tumult in mir anhören und damit aufräumen, und das war nicht leicht, vielleicht ging es im Freien doch besser damit. Es läutete auch in die Kirche, als ich durch die Straßen ging. An einer kam ich vorbei, dort hatte schon das Orgelspiel eingesetzt, und viele Menschen gingen in Sonntagskleidern durch die offenen Türen; es gelüstete mich einen Augenblick, ihnen zu folgen, denn das Orgelbrausen lockte mich an, und vielleicht konnte ich das üble Gefühl, das ich von mir selber hatte, dort drinnen los werden. Aber ich ging dann doch vorbei und kam ins Freie und in langem Ausschreiten durch ein Wiesental und über einen Bach, dessen Ränder ganz gelb von Dotterblumen waren, an den Berg und auch hinauf und in den Wald, der richtig im festlichen lichten Grün prangte und mit den grausilbernen Stämmen dastand wie eine wartende Hochzeitsgesellschaft. Es standen Blumen genug dazwischen, Knabenkraut und Leberblümchen und die lieben blauen Sterne der Szilla, die hatte ich heute wieder begrüßen wollen nach dem langen Winter und mit den Freunden den Frühling feiern. Der war auch da und war so schön wie je. Buchfinken saßen auf schwanken Ästen und riefen mir zu: „Jetzt, jetzt bin i wieder kreuzfidel," wie wir bei uns daheim ihren Schlag deuteten; und Ammern pfiffen: „d' Zit isch do, d' Zit isch do."

Aber es war alles ganz anders, als ich gemeint hatte und auch als ich sonst je erfahren hatte. Wie konnte das sein, daß man morgens aus dem Haus ging mit ruhigem und freudigem Gemüte und einen schönen Tag vor sich zu haben glaubte mit dem liebsten und feinsten Mädchen, das es gab, und daß auf einmal Brunnen in einem aufbrachen, die ein dunkles und bitteres Wasser ausströmten, und Mißtrauen das Haupt erhob, wo man einig und voller Freundschaft gewesen war? Und wo kam es her, daß man einem Menschen, dem man alles Liebe hätte antun mögen, weh tat, fast mit Lust?

Nun ging ich hier durch die lichten Hallen des Frühlingswaldes und war unglücklich genug und hätte gern jemanden gehabt, dem ich die Schuld daran hätte geben können. Aber es gab niemanden als mich selbst, und doch war mir alles fremd. Da suchte ich in mir selber, ob ich es fände, und es fielen mir ein paar Gelegenheiten ein aus meiner Kindheit, wo ich in plötzlichem Zorn einmal meine Schwester Helene geschlagen und einmal meiner Mutter ein abscheuliches Wort gesagt hatte und auch nachher unglücklich gewesen war. Meine Mutter hatte damals gesagt, ich soll mich vor dem Zornteufelchen in acht nehmen, das nur leise in mir schlafe, und hatte mich ein Verslein oder Gebetlein gelehrt, das dahin lautete, Gott solle mich zu einem frommen Kind machen oder sonst lieber gar nicht aufwachsen lassen.

Aber ich war jetzt doch da und konnte nicht wissen, was für dunkle Ungetüme noch im Untergrund meines Wesens auf ihren Augenblick warteten. Vielleicht mußte ich einmal einen Menschen totschlagen oder einen Meineid schwören, obgleich ich weder das eine noch das andere wollte, es konnte mich aber ebenso dunkel überfallen. Das Schicksal konnte es wollen, und nachher mußte ich bezahlen. Da kam ich mir schuldig und unschuldig in einem vor, es verlangte mich aber nach einer Freisprechung, und zwar durch Maidi selber, die doch den dunklen Brunnen in mir entriegelt hatte, wenn auch ohne ihr Wissen. Sie mußte mir wieder gut sein, das war die Hauptsache. Denn das fühlte ich durch alles hindurch, sie gehörte zu mir und meinem Leben; ich mußte Teil an ihr haben und durfte ihr nicht fremd werden. Es war ja schon das Ende ihres Aufenthalts in der Stadt abzusehen; dann ging sie vielleicht fort, irgendwo hin, wo ich ihr nicht folgen konnte, und gewann neue Freunde und gab sich vielleicht auch einem Mann zu eigen für ganz. Es fiel mir ein, daß sie mir von ihrer Mutter erzählt hatte, die aus Amerika glückliche Briefe schrieb, trotzdem sie den Mann unheilbar sich angetroffen hatte. Es war alles ausgelöscht, was jemals Dunkles zwischen ihnen gestanden hatte, und die Frau trug nun ihre Liebe wie eine Dornenkrone, die ausgeschlagen hat und rote Blüten trägt, so sehr war alles Geistige, Unvergängliche daran aufgeblüht.

Maidi hatte dieser Erzählung hinzugefügt, sie bitte der Mutter nun alles ab, was sie je bitteres über sie gedacht habe, denn sie sei ja einfach ihrem Schicksal gefolgt oder ihrem Herzen, was dasselbe sei, und jeder rechte Mensch müsse das tun. „Obgleich ich hoffe,“ hatte sie hinzugesetzt, „daß es mir einmal nicht so schwer gemacht wird.“

„Ja," dachte ich nun im Weitergehen, „dir wird es wohl leichter gemacht werden, denn wer einmal etwas so Köstliches zu eigen hat, wie dich, der läuft nicht mehr davon."

Aber daß ich sie selber gewinnen wolle mit allen Kräften und aller Einheit meiner Sinne und Gedanken und sie mein Herrlichstes sein lassen, für das ich arbeiten und mich höher spannen wolle, und das mir auch mehr sei als alles Äußerliche sonst, das war noch nicht in mir geboren. Ich schaute an ihr hinauf, weil sie so tüchtig und freudig und sicher war und so frei und vornehm ihres Weges ging, und es war mir wohl, wenn ich bei ihr sein und ihr alle meine Gedanken ausbreiten konnte.

Es nahm auch mehr und mehr die schöne Frau, die später in meinem Haus und Garten umhergehen sollte, ihre Gestalt und ihre Züge an und trug den schmalen Gürtel aus alter Silberschmiedearbeit, der fast immer Maidis Kleider zusammenhielt und ein altes Familienerbstück war. Das konnte ich mir alles ausdenken, aber wenn ich mit ihr einen Tag verwanderte oder einen Abend in ihrem hübschen Wohnzimmerchen war und ihren fleißigen Händen zusah, die fast immer noch etwas zu tun hatten, dann dachte ich nicht an die Zukunft, und es war alles gut und recht, wie es war.

Meistens war ja auch Olbrich dabei, und wir waren ein feines Kleeblatt, das man am besten noch lange so ließe. Aber der war von irgend etwas verscheucht und verstört, und ich hatte Maidi gekränkt und beiden mißtraut; da überfiel es mich von neuem, daß ich mich hätte ohrfeigen können und daß ich mich gern hätte trösten lassen, beides in einem. Ich schritt weit aus mit langen Schritten, als ob ich so schneller zu ihr käme, und brach ein paar hellgrüne Zweige von Buchen und Birken, die wollte ich ihr mitbringen.

Aber als ich mit sinkender Nacht müde und verlangend und doch auch gesänftigt und mit frischen Bildern gefüllt in die Stadt zurückkam und das Haus aufsuchte, in das es mich zog, sah ich unten in dem Wohnzimmer der Pfarrerswitwe Olbrich am Fenster stehen, wie am vorletzten Abend. Er kehrte den Rücken nach der Straße und sprach ins Zimmer hinein. Ich hörte gedämpfte Laute seiner Stimme und auch irgend ein Gemurmel, das ihm antwortete. Oben war es dunkel.

Da überfiel mich von neuem das grimmige und wütende Mißtrauen, als ob sich die beiden über mich hinüber zusammengeschlossen und mich ausgetan und belogen hätten. Es flammte ein roter Zorn in mir auf, durch den hindurch nur undeutlich Maidis lautere und klare Augen leuchteten, die nicht lügen konnten, und Olbrichs aufrechte und stolze Art, die sich nicht versteckte, wenn sie etwas wollte.

Ich machte ein paar Schritte auf das Haus zu. Die Tür war verschlossen, und als ich den großen Messinggriff in der Hand hatte, kam eine kalte und schmerzhafte Stimmung über mich. Ich wollte nicht hineingehen, sondern meinen Strauß an die Tür stecken zum Zeichen, daß ich dagewesen sei und alles wisse. Aber als ich das getan hatte, kehrte ich wieder um und holte ihn, und unterwegs warf ich die zarten und lichten Zweige, die schon ein wenig in sich zusammengesunken waren, auf die Straße. Ich ging auch nicht heim in meine Wohnung, sondern in ein Wirtshaus. Da saß ich allein an einem Tisch, trank Bier und nachher noch Wein, war grob gegen die Kellnerin, die ein wenig zutraulich sein wollte, und gab mich unguten Gedanken und Gefühlen kampflos hin. Zum Beispiel fiel mir wieder ein, daß beide, Maidi und Olbrich, aus einer andern Kaste

207

stammten als ich, und daß sie von Kindheit an große Vorsprünge vor mir hätten, die ich nie einholen konnte. Sie kannten die Geheimsprache, wie ich es nannte, wenn jemand im Besitz einer guten Erziehung alle Umgangs- und Lebensformen leicht und spielend beherrschte, was ich freilich auch gelernt hatte, was mir aber nicht angewachsen war. Sie aber hatten alles mit der Muttermilch und mit jedem jungen Atemzug eingesogen. Und sie hatten eine sogenannte Familie, von der man reden und die man aufzählen konnte mit guten Namen und Titeln. Vielleicht wollten sie einander heiraten, das konnte ihnen ja kein Mensch verbieten, und sie würden es mir morgen mitteilen und sagen, daß ich der Nächste dazu sein solle. Dann durfte ich dabei stehen und zusehen; das war übel und nicht auszuhalten.

Es meldete sich leise durch den Dunst und Nebel meiner Gedanken, daß Maidi oft und gern mit mir von meinen Schwestern redete, die sie gut kannte und hie und da aufgesucht hatte, und daß sie mich antrieb, ihnen oft zu schreiben und sie sogar grüßen ließ. Aber ich warf ein, daß das ein Almosen sei, welches ich nicht begehre, und daß sie immer nur, wenn wir allein gewesen seien, mit mir von meiner Heimat gesprochen habe. Das war mir sonst besonders traulich und lieb gewesen und wie ein Geheimbesitz zwischen uns beiden, aber ich war in der Stimmung, aus allem Gift zu saugen, und kam immer tiefer in einen dumpfen und bitteren Jammer hinein, in dem mir zuletzt die weggeworfenen Zweige das Jämmerlichste und Quälendste waren, da sie lebendig und ganz schuldlos im Straßenstaub lagen und zertreten wurden. Ich schrak auf, als die Kellnerin fragte, ob ich noch etwas trinken wolle. Das Lokal war leer bis auf mich, und die Kellnerin sah verschlafen aus und hoffte, ich würde gehen. Da tat ich ihr den Gefallen und zahlte, ging durch die menschenarmen

Straßen nach Hause und ins Bett, schlief und hatte unruhige Träume, und kam am andern Morgen bedrückt und armselig ins Geschäft. Da dachte ich Olbrich in Glanz und Sieghaftigkeit zu finden, wovor ich mich am meisten fürchtete. Er war aber gar nicht da, und als er den Tag über nicht kam, fragte ich die Kollegen, ob sie nichts von ihm wüßten, und einer sagte, er sei frühmorgens dagewesen und habe den Chef um ein paar Tage Urlaub gebeten und sie auch erhalten.

Es handle sich um eine auswärtige Stelle als Privatsekretär bei einem politisch großen Tier, für die er vorgeschlagen sei und die er zu erlangen trachte, setzte der Wissende geheimnisvoll hinzu; er hatte es zufällig aufgeschnappt. Für die Stelle am philologischen Verlag sei bereits ein anderer Herr vorgemerkt, Olbrich nehme sie nicht an. Da mischte sich ein anderer ins Gespräch und sagte, das alles müsse ich doch eigentlich wissen, da ich ja der intimste Freund von Olbrich sei, und ich schwieg dazu, da konnten sie denken, was sie wollten. Am Abend lag ein Briefchen von Maidi auf meinem Tisch. Ich konnte es kaum öffnen vor Herzklopfen und wartete auf irgend ein Beil, das nun auf mich niedersausen würde. Sie schrieb aber nur, ich möchte sie diese Woche nicht besuchen, da sie nicht ganz wohl und etwas überanstrengt sei und dabei eine besonders vollbesetzte Woche in der Schule habe, und fügte dann hinzu: „Ich freue mich, bis wir wieder einmal miteinander wandern, in den Frühling hinein. Es ist mir, als liege noch der ganze Winter auf mir. Maidi."

Da wußte ich mir gar keinen Vers mehr zu machen, denn es lautete nicht nach Glückseligkeit und triumphierendem Kräfteüberschwang, wie ihn die Liebe gibt, und aber auch nicht nach Gleichgültigkeit oder unvergebener Kränkung. Sondern es lag etwas auf Maidi, das sie selber tragen mußte, und vielleicht war es nur Müdigkeit, vielleicht aber auch etwas anderes. Aber sie freute sich, bis wir wieder miteinander wanderten und war lauter und klar gegen mich. Olbrich aber ging fort, und wahrscheinlich hatte ich ihm auch unrecht getan, und er hatte auch eine Last auf sich und hatte mich vielleicht bei Maidi zu finden geglaubt. Ich wußte nicht, wie ich in die ganze Wirrnis hineingeraten war und wartete sehnlich, bis mein Freund wieder komme.

Aber als er da war, schien er mir gar nicht mehr derselbe zu sein wie vorher, und ich wünschte fast, er möchte mich wieder mit wechselnden Launen quälen, zwischen denen dann doch immer wieder sonnige und goldene Augenblicke herausgeschienen hatten.

Jetzt ging er straff und stählern einher, geschlossen und gepanzert, arbeitete rastlos und wie für drei und betrieb daneben die Vorbereitungen für seine Abreise, denn er hatte die Stelle erhalten, um die er sich beworben hatte, und mußte sie bald antreten. Im Geschäft ließ man ihn ungern gehen, und doch mit der kurzen Kündigungsfrist, die er brauchte, denn er war kein Mensch, den man halten konnte. Ich aber fand mich nicht mit ihm zurecht; es schien, als ob unsere Freundschaft irgendwo begraben oder in weiter Ferne läge; ich hatte aber keine Macht, sie aufzuwecken oder herbeizuholen.

Manchmal fing ich einen Blick auf, den Olbrich zu mir hersandte, und wußte mir auch den nicht zu deuten; denn er war spöttisch oder bitter und ein wenig von oben herab. Aber ich fand nicht das Wort, ihn zu fragen: Warum siehst du mich so an, und was ist mit dir? Denn es kam mir alles verhext und verzaubert vor, und ich litt es eine traurige Woche lang. Abends war ich immer allein. Da nahm ich das eine oder andere Buch in die Hand, las eine Weile darin und stellte es wieder zurück und schrieb einmal an meine

Schwestern. Helene hatte voriges Jahr ein Kind bekommen und erwartete das zweite. Und Luise bügelte, wie immer. Ich schrieb, daß ich im Sinn habe, an Weihnachten heimzukommen, und es lief mir allerlei Anhängliches, Warmes in die Feder, was sonst kaum geschah. Dann ging ich wohl noch aus und kehrte bald wieder zurück und kam mir wie auf einem fremden Stern vor. Denn so wenig ich es schwer nahm, einmal rücksichtslos und gleichgültig gegen die zu sein, die mich liebten, und die auch ich zu lieben meinte, so wenig ertrug ich es, wenn es mir von andern widerfuhr. Am Sonntag hoffte ich, zu Maidi zu gehen und ihr alles zu sagen. Aber es kam ein Briefchen von ihr mit wenigen Worten. Sie fuhr mit der Pfarrerswitwe und den Kindern zu deren Verwandten aufs Land und kam erst Montags wieder. „Es ist ein Genesungsausflug," schrieb sie, „nun bin ich bald wieder die Alte." Ich hatte mir aber jetzt ernstlich vorgenommen, mit Olbrich zu reden; es war unwürdig und ging nicht länger, wie es war.

Da pfiff er am Samstag Abend unter meinem Fenster, ganz wie sonst. „Machst du einen Lauf mit mir?" fragte er. „Es ist so schön stürmisch." Das war es. Der Wind trieb die Wolken vor sich her und sang sein Lied in den Bäumen des Gartens, auf den jenseits der Straße der Blick aus meinen Fenstern ging. Es war eine laue und lebendige Nacht. Der Wind kam aus Südwesten, und vielleicht regnete es morgen oder auch heute noch. Ich war in einer Minute unten, und wir machten lange Schritte nebeneinander her; geredet hatten wir noch nichts; es hatte ja Zeit. „Ich denke, wir gehen aufs Schwalbennest," sagte Olbrich, als wir in einer Vorstadtstraße waren. „Das ist ein gutes Stück zu gehen und nachher ein gemütlicher Sitz in der Wirtsstube. Ich will der Friedel noch ein Andenken geben, sie hat sich immer gut zu mir gestellt."

211

Dann gingen wir wieder schweigend nebeneinander her, lange. Es ging zuerst auf der Landstraße hin zwischen Pappeln, die sich im Winde bogen und ihre langen Haare schüttelten, dann durch ein Dorf und dahinter eine Anhöhe empor. Ganz oben sah uns ein Licht entgegen; es hielt jemand eine Laterne in der Hand und ging damit um ein Haus herum, das schwach erhellt zwischen Bäumen lag. Da sagte Olbrich: „Du hast mich nicht gefragt, und es ist gut gewesen, daß du es nicht getan hast. Wir feiern aber heute meinen Abschied, und es ist mir lieb, wenn du gut an mich denkst, denn ich habe dich gern, trotz – hm, trotz manchem. Ich muß dir etwas sagen, so lang es noch dunkel ist. Ich habe Gehen oder Bleiben auf eine Karte gesetzt, und sie hat auf Gehen entschieden. Es ist aber sonst noch allerlei drum und dran, und, kurzum, es hat mich ein Mädel ablaufen lassen, das ich gern geheiratet hätte. Das hätte mir nicht passieren sollen. Es hat einmal jemand zu mir gesagt, ein rechter Mann frage da nicht an, wo er nicht sicher sei, kein Nein zu bekommen. Der hat recht gehabt. Es ist ein verdammtes Gefühl. Aber was will man machen, wenn man eine Entscheidung braucht und wenn man spürt: Die will ich, oder keine? Ich habe gemeint, es könne mir nicht fehlen. Sie will aber noch nichts vom Heiraten wissen, wie sie sagt und vielleicht auch meint. Es sei ihr noch lang wohl so. Es ist aber anders, so viel ich gemerkt habe, und es liegt ihr ein anderer im Sinn. Einer, den sie vielleicht nicht einmal bekommt, wenn ihm nicht jemand beizeiten den Star sticht. Denn er ist sonnenblind, und es muß gut gehen, wenn es gut geht mit ihm. Sie kann mir eigentlich leid tun, denn sie ist vom Kopf bis zu den Füßen ein rares Mädchen und gäbe eine feine Frau. Aber die Mädchen sind manchmal so, gerade die feinsten; sie fallen auf den Buben herein, wenn sie den König haben könnten. Na, sie müssen's ja wissen. – Da ist die Friedel mit der Laterne. Grüß Gott, Friedel! – Du, höre, drinnen reden wir dann nicht mehr davon, gelt? Es verträgt noch nicht viel bei mir."

Da gingen wir in die Wirtsstube und setzten uns an den großen Tisch in der Ecke beim Ofen, wo wir schon manchmal gesessen waren; es war da aber noch anders zwischen uns gewesen. Die schwarzhaarige Friedel trug Wein auf, wie sie es gewöhnt war, und Olbrich machte ein paar Späße mit ihr, es war aber nicht viel damit los, und er ließ es bald wieder sein. Und ich saß stumm und geschlagen daneben, denn es war ein Blitz durch eine dunkle Landschaft gefahren und hatte sie auf einen Augenblick erhellt, und ich wußte und sah alles. Ich hätte so gerne gesagt: Gelt, es ist Maidi! Aber ich durfte nicht, und es war ja auch nicht nötig, ich wußte es ohnehin. Und der Bube war ich, der König aber Olbrich. Denn er war voll hohen Selbstgefühls und von rasendem Stolz, aber er durfte es auch sein, denn er hatte Kraft und Willen und Feuer genug in sich. Und doch hatte Maidi ihn weggeschickt, und – es quoll etwas Süßes und Holdes in mir auf – meinetwegen? meinetwegen? Vielleicht täuschte er sich; sie hatte es ja nicht gesagt.

Da hob Olbrich das Glas und stieß mit mir an. „Laß das Nachdenken," sagte er. „Es kommt nichts dabei heraus. Wir wollen heute noch einmal beisammen sein, wie früher, und dann sehen, was wir aus uns machen. Vielleicht begegnen wir uns wieder, und dann sieht jeder, was aus dem andern geworden ist. Vielleicht auch nicht, denn es gibt so viele Straßen auf der Welt, und man kann immer nur eine gehen. Hör' du, da habe ich, glaub' ich, versehentlich etwas gesagt, was für dich ins Stammbuch paßt. Man kann immer nur eine Straße gehen und muß wissen, welche man will. Du denkst immer noch, es stehen einem alle offen, aber es ist nichts damit. Sondern man hat es in sich, welche recht ist und passend, und wenn man eine andere einschlägt, so muß man umkehren, falls man noch kann. Es ist meistens eine teure Sache. Ich habe anfangs gemeint, du seiest so einer, der unentwegt vor sich hin geht in der Zucht und Furcht. Aber ich denke jetzt ein bißchen anders. Denn du hast die Augen überall und willst rechts und links zu gleicher Zeit, und vielleicht machst du noch die dümmsten Streiche, wer weiß? Na, – du mußt es dann selber zahlen. Du hast auch kein rechtes Augenmaß für groß und klein, und vielleicht kommt dir bei einer Gelegenheit das Beste hinaus, wenn dein Schutzengel nicht aufpaßt."

Er sprach in einem halb ironischen Ton, den ich gut an ihm kannte, aber heute tat er mir weh. Denn wir waren nicht beisammen, wie früher, obgleich er es verheißen hatte; es stand etwas zwischen uns, das auf keine Weise zu entfernen war; es stiegen bittere Blasen in ihm auf und zerplatzten ihm auf der Zunge, und das war nun unser Abschied. Aber ich sah, daß er litt, und vielleicht hatte er auch in etwas recht gegen mich, und ich legte ihm die Hand auf den Arm und sagte: „Vielleicht wird es nicht so schlimm mit mir. Warum sollen wir uns nicht wiedersehen und voneinander wissen? Warum sollen wir uns künstlich meiden, da wir einander doch nichts getan haben? Es wird ein jeder seine Schwierigkeiten mit sich selber haben und auch seine Wegweiser. Du hast doch auch nicht aus dir selber gewußt, was du mußt, sondern hast ein Mädchen gefragt." Als ich das gesagt hatte, erschrak ich, denn er konnte nun auffahren und es sich verbitten; aber er lächelte trübe und sagte: „Ja, ja, die Liebe. Von der verstehst du noch nichts. Wir wollen einander aber nicht anpredigen, du hast recht, und auch nicht verlieren. Wer weiß, ob wir einmal froh aneinander sind, wenn jeder noch ein paar Dummheiten gemacht hat und es ihm windig zumute ist."

Wir saßen noch lange und redeten noch allerlei, aber nichts

mehr von der Liebe. Er kam in eine größere Stadt in Bayern und hatte wahrscheinlich ziemlich viel Reisen zu machen; es tat ihm leid um die alte Dame, wie er seine Mutter nannte in der Art, wie die Studenten von ihrem Vater als dem alten Herrn sprechen (sie war nämlich noch nicht alt, sondern hatte etwas mädchenhaft Zierliches im Wuchs und reiches blondes Haar). Sie vermißte ihn natürlich, und ich sollte sie besuchen; aber sie war keineswegs ängstlich, ihn von sich zu lassen, sondern machte nur den Herzbändel etwas länger, der nie zerreißen konnte. Ich war froh, ihn von dem allem reden zu hören und sagte selber nicht viel. Denn wovon hätte ich reden sollen? Ich hatte genug zu denken. Ich hätte eine ganze Nacht hindurch gehen können und hätte noch nicht alles bedacht, was in mir stürmte durcheinanderhin. Wir waren kein Kleeblatt mehr, und Olbrich ging verwundet in die Welt hinaus. Vor mir selber aber tat sich eine neue Landschaft auf, die mich entzückte und schreckte zu gleicher Zeit, weil mein Freund neben mir saß und daraus verwiesen war.

Die junge Friedel, die Nichte der Wirtin, ging mit Tränen in den Augen hin und her und setzte sich auch eine Weile zu uns, denn sie war immer gut Freund mit Olbrich gewesen, und er küßte sie zum Abschied und hängte ihr einen Achatstein an einem Silberkettlein um den Hals, damit sie hie und da an ihn denke. Da lehnte sie den Kopf an den Türrahmen und weinte leise und herzlich; wir aber gingen durch die brausende Frühlingsnacht den Berg hinunter und in die Stadt. Dort trennten wir uns; ich sah meinem Freund nach, so lang ich konnte und hörte dann noch im Dunkeln seinen Schritt hallen; es wäre mir beinahe auch so gegangen wie der Friedel. Er war in allem anders als ich und war oft schroff und launisch gegen mich gewesen; ich konnte niemals mit ihm gleichen Schritt halten, und es lag in unserer Natur und war unser Schicksal, daß unsere Wege sich trennen mußten. Aber mein Herz hing doch an ihm, und es ging ein Stück Leben und Jugend von mir fort; es blies irgendwo ein kalter Wind herein, der kam durch die Lücke, die er gemacht hatte.

Als ich in mein Zimmer kam, lag eine Karte auf dem Tisch, die war von Herrn Kasimir Hagenau, meinem alten Chef. Er war zur Messe in die Stadt gekommen und war nun dagewesen und lud mich auf morgen in sein Gasthaus zum Mittagessen ein. Da trat nun das Alte wieder in mein Leben, an das ich meiner Art nach nicht mehr sehr viel gedacht hatte. Doch hatten wir immerhin manchmal Briefe gewechselt, und ich wußte, daß Herr Kasimir eine Vorliebe für mich bewahrt hatte, die mir angenehm, aber nicht weiter verwunderlich war. Jetzt, da er wieder auftrat, freute es mich, mit ihm zusammen zu kommen, denn ich war im Augenblick etwas anerkennungs- und anschlußbedürftig, und es war doch ein gutes Zeichen für mich, daß er mich noch aufsuchte und einlud. Auch fiel es mir vor dem Einschlafen ein, daß er mich ja eigentlich seinerzeit zum Wiederkommen aufgefordert hatte, und ich war neugierig, ob er darauf zurückkommen würde. Aber das letzte, was mir in den Schlaf hinein nachging, war Maidi. Sie hatte ein grünes Kleid an und ein weißes Schleiertüchlein am Ausschnitt und lächelte mich an. Sie war ein Königskind, aber ohne Schloß und Land.

*

Herr Kasimir saß im Lesezimmer des Gasthauses hinter einer Zeitung, als ich ihn aufsuchte. Er sah noch aus wie bei meinem Abschied, nur vielleicht etwas grauer im Haar und Bart und hatte auch einen kleinen Bauch angesetzt. Als er mich erblickte, ging sein Gesicht so hell und freudig auseinander, daß es mich an den Abend erinnerte, an dem die Bitterolfschen Geschwister angekommen waren; er stand

216

auf und schüttelte mir beide Hände, so daß ich fast in Verlegenheit geriet, was ich mit all der Wärme anfangen solle, denn ganz so herzlich hatte ich mir das Wiedersehen nicht vorgestellt. Es fand sich aber, daß es bei Herrn Kasimir mit dem Andenken an seine Schwester zusammenhing, die er sehr vermißte, und die mir doch gut gesinnt gewesen war, und als die Rede auf sie kam, wurde auch ich warm und ein wenig weich, denn es stieg ein liebes und wertvolles Bild vor mir auf, wenn ihr Name genannt wurde, und es war etwas von Heimat für mich um sie her gewesen.

Herr Kasimir wischte sich ein paarmal die Augen, als er mir während der Mahlzeit ungefragt noch dies und jenes aus Fräulein Brigittens letzter Zeit erzählte, er hielt sich aber daneben doch wacker ans Essen und Trinken, so daß es mir fast komisch vorkam, ihn so die Rührung mit hinunterschlingen zu sehen. Vielleicht fing er einen unbewachten Blick von mir auf; denn ich konnte ja meine Gedanken nie verstecken, und er sagte wehmütig: „Ja, was wollen Sie, man lebt ja eben weiter, so gut man kann. Ich muß ja sagen, es kommt Ihnen vielleicht sonderbar vor: es schmeckte mir trotz alledem, wenn ich so allein am Tische saß in meinem leeren Hause, ja vielleicht mehr als früher, weil ich nicht viel anderes hatte, was mich freute oder anregte bei den Mahlzeiten. Ich bin ja auch dabei gediehen, wie Sie sehen, und stelle vielleicht das Bild eines gleichgültigen Selbstlings vor, was aber nicht ganz stimmt."

Es erheiterte mich inwendig immer mehr, mir den einsamen Mann, dem es aber dennoch trefflich schmeckte, unter den Bildern der Vorfahren mit den Perücken und Spitzenmanschetten vorzustellen, wie sie ihm alle teils mißbilligend, teils wohlwollend zusahen, bis er sich den Mund wischte und gesegnete Mahlzeit sagte. Aber nein, er hatte ja niemanden, zu dem er es sagen konnte, und nun tat er mir wieder leid, so daß Lachen und Mitleid in mir kämpften. Ich sagte irgend etwas davon, daß ich mir wohl denken könne, wie still es nun in seinen Zimmern sei, worauf Herr Kasimir halb verlegen und halb triumphierend sagte: Ja, eigentlich sei das zwar bis vor kurzem so gewesen, aber nun nicht mehr, denn seit wenigen Wochen sei seine Nichte Eleonore, die ich ja auch kenne, bei ihm eingezogen und stelle nun alles auf den Kopf, denn sie wolle ein Haus machen, was sie auch ausgezeichnet verstehe.

Das letztere sagte er mit einem halbanerkennenden Schmunzeln, wie etwa ein Vater von seinem Sohn, dem Studenten, sagt: der Tausendsasa verstehe Geld auszugeben wie ein Alter, wobei man aber doch merkt, daß das Wohlgefallen daran seine Grenzen hat.

Ich war sehr überrascht, die kühle Blonde aus dem Norden als Dame des Hauses Hagenau vorgestellt zu bekommen und fragte, ob sie auf längere Zeit dableiben werde, worauf Herr Kasimir sagte: „Ja, wohl für immer." Sie sei Waise geworden, schon voriges Jahr, und da ihr einziger Bruder als junger Jurist, der kaum mit dem Studium fertig sei, nun auch die Vaterstadt verlassen habe, um das übliche Wanderleben der ersten Dienstjahre anzutreten, so sei sie zu ihm übergesiedelt, was für beide Teile das Natürliche sei. Es kam mir aber nicht vor, als ob er ganz behaglich von der Sache rede, doch forschte ich nicht weiter darnach. Es fiel mir wieder ein, wie mühsam ich einst nach der Gunst oder vielmehr Anerkennung der jungen Dame gestrebt hatte, und es schwellte mich ein stolzes Gefühl, zu denken, daß es damit nun vorbei sei, denn ich war ein gewandter und vielseitiger Mann geworden, soviel ich von mir wußte. Ja, es reizte mich in diesem Augenblick, ihr unter die Augen zu treten und eine hübsche Unterhaltung leicht und spielend mit ihr zu führen.

Wie wenn er meinen Gedanken gefolgt wäre, sagte da Herr Kasimir: „Erinnern Sie sich eigentlich noch daran, daß wir seinerzeit so halb und halb ausgemacht haben, Sie müßten zu uns zurückkehren? Und ist es Ihnen noch so, daß Sie es gerne täten? Es würde mich freuen, wenn Sie wieder in mein Geschäft eintreten wollten. Es ist ja viel kleiner als das, in dem Sie jetzt sind, natürlich. Aber Sie wissen ja, das hat seine Vorzüge. Man ist nicht auf eine bestimmte Arbeit beschränkt, sondern übersieht das Ganze und hat es in der Hand; es ist anregender und vielseitiger, und außerdem – ich hätte eigentlich einen Plan mit Ihnen. Ich möchte es mir allmählich leichter machen und einen Nachfolger einarbeiten. Dazu hätte ich Sie im Sinn. Es hängt da so allerlei drum und dran, was sich vielleicht nach und nach einrichten ließe. Ich möchte nicht gern verkaufen und drausgehen; ich hätte lieber die Hände noch darin. Auch habe ich ungern immer wieder neue Leute. Und so weiter. Kurzum, Sie würden mir passen. Überlegen Sie es einmal. Es ließe sich vielleicht einrichten, daß Sie gar kein Kapital brauchten, sondern vorläufig bei mir angestellt wären. Später sähe man dann wieder."

Mir hing der Himmel voller Geigen. Am liebsten wäre ich aufgestanden und zu Maidi gelaufen. Denn war hier nicht wieder einmal das Zufällige oder Gefügte mein Freund? Und hatte ich nicht immer gewußt, daß es bei mir so gehe? Einfach, es lag so in meiner Lebenslinie. Daneben mußte ich natürlich dennoch ein tüchtiger Kerl sein und war es auch. Maidi hätte nur zuhören sollen: „Und kurzum, Sie passen mir." Und so weiter.

Aber sie hatte nie darauf eingehen wollen, daß etwas Glückliches irgendwoher kommen konnte, es mußte immer alles erworben sein. Was mich betraf, ich ließ mir gern etwas in den Schoß werfen. Das Haus Hagenau war vornehm, alt, angesehen und das Geschäft ein Goldgrüblein, wie ich es schon hatte nennen hören. Ich reiste mit Extrapost in meinen Gedanken. Daneben sprach Herr Kasimir weiter. „Wohnung und Tisch im Hause könnte ich Ihnen freilich vorläufig nicht anbieten; die Umstände sind nicht so gelegen dafür. Dagegen sind Sie selbstverständlich stets willkommen als Abendgast und etwa Sonntags. Ich würde mich immer freuen." Jetzt fuhr wieder er mir zu schnell. Ich hatte ja noch gar nicht gesagt, ob ich wollte. Ich war hier auch nicht schlecht angeschrieben. Auch stand mir noch die Welt offen. Ich machte ein weises und undurchdringliches Gesicht und sagte, es müsse überlegt sein. Es sei sehr freundlich von ihm und habe viel Verlockendes, indessen könne ich nicht nur so handumkehr mein Leben darauf einstellen. Im Geschäft gebe es ohnehin auch zur Zeit Veränderungen, und ich habe alle Aussicht, vorzurücken. Doch wolle ich es mir merken. Es müsse doch nicht heute entschieden sein? Nein, das müßte es nicht, doch sollte es auch nicht mehr lang hinausgeschoben werden. Und, wenn er das sagen dürfe, Selbständigkeit sei doch auch eine schöne Sache. Ja, ja, das war es; wenn er nur schon abgereist wäre, daß ich hätte zu Maidi gehen können. Es brannte mich; ich dachte in diesem Augenblick nicht an die trübseligen Tage, die hinter mir lagen, und an alles Halbdunkle, das zwischen dem letzten Beisammensein und heute schwebte, und an meinen Freund, der mit trauriger Bitterkeit und einer Herzenswunde in die Welt hinausfuhr, sondern nur an Maidis staunendes Gesicht und an meinen Triumph, und daß wir alles miteinander besprechen würden.

Aber ich mußte mich noch eine Nacht und einen Tag lang gedulden, und als ich am Montag abend zu ihr kam, war sie selber voll von einer großen Neuigkeit, die sie mir erzählen mußte. Einer der Lehrer an der Kunstgewerbeschule hatte den Auftrag übernommen, den neuen und prächtigen Landsitz eines Großindustriellen, der an einem herrlichen Platz im Gebirge lag, künstlerisch auszuschmücken, und er hatte Maidi mit noch ein paar andern Schülern und Schülerinnen der obersten Klasse den Vorschlag gemacht, ihm dabei zu helfen. Er wollte schon während des Semesters mit ihnen dahin ausrücken, da er ein paarmal in der Woche die nicht ganz kleine Fahrt in die Stadt machen konnte, um seine Stunden zu geben, und da sie ihre Arbeit als praktische Vorbereitung auf die Prüfung ansehen konnten. Maidi war voll brennenden Eifers, mir die Vorzüge dieser Abmachung auseinanderzusetzen. Sie hatte schöne Entwürfe für Vorhänge und Wandbekleidungen im Kopf, und auf dem Tisch lagen geöffnete Mappen mit Zeichnungen, die sie sich einmal für ein Kinderspielzimmer ausgedacht hatte: ein Fries mit allerlei Tieren: Schnecken, Fröschen, Käfern und Schmetterlingen, und eine Tapete mit Bienen und Hummeln, die auf Blumen saßen.

Wenn Maidi etwas Schweres durchgemacht hatte, wie ich ja annehmen mußte, so kam ihr freilich die neue Aufgabe mit allen Veränderungen und Kraftanstrengungen, die sie mit sich brachte, sehr zustatten. Sie sah auch freudig angeregt aus und kam mir höchstens etwas schmäler vor, und als ob sie in der Zwischenzeit noch gewachsen sei, was ja freilich nicht sein konnte. Ich hielt mich auch nicht mit Betrachtungen auf, sondern eilte, meine Sache auch anzubringen, und nun sangen wir wieder einmal ein Duett, in dem jedes die erste Stimme haben wollte, denn es war alles neu und wichtig, und jedes mußte dem andern zugeben, daß es vorwärts ging im Leben, und daß freilich beides am Werk sei, Glück und Verstand, aber welches am meisten, das konnte man nicht ausmessen. Der Professor hatte auch bei Gelegenheit der Abmachung gesagt, daß er für Maidi bereits eine schöne Arbeit in Aussicht habe, die sie, wenn sie wolle, sofort nach der Prüfung, die im Herbst stattfand, antreten könne. Es war die Stelle einer Lehrerin an derselben Anstalt, für die sie sich nach der Ansicht des Professors besonders gut eignen würde, und die ihr auch einen festen, wenngleich bescheidenen Grund unter die Füße gab. Das war es ja, was Maidi gewollt hatte, und ich fragte sie, ob sie dazu entschlossen sei, die Stelle anzunehmen oder sich etwa schon verpflichtet habe. Es war aber bis jetzt weder das eine noch das andere der Fall. Maidi sagte, träumerisch vor sich hinblickend, sie wolle jetzt auch einmal eine Weile das Land unbegrenzter Möglichkeiten vor sich haben, oder ob ich es vielleicht allein gepachtet habe? Bei dieser Frage sandte sie mir unversehens einen Blick zu, der mich an die alte Neckerei erinnerte, die von Olbrich und ihr mit diesem Wort getrieben worden war, und ich sagte, eifrig darauf eingehend: „Sehen Sie jetzt, wie schön es ist, wenn man alles vor sich hat, was einen freuen kann, aber immer noch frei ist, zu tun, was man will? Es ist ein so behaglicher Zustand, daß man ihn ausdehnen sollte, solang es irgend geht."

Aber es war nicht ganz das Rechte gewesen, wie ich merkte, denn Maidi sagte leise und fing an, die Mappen wieder einzupacken: „Ich habe es ein bißchen anders gemeint," und dabei wurde sie wieder einmal rot, was ich wohl sah, obgleich sie sich im Hintergrund des Zimmers an einem Schrank zu schaffen machte. Sie hatte dieses Kommen und Gehen der Farbe von jeher an sich, wie sie mir schon erzählt hatte, und ärgerte sich oft darüber, weil es das geheime Leben ihres Herzens allzu offenkundig zeigte; es war aber immer lieblich anzusehen, und ich hätte es gern häufig hervorgerufen, um sie dann betrachten zu können. Diesmal aber fiel mir mit Gewalt ein, was Olbrich mir erzählt hatte und was über all den Neuigkeiten eine Weile im Hintergrund gestanden war.

Ich sah auf einmal Maidi vor mir stehen wie ein Paradiesgärtlein, in das durchaus nicht jeder eintreten durfte, aber das in aller Stille für mich erblühte, so unbegreiflich es eigentlich war. Es wurde mir heiß dabei, aber auch seelenwohl, und ich machte unwillkürlich einen Schritt vorwärts, auf Maidi zu, denn da war kein Überlegen, ich wußte plötzlich alles von ihr und von mir; es war wie vom Himmel gefallen. Sie sah aber meine Augen, in denen das neu erwachte Leben freudig und stürmisch loderte, und beugte sich, noch tiefer erglühend, über eine offene Truhe, in die sie die Mappen legte. Das dauerte eine ziemliche Weile, dann sagte sie, ohne sich umzusehen und eifrig beschäftigt dem Anschein nach: „Jetzt wird einmal vor allen Dingen das Examen gemacht, dann sieht man weiter. Man muß sich in der Hand behalten und wissen, was man will; dann ist es immer noch Zeit, ja zu sagen." Das sollte freilich dem Professor gelten mit seiner Stelle, aber mir machte sie nichts mehr weis. Es mußte heißen: „Warte noch ein Weilchen, frage mich jetzt nichts, denn im Augenblick ist nicht Zeit dazu." Sie wollte selber etwas sein, wenn sie sich hingab, etwas Ganzes und Fertiges, denn sie hatte ihren Stolz und ihre Arbeit darangesetzt, und wer sie bekam, der mußte froh sein an ihrer Liebe und ihrem blühenden Leben und selber auch Liebe und Leben hergeben; um anderes ging es nicht bei ihr. Es war begreiflich, und man mußte ihren Willen ehren, aber so sehr ich vorhin die Freiheit gepriesen hatte, so fiel es mir doch sauer, daß Maidi sich ihrer jetzt bediente. Ich hätte sie gerne leise in den Arm genommen und geküßt und mußte mich doch still halten. Es sang und musizierte aber in mir, wie noch nie zuvor.

Darauf brachten wir noch einmal ein erträgliches Gespräch zustande. Maidi mußte schon in acht Tagen abreisen und hatte vorher noch alle Hände voll zu tun mit Vorbereitungen. Sie freute sich auf die Arbeit; es wurde ein

Gartensaal ausgemalt, dessen Schmuck, vom Professor entworfen, von den Schülern ausgeführt werden sollte. Und es gab eine heitere Gesellschaft von jungen Leuten, die zusammen arbeiteten den Sommer lang. Aber ich hatte keinen Teil daran, sondern mußte allein in der Stadt zurückbleiben, die mir öd und ausgestorben vorkam, wenn ich nur daran dachte.

Ich sagte bedrückt, am liebsten möchte ich auch gleich abreisen und meine neue Stelle antreten, es sei dann ohnehin nichts mehr hier. Da lachte Maidi und fragte mich, ob ich denn schon entschieden sei und ob ich denn nicht vielmehr noch eine Zeitlang in der schönen Entschlußfreiheit leben wolle? Und wie es dann im Herbst wäre, wenn sie zurückkäme? Da würde dann wohl die Stadt auch ausgestorben sein. Ich sagte, wie es im Herbst werde, das komme noch auf sie selber an; es müsse ja nun vor allem, wie ich habe sagen hören, das Examen gemacht werden, und sie könne dann auch immer noch hingehen, wo sie wolle. Das alles brachten wir im heiteren Ton der Neckerei vor, wie sie manchmal zwischen uns hin und her ging, aber wir waren nicht frei dabei, denn auf einmal stand Trennung und Abschied zwischen uns, und wir waren noch gar nicht beisammen gewesen. Ich machte bald, daß ich fort kam, denn ich war es nicht gewöhnt, mich zu beherrschen, und es ging zu vieles zu stark in mir um.

In der Nacht fiel es mir noch ein, daß ich Maidi am nächsten Sonntag ein gutes Stück weit begleiten konnte über einen Gebirgskamm hinüber und bis an eine kleine Station, von der sie dann an die Hauptbahnlinie gelangen und zu ihren Gefährten stoßen konnte. Ich stand auf und suchte auf der Karte und mit dem Wanderbuch den Weg und wäre am liebsten noch einmal ausgegangen, um es Maidi durchs Fenster zuzurufen. Aber es schlug zwölf Uhr, und sie war nicht Olbrich, sondern ein feines und köstliches und vornehmes Frauenwesen, das jetzt hinter zugezogenen Vorhängen schlief und nicht auf Pfeifen ans Fenster kam.

Also behielt ich meinen Vorsatz bei mir und schlief auch mit ihm ein, so daß es weiter nicht verwunderlich war, daß auch meine Traumgebilde auf Wanderfüßen gingen. Sie führten mich aber nicht in die dortige Gegend, sondern auf einen Berg bei uns daheim und auf einen grasigen Platz, wo ich folgendes Schauspiel hatte: Es stand eine hohe und dunkle Tannenfront da, die den Weg begrenzte. Die Bäume waren aufrecht und in Reih' und Glied gestellt, sie konnten sich nicht mucksen. Aber an ihnen vorbei trippelten mit zierlichen Schritten schlanke junge Birken in weißen Kleidern und mit grünen Seidentüchern, die leicht um sie herumwehten, und lachten mit ganz hellen und hohen Stimmen, so daß es mehr gesungen als gelacht war. So gingen sie an den dunklen Bäumen vorbei, die sich nicht rühren konnten. Es waren aber eigentlich Männer, die ums Leben gern die feinen Mädchen, die die Birken eigentlich waren, zum Tanzen aufgefordert hätten. Sie zwirbelten ihre Bärte mit düsteren Gesichtern und ließen die Augen herumlaufen, als wollten sie sagen: Wartet nur, bis wir dann nachher aufgewacht sind. Da wollen wir euch schon kriegen. Aber die Birken schwänzelten weiter, nur die größte und schönste blieb ruhig stehen und ließ ihre Schleier wehen. Da war es auf einmal Maidi und winkte mir mit der Hand zum Mitkommen. Aber ich konnte nicht zu ihr und sie nicht zu mir, und sie nickte mit dem Kopf. „Ich bin gewiß nicht schuldig," sagte sie zärtlich und traurig und hatte die leuchtenden Augen voller Tränen.

Wenn ich nun den letzten Tag beschreiben will, den ich mit Maidi erlebte, so zittert mir aufs neue das Herz, und ich

weiß nicht, ist es mehr die Wonne, ihn erlebt, oder die
Trauer, ihn nicht genützt zu haben, was mich im tiefsten
bewegt. Doch kann man beides nicht auseinander halten; es
ist ineinander verflossen und läßt sich nicht trennen. Auch
habe ich mir vorgenommen, mir in diesen Blättern das Wort
der Selbstbespiegelung und der Klage abzuschneiden, so oft
es sich auch hervordrängen will. Denn was mache ich
anders damit? Und liegt es nicht an mir, vergangene
Lieblichkeiten und Schmerzen, die sich stets erneuern, zu
nützen, so daß noch eine späte Ernte daraus hervorgeht?

Maidi war auf dem Weg, den sie mit leichten Schritten und
wie beschwingt neben mir beging, von der goldensten
Laune und glich so recht dem Frühlingstag, der über uns
blaute, und der alles sprossen und blühen ließ, was nur im
Lichte webte und sich drängte. Sie schwang ihren
Wanderstab wie eine glückspendende Göttin oder Fee ihr
Zauberstäbchen, und überall, wo er seine Kreise zog, lagen
Sonnenlichter auf dem Boden, wehte ein leichtes, frisches
Lüftchen um uns her und rauschten klare Brunnen oder
blühende Bäume uns entgegen. Sie war so voll freudigen
Überschwangs, daß sie jedem Begegnenden ins Gesicht sah
mit sonnigem Lachen und ihn grüßte, Mann, Weib oder
Kind, und jeder, ob es auch der griesgrämlichste Gesell
gewesen wäre, dankte ihr, freilich mehr oder minder
freundlich, und sah ihr mit zurückgebogenem Kopfe nach,
was ich alles aufs genaueste beobachtete und einheimste wie
einen Zoll, dessen Ertrag nun für eine Zeitlang meinen
Lebensunterhalt bilden mußte. Ich war ein wenig
schwermütig aufgestanden an diesem Morgen, weil mir die
nächste Zeit in gähnender Leere zu liegen schien, und
vielleicht hätte ich auf dem Weg meine sentimentale
Stimmung weiter gepflegt, aber das war nicht möglich
neben dem freudigen Leben, das erwartungsvoll in den Tag
hinein schritt und doch auch ganz hier zur Stelle war, um

nichts zu versäumen. Wir gerieten, als wir an verschiedenen Bauernhöfen vorbei, die übereinander an einem Bergabhang lagen, die Höhe erklommen hatten, und nun auf einem leicht gewellten Gebirgskamm dahinschritten, in ein trauliches und ausgiebiges Geplauder, wie wir es unter den mancherlei Stürmen der letzten Zeit schon lang nicht mehr geübt hatten, und besonders Maidi brachte alles Mögliche hervor, das sie gedacht, erlebt und geträumt hatte. Wenn ich heute noch einmal denselben Weg gehen sollte, wozu ich mich bis jetzt nicht aufgeschwungen habe, und was ich auch nicht so leicht tun werde, so könnte ich sicher noch aus der Erinnerung sagen: Das haben wir an der alten hohlen Eiche geredet, und das bei dem Wegkreuz mit der seltsamen Inschrift, dies an der Aussichtsstelle in das wildromantische Felsental, und dies, als wir an der halbzerfallenen Holzknechtshütte vorübergingen. Es wären alle diese Orte wie Blätter eines Buches, dessen Lettern im Dunkeln frisch und neu geblieben sind; aber ich brauche nicht darin zu lesen, denn ich kenne die Geschichten, die darin stehen, aus- und inwendig.

Maidi hatte auf dem Ausflug, den sie mit der Pfarrerswitwe gemacht hatte, in deren früherer Heimat einen Bauersmann kennen gelernt, einen entfernten Verwandten der Pfarrfamilie, die auch aus bäuerlichen Verhältnissen stammte. Sie mußte es dem ernsten und schweigsamen Mann, der ein Witwer war und allein mit einer alten Magd lebte, durch den Liebreiz und die offene Zutraulichkeit ihres Wesens angetan haben, so daß er ihr ein leidvolles Stück seiner Lebensgeschichte erzählte, die sie mir nun wiedergab. Wenn ich sie jetzt aufschreibe, so geschieht es, daß ein Menschenleben, das sonst wohl schon vergessen wäre oder es doch bald sein würde, noch einmal eine kleine Wellenbewegung macht auf der Oberfläche des Stromes, der uns alle mitnimmt, was vielleicht mir einmal nicht geschieht, wenn ich vergangen sein werde. Wer weiß?

Der Bauer war der ältere Sohn seines Vaters gewesen, oder vielmehr längere Zeit der einzige, und hatte sich als solcher schon im Besitz des Hofs gesehen, an dem er mit allen Eigentumsgedanken und Gefühlen hing, als nach einer Reihe von Jahren noch ein Nachzügler erschien und das ganze Zukunftsbild durch sein bloßes Erscheinen auslöschte, da in jener Gegend die Erbschaftsgebräuche dem Jüngsten den Besitz zusprachen, während die älteren Kinder anderweitig abgefunden wurden. Diese feststehende Regel umzustoßen, konnte niemandem einfallen, sie war durch das Herkommen geheiligt und wurde so wenig angetastet wie das Erbfolgerecht eines regierenden Hauses. So sah der Älteste bereits den Tag vor sich, an dem er den geliebten Hof verlassen mußte, um irgendwo anders unterzukommen, sei es durch Einheirat oder durch das Erlernen eines anderen Berufes, falls er nicht als Knecht dem Bruder dienen wollte, was ihm alles gleich schrecklich war. Er warf im stillen einen Haß auf den Bruder, den er aber so gut als möglich zu verbergen und auch zu überwinden trachtete, wovon ihm aber nur das erstere gelang, und auch das nicht immer. Der Kleine, der ein schönes und zutrauliches Kind war, hing an dem großen Bruder und ging ihm auf Schritt und Tritt nach, obgleich dieser ihn kalt und oft abstoßend behandelte; das schien ihn nur noch mehr zu reizen, sich seine Liebe zu erringen. Der Ältere wurde auch manchmal gerührt, wenn der kleine Lockenkopf sich an ihn drängte und ihn liebkoste, aber mitten drin kam wieder der Groll über ihn, daß dieser Blondkopf ihm durch sein bloßes Dasein die Heimat nehme, und er wurde von dunklen Gewalten umhergerissen, die ihn allmählich so in die Hand bekamen, daß er den Tod des Bruders wünschte.

Es begab sich nun das Unglück, daß dieser Wunsch erfüllt

228

wurde, und zwar durch seine eigene schuldig-unschuldige Hand, indem ein Gewehr, mit dem die beiden Buben spielten, und das sie für entladen hielten, losging und den Kleinen niederstreckte, ohne daß dieser noch einen Laut von sich gab. Der Große war durch diesen erschütternden Vorfall plötzlich im Tiefsten wach geworden und sah sich als den Mörder seines Bruders an, der er ja freilich auch war, wenngleich nicht mit Willen im Augenblick des Geschehens, aber hundertfältig in Gedanken und Wünschen. Er verfiel in eine schwere Gemütskrankheit, von der er nur langsam genas, und von der ihm immer ein Rest dunkler Melancholie zurückblieb, auch als er dann in den Besitz des gewünschten Erbes kam, das ihm nun ein Reichtum und eine Armut zugleich war. Er heiratete eine Bauerntochter, die ihm sein Vater aussuchte, und neben der er gleichgültig hinlebte, ohne zu sehen, daß sie ihm mit aller Frauenliebe anhing. Wenn er etwas wünschte, so war es ein Erbe, und auch diesen begehrte er nur um des Hofes willen, der nicht in fremde Hände kommen durfte. Als er nun nach einer Reihe von Jahren erschien, starb die Mutter, die mit dem Sohn die Liebe ihres Mannes zu erwerben gehofft hatte, hinweg, und auch hier war es so, daß diesem erst die Augen aufgingen, als sie ihm sterbend sagte, wie sehr sie ihn geliebt habe. Er wollte nun aber nichts mehr versäumen in seinem Leben und nahm sich vor, dem Sohn ein so guter Vater zu sein, als irgend möglich, und auch nicht mehr zu heiraten, um nicht von neuem den schweren Konflikt in ein Gemüt zu werfen, das von sich aus schuldlos ins Leben hineinging, und das hier vor ihm in der Wiege friedlich schlummerte. Aber als das Bübchen die Augen aufheben sollte, fand es sich, daß sie blind waren, und so schloß nun auch dieser teuer bezahlte Reichtum eine Armut ein. Doch blieb der Vater dennoch seinem Vorsatz getreu und lebte für den Sohn, der ein feines, zartes und reich veranlagtes Kind und trotz des großen Mangels in seinem Dasein von einer

sonnigen Heiterkeit war, wovon der Vater manche Züge zu
erzählen wußte. Die Sonne habe der Blinde, der sie nur vom
Hörensagen kannte, innig geliebt und Gesicht und Hände
ihren Strahlen ausgesetzt, auch die Arme ausgebreitet, um
sie zu umfangen, und wenn sie nicht gekommen sei, so habe
er sehnlich auf sie gewartet. Wie die meisten Blinden war er
musikalisch und spielte mit seinen feinen, beweglichen
Händen leise, träumerische Melodien auf dem Harmonium,
das der Vater ihm kaufte, so daß es rührend und erbaulich
anzusehen und zu hören gewesen sei. Er habe auch eine
sonderbar wohlklingende, weiche und doch volle Stimme
gehabt, die schon beim Sprechen wie eine Melodie gewesen
sei. Mit dieser Stimme habe er Menschen und Tiere
gewonnen, so daß er aller Liebling gewesen sei. Gerade diese
Stimme sei aber auch sein Verhängnis gewesen, wie denn
(wie der nachdenkliche Bauer sagte) jeder sein Schicksal und
auch seine Todesart in sich trage, er brauche nicht viel
hinzuzutun.

Es war nämlich auf dem Hof ein wilder, störrischer und
gefährlicher Zuchtfarren, den zu bändigen, wenn er in der
Hitze war, niemandem gelingen wollte, so daß man schon
verschiedene Male seinen Tod beschlossen hatte und ihn nur
immer wieder behielt, weil er von vorzüglicher Rasse und
zur Zucht besonders geeignet war. Wunderbarerweise
ereignete es sich, daß, als der kleine Blinde einmal in die
Nähe kam und vor den Augen des entsetzten Vaters auf das
um sich stoßende Tier zuging, ehe dieser es hindern konnte,
der Bulle durch die sanfte und helle Kinderstimme beruhigt
wurde und sich sogar von den kleinen Händen streicheln
und führen ließ. Das alles war noch nie erhört und ging
von Mund zu Munde, so daß das blinde Bübchen eine Art
Sehenswürdigkeit wurde und zum Wundertun ausersehen
von vielen, denen das, was da und wirklich war, noch nicht
genügte, sondern nur ein Angeld und eine Verpflichtung

auf Ferneres schien.

Diese kamen aber nicht auf ihre Kosten, sondern als man das blinde Kind nach öfterem Gelingen des seltsamen Versuchs allmählich mit dem Stier umgehen ließ wie mit einem gänzlich unterjochten Feind, ohne genaueste Aufsicht, wurde es zur bösen Stunde von ihm totgedrückt. Es habe noch einen hellen Aufschrei getan und sei tot umgefallen. Der Stier aber sei darauf in solche Raserei geraten, daß man ihn schleunigst habe erschießen müssen; er sei mit einem dumpfen Brüllen in sich zusammengestürzt und habe also leben müssen, bis er sein Werk getan habe.

Das alles habe der Bauer als etwas jetzt Fernliegendes und doch stets Gegenwärtiges ruhig und mit tiefer Stimme erzählt und dabei mit seinen stahlblauen Augen unter weißen, buschigen Brauen wie in eine große Weite gesehen. Maidi habe ihn teilnehmend gefragt, ob er sich vielleicht damals wieder habe Vorwürfe machen müssen, daß er den Stier nicht früher erschossen, das Kind nicht ängstlicher behütet habe. Darauf habe er erwidert, nein, sondern es sei ihm auf einmal aufgegangen, daß alles geschehe, wie es sein müsse, doch aber so, daß der Mensch trachten müsse, aus aller seiner Schuld und dem Bösen, das in ihm sei, und aus dem Unglück, das ihm widerfahre, wenn auch durch eigene Mängel, das Beste zu machen und noch etwas zu tun oder zu werden, was ohne das nicht geschehen wäre. Man dürfe sich natürlich den Schmerzen, die das alles mache, nicht entziehen wollen, denn dann geschähe erst das eigentliche Unglück, ja das Verderben, nämlich das Versinken in Stumpfheit und Gleichgültigkeit, worin dann die Seele ersticke. Ihn habe das schwere Leid seines Lebens aus dem Niederen erlöst, und er beklage sich nicht. Vielmehr habe er Gott von Angesicht gesehen und seine Seele sei genesen.

Das alles erzählte Maidi mit der staunenden Verwunderung,

mit der sie es das erstemal mochte vernommen haben, und setzte leise erschauernd hinzu: „Ach, wenn es doch anginge, daß man, ohne schuldig zu werden und ohne solche Abgründe in sich und im Leben zu entdecken, dennoch ein guter und gottgefälliger Mensch werden könnte! Denn das möchte ich, aber vor Schmerzen und besonders vor solchen, die aus eigener Schuld kommen, fürchte ich mich entsetzlich." Sie sah mich fragend und von plötzlicher Kümmernis befallen an und sah dabei so unendlich unschuldig und lieblich beseelt aus, daß ich, obgleich mir ähnliches durch den Sinn gegangen war, doch eifrig und hingerissen versicherte, es gebe auch Menschen, die ganz lauter und schuldlos durchs Dasein gehen, und die man gerade wie sie seien lassen müsse als Beweise des Guten an sich und als Herz- und Augenweide für die andern. Das alles wußte ich zwar nicht aus Erfahrung, aber es fiel mir ein, es zu sagen, und ich mag Maidi dabei entzückt und belehrend zugleich angesehen haben, so daß sie, die ein so starkes Gefühl für das Komische hatte, plötzlich anfing, zu lachen und, aber mit einem kleinen Seufzer dazwischen hinein, sagte: „Ach, ich glaube, wir müssen es abwarten. Sagen Sie aber noch mehr solche weisen und angenehmen Sachen; sie freuen mich inzwischen, bis ich dann sehen werde, wie es weiter geht."

Wir kamen aber beide noch nicht so schnell von der Geschichte weg und hielten uns besonders damit auf, uns das Unglück des Blindgeborenseins so recht innig vorzustellen, um dann desto wonnevoller unsere hellen Augen in der lichten Welt herumzuschicken, deren Höhen und Weiten vor uns ausgebreitet lagen. „Ich will es einmal versuchen," sagte Maidi träumerisch, „mir vorzustellen, ich sei blind. Nur eine kleine Weile, fünf Minuten lang. Freilich hätte ich dann immer noch viel vor dem blinden Bübchen voraus, das die schöne Welt nie gesehen hat, während ich mir dreiundzwanzig Jahre lang Vorrat gesammelt hätte für dunkle Tage."

Sie schloß die Augen und ging mit tastend ausgestreckten Händen, deren eine ich als Führer erfaßte, auf dem moosigen Pfad weiter, während sie offenbar alle Qualen eines, der das Licht nie mehr sehen kann, sich vorzutäuschen suchte, denn ihr Gesicht wurde merklich blässer, und ihre blühenden Lippen zitterten. Sie atmete hörbar und fragte nach einer kleinen Weile: „Sind denn die fünf Minuten noch nicht um?" Es waren aber erst zwei, und ich riet ihr, doch die Augen aufzumachen, da es schad um jeden Augenblick sei, den man sich trübe. Aber sie schüttelte den Kopf und wollte ihren Vorsatz durchführen, und dabei faßte sie meine Hand fester, um einen sicheren Halt zu haben. Ich aber sah ihr voll in das liebe und schöne Gesicht, und es zog mich unsäglich, es zu küssen, jetzt, da die Augen nicht darüber wachten. Aber ich durfte es nicht tun, und aus Rache und um mein Vergnügen bei der Sache zu haben, schlug ich mit der vorsätzlich Blinden einen düsteren Seitenweg ein, der schmal und dunkel zwischen hohen Tannen hinging, so daß sie, als ich nun den Ablauf der fünf Minuten ausrief, entsetzt die aufgeschlagenen Augen im Halbdunkel umhergehen ließ und vielleicht in den ersten Sekunden fürchtete, zur Strafe für das Spiel mit der Blindheit nun an den Augen gelitten zu haben. Es ging zwar diese Angst gleich vorüber, aber Maidi sagte, als sie wieder im vollen Lichte stand, tief atmend: „Ich tue es nicht mehr. Es ist zu schrecklich. Ich habe es alles durchgelebt in den paar Minuten und dabei das Gefühl gehabt, ich sei selber schuldig, so daß ich nun schon ein bißchen weiß, wie es ist, wenn man ein schlechtes Gewissen hat im Unglück." Sie breitete wie zur Entsühnung ihre Arme aus und hob die beiden und auch das Gesicht der vollen Sonne entgegen, wie um sich dem Licht wieder in die Arme zu werfen, das sie einen Augenblick verleugnet hatte. Da sah ich erst, wie gesund, unverstellt und lauter sie von Grund aus war, und spürte mit einer zornigen Verlegenheit, wie wenig ich selber neben ihrer klaren Einfachheit bestehen könne. Ich hatte freilich auch schon oft genug ein schlechtes Gewissen gehabt, aber die Ursachen dazu hatten anders ausgesehen.

Wie nun Maidi ihre Hände ausreckte und eine kleine Weile in der sonnigen Helle badete, kam ein schöner Zitronenfalter durch die Luft dahergetaumelt und setzte sich auf das ausgebreitete, rötlich durchleuchtete Stück Leben, das er für eine schöne Blume halten mochte. Er blieb auch ruhig sitzen, als Maidi entzückt und vorsichtig ihre Hand zurückzog, und ließ sich ein Stück weitertragen, flog dann auf, um zwischen den Bäumen umherzuwirbeln, und kam noch einmal an seinen wandelnden Ruheort zurück, bis er an einer blühenden Waldwiese seine rechte Heimat und Atzung fand. Dieses kleine Erlebnis gehört zum letzten, dessen ich mich von dem sonnigen Tag entsinne. Unser Weg neigte sich abwärts, und wir sahen schon von weitem die Schienen der Eisenbahn in der Sonne blitzen und hörten das Fauchen der Schnellzugslokomotive, die an der kleinen Station vorüberjagte. Wir stiegen den schmalen, trockenen Fußweg hinunter, neben dem schon der Ginster zu blühen anhob, hörten Lerchen singen und sahen weiße Wolken im Blauen dahinziehen und erschraken plötzlich vor der Nähe des Abschieds, denn es war auf Monate, wie wir meinten, und schon das schien uns lang genug. Ich beklagte mich plötzlich wieder über den leeren Sommer, den ich vor mir hatte; und Maidi sagte: „Aber wir haben ja doch beide unsere Arbeit." Sie meinte etwas Tröstliches damit zu sagen, und zwar, wie ich wohl sah, so gut für sich als für mich. Aber sie forderte meinen Widerspruch dadurch heraus, denn es konnte kein Vergleich sein zwischen uns, da sie ihre Arbeit liebte und die meinige mich gleichgültig ließ, und da sie außerdem Maidi bei sich hatte, die ich entbehren mußte. Das brachte ich ein wenig störrisch heraus, denn es war mir in der Tat nicht freudig zumute, aber Maidi fing über die letztere Begründung so hell und sonnig an zu lachen, daß ich wider Willen, wenn auch etwas knurrig, mitlachte, und in diesem Augenblick kam der Zug, der an der kleinen Station ganz kurz anhielt, so daß Maidi noch lachend einstieg, so wenig es ihr vor ein paar Minuten drum gewesen war. Ich brauche manchmal eine Weile, bis ich den Grund einer Fröhlichkeit erfasse, die ich an andern sehe und höre; es ist dies bei mir, was man eine lange Leitung nennt, und so merkte ich erst, als Maidis helles Gesicht und flatterndes Tüchlein undeutlich zu werden und zu verschwinden begann, daß ihr Lachen vom hohen Glück selber eingegeben war; denn ich hatte ihr in meiner augenblicklichen Verdrießlichkeit deutlicher als es sonst meine Art war, gezeigt, wie köstlich es mich dünkte, bei ihr sein zu dürfen.

*

Ich kehrte nun allein in die Stadt zurück; es dünkte mich
aber, als hätte ich nicht mehr viel darin verloren, und ich
fing ernstlich an, mich zu besinnen, ob ich im gleichen Trab
weitermachen oder Herrn Kasimirs Vorschlag nun ehestens
annehmen solle. Es sprach eigentlich fast alles dafür; nur
war es mir, als sei ich, wenn ich in das alte Haus
zurückgehe, dann für alle Zeit dort angebunden, und der
rosenrote Nebel, in dem mir stets die Zukunft gestanden
war, verflüchtigte sich dabei, um einem nüchternen
Tageslicht Platz zu machen. Es gab keine Fernen und Weiten
mehr, wenn mich eine scharf umrissene Wirklichkeit umgab,
und vielleicht war die Erfüllung lange nicht so schön, als die
Träume von allen Möglichkeiten. Ich dachte hin und her,
überlegte, beschloß und verwarf wieder und kehrte immer
wieder in meinen Gedanken zu einem lieblichen Spielzeug
zurück: zu unserer Gemeinschaft, Maidis und meiner.

Ich war nun sicher, daß sie mich liebte, und es war
unsäglich schön, rückwärts blickend einen Beweis um den
andern zu finden. Ein gutes Wort, einen überraschten Blick,
ein helles Erröten; ich hatte nicht so darauf geachtet, so
lange ich immer neue, schöne Dinge bei ihr fand. Nun, da
ich vom Vergangenen zehren mußte, wurde mir eins ums
andere klar und beweiskräftig. Es war, wie wenn beim
Einnachten ein Stern um den andern aus dem Dunkel
taucht, bis allmählich die ganze lichte Schar zu Häupten
steht, so daß man nicht mehr an sie zu glauben braucht,
sondern von ihrem Glanz beschienen wird. Ich versuchte,
mir vorzustellen, wie es in Maidi aussähe. Vielleicht hatte sie
mit Staunen und zuerst mit Unwillen einen Riß in dem
festen Gefüge ihrer Pläne und Vorsätze entdeckt und ihn
auszubessern oder zu verkleben gesucht durch vermehrten
Eifer und größere Hingabe an ihre Arbeit. Und doch immer

wieder aufs neue schien der goldene Tag zu neuen Fugen und Spalten herein, so daß sie sich nicht mehr anders zu helfen wußte, als daß sie ihn einließ. Ich dachte mir aus, wie es bei Olbrichs Werbung zugegangen sei, und wie sie da nur mühsam verborgen habe, daß sich ihr Herz mir zuwende, so daß es ihm, dessen Blicke durch die Leidenschaft geschärft gewesen waren, unausgesprochen klar geworden sei. Alles das machte, daß mir nicht nur Maidi immer lieber wurde, sondern auch, daß ich vor mir selber gewann, da solch ein feines Wesen sich mir zuneigte und mich andern vorzog.

Ich zögerte noch, wie gesagt, mich über die Zukunft zu entscheiden, denn ich war nicht mehr frei und unbeladen wie früher. Ging ich, so fand mich Maidi im Herbst nicht mehr, wenn sie zurückkam; blieb ich aber, so ließ ich die erwünschte Gelegenheit zum schnellen Vorwärtskommen hinaus, und um nicht das eine oder andere erwählen zu müssen, flüchtete ich mich immer wieder in meine leichten Wonnen und Schmerzen hinein, da ich ja morgen oder übermorgen immer noch tun konnte, was ich wollte.

In dieses Schwanken hinein kam ein Brief von Herrn Kasimir, der auf einmal dem Zünglein der Wage einen Stoß gab, so daß es sich zum Gehen neigte. Er fragte mich dringlich nach meinen Entschlüssen und bat, ich möchte mich rasch entscheiden, wenn ich auf seinen Vorschlag einzugehen gedenke; er habe geschäftliche und andere Gründe, die Veränderungen, die er im Sinn habe, in möglichster Bälde vorzunehmen. Die Energie, mit der er auftrat, steckte mich an; ich ließ plötzlich alles Hin- und Herdenken fahren und schrieb ihm, daß ich komme, da ich eigentlich keinen schwerwiegenden Grund dagegen hatte. Es war mir aber, als ich den Brief mit meiner Zusage in den Kasten gesteckt hatte, nicht ganz wohl bei der Sache aus irgend einem dunklen Gefühl heraus. Ich besann mich, was es wohl sein könnte und hatte, wie ich damit einschlief, in der Nacht einen wunderlichen Traum.

Es ging nämlich meine Tür auf, und ein Unbekannter kam auf mich zu und setzte sich auf meinen Bettrand, mich unverwandt ansehend. Unter seinen Blicken wurde es mir sehr unbehaglich zumute, und ich fing an, damit er etwas von seiner Starrheit verlieren möge, ihm, obwohl ungern, von mir zu erzählen. Ich sagte aber lauter furchtbare Dinge, die ich getan hätte oder zu tun im Begriff sei, und konnte kaum atmen vor Angst und Grauen. Er sah mich immerfort ernst und aufmerksam an und sagte dann kopfnickend: „Da will ich dich lieber gleich totschlagen," und er tat es auch.

Dieser Traum lag schwer und bedrückend auf mir, als ich zu mir kam. Ich schüttelte ihn aber ab und hatte auch in dem erlangten Wachsein ein, wie ich meinte, scharfes und klares Denkvermögen, in dem ich beschloß, nun einmal ohne nutzlose Quälerei einen Schritt um den andern zu tun. Maidi, mit der mir der dumpfe Druck zusammenzuhängen schien, den ich immer noch nicht ganz los war, – Maidi hatte sich ja selber alle Freiheit vorbehalten und sie auch mir gelassen.

Ich wußte mich liebend und geliebt und dennoch frei, und wenn ich eines Tages zu ihr kam, um sie an mich zu binden, so würde sie, daran zweifelte ich nun nicht mehr, sich mir nicht versagen. Inzwischen baute ich an der Zukunft und ging guten Verhältnissen entgegen, die ich schon ausnützen und immer besser ausgestalten wollte; es war nicht einzusehen, was Beklemmendes um den Weg sein sollte.

Auf einmal fiel mir auch noch das Fräulein Bitterolf ein, der gehörig zu imponieren ich mir schon jetzt vornahm, und deren erstaunte Augen, wenn ich einmal mit Maidi vor ihr erscheinen würde, mir heute schon Freude bereiteten. Aber, wie war denn das? Sie wohnte ja in dem alten Hause, das ich selber beziehen wollte? Zog sie denn mit Herrn Kasimir aus und ließ uns hinein? Aber es gehörte ja nicht mir, und ich konnte es auch nicht kaufen. Und es fiel ihnen auch nicht ein, auszuziehen. Da waren schon wieder neue Fragezeichen, und es eilte mir auf einmal, sie aufgelöst und beantwortet zu sehen. Ich traf meine Vorbereitungen zum Weggang, zu dessen Beschleunigung Herr Kasimir alles beitrug, was in seinen Kräften stand, so daß er ziemlich rasch geschehen konnte. Ich feierte allerlei Abschiede mit allerlei Genossen und schied von ihnen als einer, der auszog, sein Glück zu machen.

Und nichts und niemand sagte mir, daß ich von meiner besten und glücklichsten Zeit Abschied nehme, und daß ich einmal in sie wie in ein verlorenes Paradies zurückschauen werde von vergeblicher Reue gepeinigt.

Als ein Mannhafter und Freier glaubte ich in alte Stätten zurückzukehren, um mir dort ein Leben zu bauen, das meiner würdig und voller Reichtum von außen und innen sei, und wußte nicht, daß ich in mir selber gefangen sei, unfrei zu sein und zu handeln, den Gesetzen nach, die sich mein selbstisches Ich geschaffen hatte eine ganze Jugend hindurch.

*

Als ich wieder in das alte Haus eintrat, schien mir zuerst alles eng, niedrig und kleinlich zu sein. Ich hatte ein Gefühl wie ein Primaner, der probeweise wieder einmal seine langen Glieder in das winzige Bänkchen der Vorschule klemmt und nicht glauben kann, daß er jemals darin sich habe rühren können. Doch dehnte sich vor meinen Augen, was nur scheinbar so eng gewesen war. Ich sah, daß in den beschränkten Räumen, in denen nur wenige Menschen sich regten, dennoch alle Fäden zusammenliefen, die der menschliche Geist gesponnen hat, und von ihnen wieder hinausgingen in menschliche Herzen und Gehirne, so daß wir eine Art von geistiger Speisekammer oder Apotheke für die Stadt waren, die noch dazu Rat und Anweisung von uns empfing, während das groß angelegte Unternehmen, in dem ich bis jetzt tätig gewesen war, nichts von persönlichem Verkehr mit den Menschen gestattete, sondern wie ein Meer in Flut und Ebbe die Ströme der geistigen Produktion anzog und wieder ausstieß, ohne sich darum zu kümmern, wo der Segen schließlich landete.

Es kam mir aber noch eine andere Seite des beschränkten Arbeitskreises bald zu paß, als ich mit steigendem Behagen bemerkte, wie gut es mir tauge, Lenker und Leiter eines, wenn auch mäßigen Reiches zu sein, nachdem ich dort nur ein Rad in dem großen Getriebe gewesen war. Es ging mir wie Cäsar, der lieber auf jenem Dorfe der erste, als in Rom der zweite sein wollte. Die alte Garde war in den Jahren meines Fernseins stark zusammengeschmolzen, da der Buchhalter gestorben und seinem Freund, dem ältesten Gehilfen, ein kleines Erbe zugefallen war, das er stracks benützt hatte, sich ein freikommendes Buchlädchen in einer naheliegenden Kleinstadt zu erwerben. Nur Herr Frerichs und der rotbärtige Giller, der jetzt die Bücher führte, waren noch alte Bekannte, denen ich mit einer leichten Verlegenheit gegenübertrat, da sie doch geholfen hatten, mich zu meinem Beruf vorzubilden, und ich ihnen jetzt vorgesetzt war. Frerichs begrüßte mich mit der kindlichen Freundlichkeit, die sein trockenes Gesicht je und je durchsonnen konnte, und schien nichts gegen den Wechsel der Dinge zu haben. Ich fragte ihn, ob er wieder etwas geschrieben habe, da lächelte er freudig und verschämt und sagte flüsternd: „Ja; und diesmal ist es etwas nach dem Leben," worauf er mich erwartungsvoll ansah, bis ich sagte, ich wolle es einmal lesen. Damit war die Freundschaft wieder geschlossen, und ich hatte bei ihm die Bahn frei, während mir von Giller etwas Feindseliges zu kommen schien, nach dem ich aber nun gerade nichts zu fragen, sondern ganz als Herr aufzutreten beschloß, da ich es ja nun einmal zu werden im Begriff sei. Freilich hätte es mir noch viel mehr getaugt, Besitzer, als nur angehender Geschäftsführer zu sein, und ich zerbrach mir vergebens den Kopf, wie das zu machen sei, fand aber keinen Rat dazu.

Auch wartete ich täglich darauf, daß Herr Kasimir mir mitteile, was für dringende und eilige Gründe ihn bewogen hatten, mich schnellstens herbeizurufen. Ich legte mich mit allen Kräften ins Zeug, um ihm zu zeigen, daß ich etwas von den Sachen verstehe, und nahm ihm mit ungeduldigem Eifer eine Funktion nach der andern aus der Hand. Das ließ er auch eine Zeitlang stillschweigend geschehen, mich, wie es mir vorkam, wohlgefällig betrachtend, bis er eines Tages seine endlichen Absichten vor mir ausbreitete.

Oder vielmehr geschah es eines Abends, als wir miteinander von dem schönen Garten in halber Bergeshöhe herabstiegen, den er sich vor kurzem gekauft hatte, um, wie er sagte, als halbalter Privatmann noch etwas zu tun zu haben, wenn ihm nun die Jugend über den Kopf wachse.

Es stand ein hübsches steinernes Gartenhaus an der höchsten Stelle des Gartens, groß genug, um einem nicht zu anspruchsvollen Einsiedler als Wohnung zu dienen, wenn er sich zurückziehen wollte, und mit herrlichem Ausblick auf Stadt und Flußtal mit Bergen und Wäldern.

Aus einem kleinen, heiter ausgemalten Gartensälchen im Erdgeschoß gelangte man auf eine große Terrasse, deren Geländer mit Reben bewachsen war und die aussah, als ob schon manche fröhliche Gesellschaft sich auf ihr versammelt hätte. Sie war auch jetzt schon wieder zu demselben Zweck eingerichtet, und auch heute war ziemlich viel Jugend droben versammelt gewesen und teilweise noch versammelt, als schon die ersten Sterne aus dem dunkel werdenden Himmel auftauchten.

Fräulein Bitterolf – von der ich nun anfangen muß, zu reden, da sie sich nicht mehr verschieben läßt – verstand es in der Tat gut, ein Haus zu machen, wie mir Herr Kasimir schon im voraus erzählt hatte. Sie hatte sich nicht sehr verändert, seit ich sie das erstemal gesehen hatte, wenigstens kam es mir so vor. Sie war damals älter gewesen, als ihre Jugend es wollte, und hatte einst dargestellt, was sie heute war: eine gewandte, sicher auftretende Dame von klarem, kühlem Wesen und von ziemlich großen Ansprüchen an das Leben und die Menschen, dabei aber anziehend (wenigstens für mich, aber wie ich sah, auch für andere) durch die vornehm-überlegene Gelassenheit, mit der sie alles handhabte und allem gegenübertrat, und die zu beobachten es mich immerfort reizte. Ich hätte sie einmal mögen aus der Fassung kommen sehen, hilflos oder zornig erregt, oder auch von einem warmen Gefühl durchglüht, so sehr, daß sie es nicht gleich in einem geordneten Register untergebracht hätte. Sie hätte dann überaus anziehend aussehen müssen, denn das Material dazu war vorhanden in gut geschnittenen Zügen, schönen Farben und Formen, dem allem nur eine stärkere Belebung fehlte. Ich mißtraute aber, ob sie diese vielleicht nicht in sich habe und nur verberge, und strich daher fleißig um sie herum, um den Augenblick nicht zu verpassen. Von der verlegenen Scheu meiner halben Knabenjahre war nichts mehr übrig geblieben, das hatte ich mir richtig prophezeit, dagegen merkte ich nicht, was ich jetzt weiß, daß an ihre Stelle eine andere Schwäche getreten war, die ihren Ursprung in derselben Wurzel meines Herkommens hatte, nämlich die Sucht, ihr mein gesellschaftliches Fertiggewordensein unter die Augen zu rücken und sie zur Anerkennung desselben zu nötigen. Sie war auch in ihrer Weise freundlich und sogar ein wenig vertraulich gegen mich, nahm mich hie und da zu kleinen Diensten in Anspruch und unterstützte Herrn Kasimirs Aufforderung, daß ich viel im Hause verkehren möge, auch ohne daß Gesellschaft da sei, so daß ich mir als Günstling vorkam und mir nicht wenig darauf zugute tat. Wenn wir dann in dem großen Wohnzimmer unter den Familienbildern beisammen waren, und Fräulein Bitterolf den Platz einnahm, den sonst Brigitte Hagenau innegehabt hatte, so schien sie mir etwas von der feinen Fraulichkeit, die die Verstorbene ausgestrahlt hatte, an sich zu haben, nur daß sie bei ihr verschlossener und gehaltener war, aber nicht weniger anziehend. Ich dachte, sie werde die Anlagen dazu in sich haben, und es komme nur auf die richtigen Umstände an, daß sie sich entwickeln könnten, was alles mit Maidi zu bereden es mich immer aufs neue antrieb. Doch kam es mir nicht in den Sinn, ihr darüber zu schreiben, sondern es war mir, wenn ich im Geiste lange Reden bei ihr vorbrachte, als wisse sie nun alles und es fehle mir nur der Widerhall.

Auch kam es immer bald wieder anders, und das hätte ich ihr ohnehin nicht geschrieben. Nämlich in Gesellschaft war das stolze Fräulein unversehens wieder kühl und unnahbar gegen mich, ließ sich in feiner und selbstverständlicher Weise von andern den Hof machen, ohne übrigens gefallsüchtig zu wirken, unterhielt sich leicht und gewandt über alle erdenklichen Dinge, und das mit Professoren, Studenten oder älteren Damen, wie es sich begab, und handhabe die Geheimsprache, wie ich es nannte, in einer Weise, die mich zugleich entzückte und zornig eifersüchtig erregte. Ich hatte nun die Gesellschaft, die ich mir immer gewünscht hatte, in ausgiebiger Weise und war in sie

243

eingereiht durch Herrn Kasimirs ganz selbstverständliche und unauffällige Vermittlung. Es ebnete sich alles für mich, ohne daß ich einen Finger dazu zu rühren brauchte, und doch stand mein unersättliches Verlangen immer nach mehr.

Ich dachte viel an Maidi und sehnte mich oft nach ihr, die mir hie und da mitten aus aller freudigen und gedeihlichen Arbeit heraus Grüße schickte, aber daneben nahm die Gegenwart mich mehr und mehr gefangen, so daß ich oft Mühe hatte, mir ihr Bild vor Augen zu stellen und manchmal ihre Gestalt, ihr Kleid oder sonst etwas sah, aber nicht das Gesicht oder im Gesicht nicht die Augen, was mich wunderlich quälte.

An diesem Abend hätte ich sie gern dabei gehabt oder vielmehr sie als von weitem zusehend und hörend gewußt, weil es sich traf, daß ich eine gute Figur machte, wie noch kaum einmal, und ich ihr das hätte triumphierend vorweisen mögen.

Es war ein junger Arzt in der Gesellschaft, der in einer der Kliniken der Stadt als Assistent angestellt war. Ich kannte ihn von früher her aus der Zeit, da die Geschwister Bitterolf zum erstenmal in der Stadt gewesen waren, und wo er an der dortigen Universität studiert hatte. Er hatte sich damals eifrig um die Gunst des Fräuleins Eleonore beworben und es gut mit ihr gekonnt. Seither hatte er sie auch in ihrer Heimat aufgesucht, wie ich erfuhr, und setzte nun, da sie beide wieder in derselben Stadt lebten, den Verkehr mit ihr fort in einem Ton, der mir von Maidi und mir her geläufig war, halb kameradschaftlich, aber mit einem kleinen Anklang von Zärtlichkeit, wenigstens von seiner Seite. Das Fräulein hatte sich gut in der Gewalt, falls sie je etwas Wärmeres für den Mediziner empfand, was mich mehr interessierte und eigentlich auch plagte, als mir zustand, da es mich ja, wie ich mir selber sagte, gar nichts anging.

Er brachte hie und da eine Laute mit und begleitete sich selbst zum Singen kleiner Lieder, die er ohne Kunst und auch ohne viel Stimme, aber mit Lebendigkeit und Wärme vorzutragen verstand und mit denen er ziemlich viel Beifall erntete. Heute war er etwas heiser gewesen und hatte die Bitte der Gesellschaft, etwas vorzutragen, ablehnen müssen, was allgemein beklagt wurde. Da hatte ich mit bescheidener Miene, aber innerlichem Frohlocken, gesagt, vielleicht könne ich in die Lücke treten, da ich auch etwas singe, und allerdings die Laute so meisterhaft zu spielen nicht verstehe, aber doch einige Akkorde dazu greifen könne. Denn das letztere hatte ich kurze Zeit zuvor bei einem Bekannten meines vorigen Wohnorts einige Male geübt aus Lust an dieser Art von Musik.

Es entstand nun ein Staunen, das vielleicht mit etwas Mißtrauen gemischt war, ob ich auch etwas könne, und währenddem nahm ich die Laute und begann ein Lied, von dem soeben die Rede gewesen war, zu singen, ohne Scheu, denn ich wußte, daß ich es konnte und daß ich überhaupt mit dem Gesang auf sicherem Boden mich befinde. Ein erhobenes Gefühl in mir machte, daß meine Stimme gut und ausgiebig klang; ich bekam selber Lust, fortzufahren und wurde darin durch den Beifall der Anwesenden ermutigt, so daß ich auf eine Stunde der Mittelpunkt des Kreises war, was mir außerordentlich wohlgefiel. Besonders das Fräulein Bitterolf sah mich aus großen, erstaunten Augen an und sagte: „Sie verstehen ja Ihre Talente vorzüglich zu verbergen. Haben Sie etwa noch mehr geheime Künste im Hintergrund? Und werden Sie uns diese nach und nach erst zu genießen geben?" Und Herrn Kasimir hörte ich zu seinem Nachbar, einem älteren Gelehrten, der sich hie und da dem mehr jugendlichen Kreise im Garten anschloß, etwas von großen Vorzügen sagen, die an der rechten Stelle sich noch ungeahnt entfalten würden, was ich ohne weiteres auf mich bezog und freudig einheimste, so daß ich selber überrascht war, welch vielversprechender Charakter ich sei. Ich erhob mich auch gleich nachher, von so viel Vorzüglichkeit geschwellt, und sagte, ich bedaure, mich nun entfernen zu müssen, da ich noch im Geschäft die späte Post nachsehen wolle, mit der ich wichtige Nachrichten erwarte, und hatte nun sowohl das Bedauern über mein Gehen, als auch die stumme Hochachtung meiner Tüchtigkeit auf mich zu nehmen, so daß ich förmlich gespreizt den Berg hinunterstieg. Kaum aber war ich einige Schritte vom Gartentor entfernt, als ich Herrn Kasimir hinter mir herkommen hörte, der sich mir anschloß, weil er, wie er sagte, etwas mit mir zu besprechen habe, das er nun nicht mehr hinausschieben wolle.

Er sei von einer doppelten Sorge umgetrieben, der um sein Geschäft und Haus und der um seine Nichte. Oder eigentlich wünsche er eine einzige daraus zu machen, sie wolle sich aber nicht ohne weiteres vereinigen lassen, und er hoffe, ich helfe ihm dabei, was dann wieder zu meinen eigenen Gunsten geschehe.

Er habe, sagte er, sein Vermögen fast ganz im Haus und Betrieb stecken und wünsche es auch darin zu erhalten, da das Geschäft schon so lange in der Familie sei und er es nicht in ganz fremde Hände kommen lassen wolle. Wenn er einen Sohn hätte, läge die Sache einfach, er hätte dann einen natürlichen Nachfolger und wäre aller Sorgen ledig. Da er aber ohne Leibeserben sei, so wolle er wenigstens trachten, die Sache so einzurichten, daß dennoch ein Glied der Familie in dem alten Anwesen sitze. Der Sohn Bitterolf, der Jura studiert habe und durch nichts zu bewegen gewesen sei, in das Geschäft einzutreten, scheide aus, und es sei nur noch die Tochter Eleonore da, auf die er es nun abgesehen habe. Diese sei, wie ich ja sehe, ein etwas verwöhntes Mädchen, das es nicht billig tue mit seinen Ansprüchen, sie dürfe es aber auch sein, da das Leben sie mit allerlei Vorzügen ausgestattet habe, die nur in einer entsprechenden, das heißt reichen und behaglichen Umgebung zur Geltung kämen. Sie habe auch noch andere, mehr innerliche, die sich zu ihrer Zeit gewiß auch entwickeln würden, und sei nicht kalt, sondern nur ihrer niederdeutschen Art nach gehalten und karg mit Gefühlsäußerungen, und es werde sich einer, den sie wirklich liebe, einmal nicht über sie zu beklagen haben. Das alles hätte er mir nicht gesagt, wenn nicht besondere Gründe ihn jetzt dazu getrieben hätten, sondern hätte mir überlassen, es nach und nach herauszufinden. Ich sei ihm lieb wie ein Sohn, und er wünsche, daß ich die Nichte für mich gewinne, wodurch ja dann auch mein eigenes Glück gemacht wäre.

Es sei nun aber eine Störung seines Planes in Gestalt des jungen Mediziners aufgetreten, der Eleonore für sich zu haben wünsche und auch redlich in sie verliebt zu sein scheine. Ob das Mädchen ihn wolle, wisse er noch nicht sicher, doch scheine es ihm so. Er habe an sich nichts gegen den Doktor, möchte aber womöglich die Nichte anders beeinflussen und sage mir das, damit ich das Meinige tue, um den Liebhaber auszustechen, da es ihm vorkomme, als ob ich auch nicht taub gegen ihre Anziehungskraft sei, und da ich neuerdings angefangen habe, mich auch bei ihr ins Ansehen zu setzen, wie er mit Vergnügen sehe. Am besten wäre es, wenn alles schnell geschähe, wozu er, wenn es dann zum Klappen komme, auch das Seinige beitragen werde, und kurzum, er habe nun geredet.

Ich hatte das alles stumm mit angehört und war froh, daß es dunkel war, so daß Herr Kasimir mein Gesicht nicht sehen konnte, denn wir hatten den weiteren Heimweg durch eine lange Platanenallee eingeschlagen, in deren Schatten wir nun hingingen.

Doch hörte er mich, als er aufgehört hatte, ein paar schwerere Atemzüge tun als sonst und fragte mich, da ich nicht antwortete: „Oder sind Sie am Ende schon anderweitig gebunden? Das wäre freilich schade, denn es würde alles ändern von Grund aus."

Ich sagte beklommen, nein, ich sei nicht gebunden, es sei mir nur alles überraschend und neu, und Herr Kasimir redete mir wohlwollend zu, mir die Sache zu überlegen.

Er mochte den Eindruck haben, daß ich von dem Glücksfall, den das Anerbieten für mich bedeute, ein wenig überwältigt sei, und daß es besser sei, wenn er mich nun vorläufig in Ruhe lasse, damit ich mit mir selbst ins reine komme; so verließ er mich, und ich setzte meinen Weg allein fort. Das Geschäft aber und die späte Post kam mir für heute nicht mehr in den Sinn.

*

Ich will nun nichts beschönigen von dem, was an diesem Abend und in den Tagen, Abenden und Nächten der folgenden Zeit in mir geschah. Wie könnte ich es auch, da doch das Liebste, Holdeste und Echteste, was in mir war, dabei unterlag, obgleich es sich wehrte, wie ich meinte. In Wahrheit hatte ich es ja schon verraten, als ich auf Herrn Kasimirs Frage, ob ich schon gebunden sei, mit nein antwortete, wenn ich es auch nicht tatsächlich war. Nicht gegen ihn, sondern gegen mich selbst hatte ich Maidi verleugnet, und als ich unter den dunklen Bäumen hinging, klopfte mir das Herz hart und stark, als ob ich mich schon entschieden hätte ohne alles Nachdenken, dem Schicksal oder dem, was sich dazu aufwarf, zu folgen, und als ob ich nun nicht mehr zurück könnte, obgleich mich eine zärtliche

248

und lebensvolle Stimme riefe.

Wenn ich den Zustand jener Tage schildern wollte, so müßte ich bekennen, daß es nicht ein Auf und Ab oder einen Kampf zwischen hohen und niedrigen Geistern in mir gab, sondern nur etwa einen Streit von frohen und traurigen Gefühlen. Es schmerzte mich wohl heftig, daß ich nicht beides beisammen haben konnte, was mir begehrenswert und wichtig war, doch glaube ich nicht, daß ich jemals schwankte, was ich wählen würde, wenn ich es mir auch zuweilen vortäuschte. Im Grunde wußte ich wohl, daß ich mir die sichere Aussicht auf eine stattliche, mit Behagen, Schönheit und Ansehen verknüpfte Lebenslage nicht würde entgehen lassen, ja es schien mir sogar männlich und zielbewußt, daß ich es nicht tat. Ich könnte vieles nennen, was ich mir an guten Gründen für meine Handlungsweise vorredete, unter anderem auch das, daß ich Herrn Kasimir gegenüber Verpflichtungen hätte, da er mir so sorglich und väterlich gesinnt sei, doch will ich es mir nicht antun, noch einmal alle Geister der längst vergangenen Zeit, die immer noch zuweilen Macht haben, mich zu überfallen, heraufzubeschwören. Es ist genug, daß ich nichts von allem ungeschehen machen kann, was ich tat und in was ich jetzt hineinging.

Als ich Eleonore, wie ich sie jetzt kurzweg nennen will, zum erstenmal wiedersah, ein paar Tage nach der Unterredung mit Herrn Kasimir, hatte ich bereits so viel über das neue Verhältnis nachgedacht, in das ich zu ihr zu treten bestimmt schien, daß es mir nicht mehr ganz überwältigend war, mir vorzustellen, ich könnte sie einmal mit du anreden, könnte sie am Arm durch die Straßen führen, ihr am Tisch als Hausherr gegenübersitzen und dergleichen, was mir alles, als ich es zum erstenmal in Gedanken übte, so unwahrscheinlich vorgekommen war, wie daß die steinerne

Justitia am Rathaus von ihrem Sockel herabstiege und sich zu mir auf das Sofa setzte. Ich mußte freilich sagen, daß sich meine Gedanken noch mehr als mit ihr selbst mit der allgemeinen Lebensveränderung befaßt hatten, die mir die Verbindung mit ihr bringen würde, da ich nicht in sie verliebt war und nur nicht hatte leiden wollen, daß sie hochmütig über mich hinweg sähe.

An diesem Abend, dem ich immerhin mit einigem Herzklopfen entgegengesehen hatte, schien sie mir aber in etwas verändert zu sein gegen sonst, so daß ich den Vorsatz, ihr kühn und selbstbewußt entgegenzutreten, den ich mir im stillen zurechtgelegt hatte, nicht recht ausführen konnte. Sie hatte etwas Müdes in Gesicht und Haltung, das ich noch nie an ihr gesehen hatte, und das aussah, als ob sie von ihrer Damenhaftigkeit ein wenig ausruhe im Familienschoß. Es konnte aber auch sein, daß sie irgend ein Leiden hatte, das sie innerlich quälte, ja es schien mir sogar wahrscheinlich, wenn ich nach ihren Augen sah, die vielleicht im Verborgenen geweint haben konnten, dem feuchten Glanze nach, den sie ausstrahlten. Das alles zusammen machte, daß ich keinerlei Minen springen ließ, sondern mich einfach und bescheiden benahm mit rücksichtsvoller Höflichkeit, was dann wieder sie an mir nicht gewöhnt war, so daß wir einander gegenseitig neugierig und erstaunt betrachteten und dachten: Aha, so kannst du also auch sein? Ich muß sagen, es gefällt mir an dir, und vielleicht hast du noch mehr dergleichen im Hintergrund. Oder wenigstens ich dachte so.

Wir waren nur zu dreien. Herr Kasimir saß zufrieden lächelnd in seinem Sessel und ließ sich von der Nichte töchterlich bedienen, so daß wir schon wie eine kleine Familie aussehen konnten. Ich wurde auch gebeten, zu singen, und als ich mich wehrte, da ich ja keine ausgebildete

Stimme habe und neulich nur mit kleinen Volksliedchen in die Lücke getreten sei, sagte Eleonore lächelnd: „Das sagen Sie zu spät, denn es ist nun schon am Tage, daß Sie singen können, es wird Ihnen nicht mehr geschenkt," und Herr Kasimir ermahnte mich, nicht über das erlaubte Maß bescheiden zu sein, sondern mein Licht auf den Leuchter zu stellen, so daß es mir wind und weh wurde vor lauter Wohlsein. Das Fräulein schlug vor, mich auf dem Klavier zu begleiten und belehrte mich in so wenig schulmeisterlicher Weise, ja in einer fast demütigen Liebenswürdigkeit über gewisse Schwierigkeiten an den Liedern, die sie mir zu singen vorschlug, daß ich dachte, sie werde bereits zahm, was mir aber nicht erstaunlicher war als der ganze Zustand, der mich umgab, und der einer gebratenen Taube glich, die mir in den Mund geflogen kam.

Ich will es nun kurz machen. Ich gewann, durch leicht errungene Erfolge geschwellt und ermutigt, stets wieder neue, und zwar sowohl in der Gesellschaft, in der ich mich so leicht bewegte wie ein Seiltänzer, aber mit der Miene und Haltung des gediegenen Geschäftsmannes, als auch, eben dadurch unterstützt, bei der Dame. Sie wechselte zwar in jener Zeit oft die Stimmung und schien sich nicht leicht zu ergeben, kam aber doch immer wieder mit liebenswürdigen und angenehmen Zügen zwischen der Kühle und Unnahbarkeit ihres Wesens heraus, so daß ich dachte wie einst bei Maidi: Mir machst du nichts mehr weis. Ich glaubte allmählich den Mediziner in Wahrheit auszustechen und war nicht wenig eitel darauf. Eines Tages verschwand er auch von der Bildfläche, um, wie ich hörte, einen Urlaub anzutreten, und ich machte mich darauf gefaßt, nun den großen Schritt wagen zu können.

Es war auch nötig, daß es geschah, denn es hatte sich meiner eine Unruhe bemächtigt, die ich mir selber nicht gestand, die mich aber besonders bei Nacht überfiel, so daß ich anfing, schlecht zu schlafen, was mir noch nie geschehen war, so lange ich denken konnte. Um dem zu entgehen, gewöhnte ich mir an, sehr spät nach Hause und ins Bett zu gehen. Ich blieb bis tief in die Nacht im Geschäft, wo ich aber nicht etwa angestrengt arbeitete, sondern irgend etwas zu lesen oder zu studieren versuchte, was mir oft gelang, oft auch nicht, so daß ich bleich auszusehen und für einen spekulativen Kopf zu gelten anfing, ohne daß ich etwas Besonderes geleistet hätte.

Herr Kasimir nahm mich eines Tages auf die Seite und ermahnte mich, es mir nicht zu schwer zu machen, da es nicht nötig sei, ich werde, so viel er merke, keinen Fehlantrag stellen. Denn er meinte, ich plage mich als ein unglücklicher Verliebter mit mir herum, dem es an Selbstvertrauen und Mut gebreche, hervorzutreten. Es war aber ein wenig anders. Doch hatte sein Anstoß, wie schon ein paarmal in meinem Leben, Erfolg bei mir. Ich dachte, es würde alles anders und besser, wenn die Sache einmal im reinen wäre, und wenn ich mich vor mir selber mit meinen geteilten Gefühlen und Gedanken in die kühle und klare Ruhe Eleonorens flüchten könne.

Es kam aber noch etwas anderes dazu, daß ich es tat, etwas, das mich ebensogut hätte von der begonnenen Bahn zurücktreiben können, wenn ich nicht schon das weitaus größere Übergewicht meines Begehrens und Wollens auf diese Seite gelegt gehabt hätte. Es war ein Brief von meiner Schwester Luise, die mich mit herzlichen und freundlichen Worten schalt, daß ich so lange nichts von mir hören lasse, da sie doch zu Hause mit Stolz und Freude meine Schritte in Gedanken begleiteten. Sie nannte, wie immer, wenn sie etwas so recht innig bewegte, den Namen meiner Mutter und schrieb, es sei doch ihr Segen über mir; sie habe sich so viel darum gekümmert, daß es gut mit mir komme, wie würde sie sich nun freuen, daß ich in eine gute und sichere Bahn gerate, auf der ich als ein rechter Mann bestehen und gedeihen könne. Dann fuhr sie fort, sie wisse nämlich mehr von mir, als ich denke. Es sei lieber Besuch dagewesen, den ich wohl kaum errate, oder doch?

Der Besuch war Maidi, die ihre Arbeit auf einige Tage unterbrochen hatte, um eine Zusammenkunft mit ihrem Bruder zu haben, das neu errichtete Familiengrab mit dem Grabmal des Großvaters anzusehen und sich einiges aus der verschlossenen Schatzkammer, von der ich ja auch wußte, zu holen. Dies konnten freilich alles Gründe sein, aber nicht der Hauptgrund, der Maidi hergetrieben hatte, und der wohl darin bestand, daß sie meine Schwestern hatte besuchen wollen, um von mir mit ihnen reden zu können. In dem Briefe stand das freilich nicht ausdrücklich, aber es ging für mich aus dem Folgenden hervor. Luise erzählte wie beiläufig, daß sie viel von mir gesprochen hätten, und fragte, ob mir nicht etwa die Ohren geläutet hätten? Maidi sei begierig gewesen, durch sie von mir zu erfahren, da sie seit längerem nichts von mir wisse, und habe lächelnd hinzugefügt, sie sei nämlich verwöhnt durch das häufige persönliche Zusammensein mit mir, so daß es dann um so leerer sei, wenn die Post ausbleibe. Sie, Luise, habe ihr aber gesagt, daß es meine Art nicht sei, viele Briefe zu schreiben, das müsse man bei mir in den Kauf nehmen, wobei das feine und liebherzige Wesen nachdenklich und wie mit einem Blick ins Weite dann mit dem Kopf genickt habe.

Sie habe Maidi auch zu Helene geführt, die eben ihr zweites Kindchen an der Brust gehabt und daher habe auf sich warten lassen. Da habe Maidi aber gebeten, doch dabei sein zu dürfen, und habe die liebe Gruppe mit entzückten und zärtlichen Augen angesehen, so daß man wohl gemerkt habe, wie sie sich auch dergleichen wünsche. Kurzum, der ganze Brief war voller Maidi und so gehalten, als ob mir die Schreiberin eine rechte Herzensfreude damit machen wollte, da sie keine Brille brauchte, um zu sehen, wie es stand. Sie schloß mit dem Versprechen, mir, falls ich es wissen wolle, dann einmal alles zu erzählen, was sie geredet hätten – hoffentlich an Weihnachten, wenn es da das Geschäft erlaube, heimzukommen, was ja natürlich Vorbedingung sei, wie sie wohl einsähe.

Ich konnte kaum zu Ende lesen, so sehr überfiel mich aus dem Brief heraus alles Holde und Liebliche, das in der Ferne treumeinend auf mich wartete, und dem das Herz schwer und unruhig klopfte, weil ich so lange stumm blieb. Es war in der Mitte des Nachmittags an einem schönen, sommerheißen Tage. Ich nahm meinen Hut und ging aus dem Kontor und Hause und wäre gern gelaufen, so weit mich meine Füße trugen, denn es war alles vorbei und umsonst, ich kam nicht mehr zu Maidi zurück, ich war hier angeschmiedet mit ganz andern Fesseln, als sie wußte, und so, daß ich nicht mehr heraus konnte, aber mein unterjochtes und zum Schweigen verdammtes Herz rief nach ihr wie ein verlorenes Kind.

Und so, in dieser Erregung, mit klopfenden Pulsen und vor schmerzlicher Leidenschaft flimmernden Augen kam ich, ohne mich besonnen zu haben, wohin ich gehe, auf dem Berg an, wo Eleonore war, um die Vorbereitungen für eine Gesellschaft zu treffen, die sich am Abend da versammeln wollte. Sie hatte soeben das Mädchen, das bei ihr war, noch einmal ins Haus hinunter geschickt, um einiges zu holen, und war allein. Ich sah sie an dem steinernen Tisch auf der Terrasse sitzen mit einem Haufen abgeschnittener Blumen vor sich, die sie in Vasen ordnen wollte, aber ihre feinen, weißen Hände lagen unbeschäftigt mitten in den Blüten; sie sah aus, als erleide sie Schmerzen oder sinne etwas Schwerem und Traurigem nach, und von ihrer verschlossenen Kühle war nichts zu sehen. Als sie mich erblickte, kam eine jagende Röte in ihr Gesicht; sie stand auf, ohne ein Wort zu sagen, und sah mir erschreckt in die Augen, denn sie hatte mich noch nie so gesehen wie jetzt. Ich besann mich aber keinen Augenblick, ihr zu sagen, warum ich hier sei. So oft ich mir vorher in kühler Überlegung ausgedacht hatte, wie ich es angreifen wolle, so unbedacht flossen mir nun die Worte von verhaltener Leidenschaft für eine andere erfüllt, von den Lippen. Was ich gesagt habe, weiß ich jetzt nicht mehr, da es in einem Rausch geschah, doch mußte sie aus der drängenden Glut meines Wesens ja schließen, daß ich in glühender Liebe, die sich nicht mehr zurückhalten lasse und nicht mehr auf Antwort warten könne, für sie entbrannt sei. Es dröhnte mir dabei ein Wasserfall in den Ohren, dessen stürzende Wellen zu schreien schienen: du lügst, und den ich übertäuben mußte, da er mich sonst vernichtete. Ich weiß noch, daß Eleonore tief erblaßt und hoch aufgerichtet vor mir stand und mir wie gebannt in die Augen sah, und daß ein schluchzender Laut aus ihr hervorbrach, als ich schwieg. Ihre Lippen zuckten, und es kam etwas von Feuer in ihre Augen. Sie stützte sich mit einer Hand auf den Tisch, mitten in die Blumen hineingreifend, als suche sie einen Halt, und sagte mit einer Stimme, die mir fremd klang vor der starken Bewegung, die darin zitterte, und die sie unterdrückte: „Sie sind anders, als ich meinte. Ich wußte, daß Sie kommen würden, aber ich glaubte, es würde anders sein."

Und dabei sah sie mich immer noch staunend an, schloß aber plötzlich die Augen mit einem tiefen Seufzer und litt es, daß ich sie heftig an mich zog, wobei ich spürte, daß sie am ganzen Leibe zitterte. Der Wasserfall meines Blutes und wohl auch meines Gewissens brauste stärker. „Willst du mein sein?" fragte ich in sein Dröhnen hinein, und sie nickte geisterhaft mit geschlossenen Augen, so daß es mir fast unheimlich war.

Es dauerte aber vielleicht nur Sekunden, so richtete sie sich auf und löste sich aus meinen Armen. „Man muß mich nehmen, wie ich bin," sagte sie, und zwang sich zu einem Lächeln, „ich kann keine Zärtlichkeit geben; sie liegt mir nicht, oder wenn doch, dann tief unten." Da bezwang ich mich, aber ich dachte, ich wolle sie heraufholen, denn wie sollte ich sonst leben können mit der neuerwachten und ungebändigten Glut meines Innern?

Sie las aber wohl meine Gedanken, was nicht schwer gewesen sein mag bei meinem Zustand, und sagte mit Angst in der Stimme, wie ich deutlich hörte, aber doch in der Haltung einer Herrin: „Ich brauche Zeit zu dem allem; es kam so plötzlich." Auf ihrem weißen Gesicht kam und ging die Farbe, sonst hatte sie sich wieder ganz in der Gewalt und nun auch mich. Sie setzte sich an den Steintisch nieder, so daß der Tisch zwischen uns war, und bedeutete mich, es auch zu tun, und mich überkam nach der heftigen Bewegung etwas wie Mattigkeit, so daß es mir recht war, wie es geschah.

Wir fingen an, dies und das von der Zukunft zu reden, indes Eleonore fortfuhr, ihre Blumen zu ordnen; das schien sie zu beruhigen, obgleich ihre Hände, beseelter und erregter als ihr Gesicht, hier und da noch leise zuckten, was ich mit einer gewissen Neugierde sah.

Das ist nun deine Braut, dachte ich; es war mir aber, als gehe die Tatsache einen andern Menschen an, und ich hatte Mühe, sie mir vorzuhalten; denn die steil aufschießende Flamme war wie ein bengalisches Licht in sich zusammengesunken, und ich wunderte mich, wie ich vorhin hatte Mut und Worte zu meiner Tat finden können.

*

Es ist mir, wenn ich an die Zeit zurückdenke, in der wir beide ein Brautpaar vorstellten, als sei immer ein steinerner Tisch zwischen uns gewesen, an dem wir beide eine leidlich gute Figur bildeten. Wir hatten viele Glückwünsche, Blumen, Geschenke, Einladungen und dergleichen über uns ergehen zu lassen. Ich sah in manchem Gesicht das wohlwollend sachverständige Lächeln, das man den Brautpaaren entgegenbringt, um ihnen zu zeigen, man wisse aus eigener Erfahrung, wie selig eine solche Zeit sei, und es sei einem jede Art von Torheit oder Zerstreutheit im voraus verziehen um des eigenartigen Zustandes willen, in dem man sich befinde. Ich dachte dann, ich möchte wohl wissen, ob die Betreffenden zu ihrer Zeit seliger gewesen seien als ich, und ob sie mehr liebende Torheiten begangen hätten. Uns beiden hatte man wohl in dieser Hinsicht nichts zu verzeihen. Wir erfüllten alle geselligen Pflichten mit Hingabe und Anstand und man nannte uns ein schönes Paar, das sich gut zu benehmen wisse, weil uns keine heimliche Sehnsucht nach dem Alleinsein zu zweien erfüllte, wenn wir unter Menschen waren, keine zärtliche Unruhe uns von der Gegenwart ablenkte. Wenn ich mit Eleonore im offenen Wagen durch die Straßen fuhr, um Besuche zu machen, so dachte ich wohl, es werden mich die Menschen, die uns nachsahen, für einen glücklichen Mann halten, dem alles gelinge, was er wolle, und ich sagte mir mit Verwunderung, daß mir ja nun alle meine Wünsche erfüllt seien und fragte mich, ob denn jetzt noch etwas nachkomme, da es nicht alles sein konnte und ich zuzeiten eine trostlose Leere in mir fühlte. Doch suchte ich mich damit zu beschwichtigen, daß ich ja immer noch in einem

Zwischenzustand mich befinde, und daß gerade bei solchen Leuten, wie wir, das Leben im eigenen Heim und Haus und im Ehestand das bessere Teil sei. Da würde dann auch, hoffte ich, Eleonore allmählich ihre Zurückhaltung, die mir künstlich vorkam, ablegen und das Warme, Lebendige und Reiche, das ihre Natur doch auch hatte, zu seinem Recht kommen lassen. Sie erschien mir oft, als litte sie unter sich selbst, und das zog mich zu ihr, denn ich meinte, es falle ihr schwer, etwas Hartes, Sprödes an sich zu zerbrechen, und es fiel mir sonderbarerweise nicht ein, daß etwas anderes zwischen uns stehen könnte, wozu ich doch alle Ursache gehabt hätte. Ich traute ihrer stolzen und hochfahrenden Natur ganz, daß sie das wähle und tue, was ihr innerlich gemäß sei und stellte sie viel zu hoch, als daß ich hätte denken dürfen, sie habe mir ohne Liebe die Hand gegeben, ohne dabei zu erwägen, wie sehr ich mich selber damit richte. Herr Kasimir war wohl der Glücklichste von uns dreien. Er war rastlos beschäftigt, uns die Wege zu ebnen, Verschönerungen in der Wohnung anbringen zu lassen und mit uns Möbel, Teppiche und allerlei Hausrat auszusuchen, wobei er an nichts sparte. Wir sollten in dem alten Hause wohnen, in dem er sich auch ein oder zwei Zimmer vorbehielt, während er sich im übrigen in das Gartenhaus auf dem Berge zurückzog, in dem er noch allerlei ausbauen und verbessern ließ, um es auch im Winter bewohnen zu können, wenn er Lust hätte. Doch verkündigte er im voraus, daß er nicht allzuviel in der Stadt sein werde, da er endlich einmal seinen alten Wunsch, in Muße auf Reisen zu gehen und bald da bald dort sich aufzuhalten, wo es schön sei, in Erfüllung bringen wolle. Das genoß er alles im voraus und kam so jetzt schon auf einen Teil seiner Kosten, was ihn ungemein straffte und belebte.

Wir waren alle drei einig, daß die Hochzeit in aller Bälde stattfinden solle, vielleicht jeder aus einem andern Grunde, aber die Sache war darum doch dieselbe. Eleonore zeigte ihr Talent, anzuordnen, Leute in Schwung zu bringen, so daß sie ihr alle zu Willen waren, mit wenigen Worten und in ruhiger, fast nachlässiger Weise zu bestimmen, wie dies und das gehalten werden sollte. So und so wünsche ich das, sagte sie, und die Geschäftsleute sahen sie dann bewundernd an und fügten sich, auch wenn sie es ganz anders gemeint hatten. Sie wurde angeregt und frisch während der Besprechungen über Einrichtung und dergleichen, fragte mich um Rat und tat, als gehe sie darauf ein, machte es aber dann doch so, wie sie zuerst gemeint hatte, und es war auch immer besser auf ihre Weise, denn sie hatte Geschmack und Erfindungsgabe zugleich.

„Eigentlich hätte ich gern ein neues Haus draußen in den Gärten," sagte sie, „das müßte dann von Grund aus harmonisch gebaut und eingerichtet sein; aber Onkel Kasimir will, daß wir in dem alten Hause wohnen, und es ist ja auch vornehmer als mancher neue Kasten, man muß nur nach und nach herausholen, was drin steckt, ich habe da noch allerlei Möglichkeiten im Sinn." Sie sah nachdenklich aus, als ob sie über etwas Tiefes nachsinne, und ich lachte, denn ich hatte gern, wenn ihr unser Haus so wichtig war; sie freute sich doch, darin zu wohnen und es war uns ja gemeinsam. Es mußte ja doch gut kommen. So konnte ich es nicht lange mehr aushalten, wie es jetzt war. Ich war nervös geworden und schlief nicht, oder wenn ich schlief, hatte ich unruhige Träume, von denen ich dann schreckhaft und mit schwerem Druck erwachte. Eigentlich hätte ich mich besinnen müssen, was immer auf mir liege, aber gerade das wollte ich nicht wissen. Nachher kommt es anders, wenn dann einmal alles in Ordnung ist, dachte ich, und das war mein Beruhigungsmittel. Ich hatte lange daran herumgedrückt, bis ich meinen Schwestern die Anzeige von meiner Verlobung schickte. Denn da war der letzte Brief von

Luise, der allzu durchsichtig ihre Hoffnung auf eine andere Verbindung für mich zeigte, ja sie als bestimmt vorgesehen voraussetzte. Wie sollte ich ihr begreiflich und faßbar machen, was nun inzwischen geschehen war und was sie mit ihrem schlichten Empfinden, das immer in seinem Kreise geblieben war, doch nicht fassen konnte? Ich konnte es ja selber nur, wenn ich von allem wegsah, was ich nun außerhalb meiner Bahn gestellt hatte und was für mich nicht mehr in Betracht kommen durfte. Denn ich wollte ein Ehrenmann sein, und ein solcher mußte Opfer bringen können, wie ich mir vorsagte. Zuletzt entschloß ich mich, eine gedruckte Anzeige abzuschicken, auf die ich einige nichtssagende Worte kritzelte, die von Arbeitshäufung und Zeitmangel redeten und für die nächste Zeit einen ausführlichen Brief verhießen. An Maidi schickte ich keine Anzeige und schrieb auch nicht. Darüber will ich kein Wort verlieren. Ich konnte nicht. Sie war irgendwo in einer Welt, in der ich auch einmal gelebt hatte, und von der ich nun geschieden war.

Eines Abends, als ich noch nach einem Buch suchte, in dem ich lesen wollte, bis ich schläfrig werde, fiel mir das Volkmann-Leandersche Märchenbüchlein in die Hände und darin das Märchen von dem reichen Mann, der sich, in der Ewigkeit angekommen, die Lebensweise aussuchen darf, die er führen will, und der sich, als er alles hat, was er wollte, nun im Himmel wähnt. Aber eines Tages merkt er, daß er in der Hölle ist, und zwar recht tief drin, denn was er hat an Gütern, sättigt ihn nicht, und er sehnt sich, der Arme zu sein, der auf einem Schemelchen zu Gottes Füßen sitzt, wie er sich gewünscht hat, aber es ist zu spät.

Da fing mein übelberatenes Herz an, sich aufzubäumen, denn es wollte leben und nicht zusammengedrückt sein, und rief: Das bist du! Aber ich gebot ihm Schweigen und malte ihm alles Gute aus, was es jetzt auch hätte. Das tat ich manche Nacht.

Bei Tage war ich rastlos tätig, so sehr, daß der rotbärtige Giller knurrend sagte, man habe zu der Zeit, da ich nicht dagewesen sei, auch schon gearbeitet, es sei aber anders zugegangen, und an einer Hetzjagd wolle er sich nicht beteiligen. Er sah dabei mit seinen etwas vorstehenden Augen, die er böse rollen konnte, der stumpfen Nase und dem breiten Munde, aus dem er die gelben Schaufelzähne drohend hervorblöckte, mehr als je aus wie ein grimmiger Kettenhund, vor dem ich mich auch fürchtete, ohne eigentlich zu wissen, warum, nur aus meiner inneren Unsicherheit heraus. Man sagt ja auch, daß die Hunde spüren, wenn ein Vorübergehender oder ins Haus Eintretender ein tadelhaftes Gewissen habe und ihn daher schärfer anfallen als einen ruhig und in unschuldiger Harmlosigkeit Auftretenden, so daß hier das Bild einigermaßen passen mag, indem der im Dienst des Hauses gealterte Mensch mir wohl anspürte, daß etwas mit mir nicht in Ordnung sei und mich daher mißtrauisch anknurrte. Denn als den Herrn der Firma konnte er mich bis jetzt noch nicht ansehen, er wandte sich vielmehr, so viel er konnte, in allen Dingen an Herrn Kasimir, was diesem wohlzutun schien, obgleich er ihn meistens von sich ab und an mich verwies. Mir konnte es gleich sein, denn ich übernahm ja doch bald das Geschäft, und wem es dann nicht gefiel, der war ja nicht ans Bleiben gebunden.

Frerichs sah mich hie und da scheu an. Er hatte ein Gedicht zu unserer Verlobung gemacht, voller Süße und voller Weissagung des Schönsten und hatte begierig auf mein Lob gewartet, das aber ausblieb. Nun dachte er, daß er es nicht recht gemacht habe; er kannte sich nicht aus bei mir und hätte mich gern gefragt, aber ich half ihm nicht dazu. Für

Eleonore hatte er eine stumme Verehrung; manchmal traute er sich, ein Wort von ihr zu sagen, ob mir das vielleicht die Zunge löse gegen ihn. Er hatte schon eine Hochzeitsdichtung angefangen, wie er durchblicken ließ; am liebsten hätte er den Plan dazu mit mir besprochen. Aber ich war nicht mehr der Alte ihm gegenüber. Es tat mir weh, denn ich wußte, er hing an mir, aber es kam nun auf einen, den ich kränkte, nicht mehr an, es waren deren noch mehr auf der Welt.

*

So kam die Hochzeit näher. Es wurde jetzt beraten, wie sie gefeiert werden sollte. Eleonore wollte eine große Gesellschaft dabei haben, denn sie gedachte, als verheiratete Frau viel und ansehnlichen Umgang zu pflegen, wie sie das ja auch jetzt schon getan hatte, und mit einer strahlenden Hochzeitsfeier gewissermaßen die Türen unseres Hauses zu öffnen. Bei dieser Beratung kam es zwischen uns zum ersten Streit; wir waren einander seither in allem so gut als möglich entgegengekommen und hatten darum friedlich gelebt. Oder eigentlich muß ich wohl sagen, daß ich selber in vielen Dingen meiner Braut freie Hand gelassen hatte, weil sie mir nicht so wichtig waren, und weil ich sie gern gut gestimmt sah. Als wir nun die Personen aufzählten, die zur Hochzeit geladen werden sollten, und ich die Liste überlas, fehlten auf derselben meine Schwestern, und ich fühlte, daß es Absicht sei, sagte aber so ruhig als möglich, daß hier zwei wichtige Namen ausgelassen seien, die an einem guten Platz eingeschoben werden müßten. Ich hatte mit Eleonore schon öfters von den Meinigen zu reden versucht; sie wußte aber immer das Gespräch auf etwas anderes zu bringen, und ich ließ mich auch dazu bewegen; doch spürte ich, daß es eine Auseinandersetzung geben müsse, die sich nicht mehr lang verschieben lasse. Sie wollte nichts von meiner Herkunft und meiner Familie wissen, das sah ich wohl, und wenn ich nicht blind und taub gewesen wäre, so wäre es mir wohl ein sicheres Zeichen gewesen, daß sie auch mich nicht liebe. Denn Liebe hätte den Hochmut überwunden, der in ihr groß und mächtig war.

Heute nun merkte sie, daß es nicht mit Ablenken getan sei und sagte gleichmütig: „Ach, ich dachte, du würdest sie nicht einladen wollen, was sollen sie denn dabei? Sie würden sich ja doch nicht wohl fühlen." Dabei sah sie mir lächelnd ins Gesicht und blies ein Stäubchen von meinem Rock, weil wir gleich nachher ausgehen wollten. Ich fühlte dunkel, daß es jetzt gelte, und nahm mich zusammen, mit männlicher Betonung zu sagen, was mir ganz selbstverständlich und mühelos hätte vom Herzen kommen sollen: „Wie kann ich denn daran denken, meine Schwestern nicht einzuladen? Es sind meine einzigen Verwandten, und ich bin ihnen viel Dank schuldig. Sie müssen kommen, es geht gar nicht anders." Vielleicht polterte ich das, weil es mit einem Anlauf geschah, ein wenig gröblich heraus, was ich mir sonst Eleonore gegenüber noch nie gestattet hatte. Sie sah mich unwillig errötend an und sagte kühl verwundert: „Was ist das für ein Ton? Laß mich dir sagen, daß ich sie nicht bei meiner Hochzeit wünsche. Sie passen nicht zu der übrigen Gesellschaft, und ich fühle mich ihnen nicht verpflichtet. Wenn du ihnen etwas dankst, so ist das deine Sache."

Sie sah dabei unendlich hochfahrend aus, und mich überkam ein Trotz und ein Elend zugleich; ich fühlte mich selber geschmäht und heruntergesetzt in meinen Schwestern, denen in diesem Augenblick mein Herz sehnlich entgegenwallte; ich hätte meine Braut am liebsten in ihr weißes Gesicht geschlagen und ihr den Trauring auf den Tisch geworfen. Aber ich wußte, daß ich es nicht tun und daß ich ihr nachgeben würde, obgleich ich dachte: „Du Affe, du bist sie ja gar nicht wert." Da änderte sie auf einmal den Ton und das Gesicht, faßte mich am Arm und schmiegte sich an mich. „Sei doch lieb," sagte sie, „verstehe mich doch. Ich will nur dich, die Deinen kenne ich nicht. Du lebst doch nun in meiner Welt und mußt Rücksicht darauf nehmen. Wir können sie ja auf der Hochzeitsreise besuchen, das ist für alle Teile besser, du siehst es später selber ein."

Und ich gab ihr in allem Elend recht, denn vielleicht war es tatsächlich besser, so wie die Dinge jetzt lagen, und hoffte, als sie mich neben sich aufs Sofa zog und mit meiner Hand spielte, ich werde sie nach und nach zu allem gewinnen, was sein mußte und recht war.

Wir machten Besuche und nachher noch Besorgungen und standen auf einmal in einem Blumenladen in der Nähe des Friedhofs meiner alten Freundin Hertha gegenüber. Sie hatte, wie ich schon erfahren hatte, einen Gärtner geheiratet und also ihren Vorsatz ausgeführt, was ja auch bei ihr nicht zu bezweifeln gewesen war. Aufgesucht hatte ich bis jetzt weder sie noch den alten Zeitler, so oft ich auch daran gedacht hatte, es zu tun. Anfangs hatte ich den festen Vorsatz und auch das Verlangen darnach gehabt und es nur immer wieder verschoben, und nun, da ich keine Lust und auch keinen Mut mehr dazu hatte, kam ich von ungefähr dazu.

Sie stand in einer blühenden Fraulichkeit unter ihren Blumen und hatte eine anständige Würde in ihrer Erscheinung. Ich hätte sie wohl freundschaftlich begrüßen und meiner Braut von ihr sagen können, und sie schien es auch zu erwarten, daß ich es tue, denn sie sah mich mit herzlichem Freudenblick des Wiedersehens an, merkte aber dann bald, daß nichts von mir ausgehen würde und wandte sich bedienend an die Dame. Es wurde ausgemacht, daß bei unserer Trauung die Kirche geschmückt werden solle, und es wurden Sträuße für die Brautjungfern bestellt; ich wurde bei dem und jenem um Rat gefragt und gab ihn blindlings, und es war mir übel zumute. Es ging aber heute in einem hin. Ich dachte, so lange Eleonore in ihrer kurzen und sachlichen Weise Anweisungen gab, wählte und verwarf, an einen Tag, da Hertha gesagt hatte, daß sie einmal meiner Braut den Hochzeitskranz machen wolle, wenn es eine sei, die gut zu mir passe, und ich besann mich, ob sie ihr wohl so erscheine, und warf einen heimlichen Blick nach den ungleichen Frauen hinüber. Da fing ich einen von Hertha auf, der schien mir spöttisch und traurig zugleich zu sein, auch glitt er nur an mir vorüber und endigte in einem Kopfnicken, als gebe sich die Gärtnersfrau selber Antwort auf eine Frage, da ich ihr keine gab. Da war es mir wie heute schon einmal, als gleite mein Nachen stetig und unaufhaltsam an allen blühenden Ufern vorbei, die ich jung und schuldlos betreten hatte, und ich selber sitze darinnen wie im Zwang eines argen Traumes und sehe Menschen und Ufer hinter mir verschwinden. So ging es mir in der Zeit, die meine hohe sein sollte.

Es war meine niedrigste.

Ich sah Hertha noch einmal und auch den Zeitler. Ich kaufte einen Kranz mit roten Rosen und trug ihn mit Herrn Kasimir auf das Grab von Brigitte Hagenau am Abend vor ihrem Geburtstag. Eleonore war da nicht dabei; sie ging nicht gern auf den Friedhof, das sagte sie offen. Hertha war nicht im Blumenladen, ein kleines Dienstmädchen gab mir den Kranz. Ich traf sie aber mit einem Bübchen auf dem Arm im Friedhof; sie stand neben einem starken, kräftigen Mann in einer grünen Schürze, der ein paar Gärtnerburschen anwies; sie waren beide große, stattliche Leute und sahen fest und freudig aus, so als ob sie auf sicherem, gutem Boden ständen. Es brannte in mir, daß ich nicht mit Hertha reden konnte, wie ich wollte. Ich wäre gern noch einmal eine Stunde mit ihr allein gewesen, oder ein paar Minuten. Aber das war drüben am andern Ufer. Doch faßte ich den Mut, sie zu fragen, wie es gehe, obgleich ich sah, daß es gut sei, und sie gab mir ruhigen und freundlichen Bescheid; vielleicht sah sie, daß ich nicht glücklich sei, und es tat ihr leid. Der Zeitler kam auch herbei; er gab mir die Hand und sagte, daß er gehört habe, ich sei wieder in der Stadt, und daß er gedacht habe, ich komme dann einmal. Die Hertha habe auch darauf gewartet. Ich stammelte etwas von viel Arbeit und Abhaltung, und er sah mich ruhig an und sagte: „Ja, Sie sind ja auch verlobt und machen bald Hochzeit. Da wünsche ich Glück." Er hatte für mich keine Ähnlichkeit mehr mit alten Gesichtern aus meiner Kindheit; er war auch im Nebel und stand auch am Ufer, an dem ich vorüberfuhr. Vielleicht hatte er mir viel zu sagen, früher hatte ich das immer gemeint; jetzt durfte ich nichts hören, denn wie sollte ich sonst vollenden, was ich angefangen hatte? Ich redete einige nichtssagende Worte und stand an Brigittens Grab. Sie war über allem draußen und hatte es gut; ich wollte, sie wäre noch dagewesen in ihrer schönen und klaren Freudigkeit. Herr Kasimir saß auf dem Bänkchen unter der Linde, die neben dem Grab stand; ich hörte, daß er den Zeitler mit du anredete, und daß sie irgendwie von alten Zeiten sprachen. Das wunderte mich, aber es fiel mir ein, daß der Zeitler so gut Bescheid mit der Jugend der Hagenausgeschwister wußte, und ich dachte, daß gewiß alle Menschen irgendwie miteinander zusammenhingen, nur ich trennte mich von meiner Welt und wurde ganz einsam. Der Zeitler sagte lind und freundlich zu mir, ich solle einmal abends kommen, vielleicht morgen? Da sagte ich, ja, ich komme bald, aber ich hatte nicht im Sinn, es zu tun, und wir gingen. Auf dem Heimweg erzählte mir Herr Kasimir, daß der Zeitler sei, was man eine verkrachte Existenz nenne.

Er hätte es weiter bringen können, da er von guten Gaben und guter Bildung sei. Es sei aber einmal ein Bruch in sein Leben gekommen durch eine leidenschaftliche Liebe, um derentwillen er einen Menschen beinahe umgebracht und dafür eine Strafe verbüßt habe, während deren ihm dann die Geliebte untreu geworden sei. Brigitte habe ihn aber immer hoch geschätzt. Sie habe gesagt, daß, wer aus Liebe sündige, lebendiger sei, als wer aus kalter Tugend gerecht bleibe, und daß Zeitler einer von denen sei, die wissend geworden seien durch heißes Verschulden. Wissend und verstehend.

Als Herr Kasimir mir das erzählte, da war es mir, als ob ich doch morgen zu dem Zeitler gehen wolle, denn vielleicht verstand er auch mich. Aber gleich darauf wußte ich, daß es nicht sein konnte; denn ich sündigte weder aus Liebe, noch blieb ich aus Tugend gerecht. Ich mußte meines Weges gehen und durfte niemand fragen.

*

Ich habe den Brief, den ich in dieser Zeit an Luise schrieb, später wieder gelesen, als ich ihn in ihrem Nachlaß fand, und tat mir selber leid darin, so sehr ich mich hätte verdammen müssen. Denn es war kein freies und trotziges Sündigen eines einfachen Selbstlings, der sich in dem, was er tut, im Rechte meint, und über das, was ihn hemmen will, hinwegschreitet ohne Reue, sondern ich litt, während ich tat, was ich verurteilte, und tat es dennoch, weil ich das Geschlinge um meine Füße nicht zerreißen und den Preis, den mich das vorschwebende Bessere gekostet hätte, nicht bezahlen konnte meiner Meinung nach. So tat ich denen, die ich liebte, weh, ohne mir selber wohlzutun, und stand unfrei vor mir und vor ihnen, und es ging mir beides verloren, das gute Gewissen dessen, der vor sich selber richtig handelt, und die Lust des Unrechts, das ich tat. Doch habe ich eine Erlösung erlebt, nicht unähnlich der, die die

267

Frommen Bekehrung nennen, die mich mit Gewalt umkehrte, indem sie mir das selbstgebaute Haus zerbrach, mir unter freiem Himmel mich selbst zeigte, wie ich war, und mich mir, arm und zerschlagen, in die Hand gab.

Es war über allem dem Herbst geworden. Eines Morgens erwachte ich an dem Klang einer Stimme, die laut und deutlich sagte: „Heute kehrt Maidi in die Stadt zurück." Ich schlug verwundert die Augen auf, aber es war niemand bei mir im Zimmer, und ich hatte wohl selbst die Worte ausgesprochen. Ich erinnerte mich auch noch eines soeben entschwindenden Traumes, dessen Gestalten vor dem Tageslicht erblaßten, in dem es mir aber seltsam wohl gewesen war, so daß es mir leid tat, erwacht zu sein. Denn auch das Wohlsein schwand, je wacher ich wurde.

Ich stand auf und trat ans Fenster, und immer noch hatte ich das gesprochene Wort in den Ohren. Als ich Maidi hinausgeleitet hatte, war der Wald jung belaubt gewesen; jetzt lag er hier und wohl auch dort in herbstlichen Farben. Die Schwalben sammelten sich zur Reise und saßen dichtgedrängt auf den Telephondrähten. In wenigen Tagen würde auch ich mit Eleonore dem Süden entgegenfahren. Wir waren dann Mann und Frau und mußten uns miteinander ein Leben bauen. Das, was ich früher gelebt hatte, lag dann noch weiter dahinten als jetzt; es mußte so sein, ich wußte es. Würde es mir dann auch noch hie und da ans Herz treten, so wie im Traum des heutigen Morgens? Und würde es mir lieb oder leid sein, wenn es geschähe? Es war so lieb und so leidvoll zugleich. Draußen war eine warme, föhnige Luft; die Höhen und Wälder lagen nahe zusammengerückt in Glanz und Klarheit; ich fühlte mich sonderbar laß und müde und hätte am liebsten meinen Gedanken freien Lauf gelassen. Den hatten sie schon lang nicht mehr; ich hatte mir das Tagträumen abgewöhnt. Sie wollten unruhig flattern wie die Schwalben, denen die Reisesehnsucht keine Ruhe mehr ließ; sie wollten fragen, wie es nun dort sei? Ob Maidi traurig sei oder ob sie mich verachte? Ob sie gehört hatte, daß ich verlobt sei und daß das Land der unbegrenzten Möglichkeiten nun erst ganz und auf immer hinter mir liege? Wenn sie es wußte, dann wußte sie auch, warum ich ihr nicht geschrieben hatte. Es war mir, als wisse und verstehe sie alles und als liebe sie mich immer noch, und das legte sich wie eine abgrundtiefe Traurigkeit auf mich, denn es war fern, fern, und es führte keine Brücke und kein Steg mehr dorthin. Plötzlich wurde ich gewahr, daß die Pyramide des Münsters mich ansehe. Sie lag in einem merkwürdig grellen Licht; ihre Steine glänzten, und sie war ganz durchschienen von einer heißen Sonne, was so früh am Morgen und um diese Jahreszeit ungewöhnlich war. Es fiel mir ein, wie oft ich sie von meiner Mansarde aus gegrüßt hatte, als ich zum erstenmal in der Stadt und ein Lehrling war, und es schien mir, als frage sie mich, was ich nun inzwischen aus mir gemacht habe? Ich trat vom Fenster zurück, aber nun war es mir, als warte sie draußen, daß ich ihr Antwort gebe. Die Rosette hatte ein Gesicht, und alle die Luken, durch die das Licht fiel, waren Augen, die mich ansahen. Sie hatte ihre stille, hehre Schönheit verloren und war unerbittlich und furchtbar. Ich versuchte zu lachen, denn das war ja doch wieder das Tagträumen, was ich jetzt hatte. Aber es gelang mir nicht so recht. Da sagte ich mir, daß es der Föhn sei, der mich so sonderbar errege. Ich wusch mich mit kaltem Wasser und brachte meine Gedanken in Ordnung. Sie hatten hier am Platze genug zu tun. Es wollte noch viel in die Tage hinein. Herr Kasimir wollte mir das Geschäft übergeben und allerlei niet- und nagelfest machen. Er blieb noch da, so lange wir reisten, dann wollte er sein Bündel schnüren und ebenfalls reisen. Ich war dann Inhaber von Haus und Geschäft und hatte eine Frau und war ein Mann, der hier am Platze zu sein hatte mit aller Kraft und allen Sinnen. Darüber hinaus gab es nichts. Wenn es doch etwas gab, so war es nicht für mich. Ich bemühte mich, an Eleonore zu denken; nicht an das Steinbild, das sie hie und da sein konnte, herb und hochmütig, sondern an die Stunden, in denen sie unter ihrer eigenen zurückhaltenden Art zu leiden schien. Sie hatte dann brennende Augen und sah blaß und schmal aus, es war, als ob ein verstecktes Feuer in ihr lodere. So hatte ich sie noch lieber, als wenn sie, wie es auch geschah, kleine bräutliche Zärtlichkeiten für mich hatte. Denn ich dachte gern, daß sie ein heißes Herz in sich trage, das für mich glühe und das im Kampf mit ihrer kargen Natur sich verwunde und abmühe, um leben zu können. Es schien mir an der Zeit, daß es zu seinem Recht komme, das ich ihm ja gegeben hatte. Gestern abend war sie so gewesen, müde und unruhig zugleich. Sie hatte mir beim Gutenachtsagen eine heiße Hand und kalte Lippen gegeben und gesagt: „Ich wollte, wir wären schon weit fort, und es wäre alles vorüber." Das hatte mich gewundert, denn sie selbst hatte doch die glänzende Hochzeitsfeier angeordnet und sich nicht genug tun können, alles bis ins kleinste festlich auszugestalten. Es war wohl so, wie ich dachte, daß sie sich sehnte, bei mir zu sein, und ich nahm mir vor, es solle sie nicht gereuen. Es gab wohl viele Männer, die eine Jugendliebe in sich begruben, wenn es das Leben erforderte, und auch ich wollte das tun; da brachte ich, der ich so gewandt im Zudecken, Flicken und Übermalen meines Innern geworden war, es denn auch an diesem Morgen so weit, daß ich als ein Tüchtiger und ein Ehrenmann das Zimmer und das Haus verließ mit straffen Schritten. Sie waren beide froh, daß sie mich hatten, Eleonore und Herr Kasimir, und das konnten sie auch wohl sein, denn alles lag bei mir in guten Händen, und daß es mich viel gekostet hatte, das gab mir Ernst und Tiefe, wie ich mir selbst, vor diesem bedeutenden Einfall leicht erschauernd, sagte.

Am Vormittag dieses Tages hörte ich, nach langer Zeit wieder zum erstenmal, Eleonores Geigenspiel gedämpft aus dem Zimmer über mir her erklingen. Sie hatte nie gespielt, seit wir verlobt waren, und wenn ich in sie gedrungen war, so hatte sie mich auf später vertröstet, wo sie wieder Ruhe und Stimmung dazu haben werde. Jetzt schien es mir, als ob sie mich zu sich riefe mit feurigen und verheißenden Tönen und mit hinströmender Klage über ihre eigene eingeschlossene Seele, so daß ich es kaum erwartete, bis ich von den Geschäften loskommen und hinaufgehen konnte, denn ich war begierig, ihr zu zeigen, daß ich für sie da sei und sie verstanden habe. Sie hatte aber, als ich kam, die Geige schon wieder in ihr Futteral geschlossen und verwahrt und schien sich zu wundern, daß ich mitten im Vormittag heraufkomme. Die Geige hing stumm an der Wand, als ob sie nie geklagt und gerufen hätte, und als ich sagte, daß ich sie gehört habe, zog Eleonore die Brauen leicht zusammen, wie unwillig. „Ich habe etwas geübt,“ sagte sie, „was ich lange nicht gespielt habe und was ich heute abend zu spielen versprochen habe.“ Wir waren beide zu einer Geburtstagsfeier in eine bekannte Familie eingeladen, deren Wohnhaus über den sonnigen Rebbergen der Stadt in Waldeshöhe stand. Ich wußte, daß der Hausherr, der ein alter Freund des Hauses war, Eleonore schon manchesmal umsonst gebeten hatte, zu spielen, freute mich, daß sie es heute tun wollte, und bat sie nur, es spät genug zu tun, daß ich das Stück auch hören könne, das mich so angezogen hatte. Denn ich konnte des Geschäfts und vieler Arbeit wegen erst am Abend nachkommen. Sie versprach es auch, und ich dachte, sie sei doch eine rätselhafte Natur, anziehend und abstoßend zugleich, ich wolle aber alle Rätsel in ihr auflösen, da sie ja eine Seele habe, die darnach verlange, wie ich sicher zu wissen glaubte.

Der Nachmittag war noch schwüler, als es der Morgen gewesen war. Die Luft lag still und stickig über der unteren Stadt, und um ihr zu entgehen, machte ich früher Schluß, als ich eigentlich im Sinn gehabt hatte, und ging den Rebbergen zu. Ich hatte ein lähmendes Kopfweh, das ich auf die Föhnluft schob und das mich veranlaßte, einen kleinen Umweg im Freien und in der Einsamkeit zu machen, um nachher vor den Leuten besser bestehen zu können. Daher ging ich nicht durch die Weinberge auf den steilen Staffeln in die Höhe, sondern blieb auf der Straße bis da, wo der Wald in einer schmalen Zunge zu ihr herunterreichte und wo ich nun ohne Weg, durch goldbraunes, raschelndes Buchenlaub, das hier und da den Boden bedeckte, anfing hinaufzusteigen. Das Rauschen unter meinen Füßen weckte irgend eine Erinnerung in mir, der ich nachspürte, bis es mir einfiel, wie ich als kleiner Bube im heimischen Stadtwald an der Hand meiner Mutter gegangen war und glückselig mit den Stiefeln das Laub vor mir her aufgehäuft hatte, was genug war, mich mit Lust und Wonne zu erfüllen. Es schien mir aber um hundert Jahre zurück zu liegen, oder vielmehr in einem vorigen Dasein geschehen zu sein, und ich konnte auch nicht lange bei der lieben Erinnerung bleiben, denn es ging auf einmal ein heftiger Windstoß von der Höhe herunter mir entgegen, der die schlaffe Schwüle zerriß und sich als Vorbote eines Unwetters ankündigte. Ich beschleunigte daher meine Schritte, um nicht draußen zu sein, falls es schnell hereinbreche. Es wurde zusehends dunkler unter den Bäumen, was noch nicht vom Einnachten kommen konnte, sondern von heraufziehendem Gewölk, das der Wind vor sich herjagte. Ich war auf der Höhe angelangt, wo der Garten des bekannten Hauses sich in den Wald verlor, von demselben nur durch ein dichtbewachsenes, hohes Drahtgitter getrennt, und wollte gerade auf die schmale Tür zugehen, als ich hinter der grünen Wand, aber dicht an derselben, sprechen hörte. Und zwar war es die Stimme meiner Braut, die, als ich ganz nahe war, in hörbarer Erregung sagte: „Du hättest nicht mehr kommen sollen. Wir hätten uns nicht sehen dürfen. Es ist genug, daß ich jetzt mit jedem Atemzug durch mein ganzes Sein hindurch lüge, ich, die ich immer wahr gewesen bin, solang ich denken kann. Ich will es nicht noch durch die Tat tun. Es muß das letztemal sein."

Ich fühlte, wie mein Herz heftig zu schlagen anhob, als ich diese Worte hörte. Ich konnte mich nicht von der Stelle bewegen und mußte nun weiter mitanhören, was mich und den Bau, den ich mir errichtet hatte, in Scherben schlug.

Es ist mir, als sei ich eine Ewigkeit dort droben gestanden, im heftig wehenden Wind, der die Kronen der Bäume herumriß und mir die gesprochenen Worte zutrug wie auf Flügeln, und unter den jagenden Wolken, die stets tiefer zu hängen kamen. Doch wird es wohl nicht lange gedauert haben, nach menschlicher Zeitrechnung, da ja Minuten so voll sein können, daß sie von Leben oder Tod überfließen. Ich will es mir sagen, wenn ich meines Gerichtstags gedenke, daß es dennoch nicht Tod, sondern Leben war und Güte, was dort unter den Bäumen auf mich wartete. Wo nähme ich sonst den Mut her, es noch einmal heraufzuholen? Da es ja lange her ist seitdem und ich es könnte ruhen lassen.

Obgleich mir, auf immer unvergeßlich, jedes Wort und jeder Ton und jeder Zug der Gesichter, die ich durch etliche Lücken in der grünen Wand wohl sehen konnte, ins Gedächtnis gebannt ist, will ich doch unterlassen, alles Schmerzliche und Beschämende noch einmal zu sagen und es einfach aufzeichnen in meiner eigenen Rede. So sehr erregt und verwundet ich auch war, so ruhig bin ich jetzt, ja dankbar bin ich, daß der Zufall, der mich wunderbarerweise zu dieser Stunde an diesen Ort führte, mein Leben aus den falschen Bahnen warf, so lange es Zeit war. Es hätte auch anders gehen können, und ich weiß nicht, was dann aus mir geworden wäre.

*

Der Mensch, an den meine Braut ihre beschwörenden und selbstanklagenden Worte gerichtet hatte, war, wie ich bald aus der Antwort merkte, der Mediziner, den ich in irgend einer Ferne glaubte. Er war aber zurückgekommen und hatte Eleonore auch schon ein paarmal getroffen mit ihrem Willen und auch gegen ihn, da er, wie er sagte, sie wohl entbehren wolle, wenn es sein müsse, sie aber nicht an mich verloren geben könne, der ich in keiner Weise an sie hinanreiche, ja, den sie doch nur mit in den Kauf genommen habe mit Haus, Geschäft, Geld und so weiter. Er nannte sie du, und sie waren ein Liebespaar, das sich getrennt hatte, ohne daß die Liebe vergangen war. Vielmehr hatten sie in einem merkwürdigen Grad von gegenseitiger Offenheit miteinander ausgemacht, daß sie sich lassen müßten, weil sie das nötige Geld nicht hätten, um einen Haushalt zu führen, der ihren Bedürfnissen entspreche, da sie beide verwöhnte Kinder mit anspruchsvollen Gewohnheiten waren und diesen nicht glaubten entsagen zu können, ohne daß die Liebe darunter litte und sie dann einander quälten. Einst, als sie einander näher traten, hatte jedes vom andern geglaubt, daß es wohlhabend oder vielmehr reich sei, wenigstens der Mediziner hatte es von Eleonore geglaubt, in deren Elternhaus es auf eine feine und geschmackvolle Weise üppig zuging, wie es nur bei Leuten sein kann, bei denen das Geld keine Rolle spielt, ja, denen es zum einfachen Anstand zu gehören scheint, daß man sich nicht darum kümmere und es möglichst wenig nenne. Als aber die Eltern gestorben waren, hatte sich's gefunden, daß wohl eine Menge kostbarer Dinge vorhanden seien, die geistige Werte darstellten, aber kein Geld mehr, und daß die Kinder arm seien wie Kirchenmäuse. Der Bruder hatte sogleich seine berufliche Laufbahn antreten können, da er

mit den Studien fertig war und der Onkel ihm unter die
Arme griff mit einigen Zuschüssen. Eleonore aber, die nun
auch mit Zuversicht heraustrat und ihre Wünsche bekannte
(denn das Hagenausche Geld war trotz der lässigen
Vornehmheit in der Bitterolfschen Familie als sicheres Erbe,
eigentlich nur als einstweilige Reserve angesehen), hatte sich
bitterlich enttäuscht gesehen, wenn sie auf reichliche Mittel
hoffte, um mit dem Geliebten einen noblen Haushalt zu
eröffnen. Denn ein anderer kam nicht in Betracht bei dem
beiderseits so hochentwickelten Schönheitssinn.

Der Onkel hatte ihr eröffnet, daß er keineswegs ein bloßer
Geldsack sei, den man nach Belieben auf- und zuschnüren
könne, sondern daß er auch seine Liebe und seinen Stolz
habe, nämlich das alte Haus und Geschäft, dem er freilich
leider keinen Erben seines Namens hinterlassen könne, da er
das Heiraten versäumt habe, das er aber doch, solang er es
wenigstens verhindern könne, nicht wolle in fremde Hände
kommen lassen, und das er darum nicht zu verkaufen
gesonnen sei. Da aber das beträchtliche Vermögen fast ganz
darin stecke, so wolle man es vorläufig auch beisammen
lassen, denn so halte es sich am besten und so weiter.

Und kurz, er habe andere Pläne mit der Nichte.

Das alles besprachen die zwei im heraufziehenden Unwetter
freilich nicht so genau, wie ich es hier tue, denn sie wußten
alles gut genug voneinander, um nur das eine und andere
Wort darüber verlieren zu müssen, das mich aber genugsam
über ihre Vorgeschichte belehrte, soweit sie mir nicht schon
vorher bekannt war. Sie hatten sich auch nicht von der
Gesellschaft entfernt, die soeben vor dem Wetter ins Haus
geflüchtet war, um das Alte zu wiederholen, sondern um
sich ein letztesmal vor der Hochzeit miteinander
auszusprechen und sich bewußt zu werden, wie sie es ins
Künftige halten wollten. Denn sie waren in der Zeit ihrer

Trennung und besonders jetzt beim Wiedersehen inne geworden, daß sie fester aneinander hingen, als sie gewußt hatten. Das drängte den Liebhaber, Eleonore zu beschwören, sie möge jetzt noch von mir ablassen, da sie sonst verderben müsse. Er sprach mit großer Geringschätzung von mir, als von einem ganz gewöhnlichen Streber, Glücksjäger und Emporkömmling und reizte sie, sich vorzustellen, wie es sei, wenn sie mich als ihren Herrn und Gemahl ansehen müsse, wobei er sie, offenbar einer alten Liebessitte nach, Herrin, Prinzessin und hohe Frau nannte, aber mit spöttischer Betonung, um sie aufzustacheln. Ich sah, daß er sie glühend liebte und nur darum so gering von mir sprach, um sie noch in letzter Stunde von mir abzuwenden, denn dann konnte immer noch die Zeit für ihn arbeiten und einen Glücksfall herbeiführen, da das Glück in der Hütte nicht in Betracht kam. Oder vielmehr sehe ich es jetzt bei ruhiger Betrachtung so an; damals sauste mir das Blut in den Augen und Ohren bei meinem Lauschen, das ich doch nicht abkürzen konnte, denn jetzt mußte ja der Augenblick kommen, wo Eleonore für mich eintrat. Ich konnte immer noch nicht davon ablassen, zu glauben, sie liebe jetzt mich und mich allein, und das geschah nicht nur aus Selbstgefühl und aus Not, sondern auch aus dem hohen Respekt vor ihrer stolzen Art, die sich nie dazu bequemt hätte, einen Mann zu nehmen, den sie nicht liebe, wie ich mir das schon oft vorgesagt hatte.

Sie richtete sich auch zornig erglühend auf, als der Doktor mich geringschätzig vor ihr herabsetzte; aber es war nur ihr Hochmut, nicht ihre Liebe, die er getroffen hatte.

„O still," sagte sie, „so darfst du nicht reden. Mein Herr wird er niemals, das weißt du wohl, und er weiß es auch. Er läßt mich in allem gewähren, was ich will und tue, und das ist es, was ich brauche, wenn es nun Liebe nicht sein kann. Das heißt gegenseitige, denn er liebt mich aus allen Kräften."

Der Mediziner pfiff durch die Zähne und sagte spöttisch: „Wir wollen einander nichts weis machen, denn wir wissen wohl beide, was er liebt, wenn er dich bekommt, wenigstens zuerst und vor allem, er, der sich von deinem Onkel dazu anwerben ließ."

Das mochte dem stolzen Mädchen ein allzu scharfer Hieb sein, denn es griff mit der Hand heftig in die grüne Wand, wie um einen Halt zu haben, und war mir in diesem Augenblick ganz nahe, räumlich geredet, da sich ja der innerliche Abgrund zwischen uns von Minute zu Minute erweiterte.

„So will ich dir denn sagen, wie alles war und ist," sagte sie mit herbem Entschluß, „denn es muß sowieso das letztemal sein, daß wir von diesen Dingen reden, da ich nicht zurück kann noch will." Sie sah jetzt blaß aus und atmete tief mit geschlossenen Lippen und ihre feinen Nasenflügel bebten. Dann, als sie sich etwas gefaßt hatte, fing sie an, von mir und sich zu reden. Das höre ich heute noch wie Drommeten des Gerichts.

Sie habe, sagte sie, damals, als er von ihr gegangen sei, geglaubt, mit ihm und ihrer Liebe fertig werden zu können, da das andere, das Bedürfnis nach Reichtum, Ansehen und etwas zum Regieren stärker als alles in ihr gewesen sei. Das aber habe sie im Hause Hagenau gefunden, denn ihr Onkel, dankbar dafür, daß sie wenigstens seinen Wünschen nicht zuwider handle, habe ihr in allem freie Hand gelassen. Doch sei dann gleich darauf das Verhängnis erschienen, wie sie mich im stillen genannt habe, als sie mich als Bewerber um ihre Hand habe ansehen müssen. Ich sei ja freilich nicht mehr der tapsige Junge von einst gewesen, über den sie

278

damals beide so viel gelacht hätten, sondern habe mich gemausert und zu einem gewandten, tüchtigen Geschäftsmann entwickelt, dem es auch an geselligen Tugenden nicht mangle bis zu einem gewissen Grad. Sie habe auch bald gesehen, wie der Onkel besonders viel Wert darauf lege, daß ich der Gemahl und zugleich (oder vielmehr zuvörderst) der Geschäftsinhaber werde. Er habe es ihr nicht so gesagt, aber sie habe es selber gewußt, daß seine Vorliebe für mich hauptsächlich daher komme, daß ich, arm und ohne Anhang, wenigstens ohne solchen, der in Betracht komme, in allem gefügig und abhängig bleiben werde, trotz meiner Tüchtigkeit, so daß ich dann so eine Art von Prinzregenten darstellen könne, was ihm alles in den Kram gepaßt habe.

Sie habe sich innerlich freilich gekränkt, denn ich habe ihr nicht genügen können nach dem Geliebten, obgleich das ja nicht so leicht einer gekonnt hätte, sie habe sich aber offen gesagt, daß es nun auch darauf nicht ankomme, denn sie wisse ja, was sie wolle.

Trotzdem habe es ihr oft vor dem Tage gegraut, an dem ich kommen und um sie anhalten würde, denn Heirat sei immerhin Heirat, auch wenn es ohne gegenseitige Liebe abgehe. Man gebe sich einem Manne doch in die Hand, das habe sie sich nicht verborgen.

Es sei aber dann ganz anders gekommen.

Sie habe immer wieder aufs neue unter der Trennung von ihm gelitten, und zwar je länger je mehr, denn es gehe doch nicht so, wie man meine mit der Liebe, die Wurzel sitze tief. Sie habe ihn oft gerufen, wo er auch sei in der Welt, und so sei sie auch eines Tages im Weinberg gesessen und habe sehnlich an ihn gedacht, den sie doch nicht habe zurückholen können, da es ja nachher das gleiche gewesen wäre wie zuvor.

Da sei das Verhängnis erschienen, urplötzlich, und zwar ganz verwandelt gegen sonst, nicht mehr der hübsche, freundliche Junge mit dem weichen Kindergesicht und den heiteren blauen Augen, sondern ganz glühend und bebend vor Leidenschaft, die sie gar nicht hinter mir gesucht hätte. Er habe sie mit Liebesworten überschüttet, aber noch viel mehr mit dem Gluthauch seines Wesens, und habe augenblickliche Antwort von ihr verlangt, ob sie die Seine sein wolle, so daß sie vor unsäglichem Staunen nicht habe die Augen abwenden können. Es sei aber dann über sie gekommen, daß er mit den heißen Wogen seiner Leidenschaft die Sehnsucht, unter der sie so sehr gelitten habe, zugedeckt oder auf eine Weile weggespült habe, und sie habe sich mit geschlossenen Augen wie in einen Abgrund gleiten lassen auf der Flucht vor ihm, dem Geliebten.

Das habe freilich nicht lang dauern können, denn sie habe ja sogleich wieder gespürt, daß sie nichts für mich fühle, was auch nie anders geworden sei.

Nur eine gewisse Bewegung habe sie hie und da empfunden, wenn ich sie mit so unentwegten Hoffnungsblicken angesehen habe, denn bei mir sei es echt, und sie wisse, daß ich leide unter ihrer Kargheit. Dann sei sie gut und freundlich mit mir gewesen. Manchmal aber reize es sie auch zu zorniger Ungeduld, daß ich mit selbstsicherem Wartenkönnen Liebe von ihr erwarte, so als ob ich dächte: Ich bekomme dich ja doch noch. Es wäre vielleicht besser, wenn ich sie nicht so sehr liebte, da dann jedes von uns auf seine Kosten käme, denn es werde ja nicht, wie ich meine; sie werde mich schon im Schach zu halten wissen, soweit sie wolle. Sie richte sich ihr Leben ein, wie sie es nötig habe, das sehe er daran, daß sie die große Hochzeit halten werde, denn so sei sie einmal, daß sie Luxus und Gesellschaft brauche; sie wolle das große Opfer nicht umsonst gebracht haben.

Sie sprach schnell, mit erregtem Atem, wie um alles los zu werden.

Dann wieder habe sie Respekt davor, daß ich so an ihr hange, so ernst und ehrlich. Sie denke oft, es wäre gut, wenn wir einmal Mann und Frau wären, denn dieser Brautstand sei eine Komödie, und es werde nachher alles besser sein.

„Oder wenigstens," setzte sie zögernd hinzu, „war es so, bis du wieder kamest und alles neu aufwecktest. Es wäre wohl alles recht geworden ohne das. Ich hatte die besten Vorsätze."

Er sah sie immerfort an. Sie verwirrte sich unter seinem standhaften Blick.

Es war, als ob er sie zu sich heranzöge. „Und nun?" fragte er. „Nun hast du die große Hochzeit eingerichtet und wirst sie halten, nicht?"

„Nun wirst du mir zu mächtig. Ich weiß nicht mehr, was ich kann und soll, du wendest alles in mir um. Du hättest nicht mehr kommen sollen. Ich gehe umher und verachte mich, weil ich wie eine gemeine Dirne eine Liebschaft habe hinter dem Mann, der mir vertraut und ein Ehrenmann ist, ich, Eleonore Bitterolf, die einst so stolz war. Ich muß es wieder sein können, ich halte das nicht aus. Nein, schüttle nicht den Kopf. Ich habe ihn freilich nicht belogen; ich habe nie getan, als ob ich ihn liebte. Und ich habe dir nichts gegeben, keinen armen Kuß mehr. Nichts als meine Gedanken, nichts als mein Herzklopfen bei Tag und Nacht, und mein Geigenspiel, das ihm nie geklungen hat, und –"

„Komm," sagte er und breitete die Arme aus. „Und dein Herz? Ist es nicht so?"

Sie tat einen zögernden Schritt nach ihm hin. Wenn ich mir einmal gewünscht hatte, sie erregt zu sehen, von einem starken Gefühl übermannt, so konnte ich das nun haben. Sie sah prachtvoll aus, ganz durchglüht von innerem Feuer und doch zerrissen, stolz und unterjocht zugleich.

Ich konnte es nicht hindern, daß ich einen stöhnenden Laut ausstieß. Sie hörten mich aber nicht. Sie sahen nur einander an. Es fielen jetzt große, schwere Tropfen. „Geh'!" hörte ich Eleonore auf einmal sagen. Es klang hart und hochmütig. Das Feuer in ihrem Gesicht erlosch. Sie wurde wieder das Steinbild, das ich kannte.

„Nein, mein Herz nicht. Ich muß es für mich behalten. Ich hätte dich nicht mehr sehen sollen. Geh' jetzt, folge mir nicht ins Haus. Ich will wenigstens ich sein, so viel ich auch dafür bezahlen muß. Es wird wohl von uns dreien keiner glücklich sein, aber es kommt schließlich auch nicht darauf an."

Sie ging dem Hause zu, langsam. Er folgte ihr nicht. Er ging die schmalen Staffeln hinunter, die nach der Stadt führten, im Regen, der nun herniederströmte.

*

Ich hörte ein Lachen, laut und hart. Wer hatte das ausgestoßen? Ich sah mich um. Es war niemand in der Nähe. So mußte ich es wohl selber gewesen sein. Es kam noch einmal, aber diesmal war es der Wind. Er lachte, daß es dröhnte. Also dies ist nun der Schluß, dachte ich, dies ist nun der Schluß. Ich mußte irgendwo hingehen, um mich zusammenzulesen, denn es war mir, als sei ich in Fetzen gerissen. Es brauste immer stärker, ich wußte aber nicht, ob es in mir sei, oder in der Natur. Es konnte der Sturm sein, ich fragte aber nicht darnach. Ich ging, von dem Hause abgewendet, auf dem Bergkamm hin. Der Regen fiel jetzt in dichten Güssen hernieder. Die Schwüle war vergangen, aber nun war die ganze Welt in nasses Grau eingewickelt, das war ganz plötzlich gekommen. Man sah kaum vor sich hin, es war aber gleich, ich brauchte nicht mehr zu sehen. Es gab da einen grellen Punkt, einen einzigen, und ich mühte mich, ihn ins Auge zu fassen. Aber wenn ich es wollte, dann kam das Lachen wieder, vor dem mir graute. Ich blieb stehen und versuchte, einen Satz auszusprechen. Er war aber schwer zusammenzubringen, ich mußte scharf denken. Endlich hatte ich ihn und sagte mit schwerer Zunge: „Also diese Hochzeit kommt nun nicht zustande." Ich sah mich um, ob mir nicht jemand widerspreche. Aber die Bäume standen schweigend, der Regen floß an ihren Stämmen herunter und rieselte auf dem Boden weiter. Da sagte ich es noch einmal. „Also diese Hochzeit kommt nun nicht zustande." Ich ging mit eiligen Schritten weiter und hörte mich einmal sagen: „Ich bitte höflichst, mir den Kaufpreis zurückzuzahlen." Dann dachte ich, ich sei ja wohl verrückt geworden, und verbot mir das Denken, es konnte ebensogut später noch geschehen. Es wurde allmählich dunkel. Ich fand mich auf einer breiten Fahrstraße, die durch den Wald führte. Der Sturm hatte aufgehört, es regnete aber weiter. Es handelte sich für mich darum, irgendwohin zu kommen, wo ich sitzen und nachdenken konnte, denn im Marschieren ging es nicht, wie ich merkte. Also schritt ich schärfer aus. Die Kleider klatschten um mich herum, und in den Stiefeln schwappte es beim Gehen vor Nässe. Plötzlich blieb ich stehen und dachte: „Muß ich mir nun das Leben nehmen?" Aber auch diese Entscheidung mußte ich verschieben, bis ich irgendwo in Ruhe saß. Es wartete irgendwo ein Platz auf mich, da wollte ich mit mir reden. Einmal kam ich an einem

Hof vorbei. Ein Hund schlug an, Licht schien aus den Fenstern unter dem weit vorspringenden Dach, aber ich ging schnell weiter, denn im Hellen durfte es nicht sein. Es ging zwischen Äckern hindurch, dann wieder durch den Wald, es löste sich eine unbändige Kraft in mir; es war mir, als könnte ich die ganze Welt durchwandern bis zu dem Platz hin, wo ich mit mir abrechnen mußte. Es wurde schlimm, ich wußte es. Es ging etwas Furchtbares hinter mir her. Wie lang ich so gegangen war, wußte ich nicht. Es war auf einer Waldblöße. Der Mond kam einen Augenblick zwischen zerrissenen Wolken heraus, als wollte er sagen: Da ist es. Es stand eine offene Blockhütte da, wie sie die Holzknechte zum Unterstand benützen. Da ging ich hinein und legte mich auf die Holzbank, die der Wand entlang lief.

Ich weiß nicht, ob es möglich ist, daß ich geschlafen habe mit dem Aufruhr in meinem Innern, aber ich fuhr plötzlich empor mit klaren, wachen Sinnen. Es schüttelte mich, ich wußte nicht, war es vor Nässe oder Kälte, oder vor Entsetzen, vielleicht war es alles zusammen. Das ist nun also das Ende, dachte ich noch einmal. Denn es stand alles vor mir, wie ein Bild oder wie eine Landschaft, durch die, nachdem sie im Dunkel lag, ein heller Blitz hindurchfährt, so daß sie auf einen Augenblick bis in die hintersten Gründe erhellt ist. Ich hatte keine Veranlassung, irgend jemanden zu verachten oder zu befehden; mein Unglück lag in mir selber und war meine Schuld. Eleonore war viel klarer und viel wahrer als ich, der ich mir die ganze Zeit mein Wesen und Handeln mit einem bunten Mäntelchen aus Scheingründen, guten Vorsätzen und gewollten Tugenden behängt hatte. „Ich habe ihn nicht belogen, nie habe ich ihm Liebe geheuchelt," hatte sie gesagt. Und ich? O still, wohin war ich geraten? Es war nicht daran hinauszusehen und nicht gut zu machen. Ich konnte nicht zurück und auch nicht vorwärts, und wenn mich die Reue anfiel wie ein Geier, so half das doch nichts. Es reichte alles weit zurück, weiter als man sagen konnte, und auch das Nachdenken half nichts. Es war auch gar nicht nötig, ich wußte alles ohnehin gut genug. Heiraten konnte ich jetzt nicht und auch nicht im Hause bleiben. Und überall hatte ich mir die Wege verschüttet, zu allen Menschen hin, die einst mein gewesen waren, und auch zu mir selbst, wie ich vordem gewesen war. Es graute mir vor dem Leben und auch vor dem Tod. Es war nicht so einfach, zu sterben, denn man konnte nicht wissen, ob es etwas half. Ich hatte da noch nie recht getraut, schon bei andern Menschen nicht, und nun, da es mich selbst betraf, war es mir ganz unsicher, ob ich dann wirklich tot sein würde, und was etwa nachkäme. Doch lag ein kleiner, ferner Trost in dem Gedanken, daß ich das Mittel ja immer noch versuchen könne, wenn es gar kein anderes gebe, da ja der Tod eine offene Tür sei, durch die man jederzeit eingehen könne.

Es ging schon gegen den Morgen hin. Irgendwo her erscholl ein Hahnenschrei, dem ein anderer antwortete. Es regnete sachte weiter, und es war kühl. Ich war auf einer Hochebene; es strich ein Wind darüber hin. Als ich aus der Hütte trat, hörte ich, wie die nassen Bäume erschauerten und ihre Tropfen versprühten. Ich besann mich, wo ich sei und was ich tun wolle, und beschloß, dem Hahnenschrei nachzugehen bis in ein Dorf, wo ich dann den Weg erfragen könne. Es war alles so entsetzlich wüst und leer in mir; ich hätte gern geschlafen, wenn ich nicht gewußt hätte, daß ich dann wieder aufwachen müsse, und wenn mich nicht das starke Gefühl der Kälte und Nässe getrieben hätte, eine Abhilfe zu suchen. So ging ich denn weiter, aber nicht mehr mit der Kraft der Erregung von vorher, sondern mit schweren Füßen, die sich widerwillig einer vor den andern setzten. Als es Tag war, fand ich mich in einem Dorf, das an einer kleinen Seitenbahn lag. Ich ging in ein Wirtshaus und trank Kaffee. Die Wirtin sah mich verwundert an und sagte teilnehmend: „Sind Sie krank?" und ich schüttelte den Kopf, dachte aber, ich sei es doch und fürchtete nun plötzlich, nicht mehr weiter zu können, da sich ein dumpfer Druck über mir auszubreiten begann. Ich mag wohl stundenlang an dem Wirtstisch gesessen sein, und die Wirtin begann besorgt zu werden. Sie sagte, der Doktor fahre nachher durch, sie wolle ihn hereinrufen, und sie wolle meine Kleider trocknen. Aber ich raffte mich auf und ging, und als ich an dem kleinen Bahnhof war, sah ich von fernher ein kleines Lichtlein durch den überhand nehmenden Nebel meiner Gedanken scheinen: Ich wollte heimfahren. Es war mir, als warte der Alkoven noch auf mich, in dem ich als Kind geschlafen hatte, unter dem Strohblumenkranz mit dem Bild des Vaters. Das war nicht der Fall, aber irgendwie war ich doch daheim dort in der Stadt. Die Mutter war nicht mehr da. Aber die Schwestern. Es stach und brannte, als ich das dachte, aber das Verlangen war größer als alles. Ich saß in der Bahn und dachte das eine Wort: Heimgehen. Dort kam alles Übrige, ich mußte nur einmal in meiner Kammer geschlafen haben. Das Klingelbähnchen fuhr so langsam, es war mir, als komme ich nicht mehr an. Ich wartete wieder auf einem Bahnhöfchen und saß endlich im Zug, der nach meiner Vaterstadt fuhr. Wie ich von der Bahn nach Hause gekommen bin, weiß ich nicht mehr. Es war schon Licht in der Schreinerwerkstatt. Ein kleines Bübchen spielte unter der Tür mit Holzklötzen. Drinnen bei dem Mann sah ich Helene stehen, sie hatte das Kleinste auf dem Arm. Ich ging leise durch die offene Haustür und machte die Flurtür auf. Eine kleine Schelle klingelte atemlos an der Tür; da kam Luise aus der Bügelstube und sah mich. Sie machte die Tür hinter sich zu und ergriff mich stumm an der Hand. „Bist du da?" sagte sie und umfaßte alles, was an mir war mit einem einzigen Blick, ohne nach irgend etwas zu fragen.

286

*

Ich lag in ihrer Stube und in ihrem Bett, das vordem das
unserer Mutter gewesen war, aber ich wußte es nicht. Ich
ging in schweren Träumen durch unterirdische Gänge, um
jemanden zu suchen, den ich um Lebens und Sterbens
willen finden mußte. Manchmal war es meine Mutter und
manchmal Maidi, manchmal auch der Zeitler. Aber wenn ich
eins von ihnen von weitem sah, so war es doch nur von
hinten, und es ging durch eine Tür, die sich in der Mauer
auftat und wieder hinter ihm schloß. Ich wollte rufen und
konnte nicht, ich stemmte mich gegen die Tür, um sie zu
öffnen, und mußte machtlos davon ablassen. Oder sie
öffnete sich, und irgend ein anderer Mensch trat mir
entgegen, der mich aufhielt, indes das Gesuchte schon
wieder in halber Dunkelheit lautlos verschwand. Einmal
war es Rosa, das Dienstmädchen der Pfarrerswitwe, bei der
Maidi wohnte. Sie grüßte mich mit vertraulichem Lächeln
und hatte Maidis blaugepunktetes Sommerkleid an, und
auch das Samtbändchen war wie einst durch die Spitze am
Halsausschnitt gezogen. „Wissen Sie es nicht?" sagte sie.
„Das Fräulein ist lebendig begraben worden. Es ist ja aber
gleich, es gibt noch andere." Sie drängte sich an mich, und
ich spürte ihre volle Brust an meiner und ihre Arme um
meinen Hals. Ich wollte mich wehren, da ich soeben von
weitem Maidi gehen sah mit geschlossenen Augen und
schlicht herabhängendem Haar, und ich sie zu errufen
hoffte; aber knöcherne Finger drückten mir die Gurgel zu,
so daß mir die Luft ausgehen wollte, und ich sah ein Gesicht
über mir, das mich aus starren Augen schrecklich anblickte,
und hörte von weitem Eleonore sagen: „Die Tischkarten
müssen zuerst geschrieben sein," was mir klang wie ein
Todesurteil.

Inmitten der jagenden und sich überstürzenden Bilder und

Gedanken, die aus einem unerschöpflichen unterirdischen Brunnen zu strömen und sich über mich zu ergießen schienen, spürte ich manchmal eine kühle und sanfte Decke, die sich über alles breitete und die Bilder auslöschte, so daß eine wohltätige Dunkelheit mich umfing und ich sachte und tief hinuntersank in ein Nichtwissen, das ich nur wie von ferne als etwas Gutes empfand. Ich mühte mich hie und da, die Augen aufzumachen, um die Decke zu sehen, die mir von purpurroter Farbe zu sein schien und sich leicht und weich anfühlte, aber ich konnte die Lider nicht heben. Doch hörte ich dann halblaut gesprochene Worte, die mich seltsam beruhigten, obgleich ich sie nicht verstand, und schlief unter ihnen ein, wenn ich so sagen soll, da ich ja nie wach war, bis mich neue Traumbilder, die mein kochendes Blut auf dunklen Bahnen herzutrug, zu neuen Mühsalen aufschreckten. Dann war es einmal lange schwarz und kühl. In einer Nacht schlug ich die Augen auf. Ich glaubte soeben unzählige Staffeln aus unendlicher Erdtiefe emporgestiegen und aufs höchste ermüdet auf die oberste niedergesunken zu sein, und war nun verwundert, mich im Bett zu finden in einer Umgebung, die mir bekannt vorkam, die ich mir aber nicht mit mir selbst zusammenreimen konnte. Auf dem Tisch an der nächsten Wand stand brennend eine kleine Lampe mit grüner Glasglocke, und neben ihr lag ein schlafender Kopf mit schweren Zöpfen, auf ausgebreitete Arme hingelagert. Ich hatte die schwierige Aufgabe, herauszubringen, wem er gehöre, aber in diesem Augenblick hob er sich und sah zu mir herüber. Es war meine Schwester Luise. Sie stand auf und kam zu mir her. „Ach, da bist du,“ sagte sie mit glückseligem Ausdruck, und auf einmal rannen ihr die Tränen stromweis über die Wangen. Davon verstand ich nichts. Ich betrachtete sie aufmerksam, bis mir die Augen wieder zufielen und ich tief einschlief.

So kehrte ich nun wieder in die Wirklichkeit zurück, die sich nach und nach bei mir anmeldete mit Geräuschen und Lichtern des Tages, die ich wahrnahm, ohne ganz wach zu sein, bis sich die Nebel, die mein Denken und Fühlen noch umgaben, auf einmal lichteten und ich mit jähem Erschrecken meiner selbst und der jüngsten Vergangenheit bewußt wurde.

Sie war aber nicht mehr ganz so jung, wie ich meinte, denn ich war wochenlang krank gewesen, ohne es zu wissen. Luise erzählte mir, daß ich viel gesprochen und auch gegessen und getrunken habe, aber ohne jemals mit klarem Blick um mich zu sehen, so daß sie fast noch mehr für meinen Verstand als für mein Leben gefürchtet habe und darum so erschüttert gewesen sei, als ich zum erstenmal mit sichtlichem Bewußtsein die Augen auf sie gerichtet habe. Sie hatte bei mir gewacht und mich gepflegt, und die kühle Decke, die meine wirren Träume gebannt und zugedeckt hatte, war ihre Hand gewesen, die auf meiner Stirn geruht und mich stets beschwichtigt hatte, wie sie mir einmal gestand, fast beschämt über die starke Wirkung, die sie auf mich ausübte, da sie ihr selber neu und verwunderlich war. Sie fragte mich nichts, sondern brachte Helene herüber, die mit dem kleinen Mädchen auf dem Arm erschien und wortlos meine Hände streichelte, bis ich, da mir alles nacheinander einfiel, was mich beschweren mußte, mich nach der Wand drehte und stöhnte.

Mit dem Wachsein wuchs nun die Angst, wie es um mich stehe, und ich mußte nun anfangen, zu reden, obgleich ich lieber wieder ins Unbewußte hinübergedämmert wäre. Da fand es sich, daß Luise genug von mir wußte, vielleicht mehr als ich selbst, weil ich ohne die Hemmungen der wachen Scham fortwährend geredet hatte, zwar oft unzusammenhängend, aber verständlich genug, um sehen zu lassen, daß mir der Garten verhagelt und ich selber mit verwüstet sei. Das alles hatte sie im Tiefsten erbarmt und ihr bei aller Erschütterung und Enttäuschung aber auch ein warmes Glücksgefühl gegeben, weil ich mich von meinem Scherbenhaufen weg zu ihr geflüchtet und mich, wie ich war, in ihre Hut und Pflege gegeben hatte.

Nun konnte sie mir mit allerlei Berichten entgegenkommen. Ich hatte mich nicht zu Bett bringen lassen wollen, eh' ich einen gewissen Brief geschrieben hätte, der vor allem sein müsse, hatte aber einen Bogen um den andern mit vergeblichen Anfängen bedeckt und war schließlich fiebernd darüber eingeschlafen, worauf dann die eigentliche Krankheit, die sich wohl schon lange in mir vorbereitet hatte, ausgebrochen war.

Luise, die sogleich sah, daß es sich bei mir um eine große Erschütterung handle, schrieb nun an Herrn Kasimir, daß ich krank heimgekommen und ohne Bewußtsein sei, was sie mir, da ich ja jetzt der Genesung entgegenging, mit einer kleinen Beimischung von Genugtuung erzählte, weil sie begreiflicherweise keine Sympathien für Eleonore hatte und nun den traurigen Triumph erlebte, mich, wo es galt, am nächsten bei sich zu haben.

Darauf war Herr Kasimir hergereist gekommen, ohne meine Braut, wie Luise nicht zu sagen vergaß, war lange an meinem Bett gesessen und hatte mich allerlei gefragt, was ich auch beantwortet hatte, alles ohne nachher noch davon zu wissen. Herr Kasimir war, was Luise gleichfalls freute, sehr bedrückt und bekümmert gewesen; besonders als er aus meinen Reden erfuhr, was mich fortgetrieben hatte.

Eleonore hatte ihm in der Bestürzung über mein rätselhaftes Verschwinden und über die Nachricht von meiner Erkrankung mitgeteilt, daß sie sich mit ihrem früheren

Liebhaber getroffen und ausgesprochen habe, daß sie sich aber nicht denken könne, auf welche Weise ich das habe erfahren können, obgleich sie annehmen müsse, daß es so sei, was er ja nun bestätigt fand, ohne zu wissen, wie sehr ich selber gerichtet und in mir zerschlagen sei. Im Gegenteil glaubte nun er und auch Eleonore, ich sei in meiner großen Liebe zu dem Mädchen so tief verwundet worden, daß ich in Verzweiflung geraten sei, was sie mir zugute schrieben als einem tiefen und warmen Gemüte, und was sie den Weg, den es genommen hatte, beklagen ließ. Sie sahen aber wohl ein, daß aus der Hochzeit nun nichts werden könne, und es war bereits die Nachricht eingelaufen, daß Eleonore für längere Zeit verreise, um dem Gerede in der Stadt aus dem Wege zu gehen, während Herr Kasimir nun aufs neue angebunden sei, bis sich für ihn eine Lösung finde. Er habe, sagte Luise mit Stolz, gejammert, daß er mich nun wohl auch verlieren müsse, wobei ihr die Augen darüber aufgegangen seien, daß meine Berufung in das Haus Hagenau, über die sie sich so gefreut hatte, einem doppelten Zweck gedient habe.

„Man hat dich," sagte sie, „eingefangen für die stolze Jungfer, und du bist ahnungslos ins Garn gegangen, weil du ein guter und harmloser Mensch bist; jetzt, wo nichts aus der Heirat werden kann, fällt auch die Notwendigkeit, dich im Geschäft zu haben, dahin. Du wirst aber, wenn du doch so tüchtig bist, schon etwas anderes finden."

Ich hörte das alles an, ohne etwas darauf zu sagen, es senkte sich aber immer schwerer und tiefer eine abgründige Traurigkeit auf mich herab, die noch dadurch vermehrt wurde, daß Luise es vermied, mir auch nur den kleinsten Vorhalt über meine Handlungsweise gegen sie zu machen, oder die Rede auf Maidi zu bringen, sondern nur mit großer Zartheit und Güte um mich war und alles sagte, was mich beruhigen und trösten konnte ihrer Meinung nach.

Vielleicht hielt sie mich für sehr schwach und schonungsbedürftig oder auch für genug gestraft, wo ich etwa tadelhaft gehandelt habe. Sie hatte, wie ich wohl merkte, eine wenig gute Meinung von Eleonore, mit der sie sich nach und nach hervorwagte, so lang ich nicht widersprach, und war geneigt, sie für herzlos, kalt und falsch, und mich für umgarnt und betrogen zu halten, was ich endlich nicht mehr aushielt. Es war an einem späten Abend. Luise hatte mich für die Nacht besorgt und wollte sich zurückziehen, da es nicht mehr nötig war, bei mir zu wachen, als ich ihre Hand ergriff und sagte: „Ich bin selber an allem schuld; es trifft keinen Menschen ein Vorwurf, als mich," was auszusprechen mich aber einen solchen Kampf und Krampf kostete, daß ich das bißchen Kraft, das mir noch blieb, zusammenraffen mußte, um nicht fassungslos hinauszuweinen.

Ich kehrte mich nach der Wand und verbarg mein Gesicht. Luise aber stellte die Lampe, die sie schon in der Hand hatte, auf den Tisch und setzte sich auf meinem Bettrand, um still zu warten, bis sich die hohen Wellen in mir gelegt hätten oder wenigstens mich ihres Dabeiseins zu versichern.

Es wurde mir aber, nachdem ich jetzt angefangen hatte, nicht mehr so schwer, ja, es schien mir eine Erlösung, mir vom Herzen herunterzureden, was da angesammelt war. Ich schonte mich nicht und beschönigte auch nichts von allem, was mein blindes und selbstsüchtiges Wesen an mir selbst und andern angerichtet hatte, und mein lang beschwichtigtes und unterdrücktes Herz kam wieder einmal zu Worte, ohne daß ich ihm das Reden verbot, was ihm zu gleicher Zeit wohl und weh tat. Das will ich nun nicht mehr alles heraufholen. So wenig ich wollte, daß ich diese Stunde nicht erlebt hätte, so wenig könnte ich noch einmal ausbreiten, was mir unter Schauern und Schrecken als mein

Ich gezeigt worden war wie im Spiegel. Es waren oft genug Boten des lebendigen Lebens an meinem Weg gestanden, und es hatte mich auch etwas zu ihnen gezogen, aber ich war dennoch dem Äußerlichen und Niedrigen in mir nachgegangen, dem ich noch wackere und tüchtige Namen gegeben hatte, um es vor mir aufzuputzen. Die falsche Richtung der Wünsche und Begierden hatte ich schon lange eingeschlagen, und was ich diesen Sommer getan hatte, das war alles nur als reife Frucht vom Baum gefallen. Dabei konnte ich nicht sagen: „Da und da hat es angefangen und von da an mußt du bereuen," sondern es war eines aus dem andern gekommen wie aus einer Wurzel in aller heimtückischen Ehrbarkeit und Strebsamkeit. Ich hatte Maidi verlassen und Eleonore belogen und die Schwestern verleugnet und in allem noch recht gehabt wie ein Tugendmensch und braver Bürger, weil ich ja doch kein Wort gebrochen und keinen falschen Eid geschworen hatte. Es war nicht auf den Grund zu kommen mit dem trüben Wasser, und ich schwieg endlich, mutlos und erschöpft, aber mit einem Frageblick in Luisens gutes und aufrichtiges Gesicht hinein, ob sie vielleicht weiter wisse.

Sie sah schon lange, daß es da mit Beschwichtigen und Rechtgeben nicht gemacht sei; sie nickte, solang ich sprach, hie und da nachdrücklich und ernsthaft mit dem Kopf, als ob sie danebenher ihre eigene Gedankenfäden spinne. Das war auch so, wie ich gleich sah.

„Ach, lieber Ludwig," sagte sie, „da muß ich jetzt auch anfangen mit Bekennen und Bereuen, wenn ich so sagen soll. Ich habe mir schon viel Gedanken und Herzbrechen gemacht deinetwegen, mit Helene und auch allein. Vielleicht sind wir an dem, was du da sagst, alle miteinander schuldig. Du bist uns von klein auf gewesen wie ein goldener Becher, in den wir alle hineingesehen haben mit Stolz und

Hoffnung und auch mit Liebe. Aber die Liebe hat es vielleicht nicht recht gemacht bei uns. Wir haben dir alles zu leicht gemacht und alles entgegengetragen, nach was es dich verlangt hat. Wenn wir gedacht haben, daß du es weit bringen sollest auf der Welt, so haben wir nicht an deine Seele gedacht, sondern an Ehre und Fortkommen und gutes Bestehen vor den Menschen. Und auch an uns haben wir gedacht, daß einer aus unserem Haus hervorgehe, der mehr sei und höher stehe als wir, und es ist ein Ehrgeiz in uns gewesen, dich dahin zu bringen. Das andere freilich, das hat sich für uns von selber verstanden, daß wir an dir Teil haben und du zu uns gehörst, und daß du ein Mensch werdest, an dem man seine Freude haben könne. Die Mutter hat sich oft gesorgt um dich und gekümmert, ob alles recht werde. Da haben wir deine Partei genommen und gesagt, es sei ein Unrecht, daran zu zweifeln. Man müsse dir nur immer zeigen mit der Tat, daß du einem wichtig seiest und wert, so kommest du nie von uns los. Dann, wie wir dich allein gehabt haben, ist es auf und ab gegangen, das weißt du ja. Ich mache dir keinen Vorwurf, lieber Ludwig, du machst ihn dir ja selber. Das erbarmt mich und erfreut mich auch, wenn ich ehrlich sein soll, denn ich hätte es nicht tun können, ich habe es nie gelernt, dir so etwas zu sagen. Sieh, es haben dich immer alle Leute gern gehabt, wo du auch hingekommen bist, weil du so die Anlagen gehabt hast, daß du heiter und gesellig und auch gescheit gewesen bist. Das ist dir alles ganz natürlich gewesen, als ob es so sein müßte. Ich sehe alles, wie es gekommen ist, eins aus dem andern. Es ist wie bei kleinen Kindern: man muß ihnen hartes Brot zu beißen geben, daß sie feste und gesunde Zähne bekommen. Es ist nichts, wenn man es einem Menschen zu gut macht, er muß es mit der Not zu tun haben und mit Mühe und Sorge, damit er sieht, was es für eine ernste Sache ist um das Leben. Sonst geht ihm alles obenhin, und er meint, es sei sein Recht, daß es so fortgehe."

Ich hatte Luise noch nie so viel auf einmal reden hören, da sie sonst eher still war als gesprächig, und ich merkte, daß es ihr eine Wohltat und eine Vereinigung mit mir bedeutete, sich einmal über all das auszusprechen.

Sie löschte die Lampe, die anfing zu rauchen und zu spucken und fuhr beim Scheine des kleinen Nachtlichts, das sie mir angezündet hatte, fort:

„Als dann Maidi zu uns kam in der Zeit, da du eine so erwünschte Lebensstellung gefunden hattest und ein gemachter Mann zu sein schienest, da waren wir voller Freude. Es deuchte uns ein besonderer Segen auf dir zu liegen, der dich durch alle Gefahren und Versuchungen hindurch dennoch zu einem guten Ziele führe, und wir sagten zueinander, es sei gewiß die Mutter, die von drüben herüber über dir wache, obgleich Helene dann hinzufügte, du habest ja jetzt den besten, sichtbaren Schutzengel um dich und brauchest keinen andern mehr. Denn wir meinten nicht anders, als es sei zwischen euch ein Einverständnis, was allerdings nur davon herkam, daß uns das liebe Mädchen gar so gut gefiel und daß wir ihm anmerkten, es sorge sich um dich und sehne sich nach deinen Nachrichten."

Als Luise das erzählte, konnte ich nicht verhindern, daß mir ein tiefer Seufzer entstieg, und sie meinte aufhören und mich der Nachtruhe überlassen zu müssen, sah aber dann selber ein, daß ich, überwach und erregt, doch nicht schlafen könne, ehe wir unser Gespräch zu Ende geführt hätten, und sagte: „In der unglücklichen Zeit, die dich und uns so viele Schmerzen gekostet hat, träumte mir einmal, daß die Mutter vor dem alten Häuschen am Graben auf dem Bänklein sitze und zu mir sagte: ,Es wird ihm nichts geschenkt, er muß alles teuer zahlen. Man hätte ihn sollen als klein härter halten, denn es kommt jetzt doch alles auf ihn heraus.' Da wußte ich, daß etwas Schweres auf dich wartet, und als du krank und elend heimkamst, war ich nur froh, daß ich dich da habe, denn es war mir, als sei das Ärgste schon vorbei, und es komme nun wieder besser. Und du wirst sehen, es kommt auch."

Dabei sah sie mir mit einem Anflug von Hoffnungsfreude und fast Schelmerei in die Augen, und ich wußte, daß sie nun denke, es könne vielleicht, da ich nun frei sei, wieder ein Weg von mir zu Maidi hin gefunden werden, was ihr nicht nur ein Glück an sich, sondern auch ein Beweis gewesen wäre, daß nun das züchtigende Schicksal seinen Grimm über mir erschöpft hätte und mich fortan durch Güte auf freundlichen Pfaden zum vollen Leben hin zu führen gedenke. So ließ sie mich, obgleich erregt und aufgewühlt, doch nicht ohne ein kleines Flämmchen zurück, das, wie das winzige Nachtlicht an die dunklen Wände meiner Schlafkammer, blasse und sich tröstlich vermehrende Lichtringe in die Nacht meines Innern warf. Das hatte schon sehnlich darauf gewartet, daß es noch einmal hoffen dürfe, und fing begierig an, wenn auch noch zaghaft und scheu, sich der Entfernten, in der Zeit der Untreue am meisten Geliebten zu nähern.

Ich war noch fiebrig und schwach und zu nichts fähig, als vor mich hin zu träumen, meistens mit geschlossenen Augen. Manchmal überfielen mich dabei die dunklen Geister der Vergangenheit. Es reute mich die Zeit, die mir verloren gegangen war, die Umwege, die ich gemacht hatte. Mein Stolz bäumte sich auf, wenn ich daran dachte, wie Eleonore und der Doktor über mich gesprochen hatten. Olbrich fiel mir ein, und Hertha, und der Zeitler. Ich war überall unten durch; sie hatten alle recht, wenn sie auf mich heruntersahen, und ich wünschte, nie mehr aufzustehen. Aber öfter und öfter gewann meine genesende Seele die

Macht, sich vor dem Dunkeln zu flüchten. Ich konnte noch nicht an Maidi schreiben, und es war mir, als könne ich es überhaupt nicht, als müsse ich zu ihr gehen und ihr alles sagen, und sie würde mich nicht von sich weisen, denn sie liebte mich, wie ich war. Ich ließ mir von Luise erzählen, was sie von mir gesagt hatte, als sie dagewesen war. Luise sagte lächelnd: „Sie meinte, du seiest dir selber gefährlich und eigentlich gar kein Kraftmensch, aber sie machte ein so liebes Gesicht dazu, als ob ihr gerade das das liebste an dir sei. Das kann auch sein, denn ich glaube, sie hat das Sichere und Bestimmte, das dir manchmal fehlt, und das will sich gern mit dir vermischen. Überhaupt ist sie ein Mensch, der lieben kann und sich nicht besinnt, welche Eigenschaften ihr Geliebter haben soll; sondern sie liebt, weil sie liebt, und aus keinem andern Grunde."

„Hat sie dir denn das gesagt?" fragte ich verwundert.

„Nein," sagte Luise, „so etwas brauchen wir Frauen einander nicht zu sagen, das merken wir auch so."

Dieses Gespräch war mehr als Arznei für mich. Ich fühlte neuen Saft in mir aufsteigen und sah den Baum meines Lebens wieder Knospen treiben. Draußen ging der Oktober zu Ende mit sonnigen, warmen Tagen, hinter denen der Winter kommen mußte, ich aber rief mir den Frühling herauf, der gewesen war, und schöpfte aus ihm die Hoffnung auf einen neuen.

Ich dachte daran, wie Maidi von ihrer Mutter geredet hatte und von ihrer harrenden Liebe, die durch nichts ertötet werden konnte, und wie die Tochter sich einer gleichen fähig gefühlt hatte. Freilich hatte ich damals gedacht, Maidi würde nie solche Schmerzen erleiden, denn etwas so Köstliches wie sie würde niemand verlassen, der es besitzen könne, und nun war ich selber es gewesen, der an ihr gesündigt hatte. Aber darum konnte ich doch zu ihr zurückkehren, denn sie war treu, daran konnte ich nicht zweifeln. Alles andere aber mußte sich finden und fand sich auch, wenn ich nur wieder mit ihr einig war.

Manchmal kam mir der unsinnige Gedanke, sie könne auf einmal zur Tür hereinkommen und an meinem Lager stehen. Ich schloß die Augen und sah sie vor mir, und mein Herz klopfte ihr entgegen und gab ihr tausend liebe Namen. So gingen einige Tage vorbei, in denen ich kräftiger wurde und nach dem Aufstehen verlangte, denn es eilte mir auf einmal mit dem Gesundwerden. Luise war jetzt wieder viel in ihrer Bügelstube, und eines Tages fiel es mir auf, daß sie blaß und übernächtig aussehe und rotgeränderte Augen habe. Ich schalt mich, daß ich nicht mehr an sie gedacht hatte, die mich mit so großer Treue gepflegt und mir zurechtgeholfen hatte, denn ich dachte, sie sei übermüdet vom Nachtwachen, aber als ich sie darauf anredete, lächelte sie traurig und sagte, ich solle mich nicht um sie kümmern, sondern nur trachten, gesund zu werden, daß ich dem Leben wieder gewachsen sei, denn das verlange viele Kräfte, mehr als man ahne. Das fiel mir auf, da sie sonst so zuversichtlich und wacker dastand, und ich dachte, sie mache sich Sorgen um mich und mein Fortkommen, mehr als sie zeigen wolle, und nahm mir vor, sie so recht an allem Guten, das ich doch noch zu erreichen hoffte, teilhaben zu lassen, so daß sie wieder freudig aufatmen könne. In diesen Tagen kam Helene viel mit den Kindern zu mir, die ich ja noch gar nicht kannte, und die man mir seither, um mich zu schonen, ferngehalten hatte. Das kleine Mädchen auf ihrem Arm, das Maria hieß, sah mich ernst und aufmerksam an, bis auf einmal ein Lächeln das ganze runde Gesichtchen überzog und es wie in Sonnenschein tauchte, während das Bübchen sich zuerst in die Rockfalten der Mutter verkroch und mich aus ihnen heraus musterte, und dann mit

Geschrei fortgebracht zu werden begehrte, weil ich ihm in meiner Blässe und Hilflosigkeit unheimlich war. Wir befreundeten uns aber doch nach und nach, und bald kam der Kleine, der meinen Namen trug, auch allein zu mir. Ich setzte ihn auf meine Bettdecke und sagte ihm Liedchen vor, die mir aus meiner Kindheit her wieder einfielen, von denen er aber einige schon kannte und mich berichtigte, daß ich sie nicht recht wisse, die Mutter habe sie ihm anders gesagt, und so müssen sie heißen. Es war ein frühgewecktes und gelehriges Kind mit dunklem Lockenbusch und blauen Augen. Man sagte mir, er sei eine zweite Auflage von mir, wie ich in seinem Alter gewesen sei, und ich dachte daran, daß mich mein Vater, der Erzählung nach, auch so vor sich auf der Bettdecke sitzen gehabt und mich Liedchen gelehrt habe. Es drängte mich eine warme und dunkle Lust, ein eigenes Kind aus meinem Blute zu umfassen, und reiche Quellen, die neu aufsprangen, strömten von mir zu Maidi hin, deren Namen ich im Geheimen den kleinen Ludwig sagen lehrte.

Ich versuchte das Aufstehen und saß zum erstenmal in einem Korbstuhl am Fenster, als Lotte Meister mich besuchte. Ich dachte, ich müsse mich wohl sehr verändert haben, da sie mich ernst und bewegt ansah und eine meiner zart gewordenen Krankenhände behutsam zwischen ihre beiden festen und gesunden nahm. „Du mußt jetzt ein fester und starker Mann werden," sagte sie; „wir warten alle darauf." Es schien, als wolle sie mir noch etwas mitteilen, was ihr aber nicht über die Lippen wollte, und als ich sie fragte, ob sie etwas Besonderes habe, sagte sie hastig, sie komme morgen wieder, und kürzte ihren Besuch ab. Sie trug ein schwarzes Kleid und schien zu einer Beerdigung zu gehen, und es läuteten auch gleich nachher die Glocken einer entfernten Kirche zusammen, dumpf und schwer. Im Hause war es still; nur von der Werkstatt herüber hörte ich das Kreisen und Schwirren der Bandsäge, das mit scharfem Ton die Luft zerriß. Die Glocken dröhnten; es lag ein Nebel über der Gasse, der zusehends dichter wurde; mir war schwer und angst zumute. Ich versuchte im Zimmer auf und ab zu gehen, um meine Kraft zu üben, denn ich mußte machen, daß ich bald auf die Reise kam, um Maidi zu finden. Sie mußte mich lossprechen und mit mir eins sein, sonst konnte ich nicht neu anfangen zu leben.

Als nach einiger Zeit Luise zu mir kam, sagte ich erregt, ich müsse mit ihr reden, ich könne es nicht mehr verschieben. Ich hätte die ganze Zeit darüber geschwiegen, aber nun halte ich es nicht mehr aus, ich müsse Maidi wieder gewinnen. Wenn sie wirklich zu lieben verstehe, so müsse sie auch über alles hinüberkommen, was uns getrennt habe. Ich dachte nicht daran, daß wir uns ja noch gar nie ausgesprochen hatten, noch nie in Wirklichkeit geeint gewesen waren; es war mir, als hätten unsere Seelen schon lange im innigsten Verein gelebt und wären nur für eine kurze und dunkle Zeit auseinandergerissen gewesen durch meine Schuld. Ich sah betroffen, daß sich Luise über den Tisch warf und, den Kopf auf die Arme gelegt, lautlos schluchzte, so daß ihre Schultern zuckten vor heftigem Weinen. In meiner starken Erregung faßte ich es so auf, als halte sie es für unmöglich, daß Maidi mir verzeihen könne, oder als wisse sie mit Sicherheit das Gegenteil. Ich rührte sie an der Schulter und sagte: „So gib doch Antwort," worauf sie den Kopf hob und, mich mit großen Augen schmerzlich ansehend, tonlos sagte: „Es hilft nichts mehr. Maidi ist nicht mehr am Leben. Sie ist vor einer Stunde begraben worden, hier in ihrem Familiengrab!"

*

Wenn ich an jene Stunde und an die Tage denke, die darauf folgten, so wundert es mich, daß sie vorbeigingen und daß ich sie überstehen konnte. Es rinnen ja Zeit und Stunde auch durch den rauhsten Tag, aber wer, mit schwerer Last beladen, jede Minute schmerzvoll auskostet, dem ist ein Tag eine Ewigkeit, und er sieht ihn herniedersinken in den Schoß der Nacht, als ob das Gestern unaussprechlich lange her wäre, und als ob es zu viel verlangt wäre, daß er auch noch das Morgen tragen solle.

Dennoch fassen sich auch in solcher Zeit die Stunden an den Händen, nicht zu leichtbeschwingtem Tanze, sondern zu langsam schleichendem Gange, der aber auch sein Ziel erreicht, wie die träge dahinrollende Welle eines Stromes, der in der Niederung angelangt ist.

Die Meinigen hatten befürchtet, daß ich aufs neue erkranken würde, wenn ich die Nachricht von Maidis Tod vernähme, die sie aus der Zeitung schon einige Tage zuvor erfahren und mir noch vorenthalten hatten, bis ich mehr gekräftigt sein würde. Sie hatte mit ihrem Bruder eine größere Wanderung gemacht, nachdem sie die Schlußprüfung an der Schule hinter sich hatte, und war beim Baden in dem herbstlich durchsonnten, aber doch eiskalten Wasser eines Gebirgssees vom Herzschlag getroffen worden und lautlos untergesunken. Der Bruder, der näher am Ufer war als sie, sah sie, die weit hinausgeschwommen war, plötzlich verschwinden, schwamm mit starken Stößen auf die Stelle zu, wo das Wasser noch weite, unruhige Kreise zog, und konnte mit Hilfe eines Schiffmanns, der am Ufer an seinem Nachen bastelte, den geliebten Leichnam bergen, was alles, mit vielen Zutaten versehen und ausgeschmückt, in der Stadt, wo die Geschwister noch viele Freunde und Bekannte hatten, erzählt wurde und von Mund zu Mund ging.

Der beraubte Bruder hatte dann die Schwester in das Familiengrab zu dem silberglänzenden Großvater gebettet, dessen Liebling sie gewesen war, und mit dem man sie so oft

301

hatte durch die Straßen gehen sehen, aufrecht, mit freier und freudiger Haltung und mit erwartungsvoll schreitendem Gange, wie sich jedermann, der sie gekannt hatte, wohl erinnerte.

Ich wurde nicht kränker, so wohl es mir getan hätte, aufs neue ins Nichtwissen und noch besser Nichtfühlen unterzusinken. Meine gesunde Lebenskraft hatte für jetzt einmal den Kampf mit der Krankheit bestanden, die ihr ohnehin fremd genug gewesen war. Sie ließ sich jetzt nicht mehr in ihrer Erneuerung aufhalten, so schwer und gramvoll es auch dem Bewohner des jungen und frisch sich aufbauenden Leibes zumute war. Sondern alles, was sich auf mich stürzte: Gram, Sehnsucht, Liebe und Reue und das Heer von fragenden und vergeblich suchenden Gedanken zwang und trieb mich, aus der Enge des stillen Krankenstübchens hinauszukommen, wo die Wände mich zu erdrücken drohten, um im Freien und in der Bewegung meiner selbst und der erbarmungslosen Wirklichkeit Herr zu werden.

Es gab Tage, wo sich alles in mir dagegen auflehnte, daß es mir so furchtbar ergehen und ich, als ich dem holden Glück eine Weile den Rücken gewandt hatte, um eines Irrtums oder eines falschen Triebes willen, seiner nun auf immer verlustig gehen sollte. Ich zürnte mit Gott, den ich nun auf einmal anzureden und vorzufordern begann, nachdem ich sonst wenig genug Verkehr mit ihm gepflegt hatte. Wie ein Kind, das sich allzuhart bestraft vorkommt um eines Vergehens willen, das ihm eben der herben Züchtigung wegen klein zu werden beginnt, trotzte ich und bäumte mich auf, denn es war mir, als sei Maidi einzig von mir hinweggestorben, eben jetzt, als ich den Rückweg zu ihr suchte. Ich hätte durch alle Welt hinstürmen und sie zwingen wollen, mich noch einmal anzuhören. Aber sie war nirgends mehr aufzufinden, und wenn ich auch Flügel der Morgenröte genommen hätte. Einzig jenseits des Todestores wäre sie vielleicht gewandelt, und ich hätte ihr begegnen können, wenn ich auch da hindurchgegangen wäre. Aber es graute mir vor dem Gedanken, mit dem ich doch eine Zeitlang gespielt hatte, denn ich dachte der angstvollen Träume in den Fiebertagen, wo sie fremd und lautlos vor mir hergegangen und mir immer entschwunden war, wenn ich sie hatte fassen wollen. Wer bürgte mir, daß sie auch jetzt sich nicht von mir abwandte oder mich aus toten, leeren Augen fremd ansah, wenn ich sie traf? Stumm, ohne ein Wort oder ein Zeichen, daß sie meiner noch gedenke, war sie aus der Welt gegangen, und wenn ich auch in die kalte und furchtbare Einsamkeit hineinrief, die mich, selbst wenn ich mitten unter den Menschen war, umfing: „Maidi, wo bist du? Gib mir ein Zeichen, nur einmal, daß wir uns berühren und du noch zu mir gehörst," so kam doch nicht der leiseste Laut, nicht der fernste Traum zu mir. Ich blieb in der Schuld gegen sie und im Unrecht. Ich mußte weiterleben und mich selber tragen; niemand entsühnte, niemand entlastete mich, und die Wirklichkeit sah mich aus unerbittlichen Augen streng und grausam an.

Bei dem allem war ich begierig zu hören, was sich die Leute, die mehr wußten als ich, von Maidis Tod erzählten. Es kam nicht viel Neues hinzu, aber es war mir jedes Wort kostbar, das von ihr noch in der Luft umging. Luise, die durch ihr Bügelgeschäft mit allerlei Menschen zusammenkam, heimste es für mich ein und gab es mir weiter, obgleich ihr weiches und liebreiches Herz sah, wie ich dabei litt, und lieber geschwiegen hätte.

Zum Beispiel sollte der Bruder gesagt haben, das Studieren sei Maidi nicht gut bekommen; sie sei über ihre Jahre und ganz gegen ihre Natur ernst und still geworden. Sie habe auf jener Wanderung ein paarmal von ihrem Herzen gesprochen, das nicht mehr so leicht und fröhlich schlage wie einst und habe dann aber hinzugefügt, es mache nichts, denn ein leichtes Leben sei ein leeres Leben, nach dem es sie nicht verlange. Der Bruder habe den Eindruck gehabt, als sei ihr etwas Schweres widerfahren, und habe sie gefragt, ob ihr jemand ein Leid zugefügt hätte, da habe sie mit lieblichem und traurigem Lächeln gesagt: „Liebes und Leides; es ist aber noch nicht zu Ende. Es geht mir wie der Mutter, ich muß warten."

Dabei habe sie so fest und geradeaus wie in eine Ferne gesehen, aus der das Erwartete herkommen solle, daß der Bruder gedacht habe, sie könne herbeizwingen, was sie wolle, nur durch unentwegtes Warten.

Es sei ein sonniger Tag gewesen am letzten Oktober. Die Geschwister seien an dem Gebirgssee angekommen, der wie ein großes, klares Auge oder wie eine Opferschale voll geweihten Wassers still und glänzend in der Sonne lag, und Maidi habe sogleich gesagt, hier wolle sie schwimmen, und zwar bis ans jenseitige Ufer, an dem der Erzählung der Leute nach eine Wiese voll blühender Herbstenziane liege. Der Bruder habe anfangs keine rechte Lust bezeugt und sei am Ufer geblieben, indes Maidi, wohlig auf dem Rücken liegend, von dem durchsonnten Wasser sich habe tragen lassen, bis sie auf einmal gesagt habe: „Jetzt schwimme ich hinüber, komm doch nach," und angefangen habe, sich rasch von ihm zu entfernen. Da habe es ihn auch darnach verlangt, und er habe die Kleider abgeworfen, sei aber noch nicht weit gewesen, als sie plötzlich gesunken sei und also von ihm weg an einem Ufer gelandet, wohin er ihr nicht habe folgen können.

Sie habe dann im Sarg einen vollen Kranz der dunkelblauen späten Blüten im Haar gehabt, unter denen sie feierlich und geheimnisvoll aussehend mit geschlossenen Augen und leicht geöffnetem Munde gelegen sei, so daß man sie nur hätte fragen mögen, welches Wissen ihr noch im letzten Augenblick, eh' ihr Herz stillstand, gekommen sei.

Alle diese Dinge mußte ich wie einer, den sie nichts angingen, von fremden Leuten erfahren, die heute davon und morgen von etwas anderem redeten, indes ich sie ins Herz sammelte, um davon zu zehren, wenn ich verschmachten wollte.

Ich suchte, so bald ich irgend konnte, das Grab auf, das mir aber kein liebes Gefühl der Nähe der Geliebten gab, sondern nur eine strenge und starre Bestätigung davon, daß sie sich verborgen habe vor mir und aller Welt. Sie, die sich nicht hatte ersättigen können an allen Höhen und Weiten und die ihre Arme dem Licht entgegengebreitet hatte, daß es sie ganz umfange, hatte nun ein so enges und schmales Bett und Erde auf ihrem lieben Gesicht. Sie wanderte nie mehr mit mir durch die rauschenden Wälder, sondern lag still an den alten, königlichen Herrn angeschmiegt, der ihres Blutes und ihrer Art war, was mich in aller Betrübnis noch mit einer Art von Eifersucht erfüllte, so lächerlich das im Grunde war.

Als ich durch die Stadt zurückging, kam ich zufällig an dem alten Patrizierhaus vorbei, das Maidis Heimat gewesen war, und sah einen Wagen vor demselben stehen, auf den allerlei Hausrat, Kisten, Teppichrollen und dergleichen aufgeladen wurde. Wie fremd und verwundert vor der taghellen und nüchternen Umgebung stand eine große, uralte geschnitzte Truhe aus schwerem Eichenholz zwischen dem andern Geräte, die ich sogleich als die von Maidi auf jener Wanderung mit Olbrich geschilderte erkannte, und die also ihr kleines Erbe enthielt, das irgendwohin wanderte, Gott mochte wissen, wo. Ein Mann brachte unter jedem Arm ein Gemälde in Goldrahmen hergeschleppt. Sie wurden auf dem

Wagen in grüne Tücher eingeschlagen, und ich sah, eh' sie verschwanden, leuchtende, sonnige Landschaften unter blauem Frühlingshimmel. Eine Flut glänzte auf, Blütenbäume schimmerten, dann lagen die lichten und freudigen Gebilde wieder auf ihrem Angesicht, wie sie es lange in der dunkeln Kammer hatten tun müssen. Vorüber, vorüber, dachte ich. Es war ein Leuchten in meinem Leben, aber es ist ausgelöscht.

*

Eines Tages ging ich in schweren Gedanken am Ufer des breiten und mächtigen Flusses hin, der an meiner Vaterstadt vorbeiströmt. Er war voll vom vielen Regen der letzten Tage, und seine Wellen eilten rauschend und unaufhaltsam in ihrem Bette dahin. Die Ufer lagen im Nebel, der die Bäume auf der andern Seite einhüllte, so daß ihre Stämme und Kronen aus dichten Schleiern sonderbar fremd und schweigend herübersahen. Stumm und schattenhaft flog ein Schwarm von Krähen über mir hin, in den Nebel hinein; kaum daß man ihre Flügel rauschen hörte. Eine alte, zerklüftete Weide hängte nackte Zweige in das Wasser, das sie hob und senkte im raschen Vorübereilen. Ich war allein und fremd, denn ich fand den Weg nicht mehr ins Leben zurück. Hier hatte ich in glücklichen Kindertagen Kiesel auf dem Wasser tanzen lassen, hatte den Schiffern, die ihre Flöße stromabwärts steuerten, zugerufen und mit fröhlichen Kameraden Weidengerten geschnitten. Es war noch der Fluß meiner Kindheit, der einst blau und plätschernd geflossen war, der mich als kräftigen Schwimmer auf dem Rücken getragen und an kiesige, durchsonnte Ufer lachend ausgesetzt hatte. Jetzt strömte er mit schweren Wellen eilig und gleichgültig an mir vorüber, als ob er mich nicht mehr kenne, und seine Ufer lagen im Nebel, wie mein Leben. Ich dachte, ob es nicht besser wäre, wenn ich mich in das trübe

Wasser gleiten ließe und von ihm unaufhaltsam fortgetragen würde, da dann alles auslösche, was drückend auf mir liege, und ich mit. Da tauchte aus dem Nebel ein Pfahl auf, an dem eine Bildertafel befestigt war, die ich aus meinen Kindertagen her wohl kannte. Sie stellte in ungeschickter Malerei, die auch schon ziemlich verblaßt und verwaschen war, eben dieses Ufer dar, von einem Hochwasser des Flusses überschwemmt. In hohen Wellen und weißem Gischt war ein versinkendes Fuhrwerk zu sehen, dessen Lenker samt den Gäulen noch halben Leibes aus der Flut herausragte, ihr aber nicht mehr zu widerstehen vermochte. Wir hatten als Buben unser Vergnügen an der Schilderei gehabt, da in einer mangelhaften Schreibweise mit vielen orthographischen Fehlern den Vorübergehenden empfohlen wurde, für die Seele des Ertrunkenen, der ein Müller gewesen war, zu beten, und der Maler gleich zur Unterstützung seiner Ermahnung einige weiß gekleidete Müllerskinder in engen Kamisölchen und mit andächtig aufgehobenen Händen auf dem Bilde angebracht hatte. Sie hatten, da es lauter Buben waren, sonderbar starrende weiße Zipfelmützen auf und sahen nicht viel anders aus als aufrecht stehende Kaninchen mit gespitzten Ohren, was alles zusammen uns vielen Spaß machte. Heute las ich zum erstenmal mit leidvoller Aufmerksamkeit den Text, da ich auch am Ertrinken war, wie der Müller, wenngleich durch andere Fluten. Es hieß:

„Glück und Unglück, beide trag' in Ruh',
Alles geht vorüber, und auch du.

Hier ist mit Roß und Wagen in den Grund gefahren und
vertrunken der Müller Daniel Jungbluth, dessen Seele Gott
gnädig sein wolle. Wanderer, der du vorüber gehst,
versäume nicht, fürzubitten, denn du weißest nicht, ob
auch du der Frommen Gebete brauchest, wenn du von
hinnen gefahren bist."

Da weiß ich nun nicht zu erklären, woher mir auf einmal
beim Lesen etwas wie gelinder Trost durch die Seele floß, als
ob mich eine sanfte Hand leise berühre und den grauen
Wolkenvorhang meines Innern lüfte. Alles geht vorüber,
und auch du, sprach es in mir, und was mir vorher
schrecklich und trostlos gewesen war, nämlich das
Vergehen, barg auf einmal Trost und Hoffnung in sich, da
nicht nur das Liebe und Schöne verging, sondern auch das
Schwere und Traurige. Ich mußte es tragen. Aber nicht für
immer, es hatte alles ein Ende und ein Ziel, und auch ich
hatte es, ohne daß ich es mir vorzeitig setzte. Irgendwann
strömten alle Wasser ins Meer, die klaren und die trüben,
und vereinigten sich am Herzen der Mutter, nach der sie in
Sehnsucht hingewallt waren.

Wie es aber geht, wenn die Nebel anfangen, sich zu heben
und ein Stück Fluß und Tal ums andere im lieben Lichte
liegt, so folgte dem Lichtblick ein anderer, da mir auch
Maidis Tod nicht mehr als eine Flucht vor mir erschien,
sondern als die Erfüllung ihres eigenen Schicksals. Auch sie
war vorübergegangen in all ihrer Lieblichkeit. Sie hatte das
Leben zu erfassen gemeint, dem ihr Herz zärtlich und
sehnlich entgegenklopfte und war in ihrer goldenen Jugend
an das jenseitige Ufer hingerufen worden, um vielleicht dort
neue Aufträge entgegenzunehmen, ein anderes Leben zu

führen, zu dem ich keinen Zutritt hatte. Ich mußte es aufgeben, sie ängstlich und leidenschaftlich zu suchen und ihr nachzurufen, und hatte nichts zu tun, als mein Leben zu leben und daraus zu machen, was irgend möglich war. Das zu denken und mir vorzusetzen, schuf mir eine freie, einsame Kühle, in der die tobenden Schmerzen, aber auch die Selbstvorwürfe und die mutlose Schwäche vergehen mußten und aus der heraus es einen Weg gab, zur einfachen Pflicht zurückzukehren, in der so viele Menschen leben mußten ohne hohes Glück und überschwengliches Hoffen.

Doch erreichte ich diese Lebensmöglichkeit freilich nicht auf einmal und nicht ohne viel Übung im Fahrenlassenkönnen, im Stillen und Geschweigen der begehrlichen Sinne, im Wegblicken von der Vergangenheit, der lieben und der schlimmen, und nicht ohne williges Eingehen auf einen neuen Weg, der sich vor mir auftat, ohne daß ich ihn gesucht hatte.

*

Ich hatte einige Male gesehen, daß Luise mitten am Werktag ausging, was sie für gewöhnlich nicht tat, in gutem, sorgfältigem Anzug und mit Handschuhen versehen und mit einer gewissen feierlichen Wichtigkeit. Da sie mir aber nicht von selber sagte, was es bedeutete, fragte ich auch nicht, obgleich mir ihr Gesicht und Wesen beim Heimkommen irgend etwas ausdrückte, als ob die Gänge mit mir zusammenhingen. Das war auch der Fall, wie ich bald erfuhr.

Mitten in der Stadt lag in einer schmalen Straße des Geschäftsviertels ein Buchladen, dem seit vielen Jahren ein Männchen vorstand, das ich schon seit Knabengedenken als alt und engbrüstig in Erinnerung hatte. Man sah es häufig, wenn die Sonne über die hohen Dächer stieg, vor der Tür stehen und sich händereibend an dem bescheidenen Strählchen wärmen, das die Straße erreichte, dann sein Schaufenster betrachten und hüstelnd wie ein rechter Asthmatiker wieder in den Laden zurückkehren. Diesen hatte ich in meiner Schülerzeit nie besonders angesehen, da im Schaufenster allerlei altes, verstaubtes Zeug lag, das mich nicht im mindesten interessierte. Es war ein Antiquariat, das der Alte neben dem Wichtigsten an neuer Literatur, das er auch führte, mit Liebe und Sorgfalt betrieb. Gott mochte wissen, wo er in seiner Gebrechlichkeit die seltenen Exemplare, die alten Ausgaben rar gewordener Werke, geschmückt mit Kupferstichen oder ausgezeichnet durch wertvolle Handschriften, auftrieb, die er den Kennern hüstelnd und händereibend vorzeigte. Man sagte von ihm, er sei arm geblieben, weil er sein Herz so an die Schätze gehängt habe, die er in den staubigen Regalen seines Ladens angehäuft habe, daß es ihn jedesmal einen Kampf und schweren Abschied koste, wenn er etwas davon verkaufen solle, so daß die Kunden, die ihn näher kannten, alle Listen anzuwenden genötigt seien, um überhaupt das Beste und Seltenste gezeigt zu bekommen, wovon die ergötzlichsten Geschichten im Umlauf waren. Dieses Männchen nun war allmählich so asthmatisch geworden, daß es seiner Sache nicht mehr vorstehen konnte, und mußte sich zu dem bittern Geschäft des Verkaufens oder Verpachtens entschließen, welch letzteres ihm das Leichtere schien, da es seiner Meinung nach immerhin sein konnte, daß ihm eine Kur, die es anzuwenden gedachte, noch einmal freien Atem und Leichtfüßigkeit verschaffte, und es dann von neuem anfangen konnte, zwischen den Büchern herumzustöbern. So wenigstens hatte Luise gehört und hatte den Büchermann aufgesucht, weil sie erfahren wollte, ob da vielleicht etwas für mich herausspringe. Der Alte, der mißtrauisch und zurückhaltend war, hatte an der treuherzigen Einfachheit und aber auch ehrenhaften und klugen Biederkeit meiner Schwester Wohlgefallen gefunden und sie hatte ihm, so viel er es hatte leiden mögen, von mir erzählt. Darauf hatte er, wie ich später erfuhr, schmunzelnd gesagt: „So, so, also er ist auf die Nase gefallen zu guter Zeit noch? Das tut ihm nichts, das tut ihm gar nichts, im Gegenteil, wen die Götter lieben, den lassen sie beizeiten einen Knacks bekommen," wobei er so lachen mußte, daß ihm der Atem knapp wurde und er blaurot im Gesicht wurde. Das alles erschreckte Luise so sehr, besonders auch die heidnische Göttermehrheit, die er als schicksalswaltend anführte, daß sie schon anfing, zu bereuen, sich in mein Geschick gemengt zu haben, als der Alte sich erholte und ernst werdend sagte: „Man kann es natürlich auch anders ausdrücken, *item*, es ist nicht immer gut, wenn einem alles glatt hinausgeht." Darauf fing er an, sich mit ihr auf das Geschäftliche einzulassen, wegen dessen sie allein zu ihm gekommen war; denn sie hatte wissen wollen, ob die Ersparnisse, die sie in den letzten Jahren gemacht hatte, wohl hinreichend wären, mich in das Geschäft hineinzusetzen, falls ich Lust dazu hätte.

Das wäre nun nicht der Fall gewesen, wenn der Alte nicht eine besondere Freude an Luise gehabt und ein Vertrauen zu ihr gefaßt hätte, so daß er die Bedingungen leicht und möglich machte.

Das alles erfuhr ich erst viel später; es wäre mir sonst noch schwerer gefallen, als es ohnehin geschah, auf den Plan, den sie mir zögernd und halb verlegen eines Abends unterbreitete, einzugehen. Ich hatte mir jetzt vorgenommen, meine Zukunft und alles, was ich noch erreichen wollte, nur von meiner Arbeit und streng zusammengerafften Kraft abhängig zu machen und sollte nun ein neues Opfer von Luise annehmen und wieder gewissermaßen etwas Zufälliges über mich entscheiden lassen. Doch sah ich, mit welcher Begierde Luise auf meine Entscheidung wartete und wie lieb und wertvoll es ihr war, mich in ihrer Nähe zu behalten, und dachte, da doch sonst nirgends auf Erden ein Mensch nach meiner Gegenwart verlange, so könne ich wohl hier bleiben, und es kam auch gleich etwas wie ein Heimatsgefühl über mich, als ich in Gedanken so weit war. Auch verstand ich mich mit dem alten Buchhändler besser, als ich für möglich gehalten hätte, da ich mich nun selber mit ihm ins Benehmen setzte. Er war ein gründlich gebildeter Mensch, der aber nach irgendwelchen schweren Schicksalen und nachdem ihm die nächsten Menschen gestorben waren, sich in sich selbst und seine Bücherwelt zurückgezogen und äußerlich etwas Ungepflegtes, Uhuartiges bekommen hatte. Wenn man aber die dicke Staubschicht, die auf ihm saß, hinwegblies, um ihn jetzt mit einem seiner alten Folianten zu vergleichen, so kam allerlei Lesenswertes zum Vorschein, schnörkelig und grillig zwar, und in einer seltsamen Sprache, aber nicht ohne einen trockenen Humor und nicht ohne Geist, was mancher seiner Kunden wohl wußte, der gern ein längeres Gespräch mit ihm führte außer dem Geschäftlichen, und der auch in Letzterem sich gern von ihm beraten ließ, so belesen er selber sein mochte. Kurzum, ich sah, daß es nicht das Erbe eines alten Trödelmannes zu übernehmen galt, sondern eher die sorglich gefüllte Schatzkammer eines Sammlers, der mit leuchtenden Augen unter verwilderten Brauen hervor seine Lieblinge betrachtete und sie am liebsten alle mitgenommen hätte. Ich gewann Interesse dafür und vergaß zum erstenmal wieder etwas von meinen eigenen Kümmernissen im Durchstöbern der Bücherreihen, die sich in einem langen, schmalen Gemach hinter dem kleinen Laden hinzogen, und die ich an ein paar Abenden mit dem Alten nach Ladenschluß betrachtete. So ein Einsiedler und Sonderling wirst du nun auch nach und nach werden, dachte ich freilich dabei, aber es machte mir im Augenblick keine Beschwerden, denn es fiel mir leichter, mich hier zu bergen in die Abgeschlossenheit des kleinen Ladens, als irgendwo draußen auf der Welt, die mich gar nicht lockte, wieder neue Fahrten zu tun und mit vielen Leuten meines Alters zusammen zu sein. Auch machte sich, als wir wirklich übereingekommen waren, daß ich das Geschäft auf eigene Rechnung führen solle und der alte Uhu mit scheuem Flügelschlag hinausgeflattert war, doch bald geltend, daß ich etwas gelernt hatte und jung war, so daß ich in manchen Zweig des Betriebs einen frischen Zug brachte, ohne dabei das Eigenartige zu verlieren, das der Alte gepflegt hatte.

Ich lebte zurückgezogen, ohne Gesellschaft zu suchen, denn es war alles noch zu frisch, was ich erlebt hatte, und es ging mir zu viel nach, als daß ich hätte unter Menschen gehen mögen. Ich hoffte, meine Schwester Luise werde zu mir ziehen und mir das Hauswesen führen, so daß wir dann beieinander eine Heimat gehabt hätten. Aber sie wollte nicht. „Komm zu mir, so viel du willst," sagte sie, „je öfter je lieber, und ich will auch nach dir sehen, so viel es dir recht ist, doch soll jedes in seinem Eigentum und Lebenskreise bleiben, so daß es frei und natürlich leben kann, wie es ihm paßt." Ich merkte wohl, daß sie dachte, sie würde mir ein Hindernis sein, falls ich mich einmal zu verheiraten gedächte, oder ich würde, behaglich bei ihr eingesponnen, die Lust dazu verlieren, und stritt nicht mit ihr, obgleich ich zu wissen meinte, daß der Gedanke an Liebe und Heirat hinter mir liege für alle Zeit. Sie brachte aber viele Abende bei mir in der kleinen Wohnstube hinter dem Laden zu, die sie behaglich für mich eingerichtet hatte und in der sie immer wieder einen kleinen Schmuck oder eine neue Bequemlichkeit anbrachte, und hatte den dienstbaren Geist, der mir das Hauswesen in Ordnung hielt, gut im Zug, so daß mir nichts abging im Äußeren. Wenn sie sah, daß ich trübsinnig war und mich quälte, so lockte sie mich, daß ich

Helene aufsuchte und mich an ihren Kindern erfreute, und hatte immer neue hübsche und liebliche Züge von ihnen zu erzählen. Manchmal kam auch Lotte Meister mit ihr, und wir saßen behaglich zusammen und plauderten, oder wir machten an schönen Abenden noch einen Gang und kehrten irgendwo ein, wo es uns gefiel. Da lernte ich nun im häufigen und anspruchslosen Verkehr mit den beiden eigentlich zum erstenmal recht die gesunde Kraft ihres klugen, einfachen Wesens kennen, den unverbildeten Verstand, die Schlagfertigkeit ihrer Rede, mit der sie so recht den Nagel auf den Kopf zu treffen wußten, und den Mutterwitz, der sich nach und nach herauswagte, als sich mein trübseliger Ernst erhellte. Lotte Meister war die Lebhaftere von beiden; sie wußte mich aus aller Schweigsamkeit herauszulocken und immer neue Dinge aufs Tapet zu bringen, über die ich Bescheid geben, mich verantworten, die ich erklären oder verteidigen sollte. Dabei stellte sie ihre Unwissenheit in allen Sachen, die man durch Lesen oder Studieren erwirbt, gar nicht in Abrede, zeigte aber keinerlei Verlegenheit darüber, sondern eher eine Art von fröhlicher Unbekümmerlichkeit. Sie war sich darin und in allem Wesentlichen gleich geblieben, wie sie von jeher gewesen war. Es war aber nicht so weit her mit ihrem Nichtwissen, sondern sie kannte sich besser aus auf der Welt als mancher, der die Nase kaum aus den Büchern erheben mag; nur ließ sie sich die Sachen gern mündlich vortragen gleich einem Regenten, der sich von seinem Kanzler oder Minister Vortrag halten läßt, um das Wichtigste nahe beisammen zu haben, und übte auch, kaum daß sie aufmerksam zugehört hatte, ihre Kritik daran, an der gut zu merken war, wie hell es in ihrem Kopfe zuging. Meine Schwester Luise sah und hörte mit innigem Vergnügen zu, wenn wir uns zuweilen stritten und einander sogar freundschaftliche Grobheiten an den Kopf warfen; denn es war ihr alles ein Zeichen meiner Wiederherstellung und

314

meines Heimischwerdens in dem neuen Leben, an dem sie sich durch ihren Eingriff in mein Schicksal mitverantwortlich fühlte. Sie war auch froh, schon um Helenens willen, daß ich mich mit dem Schwager gut vertrug, soweit das bei unseren verschiedenen Naturen möglich war. Er war ja ein tüchtiger Arbeiter, der sich und die Seinen vorwärts brachte, und auch ein sorglicher Familienvater, aber eng begrenzt im Denken, und ich traute auch immer noch nicht, ob nicht die Sparsamkeit seine Haupttugend sei, auf die er sich am meisten zugute tue. Doch hatte ich keinen Grund, mit höheren Tugenden zu prahlen, und war überhaupt mehr gewillt als früher, die Menschen zu nehmen wie sie waren, da man ja bei mir auch so manches in den Kauf genommen hatte. Daß die Schwestern glücklich waren über die gute Neuordnung der Dinge, und daß Lotte Meister, die ich immer noch in einem leisen Verdacht gehabt hatte, als sehe sie ein bißchen auf mich herunter, sich von mir belehren ließ und mich ersichtlich zu respektieren anfing, tat meinem Herzen wohl; es wäre aber auf die Dauer doch nicht genug gewesen. Es gab sich aber nach und nach von selbst, daß ich auch wieder anderen Umgang gewann.

*

Mein Vorgänger hatte mir unter vielen gleichgültigen, die es wie überall gab, einen Stamm von Kunden hinterlassen, die das Bücherkaufen mit Liebe und mit feiner Witterung für das Bleibende und Wertvolle betrieben. Manche unter ihnen hatten nur schmale Geldbeutel, aber sie hatten eine durstige Liebe zum Schönen und Geistigen und hatten Verständnis für das Echte. Sie ließen sich alles zeigen und hätten am liebsten das Feinste und Beste gekauft, wenn sie gekonnt hätten. An solchen Kunden war nicht viel verdient, und doch gewann ich mehr von ihnen als Geld, denn es spannen sich durch den einen oder andern von ihnen wieder neue Fäden herüber und hinüber zwischen mir und der Menschheit. Darüber könnte ich manches sagen. Was ich früher in unreifem Lebensverlangen gewünscht hatte, nahen Verkehr mit den Besten und ein Dazugehören mit Fug und Recht, das wurde mir jetzt, als ich es nicht mehr von den Bäumen zu schütteln begehrte, nach und nach ganz von selbst zuteil. Ich trat aus meinem engen Lebenskreise, in den ich mich wie in ein Schneckenhaus verkrochen hatte, wieder mehr heraus, nicht um zu sehen, was es etwa für mich selbst zu erobern gebe, sondern um mich irgendwie ans Ganze und Lebendige anzuschließen, das draußen vorbeiflutete, und ohne das ich so wenig wie ein anderer Mann auf die Dauer bestehen konnte. Da fand sich's nun, daß ich bisher mich selber viel zu wichtig genommen hatte, da es in der öffentlichen Gemeinschaft so viele Dinge gab, für die zu denken und zu sorgen und um die sich zu ereifern es der Mühe viel mehr wert war und über die man sich selbst zurückstellen, ja vergessen konnte. Wenigstens schien es mir damals so. Es wird aber beides seine Zeit und seinen Wechsel brauchen, das Eigene und das Allgemeine, und ein Aus- und Einatmen sein, und das eine kann nicht ohne das andere bestehen. Wenn die Welle im Meer hin und her geworfen worden ist, so kehrt sie doch wieder in die stille Bucht am Ufer zurück, wo grüne Baumwipfel sich flüsternd über sie hinneigen und wo Heimat zu sein scheint; aber dann zieht das große und allgemeine Strömen sie wieder hinaus in rastloser Bewegung. Was mich betrifft, so hatte ich mich für einmal genug mit mir selbst herumgeschlagen und begehrte nichts, als mitzuerleben, was es Allgemeines gab, was freilich wieder zu meiner eigenen Beruhigung und meinem Nutzen diente und so den Kreislauf bestätigte, in den wir alle eingeschaltet sind.

Denn je mehr ich am öffentlichen Leben teilnahm und es mir wichtig sein ließ, je näher traten mir auch diejenigen unter den Menschen, die etwa ähnlich dachten und fühlten wie ich, so daß ich Freunde und Gesinnungsgenossen und auch ein geachtetes Ansehen gewann und ich wohl sagen kann, ich habe gefunden, als ich nicht mehr gesucht habe, und freilich auch zu einer Zeit, in der ich es nicht so stark begehrte.

Es ging mir aber auch noch mit etwas anderem so, das wieder mich allein anging. Als ich nämlich aufgehört hatte, der liebsten Seele durch unendliche Räume nachzujagen und ich sie ganz und für immer hergegeben hatte, fand sich's, daß Maidi mir näher und unverlierbarer schien, als zuvor. Ich sah sie nicht mehr, und sie konnte mich nicht mehr lossprechen, nicht neben mir hergehen auf allen Wegen, aber ich konnte so leben, wie es ihrer lauteren, aufs wesentliche gerichteten Art gefallen hätte und mich mit ihr einiger finden als manchesmal, wo ihre hellen Augen erstaunt und vielleicht traurig auf mir gelegen waren. Es fielen mir viele Dinge ein, die wir einst miteinander erlebt und gesprochen hatten; sie lagen mir jetzt klarer am Tage als damals, wo mich die Lust, zu scheinen und mich hervorzutun, oberflächlich und unaufmerksam gemacht hatte. Und ich wurde durch die Sehnsucht meines beraubten Herzens in die Welt des Innerlichen und Unvergänglichen hineingeführt, nicht um Maidis, sondern um meiner selbst willen, doch war sie auch darin, unverloren, liebend und geliebt. Sie hatte sich gewünscht, ohne Schuld und ohne die Schmerzen der Reue hinzugehen; das war ihr zuteil geworden, mir nicht. Ich war von anderem Stoffe, und das Leben brauchte andere Mittel, um etwas aus mir zu machen, und braucht sie noch. Denn ich kann ja, wie man zu sagen pflegt, nicht aus meiner Haut heraus und habe mit den Mängeln meiner Natur immer

Krieg zu führen. Doch habe ich sie wenigstens erkannt und gehe ihnen zu Leibe, wo es sein kann. Oft habe ich den alten Adam, wie die Theologen das nennen, was uns Anererbtes im Blute liegt, am Kragen, bald er mich, und wir raufen uns miteinander herum. Ich habe aber einmal, als ich die Taschen eines alten Rockes aussuchte, eh' ich ihn verschenkte, einen kleinen, gänzlich zerknitterten Zettel gefunden, dessen blasse Schriftzüge dennoch wohl noch zu lesen waren, und der mir jetzt wie ein neubelebtes Vermächtnis einer längst Gestorbenen erschien, nachdem ich ihn einst nur in einer flüchtigen Abschiedsstimmung mit leiser Ahnung des Inhalts gelesen und vom Nähtisch der Brigitte Hagenau an mich genommen hatte. Er hieß: „– – doch nahm ich zu allem, was mir begegnete, diese eine Stellung ein. Es sei Liebes oder Leides gewesen, so sagte ich ihm: ‚Ich lasse dich nicht, du segnest mich denn.' Und so habe ich schließlich, wenn auch mit verrenkter Hüfte, den Sieg behalten und bin nun dennoch – –"

Ich las die Worte an dem kleinen Fenster der Kammer, in der mein Kleiderschrank stand, solang noch der Ausläufer, dem ich den Rock schenken wollte, draußen auf mich wartete, und es war mir, als ob ich sie nun wohl auch nachsprechen dürfe, wie man bei einem Dichter oder Weisen unversehens in Form gefaßt findet, was unbewußt und doch lebendig in einem lag und nun auf einmal ist, als habe man es selber gesagt.

Denn es dünkte mich, als ob auch ich zu meinem Schicksal, in mir selbst und außer mir, sage, indem ich mit ihm kämpfe und ihm das Beste abzugewinnen versuche: „Ich lasse dich nicht, du segnest mich denn," wie es einst das verwachsene und dennoch hochragende Frauenbild, das den Zettel schrieb, zu dem seinen gesagt hatte, und vor ihm viele bis zu dem Erzvater hin, der an der Furt Jabok mit dem Gotte seines Lebens rang. Es sollte nichts umsonst gewesen sein, und nicht hinter mir in nichts zerfließen, was einst mein Leben erschüttert hatte. Schmerzen, die ich erlitten und die ich andern zugefügt, Torheiten, die ich begangen und die sich schwer bestraft hatten, standen wohl hin und wieder auf und fielen mich an, aber ich wollte, daß sie zu Kräften würden in mir, die mir zu einer neuen und lebendigeren Einheit hülfen. Das hatten sie auch schon begonnen. Aber was hieß es denn bei mir, wenn ich auch sagte: „Und bin nun dennoch ...?" Was war ich denn nun dennoch oder wenigstens, was wollte ich dennoch sein?

Da meldete sich ein Stimmlein, zaghaft und trotzig in einem, das in hellem Silberton aus der wohlverschlossenen Kammer meines Herzens hervorrief, es wisse wohl, was damit gemeint sei. Nämlich ich wolle noch was Rechtes mit mir anfangen, die getrübten und verschütteten Brunnen meines Daseins wieder in klaren Fluß bringen und kein Einsiedler oder säuerlicher Junggesell werden.

Sondern weil es noch an der Zeit sei, wolle ich trachten, hereinzuholen, was möglich sei, und mich nicht mutlos ausschließen vom vollen Leben, denn ich spüre ja selber den aufsteigenden Saft in mir, wie in einem zurückgeschnittenen Baum, der wieder ans Ausschlagen denke.

Da ging dann freilich der Krieg in mir von neuem an, denn die grauen Geister der Niedergeschlagenheit waren stets bereit, den freudigen Kräften den Mund zu verbieten, die mich wieder bergan führen wollten. Sie stellten sich fromm und tugendhaft und wollten mir weismachen, daß es für mich nicht so gemeint sei, da ich bereits genug auf dem Kerbholz habe. Es sei besser, schweigend und aber freundlich und ergeben beiseite zu stehen, meinen Beruf auszuüben, woran sich mancher rechte Mensch genügen lasse, und, der Vergangenheit gedenkend, von der Zukunft nichts für mich zu verlangen. Das trotzige Engelsbübchen aber, das zuerst gesprochen hatte, erhob einen großen Lärm, strampelte mit Händen und Füßen und rief, rittlings auf der Herzkammertür sitzend: „Nichts da, sondern es wird aus allen Kräften gelebt, damit es dann, wenn einmal gestorben sein muß, etwas Rechtes aufzugeben, niederzulegen und zu hinterlassen gibt." Das kam mir auf einmal frömmer vor als die graue Weisheit, und weil es mir auch sonst wohlgefiel, so fing ich an, auf das helle Stimmlein zu hören, das mir täglich Neues zu sagen wußte und noch weiß, und das seinen Willen durchzusetzen strebt.

Es kam ihm freilich allerlei zu Hilfe, was ich nicht verschweigen will. Eines Tages stand unter der Tür meines Ladens, den ich auszuräumen soeben beschäftigt war, um seinen Inhalt in einem größeren und besseren Lokal unterzubringen, Herr Kasimir Hagenau, den ich seit meiner Flucht nicht mehr gesehen hatte. Er begrüßte mich mit einiger Verlegenheit, die sich aber bald verlor, als er mich, wie er sah, in guten Umständen und einer nicht unfreudigen Sicherheit des Auftretens fand, und sagte aufatmend, es gehe ihm schon lange nach, daß wir uns so ganz fremd geworden seien. Er habe immer noch eine Vorliebe für mich behalten, und es sei ihm leid genug gewesen, daß es damals so gegangen sei. Indessen müsse man es nehmen, wie es komme. Er redete ein wenig um den heißen Brei herum, wie man sagt, da er nicht wußte, ob er bei mir die vergangenen Dinge kecklich berühren dürfe, und noch in der Meinung lebte, ich sei, in großer Liebe zu seiner Nichte stehend, grausam enttäuscht und geschlagen gewesen, was ja auch, freilich in einer andern Richtung, der Fall war. Da er nun sah, daß ich unverheiratet war, mußte er meinen, ich habe noch an der unverwundenen Liebe zu Eleonore zu tragen, und war froh, als ich möglichst gleichgültig sagte, er solle sich nicht kümmern, es sei für mich ganz gut ausgefallen. (Denn meine eigensten Kümmernisse rieb ich ihm nicht unter die Nase.)

Ich erzählte ihm, um doch irgendwie zu zeigen, daß ich auch ohne das Haus Hagenau fortbestehe, von einer großen Bücherauktion im Hause eines bekannten Gelehrten und Sammlers, aus der ich seltene und fast verschollene Werke in Menge erstanden habe, um die sich nun wiederum die Liebhaber stritten, und ließ ihn überhaupt merken, daß ich bei den Guten und Verständigen etwas gelte und ein Geschäft wohl zu führen wisse, auch wenn es Ansprüche an nicht ganz gewöhnliche Tüchtigkeit mache.

Dabei hatte nun mein alter Adam wieder einmal sein Vergnügen, das ich ihm aber diesmal nicht untersagte, weil mir immerhin das Herz etwas unruhig klopfte in Erinnerung an die schlechte Figur, die ich zum Schlusse im Hause Hagenau gemacht hatte und ich eine kleine Aufmunterung mir schon gönnen mochte. Der alte Herr taute ganz auf, als er mich so wohlbestallt vorfand, und erzählte nun auch von seinen heimischen Verhältnissen. Er hatte sich jetzt doch entschlossen, das alte Vätererbe zu verkaufen, da ihm sein so wohlausgedachter Plan zwischen den Fingern zerronnen war, und erlebte nun die langersehnten Freiheits- und Reisejahre mit immerhin noch einigem Jugendmut, wie ich an der Beschreibung der und jener Genüsse merkte, die er sich unterwegs gönnte. Die Nichte, auf die er nun doch auch zu sprechen kam, hatte vor einem halben Jahr ihren Doktor geheiratet, der sich umgetan habe, selber etwas Rechtes zu leisten, und aber freilich dennoch nichts dagegen hatte, daß ihm die Frau einen ordentlichen Batzen zubrachte, wie Herr Kasimir pfiffig lächelnd sagte, durchblicken lassend, daß er als Onkel das Seinige getan habe, da die Leutchen es nicht so einfach gewöhnt seien, was ich ja gut genug wußte. Ich war froh genug, daß die Rechnung, an der ich doch immerhin auch beteiligt gewesen war, noch so glatt aufgegangen war, und nahm den Dämpfer, den mir der alte Herr ganz naiv und gedankenlos aufsetzte, mit in den Kauf. Er machte nämlich, ohne es besonders auszusprechen, gar kein Hehl daraus, daß er mich nur als einen Faktor in eben dieser Rechnung zum zweitenmal in sein Haus gerufen habe, und daß, als sie nicht stimmte, auch ferner mein Dabeisein nicht mehr in Betracht gekommen sei. Es stach und reizte mich noch eine Weile, als er wieder gegangen war, denn ich mußte mir schwere Gedanken darüber machen, was mich der Versuch gekostet habe. Aber ich war doch schon so weit genesen, daß ich den Brigittenspruch, den ich als meinen eigenen Wahlspruch ansehen gelernt hatte, auch jetzt anzuwenden die Kraft hatte, und so eine der vielen Gelegenheiten, aufs neue in Trübsinn zu verfallen, vorübergehen ließ. Vielmehr lösten sich in mir die alten Reste der Beklemmung, die ich in Ansehung des Hauses Hagenau noch herumgetragen hatte, wie alte Schneereste, die immer noch an schattigen Plätzen liegen geblieben sind, wenn es ringsum längst grünt, und die nun endlich auch von linden Frühjahrslüften aufgetrunken werden.

Bald darauf tat mir meine Schwester Luise den Schmerz an, daß sie sich hinlegte und starb. Sie war mir in der Zeit meines Tiefstandes und meines sachten Aufstiegs so sehr zur Freundin und zur Genossin meiner Gedanken, Wünsche und Hoffnungen geworden, daß ich zuerst wie betäubt war, als sich ihre Krankheit, die am Anfang harmlos ausgesehen hatte, plötzlich zum Schlimmen wendete. Ich glaubte verlangen zu können, daß sie mir bleibe, da ich ja sonst nichts hatte, was ganz nah zu mir gehörte. Denn bei Helene kam begreiflicherweise zuerst der eigene Familienkreis, der stetig am Wachsen war, so treulich sie auch ihren Geschwistern anhing.

Luise aber hatte nichts Eigenes; ich war ihr das Wichtigste in ihrem Leben, und sie war nur glücklich, daß ich in ihrer Nähe sei und sie zusehen könne, wie ich allmählich das erreiche, was sie für mich wünsche. Sie heimste alles, was ich etwa an guten Beziehungen, bürgerlichem Ansehen und an gedeihlichem Fortkommen gewann, emsig ein und baute in Gedanken Häuser für mich darauf, da sie merkwürdigerweise gar nichts für sich verlangte außer ihrer fleißigen Arbeit und vielleicht der Aussicht auf einen ruhigen Lebensabend, umgeben von einer aufsprossenden Jugend aus dem Blute ihrer Geschwister, die sie dann in Ehren halten würde, und der sie mit schönen Sparpfennigen zum Fortkommen hülfe, falls sie dessen überhaupt bedürfe. Aber nun lag sie krank im Spital und sah ihr Ende herankommen. Man hatte sie operiert, um einem innerlichen Feind, der in ihrem stattlichen, blühenden Leibe sein Unwesen trieb, das Handwerk zu legen, aber er trieb es fort, und sie wußte wohl, daß er sich nicht aus dem Feld schlagen lasse, da sie etliche Fälle aus der ferneren Familie anzuführen wußte, in denen auch das Leben auf solche Weise unterlegen war.

Es ging ihr nahe, daß sie mitten aus der Bahn weg sollte, denn sie hing, wie alle gesunden und natürlichen Menschen, am Dasein, das für sie, nach dem Rezept des alten Sängers, köstlich gewesen war, indem es Mühe und Arbeit war. Als sie aber sah, daß ich ohne Fassung mich gegen ihr Scheiden auflehnte und Gott beschwor, sie mir noch zu lassen, da ich viel an ihr hereinzubringen habe, was Zeit brauche und nicht in kurzem abzumachen sei, nahm sie wieder die Führung an sich und sagte, glücklich lächelnd, weil ihr mein unverhehlter Schmerz dennoch wohl tat, aber fest: „Nein, nein, Ludwig, so machen wir's nicht, sonst sind wir erst recht unten durch. Sondern wer sich schicken kann, gewinnt das Spiel und stellt sich auf die stärkere Seite, und so wollen wir auch tun." Damit war sie mir nun wieder einen Schritt voraus und weit überlegen, und ich konnte nichts tun, als mein ungebärdiges Wehren beiseite lassen, da es hier nicht am Platze war.

In dieser Zeit mußte ich einmal eine dringende Geschäftsreise nach der Hauptstadt unseres Landes machen. Ich ging ungern genug, denn ich konnte nicht am selben Tage wiederkommen, und als es Abend wurde, befiel mich eine Unruhe, die ich mir dahin erklärte, es sei daheim etwas Übles vorgefallen, so daß ich rasch an den Bahnhof ging, um zu sehen, ob ich nicht doch den letzten Zug erreichen könne, so stark lebte ich damals mit meinen Gedanken in dem engen Krankenstüblein. Der Zug war aber schon fort, und weil ich nicht den ganzen Abend im Wirtshaus versitzen mochte, betrat ich eine Konzerthalle, an der ich gerade vorbeikam, ohne zu wissen, was für Musik es gebe. Da fand sich's nun, daß von einem kleinen Orchester jene Symphonie aufgeführt wurde, die ich am ersten Abend des Musikfestes gehört hatte, an dem ich Maidi wiedersah, und die mir seitdem nicht wieder begegnet war. Sie erregte mich aber nicht, wie damals, zu starken Wonnen und Schmerzen, sondern ich saß mit geneigtem Kopf still horchend da und fühlte, wie meine Unruhe in ein stilles Gleiten kam und wie mein Herz, das traurig in mir lag, von eiligen Wellen aufgehoben und getragen wurde, die sangen: „Alles geht vorüber, und auch du."

Ich gedachte alles Fernen und Verlorenen in meinem Leben, und auch meines Freundes Olbrich, den ich nie wieder gesehen und mit dem ich auch keine Briefe gewechselt hatte. Ich hatte seinen Namen hie und da in der Zeitung gelesen, denn er nahm starken Anteil am politischen Leben des Landes und ergriff in Reden und gedruckten Artikeln oft das Wort, wenn es eine wichtige Sache zu verfechten gab. Aber

324

ob er noch an mich denke, und wie, das wußte ich nicht, und ich hatte sowohl das Verlangen, ihn wieder zu sehen, als auch eine Scheu davor.

Doch wußte ich, daß es einmal geschehen mußte, da die Erde nicht groß genug ist, um sich zwei Menschen nicht wieder begegnen zu lassen, unversehens, die eigentlich nahe zusammen gehören.

Ich war spät gekommen, als schon der Saal verdunkelt war und die Musik angefangen hatte, und hatte nur gerade meinen Platz gefunden, ohne nach rechts oder links zu sehen. Da schrak ich denn aus meinen Gedanken auf, die zwischen der Musik hergingen, als sich auf einmal eine Hand auf meinen Arm legte und es der Freund war, der neben mir saß und mir zunickte. Ich mochte mich nicht rühren, denn ich spürte in einem ruhigen Wohlsein, daß wir uns nahe waren und daß ich ihn lieb hatte, wie je.

Man sollte nicht reden müssen, dachte ich. Man sollte alles so stillschweigend voneinander wissen und einer in den andern hinüberfließen lassen, was er ihm sagen möchte. Vielleicht ist es so, wenn man sich auf einem andern Stern wieder findet. Vielleicht spürt man nur: Du bist da, und begrüßt und durchdringt einander mit der Seele, und alles, was auf der Erde geschah, löst sich auf in einem großen und weiten Verstehen und Liebhaben.

Da bot ich meinem Freund leise die Hand und er nahm und drückte sie kräftig, und ich wußte: Er ist doch auch noch der meine. Wie sehr ich ihn vermißt und wie seinetwegen ein Druck auf mir gelegen hatte, das spürte ich erst jetzt recht, als ich ihn wieder hatte. Denn wir ließen es dann doch nicht bei der stummen Begrüßung bewenden, die wir gar nicht geübt hätten, wenn nicht die Musik das Wort gehabt hätte, sondern hielten nachher eine lange

325

Nachtsitzung, und zwar, da es eine schöne Sommernacht war, in einem Garten unter einer alten Platane, in deren Ästen eine Lampe hing.

Dort ließen wir so viel von der alten Zeit und auch dem, was dazwischen lag, zwischen uns auferstehen und hinwandeln, als dazu gehörte, wieder zusammen zu kommen, nicht mehr und nicht weniger. Denn es handelte sich jetzt nicht ums Rechthaben und Abbitten, wie wir beide wohl spürten, sondern darum, daß einer des andern Freund sei, wie der alte Claudius sagt, wobei freilich ich am besten wegkam.

Es schwirrte allerlei Nachtgeziefer um uns her, und einmal kam auch ein großer Falter und stieß mit seinen Flügeldecken an mein Glas, daß es einen feinen Klang gab. Da hob mir Olbrich das seinige entgegen und sah mir mit dem schönen Lächeln in die Augen, das er selten hatte und an dem ich ihn überall erkannt hätte. Denn es war uns, als hätte eine feine Seele, die einmal mit uns zu dritt gewesen war, mit zartem Finger angeklopft und wolle einen Augenblick mit uns sein. Das kam und ging so in mir.

Dann zog Olbrich ein Bild aus der Brusttasche und zeigte es mir mit glücklichem Gesicht: eine junge, mütterlich blickende Frau, die ein Bübchen auf dem Arm trug. Beide sahen den Beschauer voll an und hatten ein gut Teil Schelmerei in allerlei Grübchen sitzen. „Das sind die Meinen," sagte Olbrich. „Du siehst, es geht mir gut."

Er brachte, wie man so sagt, den Mund nicht zusammen vor Behagen an dem Bildchen oder vielmehr vor dem freudigen Wissen um die lebendigen Urbilder; er wollte es aber nicht wahr haben vor mir und sagte achselzuckend: „Ich habe es der alten Frau zulieb getan, denn ich bin ihr doch Enkelchen schuldig gewesen. Daheim liegt mir schon der zweite Bub in der Wiege."

Dabei überglänzte es ihn aber doch, so daß ich schon wußte, was es geschlagen habe, und daß er sein gutes Teil erworben habe; da fiel mir doch noch irgend ein Band von meinem Herzen.

„Und du?" fragte Olbrich fast zart.

Aber ich wußte im Augenblick nichts zu sagen, denn ich hatte wohl schon einen Schimmer, er hatte aber noch keinen Namen, und ich hob nur mein Glas und sagte halb verlegen: „Ich komme nach."

Das alles erzählte ich am andern Abend meiner Schwester Luise, zu der ich von der Bahn her ging mit raschen Schritten und mit dem Verlangen, sie in allem zu mir hineinsehen zu lassen, so lang ihre guten Augen noch offen standen über meinem Leben. Es war nicht mehr lang, das sah ich wohl, und es war mir, als habe sie seit vorgestern wieder abgenommen, so daß es mich reuen wollte, fort gewesen zu sein, was mich doch um Olbrichs willen freuen mußte und auch freute. Sie streichelte mich aber mit ihrer feinen, weißen Krankenhand und sagte glücklich, es sei ihr ein Stein vom Herzen, weil wir Freunde uns nun wieder hätten. So sehr hatte sie meine Sachen zu den ihrigen gemacht, denn ihre eigenen waren bald beschickt.

Ich mußte die Tage über im Geschäft sein, wenigstens die meiste Zeit; aber die Abende und oft bis tief in die Nacht war ich bei ihr und begleitete sie näher und näher gegen die Grenze hin, an der es für die Zurückbleibenden umkehren heißt.

Auf diesem dunklen und bitteren Weg habe ich dennoch viel gesehen und auch viel gelernt, das man nicht aus Büchern und nicht aus dem Umgang mit den Klugen dieser Welt lernen kann, und das ich nicht vergessen werde.

Ich habe gesehen, daß es Liebe gibt, die bis zum Ende nicht an sich selber denkt und noch aus der letzten Not hilfreich dem andern zunickt, tröstlich und verheißungsvoll, weil das Allerlebendigste eben sie selber ist, die nicht stirbt. Und ich habe gesehen, wie stark und mächtig die Willigen sind, die keine Bedingungen stellen, sondern ja sagen, und mit Vertrauen dem dunklen Gott in die Augen sehen, wenn er ihnen zum Mitkommen winkt, so daß sie den schweren Feind überwinden mit einem demütigen Neigen ihres Hauptes und ihn sich zum Freunde machen. Ich sah, wie, wer von Herzen gelebt hat, auch von Herzen sterben kann, und wie Glauben und Frommsein freudige, starke Dinge sind, anders als viele meinen, und als auch ich zuzeiten gemeint habe.

Das alles ist mir nicht nur ein ernstes und wertes Andenken und ein reiches Blatt in dem Buche meiner Erinnerung, das so manche töricht verkritzelte Seite hat, sondern es schwingt ein Ton davon je und je in meine jetzigen Tage herein, voll und dunkel und auch weich und süß, und wenn ich ihn höre, so sänftigt er mir das Herz und läßt es aufmerken auf das, was hinter den Tagesdingen liegt, in denen ich ja freilich mitten drin stehe. Denn mein Lebenstag liegt noch weit vor mir, nach Menschenrechnung, und ich will ihn leben als ein Mensch und Mann.

*

Ich habe, liebste Frau, in später Nachtstunde das Buch noch einmal durchgelesen, dessen Blätter zu beschreiben ich aufgehört habe, als du in mein Leben tratest. Du wußtest nicht, daß ich dich sah. Du kamest die Straße herab, die Hände voll Blumen, und dein Gesicht sah aus, als ob du im stillen ein Liedchen summest, das nur du selber hörest. Da dachte ich, wer dir wohl die Blumen gegeben habe und wem du sie bringest? Am andern Tag hingen Kinder an deinen beiden Seiten und drängten sich an dich, und ihre Gesichter sahen eifrig in das deine; ich hätte hören mögen, was du zu ihnen sagtest, aber ihr ginget vorüber. Von da an kamst du jeden Tag und hattest immer Blumen und Kinder mit dir und immer ungesungene Lieder auf den Lippen. Das war in der Zeit, als meine Schwester Luise sich zum Sterben anschickte und zu mir sagte: „Gelt, du machst aber die Augen auf und holst dir ein Stück Leben ins Haus, es geht immer draußen vorbei." Sie wußte nichts von dir. Das Stimmlein aber, von dem ich schrieb, daß es so vorwitzig und ungebärdig geredet habe, rief in die Trauer meines Herzens hinein: „O, wie wahr ist doch das! Und wie freudig sieht es aus!" so daß es mich in aller Betrübnis ein bißchen lächerte, worauf Luise der Spur nach mitlachte, wenn auch bläßlich, da es sich bei ihr nicht mehr gut tun lassen wollte. Und so hast du noch in ihren Abschied hinein geblinkert, du Sonnenvöglein, denn es dauerte da nicht mehr lange bei ihr.

Ich muß mir noch ein wenig Mut machen, weil du nicht selber da bist. Ich will daran denken, wie ich dich draußen am Badeplatz traf mit deiner Schar. Sie stob aus dem Wasser, als du riefest, und es sprühte ein Tropfenregen um sie her von den nassen Mähnen und den blanken Leibern, das glitzerte alles in der Sonne, und ein jedes wollte zuerst bei dir sein. Ich sah eine Weile zu, eh' ich vorbei ging und grüßte. Sie wühlten sich in den warmen Sand ein, und du sollest dich mitten hineinsetzen, aber du konntest noch nicht, denn es stand ein Kind neben draußen, das riß mit finsterem und trotzigem Gesicht Blätter und Zweige von einem Weidenbusch und stampfte dazu mit den braunen Füßen den Boden. Da gingest du hin und hattest ein solches Lachen in deinem Gesicht, daß das Zornteufelchen davor ausfuhr, wenngleich mit erbärmlichem Wehren, und das Kind sich an dich hin verkroch. Ich hätte hören mögen, was du sagtest, aber auch vom Sehen wußte ich, daß du Schatten aufhellen kannst.

Das weiß ich nun noch besser als damals, denn ich habe die Sonnenkraft deines Wesens verspürt. Du sagst, du habest sie nicht immer gehabt, und dein Lachen sei ein wieder erworbenes, denn auch du seiest durch tiefe Schatten gegangen.

Daran habe ich den Mut gefaßt, dich auch in die meinigen hineinsehen zu lassen, dich allein von allen Menschen. Du siehst, sie herrschen auch über mich nicht mehr.

Wie hast du wohl den Weg zum Hellen hin gefunden?

Aus was für Quellen hast du getrunken?

Ich meine, ich wisse sie. Wenn es so kommt, wie ich hoffen muß, daß du die Neunundneunzig verlässest und mein Leben teilst, so trinken wir miteinander daraus.

www.ingramcontent.com/pod-product-compliance
Lightning Source LLC
Chambersburg PA
CBHW021257050726
47498CB00003BB/888

* 9 7 8 3 3 3 7 3 5 4 1 5 2 *